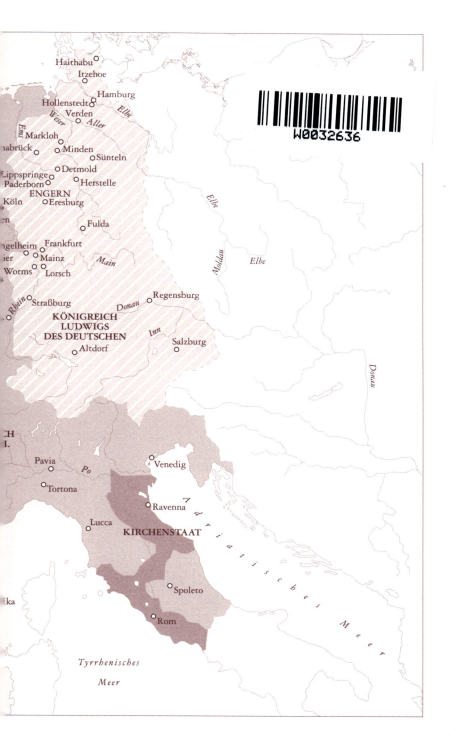

MARTINA KEMPFF
Die Welfenkaiserin

Martina Kempff

Die Welfenkaiserin

Historischer Roman

Piper
München Zürich

Von Martina Kempff liegen im Piper Verlag außerdem vor:
Die Beutefrau
Die Königsmacherin
Die Schattenjägerin
Die Rebellin von Mykonos
Die Eigensinnige

ISBN 978-3-492-05135-4
© Piper Verlag GmbH, München 2006
Textredaktion: Christine Neumann
Gesetzt aus der Adobe Garamond
Satz: Uhl + Massopust, Aalen
Druck und Bindung: CPI – Clausen & Bosse, Leck
Printed in Germany

www.piper.de

Für Anja

Nicht im Stammbaum aufgeführte Personen

Einhard	Leiter der Hofschule und Biograf Karls des Großen
Emma	Einhards Ehefrau
Ebbo von Reims	Erzbischof und Milchbruder Kaiser Ludwigs
Agobard von Lyon	Erzbischof und einer von Judiths ärgsten Feinden
Walahfrid Strabo	Mönch aus Fulda, Erzieher Karls des Kahlen, Dichter und Botaniker
Harald Klak	Dänenkönig mit wenig Fortune
Vater Markward	Abt des Klosters Prüm, Berater Kaiser Ludwigs
Mutter Philomena	Äbtissin des Klosters Poitiers
Papst Paschalis I.	817–824
Papst Eugen II.	824–837

Papst Gregor IV.	827–844
Arne	einstiger Bauer, später erster Knecht am Hof
Anna	Judiths Näherin; Arnes Gefährtin
Bonifatius Graf von Lucca	ein unangenehmer Besucher
Graf Adalhard	Berater Karls des Kahlen und Oheim von dessen Gemahlin Ermentrud

Prolog

Juli 833

Der bewegliche Wall aus Leibern und Pferden versperrte ihr die Sicht auf die Landschaft. Die Männer achteten sorgsam darauf, dass die Gefangene auf dem kleinen Ross nicht aus dem Kreis ausscherte. Sie rissen untereinander derbe Scherze, sprachen aber zu ihr kein Wort. Judith wusste weder, wo sie sich befand, noch kannte sie das Ziel der Reise. Der fünfzehnte Tag war angebrochen, und der Stand der Sonne verriet ihr, dass der Weg weiterhin beharrlich nach Süden führte. Jeden Morgen, wenn sie sich auf ihrem Lager die Fesseln abnehmen ließ, die verhindern sollten, dass sie sich nachts davonstahl, wunderte sie sich darüber, noch zu leben. Warum war sie nicht gleich getötet worden, nachdem man sie von der Seite des Kaisers und ihres Sohnes gerissen hatte? Was hatte man mit der Frau vor, von der Erzbischof Agobard von Lyon behauptete, sie wäre die Wurzel des Übels, das dieses einstmals so blühende Reich befallen hatte? In welches Kloster brachte man sie?

Die Mittagssonne brannte durch das schwere dunkle Tuch alle weiteren Gedanken aus ihrem Kopf heraus. Nur vereinzelte Bilder schwirrten noch darin herum. Die verzweifelte Miene ihres Gemahls Kaiser Ludwig, als er auf dem Lügenfeld von Colmar die Niederlage gegen seine drei ältesten Söhne eingestehen musste; der verständnislose Blick ihres zehnjährigen Sohnes Karl, dem man nicht einmal gestattet hatte, sich von der Mutter zu verabschieden; das triumphierende Grinsen ihres Stiefsohnes Lothar, der endlich am Ziel seiner Wünsche angelangt war, und die unverhohlen hämische Freude seiner Gemahlin, ihrer ärgsten Feindin. Und dann war da noch die Verachtung in den eisgrauen Augen jenes abseits stehenden Mannes, den sie einst zu lieben geglaubt und der sie verraten hatte.

Judith griff sich an die juckende Nase. Angewidert betrachtete sie die hellroten Hautschiefern, die auf ihr braunes Kleid herabregneten.

»Da ist es!«

Einer ihrer Bewacher streckte den Arm aus und wies nach vorn. Judith reckte das Haupt, konnte zunächst aber nur einen dunklen Steinturm ausmachen. Als die Reiterschar anhielt und die Männer abstiegen, sah sie unterhalb des Turms einen niedrigen Bau aus mächtigen ungleichen Gesteinsbrocken, den ein breiter Graben voll schlammigen Wassers umgab. Sie erstarrte. Dies war kein Kloster. In der Ferne, hinter sommerbraun verbrannten Feldern flimmerte die Silhouette einer Ansiedlung.

Zwei Männer traten aus dem Turmportal, ein hochgewachsener Bartträger und ein kleiner runder Glattgesichtiger. Sie überquerten die schmale Holzbrücke und blickten mit unverhohlener Neugier zu der Frau auf, die immer noch nicht abgestiegen war.

»Die abgesetzte Kaiserin?«, fragte der Größere, und als die Männer nickten, riss er Judith mit einem Ruck vom Pferd, stieß sie in den Staub und rümpfte die Nase.

»Sie stinkt erbärmlich!«

»Das ist noch ihr geringster Fehler«, rief der Anführer über seine Schulter. Er war an den Wassergraben getreten und urinierte hinein. Die anderen Wachen folgten ihm.

»Und im Gegensatz zu allen andern lässt sich der beheben.

Gönnen wir ihr doch ein Bad in der frisch aufgewärmten Brühe!«

Judith wehrte sich nicht, als grobe Hände nach ihr griffen und sie mit Schwung in den Graben schleuderten. Sie hielt die Luft an, als das Wasser über ihrem Kopf zusammenschlug. Dankbar für die dunkle Kühle, die sie in der Tiefe umgab, wäre sie gern ertrunken. Aber die Männer, die sie viele Tagesreisen mit sich geführt hatten, würden nicht zulassen, dass sie am Ziel wie ein Kätzchen ersoff. Sie hatten geschworen, sie heil abzuliefern. Ihren Henkern etwa? Als ihre Füße Halt im schlammigen Untergrund fanden, erhob sie sich widerwillig. Das Wasser reichte ihr bis zum Kinn. Ihr langes Blondhaar hatte sich gelöst und trieb jetzt wie ein seltsames Farngewächs um ihren Kopf herum. Mit seiner Lanze fischte eine der Wachen ihr dunkles Umschlagtuch aus dem Graben. Als er sich bückte und es ihr hinhielt, damit sie sich daran aus dem Wasser ziehen konnte, hätte sie sich beinahe bei ihm bedankt.

Das Kleid klebte ihr am Leib, doch die Gnade, sich in der Sonne trocknen zu dürfen, wurde ihr nicht gewährt. Obwohl sie bereitwillig mitging, zerrten die beiden Torwächter sie an den Armen in das steinerne Gebäude.

»Wo bin ich hier?«, wollte sie fragen, brachte aber nur unverständliche krächzende Laute hervor. Nach mehreren vergeblichen Anläufen in den ersten Tagen des Ritts hatte sie es irgendwann aufgegeben, ihren Wächtern Worte zu entlocken, und war schließlich selbst verstummt.

»Man darf mit ihr nicht reden«, wies der hinter ihnen gehende Anführer die beiden Männer an: »Befehl vom Kaiser!«

»Kaiser!« Voller Verachtung spie sie das Wort aus. Lothar war kein Kaiser, sondern ein abgesetzter Mitkaiser. Der wirkliche Kaiser, ihr Gemahl, war sein Gefangener, dem eigenen Sohn so ausgeliefert wie sie jetzt diesen fremden Männern.

»Sie kann offenbar gar nicht sprechen«, sagte der größere

Torwächter und strich sich über den dunkelblonden Vollbart. Er ließ seinen Blick über den vor Kälte zitternden Frauenleib gleiten, um dessen Konturen sich die nasse Kleidung anschaulich schmiegte.

»Und was darf man sonst nicht?«, fragte er gedehnt.

»Sie freilassen«, erwiderte ihr Wächter lachend. »Im Übrigen könnt ihr mit ihr machen, was ihr wollt. Und sollte sie unter eurer Obhut sterben, dann ist das eben ihr Schicksal. Niemand wird euch im Heimatland des Kaisers deswegen anklagen.«

Lothars Heimatland war Italien. Er hatte sie also in das frühere Langobardengebiet verschleppen lassen, den einzigen ihm vom Vater noch überlassenen Reichsteil. »Und lasst niemanden zu ihr in den Kerker, der sich nicht als Abgesandter des Kaisers ausweisen kann.«

Kerker? Sie traute ihren Ohren kaum. Seit Jahrhunderten wurden vom Thron gestoßene unliebsame Verwandte in recht gemütliche Klöster abgeschoben. Das hatte sie selbst ja auch schon einmal überlebt. Was für einen Sinn hätte es, sie in einen Kerker zu werfen? Sollte sie da wie ein gefangenes Tier verrecken? Sie begann heftiger zu zittern. In einem abgelegenen italischen Verlies würde keiner ihrer Getreuen nach ihr suchen.

Der kleinere Torwächter kniete auf dem Boden und machte sich an einer hölzernen Falltür zu schaffen.

»Schaut her, das Schloss der Kaiserin!«, stieß er meckernd aus und hielt ein angerostetes Fallriegelschloss hoch. Er wuchtete die Bodentür zur Seite und legte ein Kellerloch frei, aus dem modriger Geruch stieg.

Der vollbärtige Torwächter versetzte Judith einen Schlag auf die Schulter. Wie aus Versehen rutschte seine Hand ab und blieb kurz auf ihrer Brust liegen. Mit der anderen Hand deutete er in das Loch. Judith beugte sich vor, da sie aber weder eine Leiter sehen noch in der Dunkelheit die Tiefe abschätzen konnte, zuckte sie ratlos mit den Schultern.

»Wenn sie selbst springt, bricht sie sich vielleicht nichts«, schlug der Bartträger vor.

Rasch setzte sich Judith auf den Rand des Lochs, schloss die Augen und sprang. Im Fallen dachte sie nur: Wofür?

Erstes Buch

Die Brautschau

Aus den Chroniken der Astronoma

Im Jahr des Herrn 814

Lasst mich, ich sterbe besser ohne eure Heilmittel, sagt der Kaiser zu seinen Ärzten und schließt die Augen.

Karl der Große, der ein mächtiges Reich befriedet hat, geht in der dritten Stunde des 28. Januar selbst in den ewigen Frieden ein. Eine Lungenentzündung hat den mächtigen Mann gefällt. An seinem Totenbett spricht keiner aus, was jeder denkt: Dieses Ereignis war nicht vorgesehen.

Die Tatsache, dass Karl ein Sterblicher war, haben alle verdrängt, vermutlich sogar der Kaiser selbst. Warum sonst hat er die vor Langem angekündigte Änderung seines persönlichen Testaments immer wieder hinausgezögert? Nicht eingebaut, dass auch seine außerehelichen Kinder und deren Mütter gut versorgt und die Lebensgefährten seiner Töchter in ihren Ämtern bleiben sollen? Das Eheverbot für seine Töchter nicht aufgehoben? Nicht aufschreiben lassen, dass er in seinem Aachen beerdigt werden wollte?

Vielleicht hat sich der Kaiser aus Sorge, wirklich sterben zu müssen, wenn alles geregelt war, nicht an eine endgültige Abfassung seines Testaments gewagt. Doch jetzt hat der Tod den Sieg über jenen Mann davongetragen, der sechsundvierzig Jahre lang die Geschicke der westlichen Christenheit gelenkt hat. Die Ratlosigkeit der Trauernden, die Furcht vor einer ungewissen Zukunft ohne Karl wird auf die nächstliegende Frage verlagert: Wohin mit dem Leichnam des Kaisers?

Natürlich gehört er in die Aachener Pfalzkapelle, die er auf eigene Kosten hat erbauen lassen! Verzweiflung, Bestürzung und Schwermut entladen sich in hektische Betriebsamkeit. Der Kirchenboden im Atrium wird augenblicklich aufgebrochen und ein Marmor-Sarkophag herbeigeschafft, dessen Reliefs den Raub der Persephone darstellen. Darin wird Karl wenige Stunden nach seinem Tod beerdigt, noch vor der Samstagsvigil. Warum die Eile? Aus Angst, Saint Denis könnte den Leichnam beanspruchen, weil Karl vor fünfundvierzig Jahren in einem Testament niedergeschrieben hat, dort neben seinen Eltern liegen zu wollen? War diese Verfügung durch den Bau seiner eigenen prächtigen Pfalzkapelle nicht hinfällig geworden? Und warum wird der Sarg mit den kostbaren Reliefs in die Erde versenkt? Angst vor der Zurschaustellung heidnischer Bilder? Angst vor Diebstahl oder Entweihung der Stätte durch des Kaisers Feinde?

Wie ein gestrenger liebender Vater hatte Karl über alle seine Hand gehalten, und jetzt, da seine Sterblichkeit nicht mehr zu leugnen ist, geht allenthalben die Angst um. Auch in der Stadt Aachen scheint das Leben erloschen zu sein. In den Gassen herrscht gespenstische Stille. Als ahnten die Menschen der Karlstadt, dass sie sich nach dem Ende einer zuletzt sehr friedlichen Epoche auf ein ungewisses und unheilschwangeres Zeitalter vorbereiten müssen.

Karls Sohn, Mitkaiser und Nachfolger, König Ludwig von Aquitanien, schickt eine Vorhut nach Aachen, um Ordnung zu schaffen. Man sperrt sofort seine Schwestern in jene Klöster, die der Vater ihnen geschenkt hat. Ihre Liebhaber sollen auf Ludwigs Befehl festgenommen werden. Ludwig will ihnen wegen erwiesener Unzucht selbst den Prozess machen. Alle flüchten, bis auf den Waffenmeister Hedoin. Der wird im Kampf von Ludwigs Schergen niedergestreckt. Aus Kummer darüber stürzt sich Hedoins Lebensgefährtin, Ludwigs Schwester Hruodhaid, vom Dach des Palatiums in den Tod.

Ludwigs Stoßtrupp dringt ins Frauenhaus ein, schlägt dem Eunuchen Achmed, der auch nach dem Tode Karls das Gebäude zu verteidigen sucht, den Kopf ab, treibt die Friedelfrauen des toten Kaisers mit Peitschenhieben auf die Straße, plündert die prächtig ausgestatteten Gemächer und setzt das gesamte Gebäude in Brand. Karls uneheliche Kinder werden in Verliese geworfen. Aus Angst, zu den verderbten Dirnen gezählt zu werden, nach denen Ludwigs Häscher Ausschau halten, rennen weibliche Hofbedienstete davon oder verschmieren sich die Gesichter mit Asche. Die Hütten aller Freimädchen werden niedergebrannt.

Als der neue Kaiser einen Monat nach dem Tod des Vaters in Aachen einreitet, weist er den Vorwurf von sich, den Schwur gebrochen zu haben, den er bei der Krönung zum Mitkaiser geleistet hat: sich um alle Familienangehörigen liebevoll zu kümmern. Genau das tue er, versichert Ludwig, die Kaiserfamilie werde endlich mit gutem Beispiel vorangehen. Alle Welt solle wissen: Gott stehe auf seiner Seite.

Im Jahr 818

Das Pochen an der Pforte zur Haupthalle wurde vom grellen Krachen des Donners verschluckt. Unmittelbar über dem Hauptsitz des Grafen Welf in Altdorf tobte ein gewaltiges Novembergewitter und sandte in rascher Folge Blitze aus. Diese drangen jedoch nicht in den fensterlosen Raum des Mittelbaus, in dem die Familie schweigend an der Abendtafel saß. Der Donner war Botschaft genug; Angst um die hölzernen Hofgebäude, um die Ernte, die Tiere und das eigene Leben zeichnete sich in den blassen Gesichtern ab. Angst auch um die Mutter, Gräfin Heilwig, die sich am Mittag aufgemacht hatte, einer Gebärenden in Weingarten beizustehen, und von der noch keine Nachricht gekommen war.

Die Angst wandelte sich in Entsetzen, als für einen Augenblick blendende Helligkeit den Saal erfüllte. Erst beim Zucken des nächsten Blitzes erkannte Graf Welf, dass beide Flügel der hohen Eingangspforte aufgesprengt worden waren. Knapp vor der Abendtafel sprangen drei durchnässte Menschen von ihren Pferden. Ein Windstoß ließ die meisten Lichte erlöschen. Die hastig herbeieilenden Bediensteten schlugen im Schein der beiden wild flackernden Wandfackeln die doppelflüglige Tür wieder zu, schoben den Riegel davor und hielten dann wie alle anderen im Raum den Atem an.

Graf Welf trat auf die Fremden zu.

»Was ist Euer Begehr?«, fragte er scharf und musterte die Eindringlinge, von denen einer eine Frau war.

»Wir kommen von des Kaisers Hof«, verkündete ein Mann. Er ließ seinen schweren nassen Reisemantel zu Boden gleiten und zog aus seinem Wams eine in Ölhaut verpackte Rolle, die er mit einer angedeuteten Verbeugung dem Grafen überreichte. »Es ist eine eilige Angelegenheit«, setzte der Mann hinzu, da Graf Welf keine Anstalten machte, die Schrift ihrer Schutzhülle zu entnehmen.

»Königsboten seid ihr nicht«, stellte er fest. Misstrauen schwang in seiner Stimme mit. Was wollte der ferne Kaiser von ihm?

»Viele Boten sind in dieser Angelegenheit in alle Richtungen des Reichs ausgesandt worden«, erwiderte der Mann ausweichend.

»Was für eine Angelegenheit?«

»Eine Angelegenheit des Herzens.«

Graf Welf hätte beinahe laut herausgelacht. Wer hat Kaiser Ludwig wohl geraten, einen Kriegszug derartig zu bezeichnen? Oder verlangt er gar von mir, mich an der Niederschlagung eines neuerlichen Aufstands zu beteiligen?

Peinlich frisch war noch die Erinnerung an die letzte Erhebung, die der Kaiser ein halbes Jahr zuvor mit Blendung des Königs Bernhard von Italien hatte ahnden lassen. Dass Bernhard, der Neffe des Kaisers, Sohn seines Bruders Pippin, an dieser Tortur gestorben war, hatte große Teile des Adels gegen

Ludwig aufgebracht. Es rumorte deswegen noch immer im Land.

Die durchnässten Pferde schnaubten und schüttelten sich so heftig, dass es wie ein Sprühregen in die Schüsseln auf dem Abendtisch spritzte. Graf Welf befahl einem Knecht, die Tiere zu versorgen, und einer Magd, die triefenden Mäntel der Gäste einzusammeln. Dann begleitete er die Fremden zur Feuerstelle. Während sie ihre kalten Hände wärmten, zog er das Pergament aus der Hülle und überflog im Schein der Flammen das Geschriebene. Leise lächelnd wollte er es an den Wortführer zurückreichen, doch der lehnte ab.

»Euer Haus ist das letzte auf unserer Liste. Ihr dürft die Schrift behalten. Wir reiten morgen zurück. Mit dem Gewünschten, falls es der Maßregel entspricht. Woran ich keinen Zweifel habe, auch wenn Frau Stemma noch die erforderlichen Untersuchungen vorzunehmen hat.«

Er nickte vielsagend zur Abendtafel hin, an der Graf Welf soeben noch mit seinen fünf Kindern gesessen hatte. Sein Blick blieb an Judith hängen, die als älteste Tochter die Hausfrau vertrat. Nachdem deutlich geworden war, dass die Fremden nicht in böser Absicht ins Haus gestürmt waren, bedeutete sie jetzt mit anmutigen Gesten dem taubstummen Bediensteten, mehr Wein und Speise aufzutragen. Ihr hüftlanges Haar, schien wie von Goldfäden durchwirkt zu sein, und ihr zart gezeichnetes Profil hätte einem Engelsbild als Vorlage dienen können.

»Meine Gemahlin ist derzeit abwesend«, bemerkte Graf Welf. »Ihr begreift, dass ich mich mit ihr über die Angelegenheit beraten muss.«

Er bat die Gäste, denn als solche hatten sie jetzt betrachtet zu werden, sich mit ihm an der Abendtafel niederzulassen.

»Eine Beratung ist gar nicht erforderlich«, wandte der Sprecher des Grüppchens ein, als er auf der Bank neben Welfs Sohn

Konrad Platz nahm. »Da hier ja nur ein einziges Mädchen infrage kommt.«

Mit Unbehagen wandte er den Blick von des Grafen jüngster Tochter Hemma ab, deren Augen sich wild bewegten, jedes in eine andere Richtung. Dhuoda, die uneheliche Tochter Welfs, die ebenfalls zum Haushalt gehörte, nahm er nicht einmal wahr. Das schien ihr Schicksal zu sein, und sie wusste es. Sie war weder schön noch hässlich, weder klein noch groß, weder dick noch dünn, weder hell noch dunkel; sie war im wirklichen Sinn des Wortes unscheinbar. Selbst wer längere Stunden in ihrer Gegenwart verbrachte, hätte nicht vermocht, sie zu beschreiben, da es an ihr nichts zu beschreiben gab.

»Die da!«, meldete sich die ältere Frau erstmals zu Wort und deutete mit einem knochigen Finger auf Judith, die sich wieder an das Kopfende des Tischs gesetzt hatte. Die Frau stand auf, zog aus ihrer Rocktasche ein Band und einen ungeschmückten kleinen Schuh aus steifem Leder. »Wir sollten gleich Maß nehmen, um sicherzugehen. Dann kann sich die Jungfer auf die morgige Abreise vorbereiten. Komm, Kind.«

Judith blieb sitzen.

»Darf ich fragen, wohin du mich diesmal verkaufen willst?«, wandte sie sich an ihren Vater. Ihre seltsam tiefe Stimme klang belustigt, doch ihre Augen funkelten kalt wie Saphire.

Der Graf unterdrückte einen Seufzer. Er mochte gar nicht mehr daran denken, wie viele Bewerber Judith in den vergangenen vier Jahren ausgeschlagen hatte. Nie hätte er es für möglich gehalten, dass eine seiner Töchter so viel Aufmerksamkeit in Anspruch nehmen und ihm derartiges Kopfzerbrechen bereiten könnte wie Judith. Söhne mussten geformt und sorgsam ausgebildet werden, um ihre Aufgaben in der Welt zu bewältigen; Töchter mussten nur anständig verheiratet werden. Von einer Tochter, die sich dieser Bestimmung widersetzte, hatte er noch nie gehört. Und jetzt lebte solch ein Geschöpf unter seinem Dach! Sie wolle keinesfalls Magd eines Mannes werden, hatte sie stets erklärt, und sie denke nicht daran, sich auszuliefern. Drohungen halfen auch nichts. Wenn man sie zur Hochzeit zwinge, würde sie davonlaufen und ihrer Familie Schande machen. Nun, dachte er befriedigt, diesen Bewerber wird selbst mein querköpfiges Kind nicht ausschlagen können.

»Kaiserin Irmingard ist vor wenigen Wochen gestorben. Gott sei ihrer Seele gnädig«, sagte der Graf, sah Judith in die Augen und verkündete: »Jetzt sucht der Kaiser eine neue Gemahlin.«

Seinen anderen Kindern stockte der Atem, doch Judith schien gänzlich unberührt.

»Mit dem Maßband?«, fragte sie spitz und deutete auf die Stoffschlange, die Frau Stemma ungeduldig durch die Finger schnellen ließ. Den kleinen Schuh hatte sie auf den Tisch gestellt.

»Füße und Leib müssen gewissen Anforderungen entsprechen«, antwortete die Abgesandte des Kaiserhofs unwirsch.

»Wie steht es mit dem Kopf?«, erkundigte sich Judith.

»Der ist schön genug.«

»Könnt Ihr denn ermessen, ob auch sein Inhalt den gewissen Anforderungen entspricht? Oder gibt es dafür keine?«

Empört wandte sich Frau Stemma an den Grafen.

»Teilt Eurer vorwitzigen Tochter mit, dass sie sich zu fügen habe!«

»Liebe Frau Stemma, für die Erziehung meiner Tochter und ihre Vorwitzigkeit bin nicht ich verantwortlich, sondern der kaiserliche Hof.« Mit Genugtuung führte er kurz aus, dass Judith erst seit vier Jahren bei ihrer Familie lebe. »Kaiser Karl hat sie nach dem letzten Sachsenaufstand – meine Frau ist nämlich die Tochter des Sachsenführers Widukind – als Geisel in seinem Haushalt aufgenommen und mit seinen Kindern und Enkeln erziehen lassen. Damals war sie erst acht Jahre alt. Als ich sie mit Kaiser Ludwigs gnädiger Erlaubnis vom Aachener Hof holte, war sie bereits achtzehn. Da gab es nicht mehr viel zu erziehen«, setzte er grimmig hinzu.

»Sie hielt sich als Achtzehnjährige noch an Kaiser Karls Hof auf?«, fragte Frau Stemma ungläubig und blickte ihre beiden Begleiter vielsagend an. »Dann, Herr Welf, ist eine ganz bestimmte gründliche Untersuchung Eurer Tochter unumgänglich! Ihr versteht, was ich meine?«

Graf Welf verstand nur zu gut. Genau darum hatte auch er sich sehr gesorgt, als er Judith in Aachen abgeholt hatte. Im ganzen Reich schwirrten damals Gerüchte über die Lebensumstände am Kaiserhof umher. Gerüchte, die jeden ehrenwerten Mann, der ein keusches Weib heimführen wollte, abschrecken konnten. Zweifel an Judiths Jungfernschaft waren also durchaus angebracht, vor allem auch, da das Mädchen von ihrer wunderlichen Tante Gerswind erzogen worden war, immerhin der letzten Kebse des Kaisers.

»Es herrschten damals gänzlich andere Sitten am Hof als jetzt unter unserem guten und frommen Kaiser Ludwig«, bestätigte der Wortführer. »Da kann man gar nicht vorsichtig genug sein. Zumal Eure Tochter für eine Braut schon sehr alt ist. Wieso ist sie nicht schon längst verheiratet?«

»Weil ihr kein Mann gut genug ist«, platzte Judiths Bruder Konrad heraus. »Und jetzt will der Kaiser sie wirklich zur Braut nehmen?«

»Das bleibt abzuwarten«, erklärte Graf Welf und tippte auf das Pergament neben sich. »Hier steht, dass er seine neue Gemahlin aus einer Familie der Großen des Landes erwählen wird.«

Der Großen des Landes! Bei diesen Worten lächelte Graf Welf ein wenig verärgert in sich hinein. Er verfügte zwar über beträchtlichen Besitz im ostrheinischen Gebiet, doch war das einstmals so hoch geschätzte Welfenhaus zwei Generationen zuvor in der politischen Bedeutungslosigkeit verschwunden.

Welfs Großvater Ruthard hatte es unter dem Hausmeier und späteren König Pippin, dem Vater des verstorbenen Kaisers Karl, nach dem Blutgericht von Cannstatt zu hohem Ansehen gebracht. Damals, als Pippins Bruder Karlmann sämtliche wehrlose Alemannenfürsten hatte niedermetzeln lassen, war Ruthard beauftragt worden, im führerlosen Alemannien Ordnung zu schaffen. Was ihm vorzüglich gelang und ihn wahrlich nicht ärmer machte – ganz im Gegenteil. Und später hatte Ruthard gemeinsam mit dem berühmten Abt Fulrad von Saint Denis König Pippin nach Rom begleitet, wo das Bündnis zwischen Papst und Frankenkönig begründet worden war. Was dem Ansehen und dem Vermögen der Familie auch zugute gekommen war. Doch als Karl, der inzwischen »der Große« genannt wurde, nach dem Tod seines Vaters Pippin den Thron bestieg, wollte er sich der Verdienste der Welfenfamilie nicht mehr erinnern und schloss sie aus dem Kreis der Berater und Hofangehörigen aus. Genau wie sich Kaiser Ludwig nach dem Tod des eigenen Vaters auch der alten Berater Karls größtenteils entledigt hatte. Ein neuer Herrscher braucht neue Leute.

Kurz ging dem Grafen durch den Kopf, zu welch ungeahntem Ansehen jener kommen konnte, der gar mit dem Kaiser selbst verschwägert war. Er sah eine glänzende Zukunft für seine Söhne Konrad und Rudolf voraus und sich auf angenehmste Weise der Schwierigkeiten mit seiner störrischen ältesten Tochter enthoben. Es würde jetzt nicht nötig werden, sie ins Kloster zu stecken, wie er eigentlich schon geplant hatte. Er wandte sich an den Wortführer, der bereits den dritten Pokal des hauseigenen Weins geleert hatte.

»Wie viele Mädchen werden nach Aachen reisen, um sich der Brautschau zu stellen?«

Der Mann wischte sich mit dem Ärmel den Mund ab und zuckte mit den Schultern. »Wie ich schon sagte, sind mehrere Boten ausgesandt worden. Wir haben vier Mädchen für würdig befunden; sie sind bereits auf dem Weg. Eure Tochter wäre unsere fünfte, wenn ihre Reinheit gewährleistet ist. Insgesamt könnten es zwanzig oder mehr Mädchen sein.«

»Und warum diese Eile?«

»Weil Kaiser Ludwig Anfang des Jahres Hochzeit halten will.«

»Und darum komm jetzt, Kind!«, drängte Frau Stemma. Sie wollte nach Judiths Hand greifen, um ihrer Aufforderung Nachdruck zu verleihen.

Judith rückte ab.

»Mich rührt niemand an!«, verkündete sie mit eisiger Stimme. Sie erhob sich, bat ihre Schwester Dhuoda, den Gästen Schlafplätze zuzuweisen, wünschte allen eine gute Nacht und verließ den Raum. Sie wusste, dass sie niemand zurückhalten würde. Schließlich hatte sie am Kaiserhof unter anderem gelernt, wie man sich Autorität verschafft.

Entrüstet wandte sich Frau Stemma an den Grafen.

»Haltet sie auf! Sie kann sich doch nicht dem Kaiser widersetzen!«

Der Graf zuckte mit den Schultern.

»Das bleibt abzuwarten«, wich er mit jenem Satz aus, den er auf Fragen nach Judiths Zukunft grundsätzlich benutzte. Sein Blick fiel auf Hemma, die den kleinen Schuh vom Tisch genommen hatte und nun vergeblich versuchte, einen ihrer Füße hineinzuzwängen.

Mit boshaftem Lächeln hielt Konrad ihr das Fleischmesser hin. »Wenn du dir die Zehen absäbelst, passt du vielleicht hinein«, bemerkte der Bruder und setzte hinzu: »Judith hat winzige Füßchen. Sie könnte mühelos hineinschlüpfen.«

»Auch sonst erscheint es nicht erforderlich zu sein, die Maße zu nehmen«, meinte der Wortführer der Gruppe. »Das Mädchen ist ausnehmend liebreizend, bei Weitem die Schönste, die wir gesehen haben. Und was die andere Untersuchung angeht…«, er wandte sich an den Grafen, stotterte ein wenig herum und brachte schließlich fast verschämt hervor: »Reitet Eure Tochter viel?«

»Sie ist auf dem Pferderücken zu Hause«, versicherte der Vater.

Der Bote nickte erleichtert. Wer die künftige Kaiserin an den Hof bringen würde, dem war eine hohe Belohnung in Aussicht gestellt worden. Unvorstellbar, dass seine Konkurrenten ein schöneres Mädchen als diese Judith auftreiben würden. Mit freundlichem Lächeln wandte er sich an seine Begleiterin: »Sagtet Ihr nicht selbst, Frau Stemma, dass erschöpfendes Reiten gelegentlich der Reinheit… abträglich sein könne?«

Frau Stemma brummte. Nach den Strapazen der langen Reise ärgerte es sie, um das Vergnügen gebracht zu werden, sich mit dem weichen Körper des Mädchens zu befassen und ihn eingehend zu untersuchen.

Zuversichtlich, dass den anderen der innere Aufruhr entgangen war, den die Nachricht der kaiserlichen Boten in ihr ausgelöst hatte, begab sich Judith in die Kammer, die sie sich mit Dhuoda und Hemma teilte. Angekleidet ließ sie sich auf ihr Lager fallen und stieß einen kleinen Jubelschrei aus. Eine Rückkehr nach Aachen! Endlich war das Wunder geschehen, auf das sie seit vier Jahren gehofft hatte, seit jenem Tag, da sie ihren tränenreichen Abschied vom Kaiserhof genommen hatte.

Damals hatte sie geglaubt, die Trennung von allem, was ihr lieb war, vor allem von ihrer Tante Gerswind, nicht verwinden zu können. Vergeblich hatte sie versucht, sich gegen ihre Entfernung vom Hof zu wehren, sich sogar bemüht, mit Zauberkünsten ihr Bleiben zu erwirken. Doch Gerswind selbst hatte sie dem Vater anvertraut und ihn aufgefordert, die Tochter schleunigst fortzubringen. Es würden fürchterliche Dinge am Hof geschehen, derer Judith nicht Zeugin werden dürfe.

Also hatte Graf Welf seine widerstrebende Tochter kurz nach dem Tode Karls des Großen heimgebracht. Ein Heim, das Judith weder kannte noch wollte. In früheren Jahren hatte sie wiederholt Kaiser Karls Angebot, zu ihren Eltern zurückzukehren, von sich gewiesen. Ihr Zuhause war der Aachener Hof. Sie hatte sich dort nie als Geisel gesehen, sondern als geschätztes Mitglied des kaiserlichen Haushalts, als Zögling Gerswinds, der letzten Geliebten des alten Kaisers. Der hatte Judith liebevoll »unsere kleine Welfin« genannt und ihr manches Mal versonnen über das Goldhaar gestrichen. Einhard, der Leiter der Hofschule, hatte sich stets lobend über ihre geistigen Leistungen und schreiberischen Fähigkeiten geäußert, und ihre Schönheit hatte bei Töchtern und Enkelinnen des Kaisers – anders als bei den beiden von der Natur wenig begünstigten Schwestern im dumpfen Altdorf – keinen Neid erregt. Ach, wie viel Schönheit es in Aachen doch gegeben hatte! An den Gebäuden, in den Schriften der Dichter und Philosophen, in den Kunstwerken, der Musik, in der ganzen Umgebung überhaupt, in den Gedanken und der Sprache der Hofangehörigen und in der allgemeinen Freude am Leben. In der Rückschau schien ihr der gesamte Aachener Karlshof von Licht, Fröhlichkeit und Geist durchdrungen zu sein; ein beständiges Wachsen und Gedeihen, in dem es sich trotz der gelegentlich stinkigen Luft der Schwefelquellen so frei atmen ließ, wie es ihr im guten Klima nahe dem Bodensee nicht möglich war.

Aus Sehnsucht nach ihrem alten Leben wollte Judith den Gerüchten über betrübliche Veränderungen nach Kaiser Karls Tod am angeblich freudlosen Hof Kaiser Ludwigs keinen Glauben schenken. Sie träumte unentwegt von einer Rückkehr.

Genau deshalb hatte sie sich den Heiratsplänen ihres Vaters widersetzt. Denn nach vier Jahren im Elternhaus wusste Judith ganz genau, was sie nicht wollte. Sie erschauerte bei dem Gedanken, ein Leben wie ihre Mutter führen zu müssen, und das wäre zweifellos der Fall gewesen, hätte sie einen ihrer zahlreichen Bewerber in Betracht gezogen. Heilwig war unablässig mit Angelegenheiten beschäftigt, denen Judith nicht die geringste Freude abgewinnen konnte. So gern sie Wein trank und Wildbret aß, so wenig interessierte sie sich für den Zustand der Reben oder den des Küchenhauses. Sie würde Auseinandersetzungen zwischen Mägden schlichten und abends über Abrechnungen oder feiner Handarbeit sitzen müssen, anstatt aus Briefen der Gelehrten zu lernen, mit klugen Köpfen über Politik zu reden oder in anregender Gesellschaft das Psalterium zu zupfen und an geistreichen Ratespielen teilzunehmen. Es grauste ihr bei der Vorstellung, dass ihr Leben nach einem klar umrissenen Plan ablaufen würde, den sie zu erfüllen hatte und an dem sie selbst nie etwas würde ändern können. Sie würde einen Sohn nach dem anderen gebären und ihre Töchter auf das gleiche farblose Leben vorbereiten müssen, das man ihr jetzt als so erstrebenswert ausmalte. Entscheidungen über Haus und Hof würde sie nur dann eigenständig fällen können, wenn ihr Gemahl in höherem Auftrag unterwegs war, in den Krieg zog oder starb. Und das viele Wissen, mit dem sie ihren Kopf an Karls Hof gefüllt hatte, würde sie dabei kaum einbringen können.

Sie wusste, dass ihr Vater es für einen Fehler hielt, sie nicht früher vom Kaiserhof geholt zu haben. Nach seiner Ansicht war der Unterricht an der Hofschule für Mädchen gänzlich ungeeignet. Der Umgang mit den zügellosen unverheirateten Töchtern des alten Kaisers sowie die seltsame Erziehung seiner Schwägerin Gerswind hätten seine Tochter für ein vernünftiges Leben verdorben, meinte er. Wenn sie schon nicht einem Mann dienen wolle, dann eben dem Herrn im Himmel, hatte er einige Wochen zuvor übellaunig erklärt und sich auf Anraten seiner Gemahlin Heilwig im Kloster Chelles nach den Aufnahmebedingungen erkundigt. Heilwig fühlte sich diesem Kloster sehr verbunden, da es ihre heidnische Mutter Geva aufgenommen und sie vor deren Tod im vergangenen Sommer zur gläubigen Christin bekehrt hatte. Wem es gelungen war, den Willen dieser verbitterten alten Sächsin zu brechen, der würde auch seiner Tochter die Flausen austreiben können, hatte ihr Vater gehofft.

Nun, jetzt war in Altdorf keine Botschaft aus Chelles eingetroffen, sondern eine aus Aachen.

Der Kaiser suchte eine Braut.

Judith fuhr erschrocken auf. Mit dem nächsten Donnerschlag drang erst wirklich zu ihr durch, weshalb sie nach Aachen reisen sollte. Bisher hatte sie ausschließlich daran gedacht, wieder in die Stadt ihrer Träume heimkehren zu können. Um dann vor Ort Mittel und Wege zu finden, die ihr Verbleiben am Hof sicherten. Notfalls durch eine geeignete Heirat. Aber gleich mit dem Kaiser?

Ein alter Mann, dachte sie betroffen. Er musste um die vierzig sein, denn sie selbst war genauso alt wie sein ältester Sohn Lothar. Mit dem hatte sie früher gespielt, wenn Kaiser Karl seinen Sohn König Ludwig und dessen Familie aus Aquitanien zu sich nach Aachen bestellt hatte. Ein gewitzter und recht hübscher Knabe mit ziemlich langer Nase, erinnerte sie sich, den kann ich mir schon eher als Heiratskandidat vorstellen, wenn es denn sein muss. Dabei fiel ihr ein, dass der Aachener Bote auch sie soeben als alt bezeichnet hatte. Beruhigt atmete sie aus, denn wenn der Kaiser, wie sein Vater selig, vor allem Mädchen in der ersten Blüte ihres Lebens schätzte, würde er kaum sie erwählen, sondern eher eine niedliche Vierzehnjährige.

Ja, wollte sie denn nicht Kaiserin werden?

Genau diese Frage stellte ihr die Mutter, die am nächsten Morgen heimkehrte und mit der großen Neuigkeit überfallen wurde. Müde nach einer durchwachten Nacht, aber glücklich, dass Gebärende und Neugeborenes im kleinen Grubenhaus am Leben geblieben waren, ritt Gräfin Heilwig im Morgengrauen in den Altdorfer Hof ein. Auch wenn sie keine Hebamme war, so wurde sie doch oft zu Geburten gerufen, weil man auf gewisse Kräfte der Gräfin hoffte. Niemand hätte gewagt, es auszusprechen, aber die Tatsache, dass Heilwig als heidnische Sächsin geboren worden war, rückte sie in den Augen vieler einfacher Menschen in die Nähe einer weisen Frau. Dahinter steckte der Argwohn, das Christentum unterdrücke altbewährte Kenntnisse, über die nur noch wenige Menschen aus der alten Zeit verfügten. Sachsen, zum Beispiel. Heilwig hätte sich empört gegen solche Andeutungen verwahrt, wären sie ihr zu Ohren gekommen. Sie sah ihre Aufgabe darin, den armen Frauen mit kräftigenden Nahrungsmitteln, warmer Kleidung und fürsorglicher Umsicht beizustehen und, wenn die Sache hoffnungslos erschien, die Fürsprache des Herrn zu erbitten. Anders als ihre Schwester Gerswind, die noch immer heidnischen Bräuchen anhing und Judith sogar darin unterrichtet hatte, vertraute Heilwig bedingungslos auf das Wort Gottes. Als Judith in den Schoß der Familie zurückgekehrt war, hatte sie der Tochter strengstens untersagt, sich in den alten Bräuchen zu üben oder gar irgendwelchen Zauber einzusetzen. Sie wusste nicht, ob sich Judith an ihr Verbot hielt. So wie sie überhaupt nur sehr wenig von der Tochter wusste, die sie zwar geboren, aber im Alter von acht Jahren verloren hatte. Sie gestand sich ein, dass ihr das eigene Kind fremder war als die Frau, der sie in der Nacht zuvor beigestanden hatte. Das war nicht Judiths Schuld, sondern Heilwig selbst hatte dies heraufbeschworen, als sie im Jahr 804 mit dem kleinen Kind gen Norden gereist war, um ihre eigene Mutter vom Kriegshandwerk abzubringen. Der Anblick ihrer wohlgeratenen Enkelin sollte Geva davon abhalten, weitere Sachsenaufstände gegen Karl den Großen anzuführen. Heilwigs Plan scheiterte. Mit Geva und Judith wurde sie von den Mannen Karls in Hollenstedt festgenommen und nach Aachen verbracht. Der Kaiser gab Heilwig die Freiheit zurück und schickte ihre Mutter ins Kloster Chelles. Judith aber behielt er als Geisel am Hof – genau wie zwanzig Jahre zuvor Heilwigs Schwester Gerswind, die Beutefrau, wie sie später oft genannt wurde. Die Sünde, ihr Kind als Mittel zum Zweck benutzt zu haben, lastete schwer auf Heilwig. Sie suchte diese abzutragen, indem sie Judith ein Heim bot und sie vor den Heiratsplänen des Vaters, so gut sie es vermochte, schützte. Doch das gab ihr die verlorene Tochter nicht zurück.

»Willst du denn nicht Kaiserin werden?«, fragte sie, nachdem sie erfahren hatte, dass sich Judith gegen das Maßnehmen und die Untersuchung durch Frau Stemma verwahrt hatte.

»Wäre denn eine derart beschämende Prüfung einer künftigen Kaiserin würdig?«, wich Judith aus, da sie diese Frage auch für sich selbst noch nicht beantwortet hatte. »Außerdem liegt die Entscheidung beim Kaiser. Was ich will, spielt dabei wohl keine Rolle. Ich stelle mich in Aachen vor, dann sehen wir weiter.« Ihr fiel ein, wie bestimmt sich ihre Mutter vor sie gestellt hatte, wenn der Vater sie wieder mal einem Ehemann zuführen wollte. »Danke, dass du mich im Gegensatz zu allen anderen wenigstens gefragt hast«, sagte sie und schenkte ihr einen Blick, bei dem Heilwig das Herz aufging.

Bereits wenige Stunden später war Judith reisebereit. Ihr Vater hatte zwar angeboten, sie eine Woche später mit einem kleinen Reisezug selbst nach Aachen zu begleiten, doch Judith zog es vor, noch am selben Tag gen Norden zu ziehen. Dafür hatte sie einen ganz bestimmten Grund. Sie hatte sich nämlich bei Frau Stemma nach der Reiseroute erkundigt und erfahren, dass ein Halt in Prüm geplant war. Dort sollte der Reisezug einer anderen Bewerberin zu ihnen stoßen. Und in Prüm lebte Gerswind. Für ein Wiedersehen mit der geliebten Tante war Judith bereit, die Begleitung der grässlichen Frau Stemma zu ertragen. Sie hoffte, der andere Reisezug möge sich verspäten, denn sie wollte so viel Zeit wie möglich mit Gerswind verbringen, von der sie zehn Jahre lang am Kaiserhof betreut worden war. Sie machte sich Sorgen um die Tante, denn in den vergangenen vier Jahren hatte sie aus Prüm nur ein einziger Brief erreicht.

Begleiten sollten sie nicht nur die kaiserlichen Boten, eine Magd aus dem Haushalt des Grafen und zwei seiner Männer, sondern auch ihr Bruder Konrad. Der war zwar zum Schutz der Schwester abgestellt worden, sollte sich aber auch in Aachen selbst nach einer Braut umsehen.

»Der Kaiser kann schließlich nur eine einzige der edlen Jungfrauen heiraten«, erklärte Graf Welf, »aber alle anderen gehören zu den Schönsten des Landes und stammen von den besten Familien ab. Eine günstigere Gelegenheit zu einer guten Einheirat kann es gar nicht geben. Nicht nur viele schöne Mädchen machen sich also derzeit auf den Weg nach Aachen, meine Lieben, sondern auch anspruchsvolle junge Männer aus allen Reichsteilen. Ich verspreche euch, dass keines der erwählten Mägdelein ohne Freier bleiben wird. Nicht einmal unsere Judith!«, setzte er triumphierend hinzu und wandte sich an seinen ältesten Sohn. »Ich vertraue deinem Urteil, Konrad«, sagte er. »An Vaters statt kannst du deine Schwester irgendeinem würdigen Edlen versprechen, der sie haben will.«

Konrad grinste. Judith erschrak. Wenn Männer aus allen Reichsteilen um ihre Hand anhalten konnten, wäre es nicht ausgeschlossen, dass sie in einen entfernt gelegenen Winkel verschleppt werden und genau dem Leben entgegensehen würde, das ihre Mutter führte und dem sie in den vergangenen Jahren so erfolgreich ausgewichen war. Sie sah sich als Herrin eines ähnlichen Hofes wie ihres Elternhauses. Grauenvoll. Damit verlor der Gedanke, auf den alten Kaiser einen günstigen Eindruck zu machen, mit einem Mal sehr viel von seinem Schrecken.

Im Eifelgau lag Anfang Dezember schon tiefer Schnee. Die Pferde kamen zwar nur langsam voran, doch Frau Stemma zeigte sich erleichtert.

»Auf gefrorenem Boden reitet es sich besser«, sagte sie zu Judith und berichtete von den verschlammten Wegen, die sie auf der Hinreise behindert hatten, von Flüssen, die über die Ufer getreten waren und ihnen Umwege aufgezwungen hatten und von Dauerregen, der ihnen die Sicht genommen und sie derart durchnässt habe, dass die Angst vor todbringender Erkältung zum ständigen Begleiter geworden war. Schnee und klirrende Kälte seien solchen Unbillen doch entschieden vorzuziehen. Judith hüllte sich tiefer in ihren Pelz ein und blickte auf die Männer, die schweigend vor sich hin ritten. An Bärten und Augenbrauen hatten sich Eisklümpchen gebildet.

Die Welfentochter versuchte ihre steifgefrorenen Zehen innerhalb der Fellstiefel zu bewegen, um das Blut anzuregen. Ihre Kopfhaut, die unter dem dicken Tuch und der Pelzkapuze unerträglich juckte, schien außerhalb der Reichweite ihrer klammen Finger zu sein. Ihr Rücken schmerzte, ihre Beine waren nahezu gefühllos, und der Körperteil, der dem Pferd am nächsten war, musste inzwischen gänzlich aufgerieben sein. Sich davon überzeugen konnte sie nicht, auch wenn sie Frau Stemmas Rat nicht folgte, sich keine Erleichterungspause zu gönnen, sondern es einfach fließen zu lassen, was sie kurzzeitig wärmen würde. Sie bestand darauf, zum Verrichten der Notdurft abzusteigen. Und konnte danach oft nur mithilfe anderer wieder aufsteigen. Das war sehr demütigend. Den bisher zweiwöchigen Ritt, der nur durch kurze Schlafspannen unterbrochen wurde – gelegentlich sogar ohne Dach über dem Kopf in den Reisepelz gehüllt –, empfand sie als die härteste Prüfung ihres Lebens.

»Warum hätte der Kaiser nicht bis zum Frühling warten können!«, murrte sie. »Normalerweise macht sich doch kein Mensch im Winter auf so einen weiten Weg!«

»Auch kein Räuber«, erwiderte Frau Stemma. »Man muss immer die Vorteile sehen.«

Als hätte er die Worte gehört, trabte jetzt der einheimische Führer, den sie für dieses Teilstück der Reise angeworben hatten, auf die Frauen zu und erklärte fröhlich: »Wir werden noch vor Einbruch der Dunkelheit in der Abtei ankommen. Da gibt es ein gut gewärmtes Gästehaus mit richtigen Betten, hervorragendes Bier und ein Stück ordentlich gebratenes Wildbret. Herz, was willst du mehr!«

»Vielleicht etwas für die Seele?«, fragte Frau Stemma scharf. »Eine kleine Kirche? Damit wir Gott danken können, dass wir es bis hierher lebendig und gesund geschafft haben.«

»Sogar eine große Kirche!«, versicherte der Einheimische. »Die schönste weit und breit! Gewiss noch schöner als die Kirche von Aachen. Hier in Prüm hat König Pippin vor über einem halben Jahrhundert die Goldene Kirche gestiftet und ihr die kostbarste Reliquie des Erdkreises geschenkt – die Sandale Jesu!«

Beim Gedanken an nackte Füße in dünnen Riemenschuhen zitterte Judith noch mehr. So eine Kälte wie hier kannte sie weder aus Aachen noch aus Altdorf. Was mochte Gerswind bloß bewogen haben, sich in einer derart unwirtlichen Gegend niederzulassen!

»Kennt Ihr die Bewohner Prüms?«, fragte sie den Einheimischen. Er musterte sie verblüfft und brach in Gelächter aus.

»Natürlich! Ich wohne doch dort. Da gibt es nicht viel zu kennen. Vater Dankrad, ein paar Mönche, ein paar Hufebauern, etliche Unfreie, ein paar Handwerker, ein paar alte Männer und die Frauen, die in der Tuchmacherei arbeiten. Eben, was sich so alles in einer Abtei aufhält und sich um sie herum ansiedelt. In Prüm kennt jeder jeden, und, von den Mönchen mal abgesehen, sind fast alle miteinander verwandt.«

»Sagt Euch der Name Gerswind etwas?«

Der Mann starrte sie verblüfft an. »Ja«, knurrte er abweisend. »Mit der bin ich nicht verwandt. Die Frau aus Aachen. Die Verrückte.«

»Was ist mit ihr?«, fragte Judith erschrocken. »Ich bin mit ihr verwandt«, setzte sie schnell hinzu. »Sie ist die Schwester meiner Mutter.«

»Ja, dann...«, sagte er etwas hilflos, als erklärte das Gerswinds Verrücktheit.

»Es geht ihr gut«, setzte er seufzend hinzu. »Vielleicht zu gut. Sonst hätte sie Vater Dankrad doch nie davon überzeugen wollen, in der Abtei eine Schule einzurichten!« Er begann sich vor Lachen zu schütteln.

»Was ist daran so komisch?«, wollte Judith wissen. »In vielen Klöstern werden Kinder unterrichtet.«

»Aber doch nicht Mädchen! Wenn das nicht verrückt ist, was dann?«

Judith fiel die kaiserliche Hofschule ein. Die Mädchen waren zwar getrennt unterrichtet worden, hatten aber zumeist erheblich bessere Leistungen im Lesen und Schreiben aufgewiesen als die Knaben. Kaiser Karl hatte höchstselbst zugegeben, dass seine Töchter wesentlich gelehriger als seine Söhne waren. Judith dachte an ihren Vater, der zwar lesen, aber nur mit Mühe und Not ein paar Buchstaben zu Pergament bringen konnte. Ihre Mutter hingegen setzte in schöner Sprache die feinsten Minuskeln auf; ihre Schwester Dhuoda hatte gar angefangen, eine eigene Schrift mit religiösen und philosophischen Gedanken anzufertigen, und Hemma hatte eine Geschichte niedergeschrieben, in der ein schielendes Mädchen zur Königin gemacht wurde, weil sie einen Blick für das hatte, was anderen verborgen blieb. Judiths eigene Dichtkunst hatte Einhard, der Leiter der kaiserlichen Hofschule, einst gar mit Strophen von Homer verglichen. Weshalb Judith übrigens die heimliche Vermutung hegte, dass sich hinter dem Namen des Homer eine Frau verbarg.

»Kaiser Ludwig hat jedenfalls alle Mädchenschulen schließen lassen«, erklärte Frau Stemma zustimmend. »Woran er recht getan hat! Es ist widernatürlich, wenn Frauen ihre Zeit mit Lesen und Schreiben verplempern, anstatt zu kochen, zu spinnen, zu gebären oder auf dem Feld zu arbeiten.«

Der Mann nickte. »So ist es. Ich jedenfalls habe meiner Tochter verboten, zu dieser Frau zu gehen. Sie soll jetzt angeblich in ihrem eigenen Haus Mädchen unterrichten, aber ich kenne keine Familie, die ihre Tochter dahin schicken würde.« Er wandte sich zögerlich fragend an Judith.

»Ihr sagt, sie sei Eure Tante. Im Dorf heißt es, sie sei eine heidnische Sächsin. Was ist denn nun wahr?«

»Sie ist meine Tante«, beschied ihm Judith in höchster Besorgnis. Sie begriff, dass Gerswind einen noch tieferen Einschnitt in ihr Leben erfahren haben musste als sie selbst, die immerhin wohl behütet auf einem Herrensitz lebte. »Und sie hat eine hohe Stellung am Hof Kaiser Karls bekleidet«, fügte sie steif hinzu, hoffend, dass er jetzt nicht Konrad befragen würde, der ihm mitteilen könnte, dass die Tante schlichtweg eine Bettgespielin des Herrschers gewesen sei. Eine üble Verzerrung der Wahrheit, denn kaum jemand wusste besser als Judith, welch wichtige Rolle Gerswind im Leben des Kaisers gespielt hatte. Aber da er vor der geplanten Hochzeit mit seiner letzten Geliebten gestorben war, konnte sie nicht nur keine Ansprüche geltend machen, sondern war ohne Mittel und Rechte vom Kaiserhof vertrieben worden. Ich muss auf jeden Fall heiraten, dachte Judith betroffen, eine solche Schutzlosigkeit könnte ich nicht ertragen. Sie riss sich zusammen.

»Sagt doch, wo wohnt meine Tante?«, fragte sie freundlich.

»Im Hurenhaus«, brummte der Mann.

»Im Hurenhaus!«, wiederholte Judith entsetzt. Die Aussichten wurden immer übler.

»So hieß es früher«, seufzte der Mann. »Als die Mönche noch mit Frauen umgehen durften und sie dafür bezahlten. Jetzt ist so etwas natürlich verboten, und da sind die Huren verschwunden. Aber niemand wollte in das böse Haus am Ufer der Prüm ziehen. Bis eben die Frau aus Aachen kam und es für sich herrichtete.« Neugierig fragte er: »Was für eine Stellung hat sie denn an Kaiser Karls Hof bekleidet?«

»Eine sehr bedeutende«, erwiderte Judith ausweichend, weil ihr keine andere Antwort einfiel.

Die Frau, die im Aachener Palatium kaiserliche Gemächer bewohnt, Karl den Großen in seinen privatesten Augenblicken umsorgt und in seiner letzten Stunde bei ihm gewacht hatte, sollte in diesem kleinen hölzernen Schuppen hausen? Judith starrte auf die schneebedeckte windschiefe Hütte im Schatten hoher Fichten am Ufer der zugefrorenen Prüm. Rauch stieg aus einem Loch im Dach empor. Judith trat einen Schritt näher, um anzuklopfen.

Da öffnete sich die Tür. Der Schwall von Schmutzwasser, der schwungvoll aus einer Schüssel ins Freie befördert wurde, hätte sich fast über Judiths Füße ergossen. Sie sprang im gleichen Augenblick zur Seite, wie die irdene Schüssel zu Boden fiel. Und dann lagen sich die beiden Frauen in den Armen.

»Judith! Wie kommst du hierher!«, rief Gerswind, als sie ihre

Nichte an der Hand ins Innere der Hütte zog und die Tür wieder schloss.

»Ich bin auf dem Weg nach Aachen«, erwiderte Judith strahlend, zupfte sanft an dem dicken weißblonden Zopf, der Gerswind über die Brust hing und setzte übermütig hinzu: »Wo ich Kaiser Ludwig heiraten werde!«

Gerswind wurde aschfahl. Sie ließ die Hand ihrer Nichte los, suchte Halt an der Wand und stieß heiser hervor: »Niemals! Das werde ich verhindern.«

2

Aus den Chroniken der Astronoma

Im Jahr des Herrn 818

Am Gründonnerstag des Vorjahres bricht der hölzerne Gang zwischen Hofkirche und Palast zusammen. Ein Mann stirbt, und viele werden schwer verletzt, darunter auch Kaiser Ludwig höchstselbst. Knapp dem Tod entronnen, beschließt er, seine Nachfolge zu regeln, und erlässt ein Vierteljahr später die Ordinatio imperii: Er teilt sein Reich unter seinen drei ehelichen Söhnen auf. Die beiden jüngeren, Ludwig, genannt Ludo, und Pippin von Aquitanien, sollen nach dem Tod des Vaters ihrem älteren Bruder Lothar, den Ludwig jetzt zum Mitkaiser erhoben hat, als Unterkönige dienen und dürfen nur mit seiner Zustimmung heiraten. Die illegitimen Söhne Karls des Großen schließt der Kaiser aus der Erbfolge aus. Er lässt seine Halbbrüder Drogo, Hugo und Theoderich scheren und in Klöster einweisen. König Bernhard von Italien, den Sohn seines Bruders Pippin, übergeht er in der Ordinatio imperii. Stattdessen schreibt er Italien seinem eigenen Sohn Lothar zu. Damit hat Kaiser Ludwig das Versprechen gebrochen, das er seinem Vater, dem Großen Karl, im Jahre des Herrn 813 gegeben hat. Bernhard, hinter dem ein bedeutender Teil des Adels steht, pocht auf sein verbrieftes Recht. Er erhebt sich gegen seinen Oheim Kaiser Ludwig und besetzt die Alpenpässe. Kaiserin Irmingard greift zu einer List und sendet ihm einen Brief: Alles solle vergeben und vergessen sein, wenn er sich an einem neutralen Ort zu einem Aussöhnungstreffen mit Ludwig bereit erkläre. Bernhard willigt ein, wird aber bei seiner Ankunft in Chalon-sur-Saône als Hochverräter festgenommen und nach Aachen verschleppt. An diesem Osterfest, genau ein Jahr nach dem Einsturz des Holzganges, verurteilt der Kaiser seinen Neffen zum Tode und begnadigt ihn dann zur Blendung. An deren Folgen stirbt König Bernhard am 17. April. Damit bringt Ludwig den größten Teil des Adels gegen sich auf. Der hatte ihm bereits die Vertreibung der klugen Berater seines Vaters, vor allem des Grafen Wala, übel genommen. Als ein halbes Jahr später Kaiserin Irmingard stirbt, wird dies von manchen als Strafe des Himmels gesehen. Auch der Kaiser fürchtet nun den Zorn des Herrn und will sich als Mönch in ein Kloster zurückziehen. Doch die Männer, denen er als Berater an seinem Hof zu hohem Ansehen, Reichtum und viel Macht verholfen hat, allen voran sein Milchbruder, der in Unfreiheit geborene Ebbo Bischof von Reims, beschwören ihn, im Amt zu verbleiben und schnell wieder zu heiraten. Sie wünschen, ihn mit den schönsten Mädchen des Reichs zu verlocken, und wollen seinen Sinn auf ein edles Kind lenken, dessen Vater in keinerlei Verbindung zum Hof Karls des Großen gestanden hat. Sie glauben, mit einem solchen neuen Vasallen den Einfluss der Gegner des Kaisers beschneiden zu können. Anders als Kaiserin Irmingard, die große Macht auf den Kaiser ausgeübt hat, soll die neue Gemahlin demütig und fügsam sein, jedoch im Sinne der Berater auf den Kaiser einwirken. Nach byzantinischem Muster wird in Aachen eine Brautschau abgehalten. Die ersten Jungfrauen sind bereits in der Karlstadt eingetroffen.

Im Jahr 818

Judith blickte ihre Tante überrascht an, doch ehe sie sich erkundigen konnte, was sie zu dieser seltsamen Äußerung getrieben hatte, erklang eine Kinderstimme: »Wer ist die Frau, Mutter?«

Gerswind fing sich und schob Judith ein kleines Mädchen mit langen hellroten Zöpfen und wasserblauen Augen zu.

»Umarme deine Base, Adeltrud«, forderte sie ihr Kind auf. »Das ist Judith, die Tochter meiner Schwester Heilwig.«

Judith hatte den Pelz und das Tuch abgenommen und schüttelte jetzt ihre Haare aus, die im Schein der Herdflammen golden aufblitzten und ihr Haupt wie einen Heiligenschein umschimmerten. Sie bückte sich zu der etwa Siebenjährigen hinunter und streichelte ihr die mit Sommersprossen übersäte Wange.

»Bist du ein Engel?«, fragte das Kind murmelnd. Es legte seine dünnen Ärmchen um Judiths Hals und strich mit den Fingern vorsichtig über das seidige Goldgespinst ihres Haars.

Judith küsste das Kind auf den Scheitel. »Ja, kennst du mich denn gar nicht mehr, Adeltrud?«, fragte sie sanft. »Erinnerst du dich nicht mehr daran, wie ich am Kaiserhof mit dir gespielt habe?«

»Sie war noch sehr klein«, sagte Gerswind schroff. »Wie sollte sie sich da an irgendwen erinnern?« Die Bitterkeit verschwand aus ihrer Stimme, als sie ihre Tochter bei der Hand ergriff und versetzte: »Komm, Adeltrud, ich bringe dich jetzt ins Genitium. Da wirst du heute übernachten. Du weißt doch, Großmutter Gislind braucht deine Augen.«

»Großmutter Gislind?«, fragte Judith überrascht.

»Die Witwe Gislind hat uns sehr beigestanden, als wir vor vier Jahren hierher flüchten mussten«, antwortete Gerswind. »Eine andere Großmutter kennt mein Kind nicht.«

»Aber das Genitium ...«, Judith brach ab, sah Gerswind vielsagend an und setzte leise hinzu: »Solche Frauen ...«

Ihre Mutter Heilwig hatte die Arbeiterinnen im Altdorfer Genitium stets als »lose Dirnen« bezeichnet, die vom Glauben abgefallen seien und denen man mit strenger Zucht begegnen müsse.

»Ehrenwerte Frauen«, erwiderte Gerswind mit einer Stimme, die keinen Widerspruch duldete. »Die schwer zu arbeiten verstehen. Es schadet Adeltrud nicht, ihnen zur Hand zu gehen. Ich selbst war kaum älter, als ich dort meinen Lebensunterhalt verdienen musste.«

Judith schwieg. Es gab so vieles aus Gerswinds Leben, von dem sie nichts wusste.

»Warum musstest du vom Hof flüchten?«, fragte sie fast unhörbar.

»Weil Kaiser Ludwig alle *Buhlen* seines Vaters vertrieben und deren Kinder in Verliese geworfen hat«, erwiderte Gerswind. »Vor diesem Schicksal konnte ich uns bewahren. Und Ruadbern auch, Hruodhaids Sohn, falls du dich an ihn noch erinnern kannst.«

Judith nickte nachdenklich und fragte sich, ob sie am Hof noch viele ihrer alten Freunde wiedertreffen würde.

»Ein lustiger kleiner Knabe, dieser Ruadbern«, erinnerte sie sich, »der mir Kämme, Spangen und Fibeln gestohlen hat.«

»Und sie wie Reliquien hütete«, setzte Gerswind hinzu. »Er war zwar nur so alt wie Adeltrud, aber einen hartnäckigeren Verehrer hättest du wohl kaum finden können.«

Gerswind warf sich einen Mantel aus Schaffell über, reichte Adeltrud ihren Filzumhang und legte noch ein paar Scheite aufs Feuer.

»Komm, Kind, lass uns gehen, bevor es dunkel wird. Und du, Judith, bedienst dich an allem, wonach dir gelüstet. Vielleicht möchtest du dich nach deinem langen Ritt auch hinlegen.« Sie nickte zum Bett neben der Feuerstelle in der Mitte des Raumes. »Wir reden später weiter.«

Nachdem Gerswind ihre Tochter bei der Witwe Gislind abgegeben hatte, eilte sie den Hang zur Abtei hinunter. Wie erwartet war der Reisezug, mit dem Judith gekommen war, dort abgestiegen.

Gerswind stellte sich ihrem Neffen Konrad vor und erfuhr

von ihm nähere Einzelheiten über den Ritt nach Aachen und die Brautschau des Kaisers. Die Weiterreise war für den übernächsten Tag geplant, da man den Zug mit den beiden Töchtern des Grafen von Tours in Prüm abwarten wollte. Gerswind teilte Konrad mit, dass Judith bei ihr nächtigen werde, und lud ihn nach kurzer Überlegung ein, sie gleichfalls zu besuchen. Sie war sicher, dass er von diesem Angebot keinen Gebrauch machen würde. Ihr war nicht entgangen, dass er eine ebenso herzliche Abneigung zu ihr gefasst hatte wie sie ihm gegenüber. Er hatte einen verschlagenen Blick, spielte sich den Mitreisenden und dem gastfreundlichen Abt gegenüber auf und schien von der Aufgabe, Judith an *irgendeinen* würdigen Edlen zu verschachern, sehr angetan zu sein. Offensichtlich ging er nicht davon aus, dass Ludwig Judith erwählen würde. Seine anzügliche Bemerkung, Gerswinds frühere *Aufgaben am Kaiserhof* ließen ihren Zögling, seine Schwester, als künftige Kaiserin gänzlich ungeeignet erscheinen, hätte sie ihm gern um die Ohren geschlagen, aber sie wollte den guten Abt nicht in Verlegenheit bringen.

Die sternenklare Nacht war bereits angebrochen, als Gerswind die Abtei verließ. Obwohl sie es kaum erwarten konnte, zu Judith zurückzukehren, schritt sie nur langsam aus. Es gab so viel zu überdenken. Als sie am Gottesacker vorbeikam, hielt sie inne. An jener Ecke nahe der Kirche, wo die verstorbenen Mönche des Klosters zur letzten Ruhe gebettet waren, sah sie die Holzkreuze fast gänzlich von Schnee bedeckt. Sie stapfte hinüber und begann mit bloßen Händen eines der Kreuze freizuschaufeln. Währenddessen sprach sie laut: »Habe ich dir je von meiner letzten Begegnung mit deinem Bruder Ludwig erzählt, Pippin? Wie er mich mit seinem Schwert töten wollte und dann mit einem Mal in Tränen ausbrach? Da tat er mir plötzlich leid! Der Mann, der so viele Menschen auf dem Gewissen hat, wie vermutlich auch dich, rührte mich! Der

Mann, der mich bei der Jagd geschändet hat! Der mich unentwegt gedemütigt hat! Nie habe ich einen Menschen mehr gehasst. Und doch war ich nahe daran, ihm aus lauter Mitleid alles zu vergeben, so wie es dein christlicher Gott empfiehlt, stell dir vor, mein guter alter Freund!« Ihre Hände brannten wie Feuer, dennoch schob sie jetzt auch noch Schnee von der Grabstelle. »Aber nur nahe dran. Denn der Gedanke an Rache, Pippin, der war viel stärker als die Liebe zu meinem Feind. Mein ist die Rache, spricht der Herr. Doch er hat Ludwig nicht gerichtet, sondern zum Kaiser befördert. Der Tod seiner Gemahlin sei Strafe genug gewesen, meinst du? Er hat dieses Weib nie geliebt, nur benutzt wie alle Menschen, die er für seine Zwecke einspannen konnte. Jetzt ist sie weg, und er greift sich die Nächste. Aber nicht unsere Judith!«

Sie hielt inne, rieb sich heftig die schmerzenden Hände, steckte sie unter ihren Mantel, um sie zu wärmen, und drückte sie an die Brust. Dabei spürte sie den Diamantring, den sie schon seit so vielen Jahren um den Hals hängen hatte. Und da schoss ihr ein Gedanke durch den Kopf. Ja, dachte sie, ja. Jetzt weiß ich es. Jetzt weiß ich, wie ich Ludwig seine bösen Taten heimzahlen kann! Mit einem Mal stand ihr die vollkommene Rache klar vor Augen.

Gerswind verabschiedete sich von ihrem Freund Pippin, Kaiser Karls erstgeborenem Sohn, den man zu Lebzeiten *den Buckligen* genannt und um sein Erbe betrogen hatte. Der ihr das Leben gerettet und als Mönch im Kloster Prüm gestorben war. Jetzt hatte sie es sehr eilig, zu Judith zurückzukehren und ihren Plan auszuführen. Skrupel, sich des geliebten Mädchens als Werkzeug zu bedienen, hatte sie keine, denn sie war überzeugt, dass Judith gerade durch diese wundersame Form der Vergeltung selbst am meisten Beistand bekäme. Sie wäre ihr ganzes Leben lang hervorragend geschützt, bräuchte nicht mehr zu befürchten, von ihrem Bruder an irgendeinen *würdi-*

gen Edlen verschachert zu werden, und würde über eine größere Unabhängigkeit verfügen als sonst eine Frau im Reich.

Gerswind drückte die Tür zu ihrer Hütte behutsam auf. Das Feuer auf der Kochstelle in der Mitte des Raums war fast gänzlich heruntergebrannt. Auf dem Bett daneben lag Judith lang ausgestreckt mit geschlossenen Augen. Im Licht der Glut schimmerte ihr Antlitz, als wäre es aus durchscheinendem rosa Marmor gemeißelt. Eine schlafende Göttin, dachte Gerswind versonnen, als sie mit einem großen Holzlöffel etwas Glut in ein Schälchen häufte. Aus den Kräuterbüscheln von der Decke zupfte sie ein paar zusammengerollte Blättchen Weihrauch, etwas Myrrhe, ein paar Nadeln Rosmarin und eine Spur Eisenhut. Sie zerkrümelte die Kräuter zwischen den Fingern, streute sie auf die Glut in der Schale und schabte etwas Engelwurz darüber.

Dann kniete sie sich vor Judith hin, zog sich die Kette über den Kopf, nestelte den Diamantring von der Goldschnur und wollte ihn auf das Häufchen Kräuter legen, das bereits zu glimmen begonnen hatte.

Judith begann sich zu regen. Sie sog hörbar die Luft ein.

»Die gute alte Zauberei?«, fragte sie. Ihre Stimme klang spöttischer, als sie beabsichtigt hatte. »Entschuldige bitte«, fügte sie hinzu. Sie setzte sich auf, wischte sich den Schlaf aus den Augen und berührte Gerswind sanft an der Schulter.

»Ich weiß schon«, erwiderte Gerswind freundlich und pustete in die Schale. Eine schmale Rauchsäule stieg empor, »Du hast mir ja schon vor über vier Jahren mitgeteilt, dass du damit nichts mehr zu schaffen hast.«

Nicht mit deiner Naturmagie, dachte Judith, die habe ich längst hinter mir gelassen. Weil ich Kräfte entdeckt habe, die weit darüber hinausgehen, großartige Kräfte, die mir aber so viel Angst machen, dass ich es kaum wage, sie einzusetzen.

»Schade«, fuhr Gerswind unbekümmert fort. »Du warst so viel begabter als ich. Das habe ich schon gemerkt, als du noch ganz klein warst.«

Gerswind griff nach Judiths linker Hand und ließ den Ring über ihren Mittelfinger gleiten. Er passte mühelos.

Sprachlos starrte Judith auf den großen Diamanten.

»Er gehört dir«, sagte Gerswind.

Judith zog den Ring ab und drückte ihn Gerswind wieder in die Hand.

»Das kann ich nicht annehmen«, wehrte sie ab. »Er ist viel zu wertvoll. Damit kannst du dir doch ein erheblich besseres Leben leisten als…«, sie machte eine hilflose Gebärde, die den kargen Raum und alles, was sich in ihm befand, einschloss. Schnell versuchte sie ihre Unhöflichkeit mit einer Frage zu vertuschen: »Woher hast du diesen Ring?«

»Er ist mir vor vielen Jahren auf den Kopf gefallen«, antwortete Gerswind wahrheitsgemäß. »Vermutlich hat ihn ein Vogel verloren, weil er ihm zu schwer wurde.«

Das hatte sie damals wirklich geglaubt. Als aber niemand den Verlust des kostbaren Rings meldete und sie später die ihm innewohnende Kraft entdeckt hatte, war eine andere Vermutung in ihr aufgestiegen. War es wirklich reiner Zufall gewesen, dass sie dieser Ring genau an jenem Tag am Kopf getroffen hatte, als König Karl endlich von der Leiche seiner Gemahlin Fastrada abgelassen hatte? Sie entsann sich, wie ihr Mentor Teles, der sich vorzüglich auf Zauber verstanden hatte, damals zu Hilfe gerufen worden war, um den König zu Verstand zu bringen. Vielleicht hatte die tote Fastrada den Ring noch getragen, Teles ihn ihr abgenommen, aus dem Fenster geworfen und Karl damit dem Bann entzogen? Der Gedanke, der damalige König sei nicht abartig gewesen, sondern nur kurzzeitig Opfer eines Dämons geworden, hatte sie getröstet, als sie sehr viele Jahre später seine Geliebte wurde.

»Pass gut auf«, sagte Gerswind und legte den Ring auf die glimmenden Kräuter in der Schale. Judith kniff die Augen zusammen, um noch schärfer sehen zu können, und blickte konzentriert auf den goldenen Reif. Einen kurzen Augenblick lang glaubte sie zu sehen, dass er sich bewegte, wie eine zusammengerollte Schlange, die sich aufrichtet und die Zunge herausschnellen lässt. Der Diamant schien Feuer zu sprühen. Es ging jedoch so schnell vorüber, dass sie vermutete, jener Sinnestäuschung erlegen zu sein, die ein intensiver Blick auf Feuer und Rauch mit sich bringen kann. Mit Sinnestäuschungen kannte sie sich aus.

»Was sagst du da?«, fragte sie Gerswind, die etwas vor sich hingemurmelt hatte.

»Nichts von Bedeutung«, erwiderte Gerswind, nahm mit bloßen Fingern den Ring aus der Schale und legte ihn behutsam auf den steinernen Rand der Feuerstelle.

Misstrauisch beäugte Judith ihre Tante. »In solch einer... Verfassung sagst du nichts ohne Grund, ich kenne dich doch!«

»Also gut, ich habe dir den Ring geweiht. Jetzt darfst du ihn nicht mehr ablehnen.«

Judith erhob sich vom Bett, ging ein paar Schritte durch die Kammer und breitete die Arme aus.

»Gerswind! Dieser Ring ist eine große Kostbarkeit. Sein Verkauf würde dich von allen Sorgen befreien!«

»Ich habe keine Sorgen und alles, was ich brauche.«

»Du könntest eine Schule für Mädchen einrichten!«

Gerswind lachte bitter. »Die ist hier weder für Geld noch für gute Worte durchzusetzen.«

»Eine Mitgift für Adeltrud!«

»Er ist *deine* Mitgift, Judith. Von mir.« Sie hob den inzwischen erkalteten Ring vom Stein und griff wieder nach Judiths Hand.

»Ich kann dir nicht das einzig Kostbare in deinem Besitz

abnehmen«, sagte Judith, als ihr Gerswind den Ring abermals überstreifte. Ihre Stimme klang nicht mehr so überzeugt wie zuvor.

»Das tust du nicht. Ich gebe dir den Ring. Weil du jetzt eine bessere Verwendung für ihn hast als ich. Das wirst du später schon merken. Trage ihn immer, und gehe klug mit ihm um. Versprichst du mir das?«

Judith streckte die Finger aus und bewunderte nachdenklich den funkelnden Diamanten. »Ich nehme ihn nur an und werde ihn nur dann immer tragen, wenn *du* mir versprichst, dich bei mir zu melden, wenn du dich in Nöten befindest«, sagte sie.

»Selbstverständlich«, erwiderte Gerswind. »Der Ring gehört jetzt dir. Pass gut auf ihn auf. Und auf dich.«

»Warum willst du unbedingt verhindern, dass mich Kaiser Ludwig heiratet?«, fragte Judith unvermittelt.

»Ach, das.« Gerswind tat, als hätte sie ihre Worte vom Nachmittag vergessen. »Ich war nur erschrocken und habe mich zu einer unbedachten Äußerung hinreißen lassen.«

»Du hast also nichts dagegen, sollte mich Ludwig auf der Brautschau erwählen?«

»Es ist kein Geheimnis, dass ich ihn nie sonderlich leiden mochte«, erwiderte Gerswind leichthin.

Innerlich erschauerte sie, als ihr zum zweiten Mal an diesem Tag die letzte Begegnung mit Ludwig vor Augen stand. Er war einen Monat nach dem Tod seines Vaters in Aachen eingeritten und außer sich, dass man Gerswind nicht wie Karls andere Beischläferinnen vom Hof verjagt hatte. Vermutlich hatten seine Schergen nicht gewagt, Hand an die Frau zu legen, die in den kaiserlichen Gemächern wohnte und von der gemunkelt wurde, sie sei dem alten Kaiser anverlobt gewesen. Gerswind selbst hatte den Hof nur deshalb noch nicht verlassen, weil sie sich verantwortlich dafür fühlte, dass sich Ludwigs Schwester Hruodhaid nach dem Mord an ihrem Lebensgefährten Hedoin umgebracht hatte. Sie sah es als ihre Aufgabe an, deren Kind zu schützen. Mit blankgezogenem Schwert, als erwartete er, dass Gerswind ihm nach dem Leben trachtete, war Ludwig in ihr Gemach gestürzt. Erschrocken war sie von ihrer Bank aufgesprungen, hatte den dreiteiligen Planetentisch vor sich als Schutzschild umgeworfen, Ruadbern, der neben ihr gesessen hatte, dahintergestoßen und den Körper des Knaben mit ihrem Leib bedeckt. Ludwig trieb sein Schwert durch das Silber des Tisches. Unversehrt hatte sich Gerswind mit dem schreienden Knaben auf dem Arm erhoben. »Wir sind in deiner Hand«, hatte sie tonlos gesagt. »Du hast Ruadberns Eltern auf dem Gewissen. Deine eigene Schwester hast du in den Tod getrieben. Töte also auch uns. Der allmächtige Gott wird dich strafen, und das Höllenfeuer ist dir gewiss.« Erst hatte es so ausgesehen, als wollte sich Ludwig mit noch größerer Wut auf sie stürzen, aber dann war er unvermittelt zusammengebrochen, auf die Knie gesunken und in Tränen ausgebrochen. Sie schüttelte die Erinnerung ab und wandte sich wieder lächelnd an Judith, die sehr nachdenklich Gerswinds Mienenspiel betrachtet hatte.

»Ehrlich gesagt, würde ich lieber einen anderen Mann an deiner Seite sehen«, gab sie schließlich zu. »Aber solltet ihr beide aneinander Gefallen finden, wer bin ich schon, um eine solche Heirat zu verhindern?« Sie hob die Arme und umschrieb mit ihnen den Inhalt der kleinen Hütte, genau wie Judith es kurz zuvor getan hatte. Aufrecht stehend hielt sie einen Augenblick lang ihre Arme reglos ausgebreitet mit den Handflächen nach oben. Ohne jeglichen Schmuck, in ihrem schlichten braunen Wollkleid und mit dem hochgebundenen weißblonden Haar sah sie aus wie eine Herrscherin. Die sie ja fast geworden wäre.

Die Zeit in Prüm verging Judith viel zu schnell. Beim Abschied versprach sie Gerswind, auf der Rückreise für eine längere Zeit bei ihr zu verweilen. »Warum sollte der Kaiser ausgerechnet mich erwählen!«, rief sie lachend, als sie Gerswind an sich drückte. »Und wenn ja, hole ich dich an den Hof! Dann können wir wieder zusammen sein wie früher.«

Gerswind küsste Judiths Wange. »Nichts wird wie früher sein«, sagte sie ernst. »Nichts. Und wenn du mir einen Gefallen tun willst, lässt du mich bitte hier. Sosehr ich dich liebe, so wenig möchte ich nach Aachen zurückkehren.«

Frau Stemma drängte zum Aufbruch. Sie war höchst ungehalten, denn sie hatte erfahren, dass die beiden Töchter des Grafen von Tours nicht in aller Form als Bewerberinnen für die Brautschau auserwählt worden waren, sondern vorgaben, den Aachener Hof aufsuchen zu wollen, weil ihr Vater Hugo derzeit dort verweilte. Sie hätten sich bei Verwandten in der Umgebung aufgehalten und wollten eben eine Gelegenheit zur Reise in die Kaiserstadt nutzen. Weder Adelheid noch Irmingard waren bereit, sich den Anforderungen von Maßband und Schuh zu unterziehen, von der *anderen* Untersuchung ganz zu schweigen.

»Und wenn ihr erst da seid, wollt ihr euch wohl einfach unter die Bewerberinnen schmuggeln«, knurrte Frau Stemma, nachdem sie die Abtei verlassen hatten. Irmingards Habichtsnase entsprach keineswegs den Anforderungen, und in den kleinen Schuh hätte kein Fuß der Schwestern schlüpfen können.

Im Vergleich zu dem ungemütlichen Ritt nach Prüm gestaltete sich die Reise nach Aachen viel unbeschwerter. Endlich hatte es zu schneien aufgehört. Die Wintersonne erwärmte tagsüber Gesichter und Gemüter, und es ging schneller voran, da Reisende vor ihnen den Boden bereits festgetreten hatten.

Irmingard und Adelheid, beide sehr viel jünger als Judith, erwiesen sich als angenehme Begleiterinnen. Sie beschweren sich über keinerlei Mühsal und empfanden es gar als spannend und abenteuerlich, die letzte der drei Reisenächte unter freiem

Himmel zu verbringen. Die blassblonde Irmingard plauderte so munter über die Brautschau, dass Judith den Verdacht der Frau Stemma für durchaus gerechtfertigt hielt. Adelheid, wesentlich stiller und zarter als ihre ältere Schwester, hatte schon bald Konrads Interesse geweckt. Er mochte keine vorlauten Frauen. Da Judith und Irmingard offenbar Gefallen aneinander gefunden hatten und sich angeregt unterhielten, nutzte er die Gelegenheit, neben Adelheid herzureiten.

»Unsere Schwestern verstehen sich ja bestens«, eröffnete er das Gespräch und deutete auf die vor ihnen Reitenden, »aber ihr beide scheint recht unterschiedlich zu sein.« Wohlwollend betrachtete er Adelheids weich geschnittenes Profil. Das der älteren Irmingard wirkte durch die markante Nase kühn geschwungen und vermittelte den Eindruck, sie würde gleich auf eine Beute niederstoßen.

»Ist das bei Geschwistern nicht meistens so?«, fragte sie. »Möglich«, erwiderte Konrad und bemerkte: »Vielleicht haben es die Jüngeren schwerer, weil sie ihren Platz neben den Älteren erst noch behaupten müssen.«

Adelheid dachte an ihre achtjährige Schwester, die in Tours bei der Mutter verblieben war. »Am besten hat es das jüngste Kind«, erklärte sie. »Das wird von allen verwöhnt, ohne dass es selbst dafür etwas tun muss.«

In späteren Jahren sollten sich beide in einem gänzlich anderen Zusammenhang noch oft an diesen Satz erinnern.

Dunkle Wolkenfetzen jagten bereits wieder über den Himmel, als sie an den ersten Gehöften außerhalb Aachens vorbeikamen. Der Führer trieb zur Eile an. Das war Judith nur recht. Sie konnte es kaum erwarten, die altvertrauten Gebäude der Kaiserpfalz wieder zu betreten.

Doch sie wurde enttäuscht. Der Reisezug hielt vor einem lang gestreckten niedrigen Haus aus Holz und Lehm. Hier sollten die Bewerberinnen bis zur Brautschau wohnen, wurde ihr mitgeteilt.

Sie stieg von ihrem Pferd und blickte etwas neidisch Irmingard und Adelheid nach, die zu den Pfalzgebäuden geleitet wurden, um dort auf ihren Vater zu treffen.

Frau Stemma war ihrem Blick gefolgt.

»Keine Sorge, Kind«, sagte sie ungewöhnlich nachsichtig. »Die Füße sind viel zu groß.«

»Bertrada, die Mutter von Kaiser Karl hatte sogar zwei unterschiedlich große Füße«, entgegnete Judith.

»Und? Ist sie etwa Kaiserin geworden?«, gab Frau Stemma spitz zurück.

Aber Mutter eines Kaisers, dachte Judith. Würde sie das auch werden können? Wohl kaum, gab sie sich selbst die Antwort, als sie unwillkürlich den Kopf duckte, um das Gebäude zu betreten, das einem Grubenhaus nicht unähnlich war. Selbst wenn Ludwig sie erwählen sollte, hatte er aus erster Ehe bereits drei Söhne mit älteren Rechten. Lothar konnte sie sich noch ganz gut ins Gedächtnis rufen, da sie früher aufeinandergetroffen waren, wenn König Ludwig seinen kaiserlichen Vater in Aachen aufsuchte. Er war genauso alt wie sie selbst und sehr erfinderisch bei der Auslegung von Spielregeln gewesen, erinnerte sie sich, vor allem, wenn er zu verlieren drohte. Er konnte es nicht ertragen, unterlegen zu sein. Einmal hatte er ihr im dunklen Gang sogar einen Kuss gestohlen. Damals musste sie ungefähr sechzehn gewesen sein. Die beiden jüngeren Brüder Pippin und Ludo standen ihr nicht so deutlich vor Augen; sie wusste nur noch, dass Pippin wegen seiner Leichtgläubigkeit oft Opfer von Streichen geworden war und der ungewöhnlich schwermütige Ludo schnell in Tränen ausbrach. Er musste jetzt etwa achtzehn sein, so alt wie ihre Schwester Hemma.

Als sich ihre Augen an die Dunkelheit gewöhnt hatten,

erkannte sie, dass das Haus aus einem einzigen riesigen Raum bestand. Die Mitte wurde von einem langen Tisch mit Bänken eingenommen, und acht Betten an den Wänden vervollständigten die Einrichtung. Da bisher erst sieben mögliche Bräute angereist waren, stand jeder ein Lager für sich zur Verfügung. Das würde sich aber bald ändern, erklärte Frau Stemma mit strenger Stimme, da auch die restlichen Mädchen noch vor dem Weihnachtsfest in der nächsten Woche eintreffen sollten. Weder Frau Stemma noch Judith wunderten sich, als sich am Abend Irmingard und Adelheid zu ihnen gesellten.

Irmingard ging geradewegs auf Judith zu.

»Sollen wir uns ein Bett teilen?«, fragte sie. Judith hob die Augenbrauen und blickte fragend zu Adelheid.

»Meine Schwester kenne ich«, erklärte Irmingard. »Wenn ich mich hier schon langweilen soll, dann mit jemandem, mit dem ich mich gut unterhalten kann.«

Langeweile kam nicht auf, und gute Unterhaltung konnte kaum gepflegt werden, da der Tagesablauf der Mädchen streng eingeteilt war. Fast wie in einer jener Mädchenschulen, die Kaiser Ludwig verboten hatte, dachte Judith. Allerdings mussten hier siebzehn junge Frauen, die allesamt den Kaiser heiraten wollten, auf engstem Raum miteinander auskommen. Die Spannungen, die dabei entstanden, fielen Judith zunächst nicht auf, denn Schwesterngezänk kannte sie aus Altdorf und konnte es daher nicht wirklich ernst nehmen. Sie ging einfach davon aus, dass ihr niemand etwas anhaben konnte, wenn sie sich allen gegenüber freundlich und höflich verhielt. Auf den Gedanken, dass ihre Schönheit und ihre Liebenswürdigkeit die anderen herausfordern könnte, kam sie nicht.

»Du hältst dich wohl für etwas Besonderes!«, fauchte eines der Mädchen sie an, als sie sich am Morgen, auf dem Bett sitzend, das Haar ausbürstete. Judith blickte erschrocken auf.

»Das sind wir doch alle«, gab sie bemüht gelassen zurück, »sonst hätte man uns doch nicht auserwählt.«

Ein vergeblicher Appell an die Gemeinsamkeit. Es galt: jede für sich und alle gegen eine. Alle – bis auf Irmingard. Die verfolgte eigene Ziele und war fassungslos über Judiths Arglosigkeit. Nachdem sie verhindert hatte, dass Judith ein Kessel kochenden Wassers in den Schoß geschüttet wurde, nahm sie die Freundin zur Seite.

»Die Welt ist schlecht«, sagte sie, »und keiner will dein Gutes, vor allem nicht hier, merk dir das endlich, sonst geschieht noch ein Unglück!«

»Ich habe doch niemandem etwas getan!«

»Darum geht es nicht. Du bist du, und das ist für die anderen schlimm genug.«

»Was ist so schlimm daran, ich zu sein?«

»Schau in den Spiegel«, empfahl Irmingard.

Am nächsten Tag wurde feines weißes Tuch an die Mädchen verteilt, aus dem jede das Kleid schneidern sollte, in dem sie vor den Kaiser treten würde.

»Wenigstens müssen wir nicht spinnen und den Stoff selbst weben«, murrte Irmingard, als sie ihren Stoff in Empfang nahm. Wie immer saß sie neben Judith. Aus den Augenwinkeln beobachtete sie Judiths andere Nachbarin, die über das schlechte Licht klagte, sich an der Öllampe auf dem Tisch zu schaffen machte und immer wieder zu Judiths feingliedrigen Fingern schielte. Bevor die Lampe umstürzte und sich das heiße Öl über Judiths Hände ergießen konnte, hatte Irmingard die Freundin von der Bank gestoßen.

»Oh weh, welch Ungeschicklichkeit!«, klagte das Mädchen. Während eine andere junge Frau mit ihrem Stoff schnell das Feuer erstickte, erklangen heuchlerische Stimmen: »Wie gut, dass niemand verletzt wurde!«

Doch Judith wollte immer noch nicht wahrhaben, dass die Welt der Brautschule feindselig war.

Der reichliche Schmuck, den die jungen Frauen mitgebracht hatten – bis auf Judith, die überhaupt nicht daran gedacht hatte –, wurde ihnen noch am ersten Tag abgenommen und an einem sicheren Ort verwahrt. Sie durften nur ein einziges Stück behalten, nämlich jenes, mit dem sie bei der Brautschau auf den Kaiser Eindruck zu machen wünschten. Irmingard, die sich wie die meisten anderen für ein edelsteinbesetztes Haarband entschieden hatte, um die Augen zum Leuchten zu bringen und von ihrer großen Nase abzulenken, riet Judith dringend von dem großen Diamantring ab und öffnete ihre aus feinem Silber getriebene Schatulle. »Nimm lieber eine dieser Ketten. Die lässt den Hals länger wirken«, bot sie ihr an. »Oder das Medaillon. Das hat etwas Geheimnisvolles. So ein Ring bringt nur deine Hand zur Geltung, und an die soll doch der Siegelring der Kaiserin gesteckt werden!«

Judith umarmte Irmingard, lehnte dankend ab und versicherte, dass auch sie Irmingard mehr als Freundin denn als Rivalin betrachte.

Irmingard lächelte geheimnisvoll. Sie war sich ihrer Sache völlig sicher und konnte sich Großzügigkeit leisten. Eine Beraterin ihres Vaters, die Nonne Gerberga, die in die Zukunft sehen konnte und sich nie irrte, hatte ihr versichert, dass sie Kaiserin würde. Die Zeichen seien eindeutig, und jeder, der sich auf dieses Fach verstehe, könne sie klar und augenfällig lesen. Da der Name der künftigen Kaiserin bereits am Firmament stand, hätte sich der Kaiser die Brautschau im Grunde ersparen können, dachte Irmingard. Aber sie begriff, dass es hierbei außer um ihre Ehe auch um mögliche Gemahlinnen der kaiserlichen Vasallen ging. Hätte die Nonne Gerberga nicht derart deutlich gesprochen, wäre Judith die Erste gewesen, der sie den Krieg angesagt hätte. So aber überlegte sie, welchen Mann am Hof – und durch ihren Vater wusste sie von einigen – sie Judith zuführen wollte. Schließlich brauchte auch eine Kaiserin ihre weiblichen Vasallen.

Bernhard, dachte sie, der Bruder der Nonne Gerberga, ein ehrgeiziger junger Mann, der zu Höherem berufen ist. Als kleines Mädchen hatte Irmingard zu ihm aufgeschaut und bis zur Prophezeiung der Nonne Gerberga darauf hingearbeitet, sein Interesse an ihr zu wecken. Sie sah in ihm eine verwandte Seele, einen Menschen, der trotz gewisser Nachteile im äußerlichen Erscheinungsbild die Sterne für erreichbar hielt. In ihm floss sogar königliches Blut; auch wenn er als Sohn des Grafen von Toulouse und einer unehelichen Tochter Karl Martells in der Thronfolge keine Rolle spielte. Aber mit untergeordneten Aufgaben würde er sich gewiss nicht abspeisen lassen. Kanzler könnte er werden oder Kämmerer. Und sie würde ihm die schöne Judith an die Seite geben, ihre Dankbarkeit einfordern und sich und dem Kaiser somit kluge Berater sichern. Für Irmingard stand die Zukunft fest.

Der Lehrplan der Brautschule setzte sich aus zahlreichen Lektionen zusammen, die eine Kaiserin beherrschen sollte. Die Frau an des Kaisers Seite hatte schließlich dafür zu sorgen, dass der Herrscher seinen Sinn ausschließlich Gott und der Lenkung des Reichs zuwenden konnte.

Irmingard verzweifelte an den Rechenaufgaben und wurde von der Äbtissin, die sie unterrichtete, herb gerügt: »Wie willst du als Kaiserin dem Kämmerer vertrauen, wenn du nicht selbst nachprüfen kannst, ob die Vasallen die vorgeschriebenen Abgaben leisten? Wie willst du Einkünfte und Vorräte verwalten, wenn du ausschließlich die Finger zum Zählen heranziehen musst?« Dafür habe ich dann eben meinen Kämmerer, dachte Irmingard missmutig. Mich wird man schon nicht übers Ohr hauen. Andere Aufgaben der Kaiserin lagen ihr mehr. Niemand würde sich besser als sie um Schmuck und Kleidung des Kaisers kümmern, einfallsreichere Geschenke für Gesandte ersinnen und zur rechten Zeit die richtigen Bibelzitate anbringen können. Sie warf einen Seitenblick auf Judith, die so vorzüglich rechnen konnte, dass ihr die Äbtissin eine Aufgabe stellte, an deren Lösung sogar Gelehrte des Kaiserhofs bereits seit Jahren knabberten: »Stell dir eine vollkommen kreisrunde Insel vor. Auf dem Rand wird eine Ziege an einen Pflock gebunden. Wie lang muss der Strick sein, damit die Ziege genau die Hälfte der Insel abgrasen kann?«

Begeistert stürzte sich Judith auf diese Aufgabe. Das Gedankenspiel erinnerte sie an die Spielabende im kaiserlichen Palatium, an die Fröhlichkeit der klugen Töchter, an die geistreichen Ratespiele, die, zumeist unter Einhards Leitung, so viel Freude verbreitet hatten. Judith hatte in Erfahrung gebracht, dass Einhard, der Leiter der Hofschule, mit seiner Frau Emma immer noch am Hof verweilte, und das machte ihr Hoffnung. Es würde sich nicht alles verändert haben, wie Gerswind prophezeit hatte. Geistesmacht, Gestaltungskraft und Erkenntnisfreude waren schließlich nicht so leicht einzudämmen, auch nicht von einem Kaiser, der Mädchenschulen schließen ließ.

Außerdem lenkte die Ziege Judith von den Ziegen ab, wie sie jetzt insgeheim jene Mädchen nannte, die ihr offensichtlich feindlich gesinnt waren und über all die Missgeschicke lachten, die ihr widerfuhren. Missgeschicke, die sie selbst Judith bereiteten. Die hatte es hingenommen, dass ihr weißes Linnen in Flammen aufging und um neuen Stoff gebeten. Als der zerschnitten wurde, versuchte sie, den Schaden zu richten, und ersann einen neuen Schnitt, der die Äbtissin begeisterte. Sie fand eine Kröte in ihrer Wäsche und brachte sie ins Freie. Eines Tages spürte sie etwas Sonderbares, als sie sich hinsetzte. Da erst merkte sie, dass ihr jemand einen Schweineschwanz ans

Kleid gesteckt hatte und sie wohl den halben Tag damit herumgelaufen war. Kommentarlos nahm sie ihn ab.

»Der Schwanz eines räudigen Wolfs würde besser zu dir passen«, sagte eines der Mädchen in Anspielung auf Judiths Vatersnamen. »Man sagt, dass dich ein solcher gesäugt hat.«

Judith lächelte ihre Gegnerin freundlich an. »Wie Romulus wäre ich dann vielleicht dazu ausersehen, ein Weltreich zu gründen«, meinte sie. Von da an mieden die Mädchen Wortgefechte mit der Welfin.

Die wachte in der darauffolgenden Nacht durch einen Ruck auf, fand sich auf dem Fußboden wieder und sah, wie Irmingard ein anderes Mädchen verprügelte, das die beiden anscheinend aus dem Bett gekippt hatte.

»Wehr dich auch!«, schnauzte Irmingard sie an, aber Judith zuckte mit den Schultern, entzündete ein Licht und setzte sich an den Tisch. Da sie ohnehin wach war, konnte sie sich wieder der Aufgabe mit der Ziege und der kreisrunden Insel widmen. Sie hatte bereits mit winziger Schrift ein Pergament vollgekritzelt. Und sie stellte fest, dass sie in der Nacht klarer zu denken vermochte. Der Morgen graute schon, als sie die Lösung gefunden zu haben glaubte. Da war es ihr fast gleichgültig, dass sie auf dem Weg ins Bett über einen Strick stürzte, den eines der Mädchen von ihr unbemerkt vom Tisch bis zu ihrem Bett gespannt hatte. Voller Euphorie, dass ihr das scheinbar Unmögliche geglückt war, legte sie das Pergament vorsichtig unter ihr Kopfkissen. Sie konnte es kaum erwarten, der Äbtissin später das Ergebnis zu überreichen.

Als sie erwachte, schien sich etwas in ihrem Leben verändert zu haben. Zunächst schob sie das auf ihr Hochgefühl, eine Aufgabe gelöst zu haben, an der bedeutende Gelehrte seit Jahren arbeiteten. Sie fasste sich an den Kopf, der so gut zu rechnen verstand. Und erstarrte. Denn da, wo sich bis zum gestrigen Tag dichtes goldenes Haar befunden hatte, Haar, das ihr bis weit über die Hüften reichte, waren nur noch kurze Strähnen. Jemand hatte es in der Nacht bis zu den Ohren abgeschnitten. Ungläubig schüttelte Judith den Kopf und stellte die Beine auf den Boden. Als sie sich erhob, wäre sie fast auf dem dicken Teppich ihrer abgeschnittenen Haare ausgerutscht. Sie unterdrückte einen Aufschrei, hob mit zitternden Händen ihr Kopfkissen an und rang nach Luft.

»Wo ist mein Pergament!«, brach es schließlich aus ihr heraus.

Mehrere Mädchen kicherten, und eine Stimme gackerte übermütig: »Schau doch mal in der Asche nach!«

Wutentbrannt stieß Judith die Flut ihres abgeschnittenen Goldhaars in die nächste Ecke und stürzte unter dem Gelächter der anderen zur Feuerstelle. Nur Irmingard lachte nicht. Judith griff zum Schürhaken und stocherte in der Glut herum, wider besseres Wissen hoffend, noch ein winziges Teil des Pergaments retten zu können. Tatsächlich fand sie ein angekohltes Eckchen, doch die Schrift darauf war unleserlich geworden. Sie spießte es mit dem Schürhaken auf, wandte sich um und schrie laut schluchzend: »Wer hat mir meinen Kopf gestohlen?«

Irmingard war aufgestanden und nahm ihr den Schürhaken vorsichtig aus der Hand. »Das ist schlimm. Aber deine Haare werden schon wieder nachwachsen«, sagte sie begütigend. Aber nicht bis zur Brautschau, dachte sie betroffen. Wie sollte sie Judith jetzt mit Bernhard oder einem anderen von Ludwigs Vasallen verheiraten können? Wer würde schon eine Frau ohne Haare haben wollen?

Als Strafe für die Eigenwilligkeit, sich das Haar abzuschneiden, und den sorglosen Umgang mit dem kostbaren Pergament wurde sie von der Äbtissin auch noch zum Stallausmisten ins angrenzende Gebäude geschickt. Zu niedergeschmettert, um sich zu verteidigen, warf sich Judith ein dunkles Tuch über den Kopf und verließ unter dem hämischen Gelächter der meisten anderen das Haus. Einen Augenblick lang blieb sie vor der offenen Stalltür stehen, hinter der Schafe blökten, Lieferanten des Pergaments.

Sie sammelte ihre Kräfte. Ich gehöre nicht in den Stall, dachte Judith mit neu aufkommender Wut. Ich gehöre ins Palatium! Auch wenn mich der Kaiser jetzt bestimmt nicht heiraten wird. Aber ich muss einfach noch einmal hinein. Nur, um zu sehen, ob alles noch so ist wie früher. Ich habe Heimweh. Krachend warf sie die Stalltür wieder zu und machte sich auf den Weg zu den Pfalzgebäuden.

Sie versuchte gar nicht erst, sich am helllichten Tag an den Wachen vorbei durch den Haupteingang des Palatiums zu schmuggeln, sondern betrat stattdessen die Pfalzkapelle. Hier schien alles unverändert. Von außen hatte sie bereits festgestellt, dass der ein Jahr zuvor zusammengestürzte zweistöckige Gang, der von der Kirche unmittelbar ins Palatium führte, wieder aufgebaut worden war. Der obere Gang war dem Hofstaat vorbehalten, der über ihn direkt in die kaiserlichen Gemächer gelangen konnte. Genau dorthin wollte Judith.

Sie sah zwei Möglichkeiten, die Wachen zu überlisten. Erwägenswert war eine mit Frechheit gepaarte Autorität: Wie könnt ihr es wagen, mir den Zugang zu verweigern! Ich gehöre zum Haushalt des Kaisers! Wollt ihr ihn etwa verärgern? Sie war ziemlich sicher, mit solcher Dreistigkeit Erfolg zu haben.

Es erschien ihr jedoch reizvoller, die andere Variante zu erproben, gewissermaßen die zauberische, die Weiterentwicklung von Gerswinds Naturmagie, die sie im Einerlei ihres Altdorfer Alltags mehrfach erfolgreich ausgeführt hatte. Und die ihr verdeutlicht hatte, dass bestimmte Wirkungen ganz ohne Zaubersprüche oder magisches Beiwerk zu erzielen waren. Judith hatte entdeckt, dass jenes, was andere für pure Magie hielten, in vielen Fällen, vielleicht sogar immer, ohne äußere Hilfsmittel auskam. Sie vermutete, dass die Anlage dazu in jeder Menschenseele verankert war. Das Gelingen, so meinte sie, erforderte einen festen Willen, die Fähigkeit, sich überall einfügen zu können, klare Gedanken und die Gewissheit, dass Scheitern ausgeschlossen war; also gewissermaßen den Glauben, der Berge versetzen konnte. Mit heidnischem Hexenwerk hatte das nichts zu tun, wie die Heilige Schrift bewies.

Eine Ahnung von derartigem Wissen hatte Judith bereits als kleines Mädchen beschlichen, kurz nachdem sie an den Karlshof in Aachen unter Gerswinds Obhut gekommen war. Im Wald war die Tante zu einem Baum unter Bäumen geworden und hatte Judith aufgefordert, es ihr nachzutun. Judith hatte genau hingesehen, aber, obwohl Gerswind verschwunden war, keinen zusätzlichen Baum entdecken können. Wo also steckte die Tante?

Als Judith Jahre später in einer alten Schrift las, das Auge wäre das trügerischste aller Organe, überlegte sie, ob hinter dieser Verwandlung, die sie inzwischen trefflich beherrschte, nicht etwas ganz anderes als Zauberei stecken mochte. Sie erinnerte sich an eine verzweifelte Suche nach ihrer Lieblingsspange. Sie hatte Truhen und Kästchen durchwühlt, Fächer geleert, war ihre Kleidung durchgegangen, hatte unter Bänken und Hockern nachgesehen und schließlich den Gegenstand als für immer verloren aufgegeben. Und plötzlich sah sie die silberne Spange mitten auf ihrem Schönheitstisch prangen. Niemand hatte den Raum betreten; der Gegenstand musste also die ganze Zeit dort gelegen haben, obwohl Judith doch den Tisch gründlich nach ihm abgesucht hatte. Im Nachhinein hielt sie es für unvorstellbar, dieses nicht gerade kleine glänzende Schmuckstück übersehen zu haben, aber genau das war geschehen. Ihre Augen hatten sie während der langen Suche getrogen. Wenn sich schon ein unbeseelter Gegenstand unsichtbar machen konnte, sollte es doch nur logisch sein, dass ein denkender Mensch so etwas bewusst herbeiführen könnte, dachte sie und spann den Gedanken weiter. Könnte man vielleicht gar in den trügerischen Organen der anderen unsichtbar werden, wenn man dies mit aller Macht wünschte und durch die Kraft der eigenen Gedanken an andere weitergab? Wurden die berühmten biblischen Berge wirklich versetzt, oder kam es den anderen nur so vor, weil sie keine Berge mehr sahen? Reichte eine Beherrschung der eigenen Gedanken wirklich aus, um die der anderen zu beeinflussen und ihnen weiszumachen, man wäre gar nicht da? Gerswind hatte ihre Metamorphosen stets als ein Zusammenspiel mit anderen Lebewesen, mit Bäumen, Pflanzen und Gräsern bezeichnet und sie nur für möglich gehalten, wenn einem Gott, die Heiligen, die Ahnen und die anderen Götter gnädig gesinnt waren. Dass man sich mit seiner Umgebung im Einklang zu fühlen hatte, um in ihr aufzugehen, leuchtete Judith sofort ein. Wenn aber die Unsichtbarkeit nur in den Augen der anderen bestand, könnte man ja auch zwischen Leblosem verschwinden, also für andere gewissermaßen zu einer Truhe unter Truhen, einem Fackelhalter unter Fackelhaltern oder einer Pergamentrolle unter Pergamentrollen werden. Judith ging den logischen Schritt weiter und verzichtete auf die Verwendung von Lebewesen und Dingen. Doch alle Versuche zur gegenstandslosen Unsichtbarkeitsmachung scheiterten. Bis ihr die Tarnkappe aus den Legenden einfiel und sie für sich den verborgenen Schleier der Unsichtbarkeit erfand. Ihr fiel das kleine Kind ein, das die Hände vor die Augen schlägt und glaubt, für andere unsichtbar zu sein, weil es selbst nichts mehr sieht. Das kleine Kind, dachte sie, ahnt mehr von der Wahrheit als so mancher große Mensch. Diesen Kniff erprobte sie zum ersten Mal auf dem Gänsemarkt in Ravensburg. Und, tatsächlich, es klappte. Ein Bauer lief direkt in sie hinein.

Und diesmal beabsichtigte sie, den Wachen vor dem Portal zum Holzgang das Nichtvorhandensein ihrer Person vorzuspiegeln.

Sie stieg die gewundenen Steinstufen zum Obergeschoss empor, wo der Thron des Kaisers stand. Auch dieser war bewacht, damit niemand auf den Gedanken käme, sich darauf niederzulassen. Zu Kaiser Karls Zeiten waren dafür keine Wachen erforderlich gewesen.

Ich trage den Schleier der Unsichtbarkeit, dachte Judith, niemand sieht mich. Sie hatte Glück. Als die Wachen einem untersetzten jungen Mann, der Judith unbekannt vorkam, mit einer tiefen Verbeugung den Durchgang öffneten, konnte sie unbemerkt hinter ihm hindurchhuschen. Auch die Posten auf der anderen Seite nahmen sie nicht wahr. Sie atmete auf, als sich hinter ihr das Portal schloss und sie sich in jenem Geschoss befand, wo damals der Kaiser und somit auch ihre Tante Gerswind gewohnt hatten. Der junge Mann vor ihr blieb plötzlich stehen und klopfte an eine Tür. Sie wurde von einem hochaufgeschossenen schlanken Gleichaltrigen geöffnet. Lothar, dachte Judith und sah ihre Vermutung bestätigt, als sie seine Stimme hörte: »Komm herein, Bernhard.«

Der untersetzte junge Mann folgte der Aufforderung und zog die Tür hinter sich zu. Judith trat einen Schritt näher und lauschte. Doch durch das dicke Holz drang kein Laut. Es war überhaupt ungewöhnlich still auf diesem Flur, alles sehr unvertraut und ausgesprochen fremd. Erst da fiel ihr ein, dass sie sich auch in früheren Zeiten nur selten und dann immer recht kurz bei Gerswind im Obergeschoss aufgehalten hatte. Meistens war die Tante zu ihr nach unten gekommen. Judith eilte zum Ende des Flurs und stieg die Treppe hinunter.

Mein altes Reich, dachte sie. Aber auch hier erinnerte sie nichts mehr an früher. Das mächtige Holzkreuz, das – wie auch eines im Obergeschoss – zwischen zwei Öllampen an der Wand hing, hatte es dort früher nicht gegeben, da war sie sich sicher.

Damals hatten meistens alle Türen offen gestanden, und ständig waren Kinder durch den Flur gerannt, sich balgend, schreiend, singend oder Sachsen und Franken spielend. Mütter oder Ammen hatten sie lautstark zur Ordnung gerufen. Jetzt herrschte hier die gleiche Stille wie im Obergeschoss. Judith konnte sich noch gut daran erinnern, wie oft sie sich früher über gellendes Gelächter, Kindergekreische, dröhnende Streitgespräche zwischen den Erwachsenen und polternde Dienerschaft geärgert hatte. Der Lärm schien immer dann besonders unerträglich gewesen zu sein, wenn sie an ihrem Psalterium zupfte und neue Melodien erfand oder sich auf eine alte Schrift konzentrieren wollte. Damals hätte sie sich gewiss nicht vorstellen können, dass sie sich einmal nach diesem Krach zurücksehnen würde. Doch das tat sie jetzt. Die Stille kam ihr bedrohlich vor, ließ alles andersartig und seltsam beziehungslos erscheinen. War das wirklich der Gang, durch den sie selbst so oft unbekümmert gestürmt war? War sie hier jemals Zuhause gewesen? Sie vermeinte, ihr eigenes Herzklopfen zu hören. Es gibt hier eben keine kleinen Kinder mehr, dachte sie, das ist alles.

Knarrend öffnete sich eine Tür. Judith drückte sich an die Wand, zog ihr Tuch tiefer ins Gesicht, stellte sich vor, es wäre der Schleier der Unsichtbarkeit, und atmete flach.

Zwei etwa achtjährige Knaben traten, ernst miteinander redend, auf den Gang. Das größere Kind verabschiedete sich und hüpfte an Judith vorbei auf die Treppe zu. Doch der andere Knabe blieb stehen. Seine dunkelbraunen Augen wurden eine Spur größer, als er Judith anblickte und fragend flüsterte: »Judi?«

Judith antwortete nicht, sondern wandte sich um und lief eiligen Schrittes dem anderen Kind nach. »Judi, Judi, Judi«, ertönte es hinter ihr. »Du bist hier! Komm zurück! Ich will mit dir reden!«

Eilig verließ sie das Palatium durch den Haupteingang, gab sich allerdings keine Mühe mehr, unsichtbar zu sein. Die Wachen achteten nur auf die Menschen, die hineinwollten, hinaus durfte jeder.

In ihrem ganzen Leben hatte es nur einen Menschen gegeben, der sie Judi genannt hatte. Und nur daran hatte sie ihn erkannt: Ruadbern, Hruodhaids Sohn. Der vorwitzige Knabe, der ihr einst Kämme, Fibeln und Spangen gestohlen hatte. Ein kleines Kind, das ich selbst fast vergessen habe, ist das Einzige, was von meinem alten Zuhause übrig geblieben ist, dachte sie bekümmert, als sie den Weg zur Brautschule einschlug. Im Palatium ist es finster und still geworden. Gerswind hat recht. Nichts ist mehr so, wie es war. Mein Zuhause gibt es nicht mehr.

Die Vorstellung, Kaiser Ludwig zu heiraten, hatte entschieden an Reiz verloren.

Aus ganz anderen Gründen bereitete Gerswind die Brautschau Unbehagen. Bangen Herzens erwartete sie im fernen Prüm die Meldung von der bevorstehenden Hochzeit. Inzwischen befürchtete sie, überstürzt und falsch gehandelt zu haben. Sie warf sich vor, durch den Hass auf Ludwig und das Sehnen nach Rache selbst zu einer bösen Tat verleitet worden zu sein. Eine Tat, die bei der Übergabe des Zauberrings aus einem Satz bestand, aus jenem Satz, mit dem sie den Ring Judith geweiht hatte: »Der Kaiser soll Judith, die neue Herrin dieses Rings, allzeit heftig begehren, sie aber niemals besitzen dürfen.«

Wenn der Fluch seine Wirkung entfaltete, und daran zweifelte Gerswind keinen Augenblick, könnte das für Judith böse Folgen zeitigen. Sie musste unbedingt dafür sorgen, dass Judith den Ring rechtzeitig loswurde.

3

Aus den Chroniken der Astronoma

Im Jahr des Herrn 819

An fast allen Grenzen herrscht Ruhe. Die einst so widerspenstigen Häupter der Briten, der Basken und der Abodriten haben sich vor dem Kaiser gebeugt. In den ersten Tagen des Jahres muss sich Kaiser Ludwig nur um die Nordgrenze des Reiches sorgen, da trotz der kühlen Witterung die schwarzen Meeresrosse der Nordmannen den Küsten wieder gefährlich nahe rudern. Er setzt alle Hoffnung auf seinen Vasallen Harald Klak, den früheren dänischen König. Der ist von seinem Bruder und einem Vetter, dem Sohn des Wikingerkönigs Göttrik, fünf Jahre zuvor vertrieben worden. Als Harald Ludwig um Hilfe bat, sah sich dieser damals zwar außerstande, ihm militärisch beizustehen, aber er schenkte ihm das südlich von Haithabu gelegene fränkische Gebiet. Dahinter stand der Gedanke, dass die räuberischen Nordmannen nicht einen der Ihren überfallen würden und die Nordgrenze somit geschützt sei. Doch Harald Klak hegt jetzt neue Hoffnung auf den dänischen Thron, da sich sein Bruder und die Söhne Göttriks gegenseitig bekriegen. Er will Ludwig um militärische Hilfe angehen. Kurz vor der Brautschau des Kaisers reitet Harald in Aachen ein. Er möchte die winterliche Witterung zu einem Überraschungsangriff nutzen und hat es sehr eilig.

Im Jahr 818

»Es ist eines christlichen Kaisers unwürdig, einem Heiden zur Wiedererlangung seines Throns zu verhelfen«, geiferte Erzbischof Agobard von Lyon. Als hätte er mit dem giftigen Blick, den er aus seinen schwarzen Rosinenaugen dem vertriebenen dänischen König Harald Klak zuwarf, Eispfeile abgeschossen, wickelte sich der Nordmann fester in seinen mit Goldfäden durchwirkten roten Wollmantel.

»Er könnte sich taufen lassen«, bemerkte Erzbischof Ebbo von Reims betulich. Der Milchbruder des Kaisers lächelte dem Gast freundlich zu und gab sich einen Augenblick lang dem Traum hin, wie einst Bonifatius als Missionslegat des Papstes den hohen Norden zu christianisieren. In der Geschichte dürfte dann wohl kaum noch vermerkt werden, er wäre als Spross eines leibeigenen sächsischen Bauern in Unfreiheit geboren worden!

»Eine Taufe wäre auch mir am liebsten«, versetzte der Kaiser, »und er wird dies gewiss nachholen, sobald mit unserer Hilfe seine Position in Dänemark gefestigt ist.«

»Wenn dies geschehen ist, verspreche ich, dass unsere Schiffe eure Küsten nicht mehr belästigen werden«, meldete sich der fünf Jahre zuvor vertriebene Monarch zu Wort, der es ungehörig fand, dass über ihn geredet wurde, als wäre er nicht anwesend. Er beschloss, sich keinesfalls taufen zu lassen. Der christliche Kaiser würde ihn schon aus eigenem Interesse mit Kriegern ausstatten wollen, ohne dass er, Harald, seine Götter zu verärgern brauchte. Die Angelegenheit duldete allerdings keinen Verzug. Die Winde standen günstig, und seine Mannen, die sich in Aachen langweilten, wurden immer ungeduldiger. Zumal sich die Gerüchte von Häusern voller schöner und williger Freimädchen in Aachen nicht bewahrheitet hatten. Höchst verärgert überlegte Harald Klak, wie viel doch von

Weibern abhing. Von solchen, die nicht zur Verfügung standen und solchen, die jetzt in der Beratungskammer ganz offensichtlich die Gedanken der jüngeren Mitglieder des kaiserlichen Rats mehr beschäftigten als das Los Dänemarks.

Die Söhne des Kaisers rutschten tatsächlich sehr unruhig auf ihren Sitzen herum. Wie sollten sie jetzt auch an Politik denken können! Schließlich warteten zur selben Stunde in der Königshalle unmittelbar unter ihnen die schönsten und edelsten Jungfrauen des Reichs auf den Kaiser und seinen Hofstaat. Allein dieser Gedanke brachte das Blut der jungen Männer gehörig in Wallung.

Lothar, der älteste Sohn, versuchte ein Stichwort zu liefern: »Vielleicht findet unser hoch geschätzter Gast aus dem Norden hier in Aachen eine Frau, die er heimführen und die ihn im Christentum unterweisen kann? Angesichts all der schönen edlen Mädchen, die gerade in diesem Augenblick die Aula schmücken ...«

Eine Frau war wirklich das Letzte, womit Harald Klak jetzt ausgestattet werden wollte. Er setzte zu einer Antwort an, die das Gespräch wieder auf sein vordringliches Anliegen lenken sollte, als Kaiser Ludwig seine Stimme erhob. »Der gesamte Hof scheint derzeit kein anderes Thema als Heirat zu kennen«, bemerkte er müde. »Nur ich verspüre nicht die geringste Geneigtheit dazu.«

Erschrocken richteten sich die älteren Berater auf. Gleich würde Ludwig wieder von einem Leben im Kloster schwärmen, einer Zukunft, die er ausschließlich Gott und dem Gebet weihen wollte. Diesen Wunsch hatte er schon während seiner Ehe hin und wieder geäußert, aber die ehrgeizige Kaiserin Irmingard hatte es abgelehnt, den Schleier zu nehmen. Ihr Tod hatte den Weg des Kaisers ins Kloster zwar geöffnet, aber seinen Beratern war es dann doch gelungen, ihn zum Bleiben zu bewegen. Was würde aus ihren Ämtern werden, wenn der Kaiser sie jetzt im Stich ließe? Was aus ihren Pfründen, wenn der unberechenbare und sehr eigenwillige Lothar an die Macht käme, wie in der Ordinatio imperii vorgesehen? All die Mühe, den Kaiser von einer neuen Heirat zu überzeugen und so viele edle Jungfrauen in Aachen zu versammeln, wäre umsonst gewesen. Der Gast aus Dänemark rückte dabei vollends in den Hintergrund.

Diesmal trat Hugo Graf von Tours die Argumentation gegen das Mönchtum den beiden Erzbischöfen ab. Schließlich konnte er sich nicht noch weiter vorwagen, als er es ohnehin schon getan hatte. In den vergangenen Wochen hatte er dem Kaiser gegenüber sehr oft das Loblied seiner ältesten Tochter gesungen. Wenn Ludwig die Vorzüge seiner verstorbenen Gemahlin Irmingard pries, hatte Graf Hugo stets vorsichtig angedeutet, seine Tochter trage nicht nur den gleichen Namen, sondern verfüge auch über ebendiese Eigenschaften. Er kannte Ludwigs Abneigung gegen Neuerungen. Und seine schüchterne jüngere Tochter Adelheid wollte er Lothar schmackhaft machen. Hugo hatte ein Vermögen und ungeheure Mühen aufgewendet, um die strengen Auswahlkriterien zu umgehen, in unglaublich kurzer Zeit seine beiden Töchter nach Aachen zu befördern und sie noch vor der Brautschau Vater und Sohn vorzustellen. Jetzt warf er Bernhard, dem Sohn des Grafen von Toulouse, einen Blick zu. Dessen eigene Schwester, die wahrsagende Nonne Gerberga, hatte schließlich keinen Zweifel daran gelassen, dass Irmingard zur Kaiserin erhoben würde. Bernhard, der Patensohn des Kaisers, bat um das Wort. Ludwig gewährte es ihm gnädig.

»Ist es auch mir gestattet, an deiner Seite die schönen Frauen zu bewundern?«, fragte er schüchtern.

Ludwig erhob sich, trat auf Bernhard zu und schlug ihm milde lächelnd auf die Schulter.

»Es sei dir gestattet. Sieh dich unter den Schönen um und

such dir eine aus!«, erklärte er und forderte mit einer Handbewegung alle Anwesenden auf, ihm zum Treppenhaus im östlichen Turm zu folgen.

Harald Klak blieb nichts anderes übrig, als sich der Prozession anzuschließen und zu hoffen, dass der Kaiser seine Entscheidung schnell treffen und sich dann ohne große Vorträge über die Vorzüge des christlichen Wasserrituals endlich der dänischen Frage zuwenden würde. Die Zeit drängte.

Voller Staunen sog der Dänenkönig die Luft ein, als er die Königshalle betrat. Noch nie hatte er einen solch eindrucksvollen Raum gesehen. Er überschlug, dass er etwa hundertfünfzig Fuß lang und weit über fünfzig Fuß breit sein musste, und erinnerte sich, gehört zu haben, dass dieses Gebäude einer römischen Königsbasilika nachempfunden sein sollte. Beeindruckt betrachtete Harald Klak die zwei Reihen von Glasfenstern, durch die das Licht der untergehenden Sonne in den Saal fiel und die farbenprächtigen Szenen an den Wänden zum Leuchten brachte. Könnten solche Fenster dem dänischen Winter standhalten, fragte er sich und gab sich kurz dem Traum hin, mit einem derartigen Bauwerk auch seine künftigen Untertanen zu beeindrucken. Die Decke wurde von mächtigen Säulen getragen, je eine Apsis im Norden, Süden und Westen lockerte die Strenge der viereckigen Königshalle auf, und der Fußboden bestand aus feinstem Marmor.

Der Kaiser achtete nicht auf die Mädchengruppe, die sich in dem riesigen Raum seltsam klein ausnahm, sondern ging erhobenen Hauptes auf seinen Thron in der nördlichen Apsis zu.

Er ist ja gar nicht so alt, war Judiths erster Gedanke, als er an den Mädchen vorbeischritt, und er sieht ja auch recht gut aus! Viel besser als sein Vater. Er ist fast so groß wie Kaiser Karl, aber schlanker, mit schöneren Beinen, breiteren Schultern und längerem Hals. Später sollte sie feststellen, dass auch Ludwigs Worte dem Ohr angenehmer waren als die hohe und oftmals fast schrille Stimme seines Vaters. Alles in allem empfand sie den Kaiser als eine durchaus erfreuliche Erscheinung. Was aber nichts daran ändern würde, dass ein Mädchen ohne Haarschopf kaum sein Wohlgefallen erregen dürfte.

Nachdem der Kaiser auf dem Thron Platz genommen hatte und sich seine Söhne, die Erzbischöfe, sein Patensohn und andere Mitglieder des Hofes zu seiner Rechten wie Linken aufgestellt hatten, übernahm Einhard die einführenden Worte. Das Ganze erinnerte an eine Prüfung der kaiserlichen Hofschule. Es war dem klein gewachsenen Mann anzumerken, wie wenig erquicklich er diese Aufgabe fand, auch wenn er sich mühte, heiter zu erscheinen.

Harald Klak hielt sich im Hintergrund, beobachtete aber alles sehr genau. Wenn er schon zum Ausharren in Aachen gezwungen war, konnte es nicht schaden, sich mit den Heiratsriten der christlichen Herrscher vertraut zu machen.

Während er innerlich seufzend feststellte, dass ihm die einsetzende Dunkelheit die Abreise an diesem Tag ohnehin nicht mehr erlauben würde, beobachtete er, wie siebzehn Mädchen in einer Reihe langsam am Kaiser vorbeizogen. Eine erschien ihm schöner als die andere, und alle hatten die Blicke züchtig zu Boden geschlagen. Das goldblonde Kurzhaar der letzten Bewerberin erregte sein Erstaunen; in seinem Land wurde nur solchen Mädchen der Zopf abgeschnitten, die sich eines üblen Vergehens schuldig gemacht hatten. Doch seltsamerweise kam die Schönheit dieser Frau besser zur Geltung als bei den anderen Mädchen, die sich durch die langen Haarvorhänge nur wenig voneinander unterschieden. Zumal alle ähnliche schlichte weiße Linnenkleider trugen. Im Anschluss an die Prozession wurden die Mädchen dem Kaiser einzeln vorgestellt. Die Beobachter, die wie Harald Klak abseits standen, hätten höchstens der Miene des Kaisers entnehmen können, was er von der jeweiligen Jungfrau hielt, da das Fragegespräch mit leisen Stimmen geführt wurde. Doch in Ludwigs Gesicht war zunächst nichts zu lesen. Erst als sich Irmingard von Tours vor ihm verneigte, zeigte sich ein kleines Lächeln um seinen Mund. Es konnte niemandem entgehen, dass er sich mit ihr länger unterhielt als mit den acht vorangegangenen Mädchen.

»Diese Frau ist eiskalt und berechnend«, flüsterte Lothar dem gleichaltrigen Bernhard zu. Es schwang eine gewisse Hochachtung in seiner Stimme mit. Bernhard biss sich auf die Lippen. Das ist wohl allen Irmingards eigen, wäre ihm beinahe entrutscht, aber ein solcher Bezug zu seiner geliebten Mutter hätte ihm der Kaisersohn mit Sicherheit nicht vergeben.

Judiths Bitte, der Brautschau fernbleiben zu dürfen, hatte ihr die Äbtissin ebenso wenig gewährt wie den danach geäußerten Wunsch, sich wenigstens ein Tuch umhängen oder eine Haube aufsetzen zu dürfen. »Wenn er dich überhaupt ansieht und befragt, wirst du dir etwas einfallen lassen müssen, um dem Kaiser das Fehlen deines wichtigsten Attributs zu erklären«, hatte sie Judith beschieden. Also hatte sie sich in ihr Schicksal ergeben.

Als sie an der Reihe war vorzutreten, verneigte sie sich würdevoll vor dem Kaiser.

Einhard stotterte, während er ihren Namen aussprach, denn erst jetzt begriff er, dass es sich um ein Mädchen handelte, das früher am Hof gelebt und dessen Wissensdurst er einst sehr geschätzt hatte. Aber was fiel ihr ein, mit der Haartracht eines aquitanischen Kriegers vor den Kaiser zu treten! Am liebsten hätte er sie sogleich gemaßregelt. Doch er schluckte seinen Unmut hinunter und stellte sie mit Namen und Vatersnamen dem Kaiser vor. Der schloss einen Augenblick vor Entsetzen – wie es allen schien – die Augen und kam dann ohne Umschweife zur Sache. Seine Stimme klang jedoch weicher, als sein Gesichtsausdruck hatte vermuten lassen: »Wo sind deine Haare?«

»Die wurden mir in der Nacht heimlich abgeschnitten.«

»Wer hat so etwas getan?«

»Würden sie mir etwa wieder anwachsen, wenn ich es wüsste?«

Der Hofstaat hielt den Atem an. Man stellte dem Kaiser keine Fragen. Die Äbtissin stieß unwillkürlich einen empörten Laut aus. Sie hatte den Mädchen genaue Verhaltensmaßregeln mit auf den Weg gegeben. Dazu gehörte auch, den Kaiser erst dann anzusehen, wenn er die Erlaubnis dazu erteilte.

Judith jedoch blickte Ludwig unaufgefordert geradewegs in die Augen, als er fragte: »Habe ich dich nicht schon früher hier am Hof gesehen? Du kommst mir auf gewisse Weise bekannt vor.«

»Woran solltet Ihr mich erkennen, da mir doch mein wichtigstes Attribut fehlt?«

Ihre tiefe Stimme schien im Raum zu vibrieren.

Die Äbtissin griff sich an die Brust. Sie konnte kaum noch atmen. Da es ungehörig gewesen wäre, vor dem Kaiser lautstark nach Luft zu schnappen, lief sie rot an, fiel um und blieb reglos auf dem Marmorboden liegen.

Der Kaiser fasste sich an die Stirn, als habe ihn ein plötzlicher Kopfschmerz erfasst. Ohne Judith oder die anderen Mädchen noch eines Blickes zu würdigen, erhob er sich.

»Kümmert euch um die gute Frau«, murmelte er und wandte sich zum Gehen. Er wollte in die Pfalzkapelle, brauchte jetzt dringend das Gebet, denn beim Anblick dieses Mädchens war etwas höchst Seltsames geschehen. Nickend forderte er die beiden Erzbischöfe auf, ihm zu folgen, lehnte jedoch jedes andere Geleit ab. Die Mitglieder des Hofstaates sahen einander verdutzt an. Die nach der Vorführung der Mädchen vorgesehene Beratung sollte offenbar ausfallen.

Bis sich die Tür hinter dem Kaiser geschlossen hatte, herrschte Totenstille im Saal. Die Äbtissin lag noch da, wie sie gefallen war. Judith kniete neben ihr und hatte eine Hand an ihren Hals gelegt.

Sie blickte auf.

»Ihr Herz schlägt noch«, versicherte sie mit so fester Stimme, als hätte nicht sie dieses Übel bewirkt. Sie merkte nicht, dass niemand sie hörte, denn es war ein Tumult ausgebrochen. Aufgeregt wurde durcheinander geschrien, jeder im Raum schien in Bewegung geraten zu sein. Die Mädchen waren laut kreischend vor Judith und der gestürzten Äbtissin zurückgewichen, die jungen Männer, gestikulierend und aufgeregt miteinander redend, hingegen näher herangetreten. Jetzt erst sah Judith, dass sich auch ihr Bruder Konrad in der Königshalle aufgehalten hatte.

Konrad war zu weit entfernt gewesen, um den Wortwechsel mitbekommen zu haben, aber er glaubte sehr wohl zu begreifen, dass seine unberechenbare Schwester den Kaiser verärgert und den Aufruhr verursacht hatte. Fassungslos starrte er ihren Kopf an. Wie konnte Judith zu einer solch verabscheuungswürdigen Maßnahme greifen! Nur, um nicht heiraten zu müssen! Welch ein Elend! Die lange mühevolle Reise war umsonst gewesen. Ein Mädchen, das sich den Zorn des Kaisers zugezogen hatte, das sich um seinen schönsten Schmuck gebracht und so dreist in den Mittelpunkt gestellt hatte, würde er an keinen Edlen mehr verheiraten können. Er setzte gerade an, Judith zurechtzuweisen, als er eine weiche Hand in seiner spürte. »Kannst du mich bitte hier wegbringen?«, fragte Adelheid zaghaft. Er warf noch einen wütenden Blick auf seine Schwester und geleitete Adelheid zum Ausgang.

Die Äbtissin setzte sich mühsam auf und öffnete verwirrt die Augen. Diese weiteten sich vor Entsetzen, als sie erkannte, dass ausgerechnet Judith ihr geholfen hatte.

»Teufelin!«, krächzte sie und sah sich Hilfe suchend nach den anderen Mädchen um. Doch die hatten sich mittlerweile im ganzen Saal verteilt, unterhielten sich angeregt mit fremden Männern und nutzten es offenbar weidlich aus, dass für einen solchen Fall keine Verhaltensregeln vorgegeben waren.

Einhard versuchte, sich Autorität zu verschaffen und die Ordnung wiederherzustellen, doch in diesem Augenblick wurde das Portal zur Königshalle aufgestoßen. Mit neugierigen Gesichtern drängten unzählige weitere Menschen hinein, darunter sogar Wachen, Bedienstete und Kinder. Harald Klak, um den sich jetzt niemand mehr kümmerte, blickte entgeistert auf das Durcheinander und fühlte sich an eine Gänseschar erinnert, die ein hungriger Fuchs aufgescheucht hatte. Das Geschnatter der jungen Mädchen, die den Kaiser von der Weltpolitik abhielten, beleidigte seine Ohren. Er hörte, wie den Eindringlingen aufgeregt mitgeteilt wurde, was vorgefallen war. Die Neuankömmlinge berichteten, der Kaiser sei mit geistesabwesendem Blick durch den langen Gang zur Hofkapelle geeilt.

Einhards Frau Emma, die, von einem Knaben begleitet, ebenfalls die Königshalle betreten hatte, warf Judith einen kurzen überraschten Blick zu und kümmerte sich dann sogleich um die Äbtissin. Der Knabe blieb vor der immer noch am Boden knienden Judith stehen und strahlte sie aus gleicher Höhe an. »Bleibst du jetzt endlich wieder hier, Judi?«, fragte er sie. »Wirst du meine Kaiserin?«

»Ruadbern!«, rief sie, zupfte an ihrem Kurzhaar und versetzte: »Wohl kaum. Nicht mit diesem Haar.«

»Du bist sehr hübsch«, versicherte der Junge ernst.

»Da spricht der Kenner«, ertönte eine wohlklingende männliche Stimme. Eine kräftige Hand half ihr, wieder auf die Beine zu kommen. Dann blickte sie in Augen, die sie an zugefrorene Teiche erinnerten.

»Bernhard, Sohn des Grafen von Toulouse«, stellte sich der untersetzte junge Mann vor, dem sie wenige Wochen zuvor von der Pfalzkapelle ins Palatium gefolgt war. »Und wäre der Schädel gänzlich rasiert, würde man die Schönheit seiner Form bewundern.«

Er lächelte. Die beiden Grübchen, die neben seinen Mundwinkeln auftauchten, milderten die winterliche Kälte der Augen und verliehen seinem ansonsten düsteren Gesicht etwas Schalkhaftes. Anders als die meisten Menschen im Saal schien er weder ratlos noch verstört oder gar aufgebracht zu sein. Er wirkte völlig gelassen und leicht belustigt.

»Was geschieht jetzt?«, fragte ihn Judith, ohne sich dem Mann vorzustellen. Schließlich musste er vernommen haben, wer ihr Vater war.

Bernhard zuckte mit den Schultern. »Das Zeremoniell ist gänzlich durcheinandergeraten. Es war nicht vorgesehen, dass der Kaiser flüchtet.«

»Er ist nicht geflüchtet«, mischte sich Ruadbern ein, der immer noch neben Judith stand. »Er ist in die Kirche gegangen und bittet Gott, Judi zur Kaiserin zu machen.«

»Judi«, sagte Bernhard schmunzelnd, gab dem Knaben einen Klaps auf die Schulter und setzte fragend hinzu: »Woher kennt ihr euch?« Judith sah sich um, ehe sie antwortete. Um sie herum wogte eine unbändige, lärmende Menge. Wie war es nur so vielen Leuten gelungen, die Königshalle zu stürmen? Wo kamen die alle her? Sie fühlte sich seltsam unberührt von all dem Getöse, das ihr Auftritt offensichtlich ausgelöst hatte, und kam sich vor, als stünde sie mit einem Verbündeten am Rande eines Durcheinanders, mit dem sie nichts zu schaffen hatte. Sie wandte ihre Aufmerksamkeit wieder Bernhard zu, erklärte kurz, dass sie als Geisel Kindheit und Jugend am Kaiserhof verbracht habe, und staunte über sich selbst, dass sie diesem fremden Mann verriet, wie sehr ihr das anregende Leben im Palatium fehlte. Beinahe hätte sie ihm auch noch verraten, dass sie sich vor Kurzem heimlich hinter ihm hineingeschlichen hatte. Er war alles andere als ein schöner Mann, aber die fast unverschämte Selbstsicherheit, die er ausstrahlte, half ihr, die eigene zu behalten.

»Dann willst du doch sicher sehen, was sich hier verändert hat«, meinte er. Ohne auf ihre Antwort zu warten, ergriff er Judith am Arm und führte sie aus dem Saal. Sie ließ es geschehen, fühlte sich nach all den Wochen des Eingepferchtseins regelrecht beschwingt, genoss den leichten Druck des gleich großen, dicht neben ihr herschreitenden Mannes und wünschte sich den Weg länger, als er war. Sie begriff nur ansatzweise, was sie auf der Brautschau ausgelöst hatte, und wollte darüber nicht nachdenken.

Kaiser Ludwig saß nicht auf seinem Thron im Obergeschoss, sondern hatte sich vor dem Hauptaltar der Marienkirche auf die Knie geworfen. Tränen strömten ihm über das Gesicht, während er inbrünstig betete und Gott um Führung anrief. Die beiden Erzbischöfe standen in respektvoller Entfernung hinter ihm. Diesmal konnten sie nicht einmal erraten, was in dem Kaiser vorging, den sie bisher immer gründlich hatten berechnen und beeinflussen können.

Ludwig selbst hätte es ihnen kaum sagen können. Er war zutiefst verwirrt und erschüttert. Verwirrt, weil er vor der Brautschau beschlossen hatte, dem Wunsch seiner Berater nachzukommen und Irmingard von Tours zu erwählen, um sich mit ihrem Vater und Onkel kluger Berater zu versichern, die ihm nie in den Rücken fallen würden. Erschüttert, weil das völlig Unerwartete geschehen war.

Wie ein Blitz hatte es ihn getroffen, als diese kurzhaarige, aber dennoch atemberaubend schöne Welfentochter vor ihm stand. Ein Blitz, der von Donnergrollen aus der Vergangenheit begleitet wurde, als ihm plötzlich aufging, dass er diesem Mädchen schon früher begegnet war und dass diese Begegnung irgendwie mit jener elenden Sachsendirne Gerswind zusammenhing, an die er nie wieder hatte denken wollen, jener Frau, deren Zauberkräfte seinen Vater betört hatten. Und die auch ihn bei ihrer letzten Begegnung verblendet haben musste.

Er begann auf dem Steinboden der Kirche zu zittern, als vergessen gehoffte Bilder in ihm aufstiegen. Wieder sah er sich, wie er mit dem bloßen Schwert in Gerswinds Gemach gestürzt war, sie den Planetentisch umgestürzt und sich dahinter verborgen hatte. Wie er sein Schwert durch das Silber dieses unschätzbar kostbaren Tisches getrieben und sie sich doch mit einem Kind auf dem Arm unversehrt aufgerichtet hatte. Beim Gedanken an dieses Ereignis wurde ihm wieder so schwindlig wie damals, als Gerswind vor seinen Augen verschwommen und zu einer Vision geworden war. Für dieses Geschehen hatte er später verzweifelt nach Erklärungen gesucht. Immer wieder hatte er sich gesagt, dass er überaus erschöpft gewesen sein musste. Der lange Ritt nach seines Vaters Tod; die Aufregungen, als er erfuhr, dass Hedoin, der Lebensgefährte seiner Schwester, einen seiner treusten Gefährten niedergestochen hatte, ehe er selbst den Tod fand; Hruodhaids Freitod; das Durcheinander am Hof und all die Menschen, die etwas von ihm wollten, die ihn feindlich anstarrten oder ihm kriecherisch huldigten; die furchtbare Verantwortung für ein Reich, dessen Ausmaße er nicht übersehen konnte, für Menschen, Völker und Stämme, die er nicht kannte – all dies musste ihn wohl mit einem Schlag überwältigt haben. Nur so konnte er sich erklären, dass er in jenem Raum, in dem ihn der Vater so oft gemaßregelt hatte, in der Frau mit dem schlichten blauen Gewand und dem Knaben auf dem Arm plötzlich die Mutter Gottes zu erkennen glaubte. Die ihn verfluchte, weil er sich schwerer Verbrechen schuldig gemacht hätte. Er entsann sich, wie der Abglanz des silbernen Planetentischs das unwirklich erscheinende Paar umschimmert hatte, wie er vor diesen Schemen auf die Knie gefallen war und vor Furcht und Verzweiflung zu weinen begonnen hatte. Wie er die Frau angefleht hatte, doch bei ihm zu bleiben, ihn nicht zu richten. Wie sie ihm vor ihrem Verschwinden sein Schicksal entgegengeschleudert hatte: »Es ist dein unausweichliches Los, bis in alle Ewigkeit an deinem Vater gemessen zu werden!«

Es war eines der aufwühlendsten Erlebnisse seines Lebens gewesen, und doch hatte er die Erinnerung daran jahrelang erfolgreich verdrängt. Er verbrachte damals noch mehr Stunden als zuvor im Gebet, versuchte die Schuld an seiner Schwester gutzumachen und ließ ihren Sohn Ruadbern wie einen Prinzen an seinem Hof erziehen. Vom materiellen Erbe seines Vaters ließ er seinen Schwestern nichts zukommen, sondern beschenkte damit Witwen, Waisen, Klöster und Würdenträger. Das meiste schickte er zu Papst Leo nach Rom. Für sich selbst behielt er nur den dreiteiligen unschätzbar kostbaren Silbertisch, auf dem die Karte des gesamten Erdkreises, des Sternenhimmels und der Planetenbahn in herausgehobenen Zirkeln dargestellt war und den er mit dem Schwert durchstoßen hatte. Er ließ ihn aber in eine hintere Ecke der kaiserlichen Schatzkammer verbannen, denn er wollte nicht ständig an die schmachvolle Stunde erinnert werden, da er vor der Sachsendirne auf die Knie gefallen war und sie zum Bleiben beschworen hatte.

Und jetzt hatte ihn die Vergangenheit so unvermittelt eingeholt!

Als sich die Tochter des Grafen Welf, jenes Mädchen mit den kurz geschorenen Haaren, vor ihm verneigt hatte, war ihm einen Augenblick gewesen, als hätte sich vor sie die blau gekleidete Frau mit dem Kind auf dem Arm geschoben. Eine Frau mit langem weißblonden Haar. Voller Entsetzen hatte er die Augen geschlossen. Als er sie wieder aufschlug, war er höchst erleichtert gewesen, in die klaren saphirblauen Augen der kurzhaarigen Schönheit zu blicken. Den knappen Wortwechsel mit ihr hatte er als äußerst heilsam empfunden, sich keinen Augenblick an ihren Widerfragen gestört, ganz im Gegenteil. Die unbefangene Frische, die von diesem Mädchen ausging, und ihre fabelhafte Kühnheit hatten das Trugbild gänzlich zum Verschwinden gebracht. Und auch die Schwere vergessen lassen, die zu Beginn der Brautschau beim Gedanken an noch eine Ehe mit noch einer umtriebigen Irmingard auf ihm gelastet hatte. Wäre die Äbtissin nicht umgefallen, hätte er dieses Gespräch mit Vergnügen weitergeführt. Doch dann lag plötzlich die Braut Jesu vor ihm auf dem Boden! Was für eine Botschaft wollte ihm Gott mit der blitzartigen Erscheinung und der Ohnmacht der Äbtissin senden?

Herr, flehte er jetzt und hob sein tränennasses Gesicht zum Kreuz, Herr, lass mich deine Zeichen gewissenhaft lesen und die rechte Entscheidung treffen! Mein Herz spricht für diese Frau, denn sie hat es gar freudig bewegt!

Als er bedachte, dass die freudige Bewegung nicht nur sein Herz getroffen hatte, erhob er sich rasch. Solche Gedanken durften ihn nicht an geweihten Stätten überfallen. Die beiden Erzbischöfe staunten nicht schlecht, mit welcher Eile ihr Kaiser dem Ausgang zustrebte.

»Lasset die Welfentochter zu mir rufen«, beschied er seinen Begleitern, als er den Weg zu seinen privaten Gemächern einschlug. Er musste unbedingt herausfinden, woher er das Mädchen kannte und in welchem Verhältnis sie zu jener Frau stand, die er zutiefst hasste und verachtete. Nichts schien ihm jetzt dringlicher, als sich näher mit diesem Kurzhaarwesen zu beschäftigen, das so viele widersprüchliche Gefühle in ihm ausgelöst hatte. Nichts war jetzt erstrebenswerter, als die Nähe der Welfentochter zu suchen, ihre klangvolle Stimme wieder zu vernehmen und, vor allem, diesen schmalen Körper an seinem zu spüren. Er hatte lange nicht mehr bei einer Frau gelegen, das Bedürfnis dazu für überwunden geglaubt. Doch jetzt hatte ihn ein Hunger überfallen, ähnlich dem seiner Jugend, der ihn oft zu unbedachten Handlungen verführt hatte.

Die beiden Gottesdiener sahen einander betroffen an. Zögerlich ergriff Agobard als Erster das Wort: »Vielleicht empfiehlt sich zunächst eine Beratung in kleinem Kreis.«

Ebbo, dessen winzige Augen tief in den Wülsten lagen, spürte, wie der Schweiß auf seiner buckligen Stirn zu perlen begann. Es durfte nicht angehen, dass sich der Kaiser in seinen unberechenbaren Stimmungsschwankungen nicht an den zuvor gefassten Beschluss hielt. Es gelang Ebbo zwar meist, Ludwigs Seelenlage zu ergründen und seine Handlungen in die gewünschte Richtung zu lenken, hier aber schien eine bestimmte Fleischeslust im Spiel zu sein, und da kannte er sich nicht sonderlich gut aus.

»Du sprichst gewiss von der Tochter des Grafen von Tours«, bot er an. »Nicht von diesem zerrupften unverschämten Geschöpf, dessen Namen du soeben nanntest.« Er rümpfte die von roten Äderchen durchzogene breite Nase. »Würdest du dessen Maßregelung höchstselbst übernehmen, könnte sich das dreiste Weib dies gar als Ehre anrechnen. Das hast du in deiner Güte womöglich übersehen.«

Ludwig blieb stehen und musterte seine beiden geistlichen Berater mit zusammengezogenen Augenbrauen. Wer gab hier die Anordnungen? Er unterdrückte den Ärger, der in ihm aufstieg, und beschied den beiden: »Die Welfentochter. Judith. Unverzüglich.«

Die Suche nach Judith gestaltete sich erheblich schwieriger als gedacht, da sich die Welfentochter schon längst nicht mehr bei den anderen Mädchen in der Königshalle aufhielt. Derzeit wanderte sie mit Bernhard durch den unteren Gang des Palatiums, wo sich einst die Kinderkammern befunden hatten und sie bei ihrem Ausflug Ruadbern begegnet war.

»Das hat es hier damals nicht gegeben«, bemerkte sie leichthin und deutete auf das große Holzkreuz zwischen den Öllampen.

»Der Kaiser ist überaus fromm«, erklärte Bernhard, »er wünscht den Hof überall im Palatium an die Anwesenheit des Herrn zu erinnern.« Lauernd musterte er Judith von der Seite, als er fortfuhr: »Und er möchte damit wohl auch die letzten Spuren der unzüchtigen Lebensweise seines Vaters, seiner Schwestern und anderer leichtlebiger Frauen des Hofes tilgen.« Ob Judith auf die versteckte Frage nach ihrer möglichen eigenen Leichtlebigkeit während ihrer letzten Jahre am Hof eingehen würde?

Den Gefallen tat sie ihm nicht.

»Kindergeschrei fehlt«, meinte sie fast sehnsüchtig.

»Außer Ruadbern gibt es hier keine Kinder mehr«, versetzte Bernhard, »aber das könnte sich nach der Heirat des Kaisers natürlich ändern.«

»Was den jetzigen Söhnen Ludwigs gewiss keine Freude bereiten würde«, erklärte Judith spöttisch. Bernhard hob die dunklen Augenbrauen. Er begriff sofort, worauf sie hinauswollte und war von ihrer Weitsicht beeindruckt. Die junge Frau gefiel ihm. Er erinnerte sich, dass die Welfen als sehr vermögend galten. Welche Ländereien Judith wohl in eine Ehe mitbrachte? Er würde ihren Bruder befragen.

»Die künftigen Söhne werden sich mit Grafschaften begnügen müssen«, sagte er. »Die Ordinatio imperii, die vor zwei Jahren beschlossen wurde, ist schließlich unumstößlich. Das Reich ist aufgeteilt. Lothar erbt den Kaisertitel, und Ludo und Pippin herrschen über ihre Königreiche. Es sei denn…«, er schmunzelte und dachte an die Unterredung mit Harald Klak.

»Was?«, drängte Judith.

»Es sei denn, auch Dänemark wird christlich und dem Reich einverleibt. Ein neuer Sohn könnte dann den dänischen Königstitel erben.« Mit Harald Klak, dachte er, wird Ludwig in einem solchen Fall wohl ebenso kurzen Prozess machen wie mit seinem Neffen Bernhard von Italien. In diesem Kaiserreich konnten aus Bundesgenossen sehr schnell Gegner werden.

Judith blieb vor der Kammer stehen, die sie einst bewohnt hatte, und stieß sacht die Tür auf.

»Meine Großmutter war eine dänische Königstochter«, bemerkte sie, verdrängte dann rasch das Bild der gestrengen Geva, vor der sie sich als kleines Mädchen gefürchtet hatte, und sah sich in dem kleinen Raum um, den sie sich einst mit den Enkelinnen Kaiser Karls geteilt hatte. Deren Vater ebenfalls Bernhard geheißen hatte und der von Ludwig getötet worden war. Ein Schauer lief ihr über den Rücken. Der Kaiser, mit dem sie sich unterhalten hatte, wirkte nicht wie ein skrupelloser Mensch. Eher wie jemand, den die Last seines Amtes schwer bedrückte. Doch der gequälte Ausdruck war aus seinen Augen gewichen, als er sie sanft und freundlich angesprochen hatte. Erstaunt darüber, dass er nicht halb so einschüchternd wirkte wie sein gestrenger Vater einst, hatte sie sich ihre kecken Antworten erlaubt.

»Ich sollte dich unserem Gast aus dem hohen Norden unbedingt vorstellen«, schlug Bernhard vor. »Wenn deine Großmutter eine dänische Königstochter war, müsste Harald Klak ja mit dir verwandt sein.« Er ließ sich auf einer Bank nieder und dachte einen Augenblick nach. »Er sucht übrigens ebenfalls eine Frau. Wenn du ihn heiratest, kannst du den dänischen Thron für deine Familie zurückgewinnen.«

»Ich will überhaupt nicht heiraten«, gab Judith mürrisch zurück. Musste sie denn andauernd auf irgendwelche Ehekandidaten angesprochen werden? Und jetzt ausgerechnet auch noch von diesem Mann, den sie gern besser kennengelernt und mit ihrer Schönheit und ihrem Geist beeindruckt hätte? Sah auch er in ihr nur einen zu veräußernden Wertgegenstand? Sie schluckte den aufsteigenden Ärger hinunter und blickte sich in der Kammer um. Seltsam, dachte sie, ich kann mich überhaupt nicht erinnern, wie ich in diesem Raum gelebt habe. Wie haben wir da alle Platz gefunden? Mit wem habe ich zuletzt in einem Bett geschlafen? Wer hat uns morgens geweckt? Wo ist die geheime Treppe, über die Gerswind immer schnell zu mir kommen konnte? In Altdorf hatte ihr die Erinnerung an ihr Leben am Kaiserhof deutlicher vor Augen gestanden als in diesem Raum, wo sie es geführt hatte.

»Lass uns gehen«, bat sie und wandte sich zur Tür. Sie hatte bereits die Hand auf den Knauf gelegt, als ein kräftiger Arm ihre Mitte umschlang.

»Nicht einmal mich?«, flüsterte Bernhard. »Mich würdest du auch nicht heiraten wollen?« Der warme Hauch seines Atems rauschte in ihrem Ohr, schien bis tief in ihr Herz hinein zu wehen und dort einen Sturm zu entfachen, der durch ihren gesamten Körper zog. So etwas war ihr noch nie geschehen. Ihr Körper folgte dem Druck von Bernhards Arm. Fast unwillkürlich ließ sie den Türknauf los und hörte sich genauso leise erwidern: »Dich vielleicht schon.«

Habe ich das wirklich gesagt? Sie kam weder dazu, ihre Worte zurückzunehmen, noch über deren Folgen nachzudenken. Bernhard hatte ihren Mund mit einem Kuss verschlossen, der kein Reden, Denken, Hören oder Sehen mehr erlaubte.

In der Königshalle wandte sich Irmingard beunruhigt an den ältesten Kaisersohn und bat ihn, dafür zu sorgen, dass Judith nicht allzu streng bestraft würde.

»Natürlich war ihr Verhalten unverzeihlich, aber sie trägt doch keine Schuld daran, dass ihr das Haar abgeschnitten wurde! Da ist bei ihr eben alles aus dem Lot gegangen.«

Lothar musterte die junge Frau, die als seine Stiefmutter ausersehen war, und überlegte, wie blass und eckig sie doch neben der anziehenden Welfentochter wirkte.

Im Gegensatz zu seinem Vater konnte er sich an Judith noch sehr gut erinnern, vor allem an das Goldhaar, das ihn schon als kleinen Knaben ständig dazu verlockt hatte, sie an Zöpfen zu ziehen, die ihr fast bis zu den Knien reichten. Als sie beide älter geworden waren und Judith das Haar offen trug, war es ihm einmal gelungen, ihr einen flüchtigen Kuss zu stehlen. Auch jetzt, Jahre später, schien er immer noch die Seide ihres Haares unter seinen Händen zu fühlen, und das hatte ihn viel mehr erregt als jener Kuss auf die streng versiegelten rosigen Lippen.

Er nickte Irmingard begütigend zu. »Ich werde sehen, was sich machen lässt«, versicherte er und wandte sich zum Gehen.

Harald Klak fühlte sich überflüssig. Auch wenn er als Bittsteller zu Kaiser Ludwig gekommen war, fand er es ungebührlich, derart vernachlässigt zu werden. Als er beobachtete, wie sich Lothar auf den Ausgang zu bewegte, durch den immer noch einige Menschen in den Saal stürzten, schritt er ihm hinterher. Er folgte ihm durch den unteren Holzgang und überlegte, wie er den ältesten Königssohn um Unterstützung angehen könnte. In dieser Lage war diplomatisches Vorgehen gefragt. Der Auftritt des kurzhaarigen Mädchens hatte das Chaos ausgelöst. Um die Aufmerksamkeit Lothars zu gewinnen, würde er also darauf eingehen müssen. Zum Beispiel anbieten, die in Aachen offensichtlich unerwünschte Frau nach Dänemark mitzunehmen.

Auch Lothar beschäftigte sich noch immer mit Judith. Im Gegensatz zu Bernhard wusste er um die Vermögensverhältnisse der Welfenfamilie bestens Bescheid. Vor der Brautschau hatte er die Hintergründe sämtlicher Bewerberinnen genau ausgeleuchtet. Mein Vater sollte sie heiraten, dachte er. Auch wenn sie aussieht, als hätten sich die Ratten an ihrem Kopf zu schaffen gemacht. Ihr Vater entstammt einer noblen Familie, die Reichtümer angesammelt hat und Ländereien und Einfluss in Gebieten besitzt, die meinem Vater, dem Kaiser, nicht sonderlich freundlich gesinnt sind und die er kaum kennt. Wie kurzsichtig von den Beratern meines Vaters, ihm Irmingard, diese Grafentochter aus dem ohnehin vertrauten Aquitanien, ins Bett legen zu wollen! Mein Vater sollte erkennen, dass ihm und dem Reich ein Aufstieg der Welfenfamilie förderlicher wäre. Aber was hat er schon je erkannt! Wohl höchstens, dass er ohne meine Mutter nur noch für das Mönchtum taugt. Und auch das hat er sich leider ausreden lassen, der schwache Zauderling! Geringschätzig kräuselte Lothar die schönen vollen Lippen. Schon als Kind hatte er den Vater verachtet, sich über dessen weinerliche Frömmigkeit belustigt und sich geschämt, wenn ihn der große Karl vor dem gesamten Hof wegen fehlerhafter Entscheidungen zusammengestaucht hatte.

Die Pforte zum Torhaus, das den langen Holzgang unterbrach und in dem das Pfalzgericht zu tagen pflegte, stand offen.

»Keine Wachen! Deshalb also konnte das Volk in die Halle!« Harald Klak hatte seiner Empörung laut Luft gemacht. Lothar wandte sich um. Schon wieder dieser Däne! Der hatte ihm gerade noch gefehlt. Harald Klak war bereits an seine Seite geeilt.

»Wenn diese Frau mit dem Männerkopf Auge und Ohr des Kaisers beleidigt haben sollte, biete ich gern meine Hilfe an und bringe sie nach Dänemark«, sagte er hastig und setzte murmelnd hinzu, »mit den Mannen, die mir helfen sollen, meinen Thron zurückzugewinnen.«

Lothar war stehen geblieben und starrte Harald Klak entgeistert an. Hinter der Stirn des einstigen Dänenkönigs arbeitete es. Ihm war in der Eile nichts Besseres eingefallen, und in Worte gefasst klang dieser Vorschlag ausgesprochen peinlich. Fast so, als wollte er diese Frau, von der er überhaupt nichts wusste, den Männern vorwerfen. »Ich könnte sie natürlich heiraten«, schickte er genauso unüberlegt einen Satz hinterher, der ihn noch mehr erschreckte.

Um Lothars Mundwinkel zuckte es. Er klopfte dem wesentlich kleineren Harald Klak auf die Schulter.

»Ein solches Opfer ist nicht erforderlich«, versicherte er freundlich. »Ihr erhaltet die Truppen gewiss auch ohne die Last weiblicher Begleitung. Und jetzt entschuldigt mich; ich habe mit meinem Vater in der Kapelle zu beten.« Dahin wenigstens würde ihm der heidnische Plagegeist nicht folgen können. Er riet dem unschlüssig dastehenden einstigen König, die kaiserliche Beratungskammer aufzusuchen, und eilte erheblich beschwingteren Schrittes durch den Holzgang. Ohne es zu wissen, hatte ihm Harald Klak einen vorzüglichen Gedanken eingegeben. Er selbst würde Judith heiraten! Die Besitzungen ihres Vaters lagen schließlich nicht allzu weit von seinem eigenen italischen Königreich entfernt. Heiraten soll dazu dienen, Besitz und Einfluss zu mehren und zu festigen, überlegte er. Was mein Vater nie begriffen hat. Eheweiber und Wohlstand hält er für gottgesandt. Irgendwann in hoffentlich nicht allzu ferner Zukunft aber werde ich Kaiser sein und mit dieser aufgeweckten Judith an meiner Seite über ein mächtiges Reich gebieten. Und bis dahin wird ihr Haar auch wieder auf eine angemessene Länge nachgewachsen sein.

Unter solchen Gedanken war er an der Pfalzkapelle angekommen, nur um zu erfahren, dass der Kaiser das Gotteshaus bereits verlassen und sich in seine Beratungskammer begeben hatte.

Er stöhnte. Warum nur hatte er dem Dänen den Weg dorthin gewiesen!

Mit einer Hand schob Bernhard den Riegel vor, während er mit dem anderen Arm Judith fester an sich zog und sie langsam zu dem Kinderlager in der Ecke lotste.

»Du willst doch auch«, flüsterte er, als sich seine Lippen von ihren lösten.

Das war ein Fehler. Niemand teilte Judith mit, was sie wollte. Auch nicht der erste Mann, der so seltsame Saiten in ihr zum Klingen brachte, sie zu einer so unerhörten Äußerung hingerissen hatte und sie so hingebungsvoll zu küssen verstand. Die Einflüsterung machte sie wieder zur Herrin über ihre Sinne. Sie riss sich los. Ihre Knie gehorchten.

»Was fällt dir ein!«, rief sie.

Ungerührt von ihrer Empörung, tat er, als hätte sie ihm eine Frage gestellt: »Vieles. Und darauf bist du wohl neugierig?«

An der Tür wurde heftig gerüttelt.

Mit hochrotem Kopf riss Judith den Riegel zur Seite, dankbar für jeden, der sie vor sich selbst retten würde, vor der Wiederkehr dieses unwiderstehlichen Drangs, sich Bernhard an die Brust zu werfen.

»Tritt ein, Ruadbern«, sagte sie zu dem Knaben, der verständnislos von ihr zu Bernhard blickte, »ich habe aus Versehen die Tür zu deiner Kammer verschlossen. Damals, als sie meine war, habe ich damit die Erwachsenen geärgert. Tust du das heute auch noch?«

Das Kind sah sie aus seinen dunklen Augen ernsthaft an, sodass Judith unbehaglich wurde. »Du musst ganz schnell zum Kaiser, Judi. Alle suchen dich.«

»Urteile werden hier pfeilgeschwind und gnadenlos gefällt«, meldete sich Bernhard. »Soll ich dich begleiten und bei meinem Patenonkel ein gutes Wort für dich einlegen?«

»Dafür habe ich Ruadbern«, lehnte Judith ab. Sie ergriff die Hand des Achtjährigen, erntete ein dankbares Strahlen und verließ die Kammer, in der sie sich beinahe selbst vergessen hätte. Sie erschauerte. Nein, sie wollte auch Bernhard nicht heiraten; die Macht, die er eben über sie ausgeübt hatte, gefährdete ihr

Seelenleben, rief befremdliche Reaktionen ihres Körpers hervor und verstörte ihren Geist.

Leicht ungehalten, blickte Ludwig auf Harald Klak, der eine sofortige Entscheidung von ihm zu erwarten schien. Auch unter normalen Umständen benötigte der Kaiser viel Zeit, um Anordnungen zu geben.

»Das Wetter ist günstig«, erklärte der einstige Dänenkönig, griff in sein Wams und reichte dem König ein eng beschriftetes Pergament. »Es wäre sinnvoll, so schnell es geht aufzubrechen. Hier habe ich notieren lassen, wie viele Mannen, Waffen und Pferde ich benötige, um Dänemark zu einem Land zu machen, das dem hochwohlgeborenen gütigen Kaiser freundlich gesinnt ist und seine Küsten in Ruhe lässt.«

Endlich war es ihm gelungen, ohne Unterbrechung sein Anliegen vorzutragen. Als Lothar die Tür öffnete, nickte er ihm voller freudiger Dankbarkeit zu.

Ohne einen Blick auf das Pergament zu werfen, reichte es Ludwig an seinen Kanzler weiter.

»Alles genehmigt«, versetzte er. »Kümmere dich darum, dass unser Gast das Erforderliche erhält.«

Der Kanzler blickte auf die Schrift und erbleichte.

»Tue, was ich dir aufgetragen habe!«, forderte Ludwig, nicht bereit, sich auf eine Unterhandlung einzulassen. Er wandte sich an Harald Klak und umarmte ihn. »Ich erfülle dir alle deine Wünsche, mein König der Dänen. Begleite meinen Kanzler, und gib Acht, dass alles zu deiner Zufriedenheit ausfällt. Gute Reise und gutes Gelingen!« Er wollte den lästigen Mann endlich loswerden.

Als der Kanzler dem beglückten Dänen die Tür öffnete, standen Judith und Ruadbern davor.

Harald Klak warf Judith einen unsicheren Blick zu.

»Dänenkönig«, flüsterte Ruadbern.

Judith verneigte sich.

»Es scheint, dass wir Familie sind, hochverehrter König«, sagte sie mit einer Stimme, die den nordischen Winter augenblicklich in Sommer verwandelt hätte. »Meine Großmutter Geva hat mir viel von Eurem wunderbaren Land erzählt.«

Eine glatte Lüge, denn Geva hatte Judith nie etwas erzählt, sie stets nur angefaucht, niemals ihre Wurzeln zu vergessen. Judith war damals so alt wie Ruadbern jetzt gewesen und hatte lange geglaubt, dass ihr die Großmutter damit den häufigen Genuss von Möhren ans Herz legen wollte. Ein Gemüse, das sie seitdem hasste.

Harald Klak blickte besorgt zu Ludwig. Als er ein Leuchten in dessen Augen entdeckte, verneigte auch er sich und atmete dabei tief aus. Welch einem Irrtum er doch erlegen war! Wie liebenswürdig von Lothar, ihm im Holzgang sein Missverständnis nicht verargt zu haben! Dieser zwar kurzhaarige, aber bei näherer Betrachtung dennoch unwiderstehliche Spross des Nordens war nicht in Ungnade gefallen, sondern vom Kaiser erkoren worden! Also war es in der Königshalle keineswegs zu einem Tumult, sondern zu einer Art Freudentaumel gekommen, an dem man auch das gemeine Volk teilhaben ließ. Seltsame Menschen, diese Franken.

»Ihr seid zu gütig«, versicherte er. »Ich wünsche Euch ein durch viele Söhne gesegnetes Leben. Möget Ihr den Herrscher der Christenheit glücklich machen.«

Judith blickte ihm sprachlos nach, als er mit dem Kanzler im Gang verschwand.

»Lasst uns allein«, forderte Ludwig die anderen auf. »Du auch«, fuhr er Lothar an, der sich wieder auf seinem Sitz niedergelassen hatte und es kaum erwarten konnte, Judiths Verteidigung zu übernehmen, um danach seinen Antrag anzubringen. Nur zögerlich erhob er sich. »Sei mild mit ihr«, murmelte er und fügte, bevor er den Raum verließ, hinzu: »Um meinetwillen.« Er merkte nicht, dass seinem Vater diese beziehungsreichen Worte gänzlich entgangen waren. Zu sehr war Ludwig in das Betrachten der welfischen Schönheit versunken.

Als sie allein waren, blieb der Kaiser vor Judith stehen.

Sie senkte das Haupt und wartete auf den Urteilsspruch. Tatsächlich hatte sich Ludwig vorgenommen, sie als Erstes streng zurechtzuweisen, um ihr deutlich zu machen, dass sie noch viel zu lernen habe, dann herauszufinden, woher sie ihm so bekannt vorkam, und schließlich nach dem Ursprung des großen Rings an ihrer Hand zu fragen, der ihn sehr an ein Geschmeide seiner Stiefmutter Fastrada erinnerte. Aber all das schien mit einem Mal völlig bedeutungslos zu sein. Ganz gleich, wie ihre Antworten lauten und was seine Berater sagen würden, ganz gleich, wer sie war und mit wem sie Umgang gepflegt hatte; er musste dieses schmale Mädchen mit dem struppigen Goldhaar heiraten. Manchmal war es besser, nicht allzu viel zu wissen.

»Sieh mich an«, bat er leise.

Judith hob den Blick. Alle Härte war aus den Zügen des Kaisers verschwunden. Judith begriff und holte erleichtert Luft. Sie würde nicht bestraft werden. Ein winziges Lächeln stahl sich in ihre Mundwinkel. Kaiser Ludwig beugte sich zu ihr herab, küsste sie auf die edel geformten Lippen und sagte dann: »Der dänische König hat wohl gesprochen, meine Judith. Ich zweifele nicht im Geringsten daran, dass du mich glücklich machen wirst. So bald wie möglich werden wir Hochzeit halten.«

Judith neigte das Haupt und senkte die Lider; in Demut und Dankbarkeit, wie Ludwig vermutete. In Wahrheit aber fürchtete sie, er könne ein schelmisches Funkeln in ihren Augen entdecken, das dem Ernst der Lage nicht angemessen gewesen wäre. Ihr war nämlich plötzlich durch den Kopf geschossen, dass sie als Kaiserin für Bernhard unerreichbar wäre. Ein sehr beruhigender Gedanke.

Irmingard wendete ihre Stute, schlug ihr auf die Flanken und galoppierte auf die Schlucht zu.

»Spring!«, rief sie. Da traf sie ein derart heftiger Schlag in die Seite, dass sie vom Pferd stürzte.

»Du bist verrückt geworden!« Schwer atmend beugte sich Hugo von Tours über die Tochter, die er im letzten Augenblick heruntergestoßen hatte.

Irmingard versuchte aufzustehen, konnte aber die Beine nicht bewegen. Sie riss ihrem Vater das Schwert aus der Scheide. Doch wieder war er schneller. Bevor sie ihren Oberkörper darüber beugen konnte, hatte er ihr die Waffe entwunden.

»Töte mich!« Mit wildem Blick starrte ihn Irmingard an. »Diese Schande überlebe ich nicht!« Sie brach in furchterregendes Geheul aus. »Diese Hexe! Der Kaiser gehört mir! Jeder wusste das! Ich kann mich nirgendwo mehr sehen lassen!«

»Bleibt, wo ihr seid, wir kommen gleich!«, rief der Graf seinen Begleitern zu. Er hockte sich neben seine Tochter auf den harten Erdboden und ließ Irmingard erst einmal toben. Sie verfluchte die Nonne Gerberga und Judith, von der sie sich böse getäuscht fühlte. »Nur mit Zauberkraft hat sie den Sinn des Kaisers wenden können«, fauchte sie ihren Vater an. »Der Sinn meines Lebens ist dahin! Du musst mich töten!«

»Damit ist nichts gewonnen«, entgegnete er ruhig. »Was sollte dein Tod bewirken? Nur lebend wirst du beweisen können, dass der Kaiser eine Hexe erwählt hat. Nur lebend kannst du deine Feindin vernichten.«

»Wie?«, krächzte Irmingard, vom vielen Geschrei heiser geworden.

»Indem du am Hof bleibst. Ihr schöntust. Sei so verlogen zu ihr wie sie zu dir in der Brautschule. Versprich, ihr zu dienen, und lass sie zu gegebener Zeit in eine Falle laufen. Unser frommer Kaiser wird eine Frau, die mit der Unterwelt verkehrt, nicht an seiner Seite dulden. Und dann ist deine Stunde gekommen.«

Kopfschüttelnd blickte er auf ihr rechtes Bein, das unnatürlich abgebogen war.

»Wir müssen ohnehin nach Aachen zurückreiten, damit dein Bein versorgt werden kann«, sagte er. »Da wirst du deine Zeit nutzen, die Kaiserin davon zu überzeugen, dass du ihre beste Freundin bist.«

Der Wahnsinn in Irmingards Augen hatte einem hoffnungsvollen Glimmen Platz gemacht. »Für die hält sie mich bereits!«

Graf Hugo atmete erleichtert aus.

»Umso besser«, erwiderte er. »Aber unser Vorhaben erfordert sehr viel Zeit, Geduld und ein hohes Maß an Verstellung. Wirst du dafür die Kraft aufbringen – und dich nicht bei der nächsten Niederlage sofort wieder in einen Abgrund stürzen wollen?«

»Mit all meiner Kraft«, gelobte Irmingard bitter, »werde ich Judith in den Abgrund stürzen. In die Hölle, wo sie hingehört!«

Vorsichtig nahm Graf Hugo seine Tochter in die Arme und hob sie vom Erdreich.

»Sie ist verletzt!«, rief er den Begleitern zu. »Wir brauchen eine Trage!«

Die neue Aufgabe würde seine Tochter nicht nur am Leben erhalten, sondern passte auch bestens zu seinen eigenen Plänen. In denen keine Aufwertung des deutschen Reichsteils vorgesehen war. Auch nicht der Aufstieg des Welfengeschlechts. Sondern nur sein eigener.

4

Aus den Chroniken der Astronoma

Im Jahr des Herrn 821

Es ist dies anfangs ein erfreuliches Jahr, denn der Kaiser versöhnt sich mit den einstigen Verschwörern um seinen Neffen Bernhard von Italien und gibt ihnen Würden und Güter zurück. Sie schwören dem Kaiser Treue und dienen wieder im kaiserlichen Rat. Dies geschieht auf dem letzten Reichstag des Jahres in Diedenhofen, wo alle Edlen ein weiteres Mal die Ordinatio imperii bestätigen und eine Doppelhochzeit gefeiert wird: Ludwigs ältester Sohn Lothar nimmt Irmingard zur Gemahlin, Tochter des Grafen Hugo von Tours und liebste Freundin der Kaiserin. Deren Bruder, Konrad Welf, vermählt sich mit Irmingards Schwester Adelheid. Er wird gemeinsam mit seinem Bruder Rudolf in den Hofstaat des Kaisers aufgenommen, dem jetzt auch des Kaisers Patensohn Bernhard angehört, der Sohn des Grafen von Toulouse.

An der Nordgrenze des Reichs herrscht Ruhe. Ohne dass es zu fränkischem Blutvergießen gekommen ist, teilt sich Harald Klak jetzt mit seinem Bruder und einem der vier Söhne Göttriks das dänische Königtum. Er ehrt sein Versprechen und hält die Wikingerschiffe den fränkischen Küsten fern.

Mit unerfreulichem Wetter klingt das Jahr aus. Nach einem ungewohnt stürmischen Herbst mit anhaltendem Regen, der vielerorts die Herbstsaat verdirbt, folgt ein außerordentlich strenger Winter, in dem selbst Rhein, Donau, Elbe und Seine monatelang mit einer star-

ken Eisdecke überzogen werden und nicht allein viele Tiere, sondern auch Menschen erfrieren. Kaiserin Judith müht sich, die Not der Armen zu lindern, verteilt höchstselbst Brot, Felle, Decken und Zuspruch. Das Volk huldigt ihrer Güte und Schönheit mit offener Begeisterung. Rabanus Maurus, der künftige Abt von Fulda, widmet ihrer Anmut ein Gedicht. Sein Schüler Walahfrid Strabo verfasst beim Anblick der Kaiserin einen Vers, der Homer zur Ehre gereicht hätte. Mit der edlen Judith, die dem Psalterium und der Harfe bislang unbekannte Wohlklänge entlockt, sind Verfeinerung, Kunstverständnis und Fröhlichkeit an den Hof zurückgekehrt. Selbst der Kaiser wirkt gelöster, und es heißt, dass sich in Gegenwart seiner Gemahlin sogar gelegentlich ein Lächeln auf seinem Gesicht zeigt.

Im Jahr 822

Zu viele Eindrücke stürmten auf sie ein. Der beinlose Mann, der beim Bau der Pfalzkapelle vom Gerüst gefallen war; die schrillen Schreie der zerlumpten Frau, die Hroswitha hieß und zu ihrem Geliebten Kaiser Karl wollte; die Alte, die durch einen Hieb auf den Kopf niedergestreckt wurde, weil sie laut Odin anrief; das winzige Häuflein Haut und Gebein, das vor einem Mond noch gelebt haben mochte und an der mageren Brust eines halbwüchsigen Mädchens klebte; knochige Hände streckten sich nach der Kaiserin aus, tief in den Höhlen liegende Augen starrten sie an, von Krankheiten entstellte Lippen formten Hilferufe – als Judith zusammensackte, sah sie nur noch nackte schmutzige Füße im Schnee.

Der leere Karren, in den sie gehoben wurde, ratterte über die holprigen Steine, die auf dem Weg zum Palatium in die Erde gelassen waren.

»Schnell, sie muss versorgt werden!«

Was denn, dachte Judith, *ich* muss versorgt werden? Was ist denn mit diesen unglücklichen, verhungernden Menschen in den schäbigen Holzverschlägen am Rande Aachens? Die nach der Missernte darben, nach diesem Winter ausgezehrt sind und Glück haben, wenn sie Waldknollen im vereisten Boden finden oder Ratten für eine karge Fleischmahlzeit fangen? Diese Menschen versorgt niemand. Sie erwarten von mir Hilfe. Zu Recht.

»Die edle Herrin! All diesem Dreck, diesen Ausdünstungen und diesem elenden Lumpengesindel ausgesetzt! Wir hätten nie herkommen dürfen! Schnell weg hier!«

Ja, schnell weg hier. Ich, die edle Herrin, darf dem Volk beim Leiden nicht zusehen – das könnte meinen Sinn für das Schöne, Gute, Feine trüben. Das mir in Altdorf fehlte und mein Heimweh nach Aachen schürte. Gedichte wollte ich schreiben, das Organon spielen, zierlichen Schmuck anlegen und mit Gelehrten plaudern. Wie stolz ich war, als mich der Kaiser erwählte! Den ich seit Jahren betrüge. Wie das Reich auch. Selbstsüchtig bin ich und verantwortungslos! Das hatte sie sich vorgeworfen, seitdem sie im Morgengrauen mit ihrem kleinen Gefolge Lebensmittel, Decken und andere Hilfsgüter unter die Ärmsten der Armen verteilt und sich zwischen ausgehungerten, nur mit Fetzen bekleideten Menschen bewegt hatte, viele von grauenhaften Seuchen gezeichnet.

Das muss ein Ende haben! Übelkeit stieg in ihr auf. Sie zitterte beim Versuch, den bitter schmeckenden Schwall in ihrem Mund zurückzudrängen.

»Schnell, eine Decke!«, hörte sie Irmingards besorgte Stimme. Und dann: »Der Kaiserin ist schlecht geworden!«

»Kein Wunder, sie hätte sich das nicht zumuten dürfen!«, sagte eine Männerstimme.

Schwäche zeigen vor all diesen vom Schicksal gebeutelten Menschen? Wie geschmacklos! Judith richtete sich auf. Ein gut gezielter Stein verfehlte knapp ihren Kopf.

»Soll sie sich doch an unserem Essen laben!« Böse funkelten sie die Augen eines Knaben in Ruadberns Alter an. Da sich mehrere Leute sofort auf das Kind stürzten und die Karrenzieher ruckartig ihre Geschwindigkeit verdoppelten, entging Judith, wie ihr Leibwächter sein Schwert dem Kind mitten ins Herz stieß. Ein Angriff auf Kaiser oder Kaiserin wurde mit dem sofortigen Tod bestraft.

Irmingard beugte sich über sie. »Fahren wir zu schnell? Sollen wir eine Pause machen?«

»Lass anhalten«, befahl Judith. »Ab hier laufe ich. Das geht schneller.«

»Aber du bist krank!«

»Ich bin nicht krank – ich bin schwanger! Und deshalb kann ich gehen.« Sie lehnte jede Hilfe ab und stieg selbst aus dem Gefährt.

»Das ist ja eine wunderbare Nachricht!«

»Bitte behalte sie vorerst für dich. Ich habe mit dem Kaiser noch nicht gesprochen.«

Endlich! Nach drei Jahren treuer Begleitung hatte ihr die Kaiserin ein Geheimnis anvertraut! Was ohnehin nicht lange eins bleiben konnte, dachte Irmingard. Sie hätte mir besser sagen sollen, jetzt zum Palatium fliegen zu wollen, weil das noch schneller gehe. Oder sonst irgendeine Hexerei angeboten. Es fuchste sie, trotz gründlicher Nachforschungen noch immer keinerlei Beweise für Judiths magisches Tun gefunden zu haben. Wie garstig, diese Künste selbst vor ihrer besten Freundin zu verbergen! Aber ebendies bewies einmal mehr ihre Tücke. Wie auch der nebenbei hingeworfene Satz, dass sie guter Hoffnung sei. Aber weshalb hatte sie es Ludwig noch nicht gesagt? Er sollte es doch als Erster wissen! Da stimmte etwas nicht!

»Du musst dich schonen und langsamer gehen«, schlug Irmingard vor, während sie überlegte, ob sie ihrem Mann und ihrem Vater mit der erstaunlichen Neuigkeit auch noch ihren Verdacht anvertrauen sollte: dass dieses Kind von einem anderen Mann stammen könnte. Von ebenjenem Mann, mit dem sich die Kaiserin so häufig traf. Mit dem sie sich entgegen allen höfischen Regeln stundenlang allein in ihrem Gemach aufhielt.

»Ich kann nicht mithalten«, gestand Irmingard. »Mein Bein schmerzt.«

Seit jenem Vorfall nach der Brautschau, der als ihr Unglück zu Pferde bezeichnet wurde, zog sie das schlecht verheilte Bein nach. Und hatte gelernt, sich in Geduld zu üben.

»Entschuldigung, Irmingard, liebste Freundin, aber ich muss sofort mit Ludwig reden.«

Irmingard versuchte, mit ihr Schritt zu halten.

»Er ist gewiss noch im Rat«, keuchte sie. Judith hatte endlich Schwäche gezeigt. Nach dieser Offenbarung würde sie vielleicht Weiteres erzählen.

»Das ist mir gleich.«

Judiths Kräfte waren zurückgekehrt. Ohne auf Irmingards Behinderung zu achten, stürmte sie an den Wachen vorbei ins Palatium und eilte zur Beratungskammer des Kaisers. Sie holte tief Luft, beruhigte ihr heftig klopfendes Herz und öffnete leise die Tür.

Einhard, der am Eingang saß, blickte alarmiert auf. Sonst hatte niemand das Erscheinen der Kaiserin bemerkt, da alle aufmerksam dem Königsboten lauschten, der gerade von seinen Beobachtungen berichtete. Judith nickte Einhard freundlich zu, legte den Zeigefinger an die Lippen, zog einen Fußschemel heran und ließ sich hinter Lothar und Pippin nieder, den beiden ältesten Söhnen des Kaisers.

»Der Eisgang am Rhein hat derartige Schäden angerichtet, dass ganze Dörfer und fast alle Brücken bedroht sind«, meldete der Königsbote gerade. »Die Gaugrafen sind nicht in der Lage, alle Not zu lindern, und bitten um weitere Hilfe aus Aachen.«

Erwartungsvoll blickten alle zum Herrn des Reichs, der an diesem Morgen zu keinem Problem eine Lösung vorgeschlagen hatte und stumm wie ein Bildnis seiner selbst auf dem Thron saß.

Sag doch was, flehte ihn Judith innerlich an.

Doch Kaiser Ludwig blickte weiterhin reglos geradeaus. Die Stille im Raum war beängstigend. Keiner wagte, jetzt noch ein Wort hervorzubringen.

Biete Hilfe an, setze Truppen in Bewegung, baue Brücken und Dörfer wieder auf, gib den Leuten ein Dach über den Kopf und zu essen! Tu was! Ihre Gedanken kamen bei Ludwig nicht an.

Das Schweigen wurde unerträglich.

Sag was!

Endlich sprach er.

»Ja, ich werde Buße tun.«

Starr vor sich hintierend, stieg er von seinem Thronsessel und verließ ohne ein weiteres Wort den Raum. Er war so in Gedanken versunken, dass er seine Gemahlin streifte, ohne sie wahrzunehmen.

Verblüfft sahen die Anwesenden einander an.

»Wenn der Kaiser von Gottes Gnaden das Reich durch einen Bußgang zu entbürden wünscht ...«, begann Ebbo etwas hilflos.

Judith wusste nicht, ob sie den dicken Mann mit den verwulsteten Augen für diese Worte lieben oder hassen sollte. Wie überhaupt derzeit eine Vielzahl widerstreitender Gefühle in ihrer Brust wogte. Sie beugte sich vor. Lothar und Pippin hatten die Köpfe zusammengesteckt.

»Er wird wohl wieder mal in der Kapelle das Elend der Welt beweinen«, hörte sie Lothar seinem Bruder Pippin zuflüstern. »Anstatt seine Kraft dafür aufzuwenden, es abzuschaffen.«

Auch Einhards in der Hofschule geschärftem Gehör war diese Bemerkung nicht entgangen. Scharf wies er Lothar zurecht: »Dein Vater, der Kaiser, wendet sich zur Beseitigung des Elends auf der Welt in aller Demut an die einzige Macht, die grundsätzlich für bessere Zustände sorgen kann.«

»Amen«, sagte Graf Wala und löste die Versammlung auf.

Judith blieb auf ihrem Schemel sitzen, als sich die Männer erhoben.

»Die Kaiserin!«, rief Ebbo überrascht und leicht missgestimmt. Frauen hatten in der Beratungskammer nichts zu suchen.

»Ich wollte mit meinem Gemahl reden.«

»Er spricht gerade mit einer höheren Instanz«, bemerkte Bernhard und machte sich an einem verrußten Wandlicht zu schaffen. Verärgert schien er seine schwarzen Finger zu begutachten, während die anderen Männer mit tiefen Verneigungen vor Judith den Raum verließen. Bernhard wischte sich die Hände an seinen Ärmeln ab und knurrte: »Ich frage mich wirklich, warum niemand die Bediensteten zurechtweist!«

Judith erhob sich und flüsterte im Vorbeigehen Bernhard zu: »Sieh in der Kapelle nach, ob er da bleibt. Komm dann unverzüglich zu mir. Natürlich über den geheimen Weg. Eil dich!«

Lothar und Einhard irrten sich. Ludwig beweinte nicht das Elend der Welt. Er verlor keinen Gedanken an den bedrohlichen Eisgang in seinem Reich, an einstürzende Brücken, überflutete Auen, ertrinkendes Vieh, die Folgen der Missernte und erfrierende Untertanen. Ein völlig anderes Unheil bewegte den Kaiser, eine Katastrophe höchst privater Natur. Er konnte an nichts anderes mehr denken. Voller Verzweiflung warf er sich in der Pfalzkapelle vor dem Hauptaltar auf den Boden und flehte den Herrn an, ihm seine Not zu nehmen und ihm wieder seine Manneskraft zu schenken, die ihn just in jenen Augenblicken im Stich ließ, wenn er den Leib Judiths an seinem spürte. In seiner nunmehr dreijährigen Ehe war er nicht ein einziges Mal zu jener Tat imstande gewesen, die der Zeugung von Nachkommen diente. Dabei begehrte er Judith wie noch nie eine Frau zuvor, liebte sie mit bedingungsloser Hingabe. Und zweifelsfrei handelte es sich um kein körperliches Gebrechen, das Männer in der zweiten Lebenshälfte gelegentlich heimzusuchen pflegte. Er war nicht krank. Denn beim Anblick Judiths, ja, schon, bei dem Gedanken an sie, spürte er, wie das Blut in seine Lenden schoss und sich seine Männlichkeit aufrichtete. Doch jedes Mal, wenn er sich zu ihr legte, welkte sein Geschlecht dahin.

Bernhard vergewisserte sich, dass der Kaiser tatsächlich im Kirchenstaub lag. Da Ludwig dies immer geraume Zeit aushielt, konnte er Judiths Aufforderung nachkommen. Er eilte den Gang der Kinderkammern entlang. Von Ruadberns Stube führte jene verborgene Treppe, über die Gerswind zu Zeiten Karls des Großen so schnell zu Judith hatte kommen können, unmittelbar hinauf in die kaiserlichen Gemächer. Bernhard war höchst besorgt. Noch nie hatte Judith ihn außerhalb der festgesetzten Stunden zu sich befohlen und schon gar nicht mit solcher Dringlichkeit. Er war von ihrer Aufforderung so bestürzt, dass er nicht einmal merkte, wie ihm jemand verstohlen folgte.

Bernhard hielt sich viel darauf zugute, in jeder Lage einen kühlen Kopf bewahren zu können, aber jetzt durchlief es ihn heiß. Ahnte der Kaiser etwas? Hatte er sich deswegen im Rat so seltsam verhalten? Wusste er gar Bescheid? Dann war er, Bernhard, ein toter Mann! Sein Herz begann zu rasen. Er blieb einen Augenblick stehen, um sich zu sammeln. Es hatte keinen Sinn, sich verrückt zu machen.

War das ein Rascheln hinter ihm? Er blickte über seine Schulter und mühte sich, im schwach beleuchteten Gang etwas zu erkennen. Doch die dunkel gekleidete Gestalt, die sich rasch an eine Tür gedrückt hatte, entging ihm; er sah niemanden und schüttelte vor Ärger über seine Bangigkeit den Kopf. Angst vor Entdeckung war zum ständigen Begleiter ihrer Liebschaft geworden, aber sie hatten stets höchste Umsicht walten lassen. Oder waren sie doch nicht vorsichtig genug gewesen?

Schon öfter hatte er sich gefragt, ob sein Spiel mit dem Feuer nicht zu einem Flächenbrand führen könnte, der ihn mitsamt seinen Zukunftsträumen versengen würde. Dann aber bedachte er, dass es nicht nur darum ging, die süßen Freuden zu genießen, die Judiths Körper ihm – und ihm allein!, wie er wusste – bereitete. Denn das Bett der Kaiserin war eine Stätte, an der er Macht ausüben konnte. Und mehr noch als nach dem anmutigen Leib Judiths hungerte er genau danach. Er fand, dass sie ihm zustand.

Schließlich stammte er nicht nur in direkter Linie von Karl Martell ab, der sein Großvater gewesen war, sondern schon seine Geburt galt als ein Wunder, da seine Mutter das Alter der Fruchtbarkeit bei Weitem überschritten hatte. Nicht erstaunlich war daher, dass die alte Frau bei der Niederkunft starb. Was Bernhard später weniger verdross als ihre Stellung in der Erbfolge: Wäre seine Mutter ein ehelich geborener Mann gewesen, hätte es möglicherweise weder einen Kaiser Karl noch einen Kaiser Ludwig gegeben. Dann würde er, Bernhard, heute die Geschicke des Reichs lenken. Solange er zurückdenken konnte, hatte ihn dieser Gedanke gequält, wie ein Stachel in seinem Fleisch gesteckt. Als Knabe hatte er die frühen Tode der älteren Karlssöhne begrüßt, gehofft, dass es auch Ludwig und dessen Söhne schnell dahinraffen möge, um seinen eigenen Anspruch auf den Thron geltend zu machen. Um dann rechtzeitig zur Stelle zu sein, hatte er seinen Vater beschworen, ihn bei seinem Patenonkel Kaiser Ludwig erziehen zu lassen.

Also wuchs er in Aquitanien an der Quelle der künftigen Macht heran. Irgendwann musste er sich eingestehen, dass seine Aussichten auf Erlangung des Throns verschwindend klein waren und zunehmend geringer wurden. Er schloss sich dem gleichaltrigen Lothar an, der seinen Vater verachtete, seine Mutter dagegen anbetete. Lothar hielt den Kaiser für schwach und wankelmütig und versorgte Bernhard mit der wichtigen Information, dass sein Vater nichts ohne Rücksprache und Billigung der Kaiserin tat, weshalb im Grunde seine Mutter über das Reich herrschte. Bernhard fand es außerordentlich erstaunlich, dass eine Frau solche Macht über den Kaiser ausüben konnte.

Als kurz nach Irmingards Tod die Brautschau abgehalten wurde, war Bernhard von Judiths mutigem Auftritt überaus beeindruckt. Alles wäre mit einer solchen Frau an seiner Seite möglich, hatte er damals gedacht und es zunächst bedauert, dass der Kaiser das Wirkungsvermögen der jungen Frau offenbar selbst erkannt hatte und sich abermals einer kühnen Gefährtin versichern wollte.

Als Bernhard ihr wenige Tage vor der Hochzeit im Holzgang allein begegnet war und ihr höflich seine besten Wünsche für ihre Zukunft mitgeteilt hatte, war sie stehen geblieben, hatte ihn nachdenklich gemustert und geradeheraus gefragt, ob seine Gefühle für sie seinem Treueid dem Kaiser gegenüber im Weg stünden. Bernhard hatte überhaupt nicht mehr über irgendwelche Gefühle für Judith nachgedacht, als deutlich geworden war, dass sie des Kaisers neue Gemahlin werden sollte. Als Frau war sie für ihn somit unerreichbar geworden. Und vor Gefühlen schützte er sich ohnehin.

Doch ihre so leicht dahingesprochenen Worte brachten ihn auf den Gedanken, dass sie möglicherweise nicht über seine

Gefühle, sondern über ihre eigenen sprach. Er entsann sich, wie leidenschaftlich sie seinen Kuss in der Kinderkammer erwidert hatte. Von diesem Gedanken bis zur Überlegung, sich der Liebe der Kaiserin zu versichern, um über diesen Umweg an der heiß begehrten Macht doch noch teilzuhaben, war nur ein kleiner Schritt. Der angesichts des Liebreizes der neuen Kaiserin zusätzliche Verlockung bot.

»Wem ich meine Verehrung bezeuge, der kann sich ihrer allewege gewiss sein«, erwiderte er mit fast demütig gebeugtem Haupt. Sie schluckte den Köder, reichte ihm eine Hand zum Kuss und wehrte sich nicht, als dieser Kuss ihren Arm hinaufwanderte, ihre Schultern, ihren Hals und schließlich auch ihre Lippen erreichte.

»Was machen wir nur!«, stieß sie aus, als er sie losließ.

»Liebe?«, antwortete er fragend, setzte eine traurige Miene auf und schickte beziehungsreich hinterher: »Weißt du überhaupt, was das ist?«

Ehe sie antworten konnte, war er davongeeilt. Das Saatkorn, das er ihr eingepflanzt hatte, ging auf. Am Tag vor ihrer Hochzeit setzte sie sich beim Abendmahl neben ihn und fragte ihn beiläufig, weshalb sie einander in ihrer Jugend nicht wahrgenommen hätten, als er mit dem Hofstaat des Königs von Aquitanien nach Aachen gekommen war.

»Ich habe dich sehr wohl aus der Ferne bewundert, war aber zu klein und hässlich, als dass du mich in den Schatz deiner Erinnerungen aufgenommen hättest«, antwortete er freundlich.

Sie sei damals ziemlich dumm und zerstreut gewesen, bekannte sie und wechselte das Thema. Ob er ihr ausführlich über sein heimatliches Aquitanien berichten könne? Als Kaiserin müsse sie schließlich auch über Länder und Vorgänge westlich des Rheins Bescheid wissen.

Zwei Tage nach der Hochzeit nahm er mit Wissen und Billigung des Kaisers den Unterricht auf.

Judith gab sich sichtlich Mühe, ihre Freude über sein Erscheinen zu verbergen. Ihre Augen glänzten, wiesen aber nicht das gewisse Leuchten einer frisch verheirateten Frau auf. Das kam Bernhard sehr entgegen. Ihm war nicht an einer flüchtigen Liebelei, sondern an Judiths gänzlicher Hingabe gelegen. Begehren und Begierde hatte er in ihr geweckt; jetzt musste ihre Sehnsucht so lange gefüttert werden, bis sie ihm vollauf erlegen war. Deshalb verhielt er sich untadelig und rührte die Kaiserin nicht an.

Er rückte sogar von ihr ab, als sie sich gemeinsam über die Landkarte Aquitaniens beugten, und zog seine Hand zurück, als ihr der über die Höhen des Landes wandernde Zeigefinger Judiths näher kam. Er genoss es, sie zu plagen, würzte seine Ausführungen mit wohldosierten Schmeicheleien und strengen Zurechtweisungen. Er ließ sie zweideutige Verse aus der Volkssprache Aquitaniens, der lingua romana, ins Fränkische übersetzen und schloss versonnen die Augen, wenn sie auf dem Psalterium Melodien dazu erfand. Vorsichtig merkte er an, wie bedauerlich es doch sei, dass der Kaiser die von seinem Vater gesammelten heidnischen Heldendichtungen allesamt habe vernichten lassen. Judith stimmte ihm zu, ohne der Kritik an ihrem Gemahl zu widersprechen. Sie wurde immer blasser und verzweifelter. Immer hungriger. Nach einem halben Jahr versetzte er ihr gezielt einen letzten Schlag. Er kam nicht zur verabredeten Unterrichtsstunde.

Während er auf seinem Hengst durch den Wald bei Aachen strich, stellte er sich vor, wie seelenwund sie in ihrem Gemach saß, sich zwingend, nicht durch das Palatium zu eilen, um ihn zu suchen. Er stieg vom Ross, zerriss sich die Beinkleider, ritzte sich mit einem scharfen Stein die Knie auf, kehrte humpelnd zu den Pfalzgebäuden zurück, warf sich dort Judith zu Füßen und entschuldigte sich für sein Fernbleiben.

Anmutig reichte sie ihm die Hand, bat ihn, sich nach seinem Reitunfall zu schonen, und schlug ihm vor, sie in dieser Stunde liegend zu unterrichten. Dieser Aufforderung kam er gern nach und ließ sich mühsam auf dem Lager in der Ecke des Gemachs nieder. Besorgt, als hätte er sich in einer heißen Schlacht eine schwere Verletzung zugezogen, beugte sie sich über ihn, untersuchte seine Wunde und bestand darauf, sie selbst zu verarzten.

»Auch die Wunde in meinem Herzen?«, fragte er und brachte das Eis in seinen Augen zum Schmelzen. Wie erwartet, ließ Judith das Verbandslinnen fallen, nahm ihn aufschluchzend in die Arme und ließ voller Verzückung mit sich geschehen, wonach sie sich so verzweifelt gesehnt hatte.

Als sich ihre nackten Leiber später voneinander lösten, blickte er verständnislos auf das Blut, das sie ihm freudestrahlend auf dem Linnen zeigte.

»Es ist mein Blut, nicht deins«, sagte sie eindringlich. Da erst begriff er, weshalb Judith, der in allen anderen Angelegenheiten Zurückhaltung und Schüchternheit fremd waren, sich so scheu von ihm hatte führen lassen. Das erklärte, weshalb die ansonsten so kluge Frau sich in Liebesdingen als so leichtgläubig und berechenbar erwiesen hatte. Ihr fehlte jegliche Erfahrung; die verheiratete Kaiserin war rein wie die Jungfrau Maria gewesen! Niemand hatte sie in ihrer Jugend am Karlshof entjungfert, und Ludwig hatte die Ehe mit ihr nie vollzogen. Schnell überwand er sein Staunen und sann darüber nach, wie er das Wissen um des Kaisers offenkundiges Versagen zu seinem Nutzen verwerten könnte. Dabei wäre ihm fast entgangen, wie Judith ihm das glühende Gesicht zum Kuss entgegenhob und in der lingua romana flüsterte: »Zeig mir noch einmal, was Liebe ist.«

So hatte es angefangen.

Und Bernhard sorgte dafür, dass Judith seiner nicht müde wurde. Verlocken, hinhalten, erlösen, kalte und heiße Wechselbäder, die ihrem Blut die Wallung erhielten. Nahezu zwei Jahre lang trieb er dieses Spiel mit ihr und kostete seinen heimlichen Triumph über den Kaiser aus. Doch dann rundete sich aller Vorsicht und der empfängnisverhütenden Raute zum Trotz Judiths Bauch. Bisher war es ihr gelungen, dies unter den weiten Oberkleidern vor dem Kaiser und der Welt zu verbergen.

Judiths halbherzige Frage, ob sie das Kind bei einer weisen Frau loswerden solle, hatte Bernhard empört zurückgewiesen. Zu verführerisch erschien ihm der Gedanke, dass Judith seinen Sohn trug! Der nach Ludwigs Tod der Kaiserkrone schließlich näher wäre, als Bernhard selbst es je gewesen war. Wie es dann mit den drei Söhnen aus erster Ehe zu verfahren galt, würde er zu gegebener Zeit überlegen. Da gab es Mittel und Wege. Schließlich hatte auch Ludwig seine drei älteren Brüder überlebt. Was ihn Kaiser werden ließ. Und niemand hatte sich damals darüber gewundert, dass die drei ältesten Karlssöhne binnen Jahresfrist das Zeitliche gesegnet hatten.

Er schmeichelte Judiths Klugheit, versicherte, sie werde dem Kaiser schon eine glaubwürdige Erklärung für ihre Schwangerschaft liefern können. Das war vor zwei Monaten gewesen.

Vielleicht ist diese Erklärung nicht sonderlich überzeugend ausgefallen, überlegte Bernhard, als er sicherheitshalber an Ruadberns Tür klopfte, obwohl ihm bekannt war, dass der Knabe zu diesem Zeitpunkt in der Hofschule unterrichtet wurde. Eine unbefleckte Empfängnis würde ihr selbst der fromme Ludwig nicht abnehmen.

Bernhard trat ein, schloss die Tür und schob die Holzvertäfelung zur Seite, hinter der sich der Aufgang befand. Aber solange der Kaiser nicht wusste, wer seine Frau geschwängert hatte, war noch nicht alles verloren. Er glaubte nicht, dass Judith seinen Namen nennen würde, aber falls sie eine Andeutung machen sollte, würde er schnellstens vom Hof verschwinden. Was er nicht wollte.

Sorgsam schloss er die Wandöffnung hinter sich und klomm empor.

Am oberen Treppenabsatz klopfte er sacht an das Holz. Judith schob die Vertäfelung zur Seite und empfing ihren Liebhaber mit dem knappen Satz: »Heute werde ich es ihm sagen.«

Bernhard fiel ein Stein vom Herzen. Noch war nichts verloren. Gleichzeitig erfasste ihn ungeheure Wut. Was fiel der Frau ein, ihn so zu erschrecken!

»Deshalb hast du mich rufen lassen?«, fuhr er sie an.

»Nein.«

Ihre Stimme war rau, ihr Blick leer.

Er durchmaß den Raum, setzte sich auf den Bettrand und hob fragend die Augenbrauen.

Judith blieb an der Wandöffnung stehen.

»Dein Vater hat gewiss Verwendung für dich«, sagte sie barsch. »Vielleicht ist er ja auch krank geworden. Um jeden Verdacht von dir abzulenken, ist es besser, du verlässt den Hof. Für immer.«

»Komm zu mir.«

Die Samtstimme. Die sonst nie ihre Wirkung verfehlte.

Diesmal aber ließ sich Judith von keiner Stimme streicheln. Sie hatte eine Entscheidung getroffen. Dem Kind und dem Kaiser zuliebe, auch wenn es ihr das Herz zerriss.

»Du willst mich loswerden?«, fragte er mit kühler Selbstsicherheit und erhob sich von ihrem Ruhelager. Er schien leicht belustigt zu sein. »Wie du willst. Du bist hier die Kaiserin. Und wenn er dich verstößt, wirst du bestimmt ein hübsches Kloster finden, das dich aufnimmt.« Ohne sie anzurühren, drückte er sich an ihr vorbei und stieg durch die Wandöffnung. »Falls du deine Schande überlebst«, warf er ihr noch zu.

»Verschwinde!«, rief Judith außer sich, schob mit zitternden Händen die Vertäfelung zurück und lehnte sich dagegen. Alle Kraft war von ihr gewichen.

Die Bilder des Morgens stiegen wieder in ihr auf. Die verzweifelten verhungernden Untertanen, die von jenem Kaiser Hilfe erwarteten, der reglos auf seinem Thron saß und von Buße gesprochen hatte, als wäre dies die einzige Lösung für alles. Lothar und Pippin hatten recht: Damit allein war dem Elend der Menschen nicht zu begegnen.

Es war höchste Zeit geworden, ihr eigenes Vergnügen hintanzustellen, Verzicht zu üben und an ihre Pflichten zu denken, dafür zu sorgen, dass der Kaiser seinen Sinn ganz auf die Lenkung des Reichs richtete. Er war gut zu ihr, viel zu gut! Es ging nicht, dass er alles stehen und liegen ließ und jede Hungersnot vergaß, wenn Judith über Kopfschmerzen klagte! Manchmal befürchtete sie, in ihm eine ähnliche Besessenheit geweckt zu haben wie Bernhard in ihr. Vielleicht sogar eine schlimmere, da dieser Besessenheit keine körperliche Erlösung vergönnt war. Was zur Folge haben könnte, dass der Kaiser seinen Kopf mit dem persönlichen Versagen statt den Reichsgeschäften belastete.

Sie sprachen nie darüber, doch Judith ahnte, wie sehr ihn sein Unvermögen im entscheidenden Augenblick quälen musste. Dabei hätte sie ihm gern gewährt, was ihr Liebhaber mittlerweile als sein Recht einforderte.

Inzwischen hatte sie längst ergründet, wie verschlagen Bernhard vorgegangen war, um Tollheit in ihr auszulösen und ihre Liebesglut mit körperlichem und geistigem Geschick stets aufs Neue anzufachen. Wie begierig er sie darauf gemacht hatte, nach allen anderen Künsten auch die der Liebe zu meistern. Stets lieferte er ihr neue Gründe, ihn am Kaiserhof und in ihrem Bett zu halten.

Sie schalt sich eine Närrin, diesen Mann mit den Eisaugen nicht längst fortgeschickt zu haben, fragte sich, was er wirklich von ihr wollte, und quälte sich mit der Frage, ob sie von ihm weniger besessen wäre, wenn auch Ludwig sie zu solcher

Glückseligkeit hätte hinreißen können. Eine Glückseligkeit, die ihr den Verstand zu rauben drohte und ihr Gespür für Anstand stark beeinträchtigte.

Mal für Mal schämte sie sich, wenn sie an der Tafel, neben Ludwig sitzend, die Liebkosungen von Bernhards Füßen zuließ. Sie hätte so gern ihren Mann nicht betrogen, aber so willig der Geist auch war, ihr Fleisch blieb hoffnungslos schwach. Manchmal hasste sie sich dafür.

Ludwig gegenüber tat sie, als wäre ihr Bernhard körperlich zuwider, was sie aber in Kauf nähme, da er ihren Geist bereichere. »Wenn er mir doch sein Wissen aus einem anderen Raum vermitteln könnte«, sagte sie beispielsweise, »dann würde ich nicht darunter leiden, dass er so streng riecht!« Einmal fragte sie Ludwig gar, ob er ihr nicht einen schöneren Lehrer finden könne; sie fühle sich durch die gedrungene Gestalt bedrückt. Der Kaiser hatte gelacht und ihr geraten, die Augen zu schließen und die Ohren offen zu halten.

Sie wurde immer gewitzter darin, ihren Gemahl zu täuschen.

»Bleib so nahe wie möglich an der Wahrheit, damit du dich nicht verrätst«, hatte Bernhard ihr empfohlen. Geriet sie also mit dem Geliebten in Streit – was häufig geschah, da beide zum Befehlen neigten –, verheimlichte sie das nicht vor Ludwig, sondern beklagte sich darüber, dass es Bernhard ihr gegenüber an Achtung fehlen lasse. »Er behauptet, eine Frau habe in der Gemeinde zu schweigen«, brachte sie einmal empört hervor.

»Er hat recht, denn so steht es geschrieben«, antwortete Ludwig und setzte hinzu: »Ich liebe dich zu sehr, meine Judith, als dass ich dir manche Wahrheit sagen könnte. Umso glücklicher bin ich, dass Bernhard mir diese unangenehme Arbeit abnimmt. Er lehrt dich Demut. Das tut dir gut und ist Gott gefällig.«

Sie fragte Bernhard, ob es Gott wohl auch gefällig sei, dass er sie lehrte, feste Begegnungszeiten einzuhalten. »Alles, auch jedes unserer Treffen, muss ins vertraute Lebensmuster eingefügt werden, damit kein Verdacht aufkommt«, hatte er ihr stets eingeschärft.

Aber diese Treffen würde es jetzt nicht mehr geben.

Neues Leben reifte in ihr, und sie hatte jetzt das Opfer gebracht und sich von dem Mann getrennt, der es gezeugt hatte. Sie würde auf die unbeschreiblichen Wonnen verzichten, die er ihr zu bereiten verstand. Sie durfte sich dieses erregend prickelnde Gefühl nicht mehr erlauben, das ihren Körper auch jetzt noch beim Gedanken an Bernhards Liebkosungen durchströmte. Vom heutigen Tag an würde sie keusch an Ludwigs Seite leben. Als Kaiserin für das Wohl des Reichs und ihres Gemahls.

Der Gedanke verlieh ihr frische Kraft. Die brauchte sie für ihr nächstes Gespräch. Ludwig musste überzeugt werden.

Auf Bernhard wartete am Treppenabsatz eine böse Überraschung. Das wurde ihm in dem Augenblick deutlich, als er das Licht auf die unteren Stufen fallen sah. Er wusste genau, dass er die Vertäfelung wieder zurückgeschoben hatte. Er würde sehr schnell denken müssen.

»Ist die hohe Frau heute etwa unpässlich?«, begrüßte ihn Irmingards spöttische Stimme, als er durch die Wandöffnung stieg.

Bernhard zeigte seine Grübchen. »Aha, der Knabe hat dir also auch sein Geheimnis verraten!«, erklärte er fröhlich.

»Welcher Knabe? Ludwig?« Irmingard war aus der Fassung gebracht. Das Hochgefühl, die Frau, die ihr den Kaiser weggenommen hatte, beim Ehebruch ertappen zu können, wich einer gewissen Unsicherheit. Bernhard hatte sich nur kurz im oberen Stockwerk aufgehalten, und die Stimme der Kaiserin hatte höchst verärgert geklungen. So, als ob sie gestört worden wäre. Sie hatte genau das getan, was jede Frau mit einem unerwarteten Eindringling in ihrer Kammer getan hätte: ihn hinausgeworfen. Aber vielleicht hatte es auch nur Streit unter Liebesleuten gegeben.

Ihr war aufgefallen, dass die versonnenen Blicke, mit denen Judith gelegentlich Bernhard bedachte, sich kaum von denen unterschieden, die sie, Irmingard, ihm einst selbst geschenkt hatte; zu einer Zeit, da ihr noch keine Nonne Gerberga die Krone der Kaiserin prophezeit und sie darunter gelitten hatte, mit ihrer Habichtsnase dem gängigen Schönheitsideal zu widersprechen. Als sie in Bernhard eine verwandte Seele und mögliche Zukunft gesehen hatte. Als sie geglaubt hatte, diesen kleinen, dicken, dunklen Sohn des Grafen von Toulouse zu lieben.

Sie versuchte, Judith unbedachte Äußerungen zu entlocken. Vergeblich. Judith ging immer freundlich mit ihr um, zog sie aber nicht ins Vertrauen.

Während sich Irmingard darüber ärgerte, die Tür in der Vertäfelung erst so spät entdeckt zu haben, suchte Bernhard Zeit zu gewinnen und herauszufinden, wie viel sie gehört haben mochte.

»Ludwig hat mir kein Geheimnis verraten«, antwortete er laut lachend auf ihre Frage. »Ich meine Ruadbern. Diese Treppe. Seltsam, dass wir sie heute beide gesucht haben – aber ich habe sie vor dir gefunden!«

»Ja, die Treppe...« Irmingard nickte. »Und wo führt sie hin?«

»Direkt ins Gemach der Kaiserin, stell dir vor! Sie war nicht gerade beglückt, als ich plötzlich in der Wand stand! Sie hat mich fast die Stiege hinuntergeworfen!«

»Das habe ich gehört. Und jetzt fürchtest du wohl um deinen Kopf.«

»Aber nein«, sagte Bernhard gelassen. »Sie wird sich schon wieder beruhigen. Und erkennen, dass ich ihr einen Dienst erwiesen habe.«

»Welchen denn?«, fragte Irmingard, immer noch verunsichert.

»So ein Geheimgang ist doch gefährlich!«, erwiderte Bernhard empört. »Jetzt kann sie ihn zuschütten und die Wand vernageln lassen, damit sie nicht wieder ungebetenen Besuch erhält! Armer Ruadbern. Sie wird ihn ausschelten, dass er mir das Geheimnis verraten hat.«

In Irmingards verkniffenem Gesicht las er unverändert Argwohn. Es könnte für ihn sehr gefährlich werden, wenn er Lothars Frau nicht sämtliche Bedenken austrieb. Und dafür gab es nur einen Weg. Auch wenn er noch zu wütend auf Judith war, als wirklich Lust auf ein anderes Weib zu verspüren. Er wusste, dass Lothar Irmingard nicht aus Liebe geheiratet hatte, seine Freuden woanders suchte und seine Gemahlin vernachlässigte. Und er wusste, dass Irmingard einst eine Schwäche für ihn gehabt hatte. Beides würde er sich zunutze machen.

Er trat einen Schritt auf sie zu, wechselte in seine Samtstimme über und flüsterte: »Elfenbein.«

»Wie bitte?«

»Deine Haut«, murmelte er und senkte die Lider. »Feinstes Elfenbein. Das habe ich schon früher so an dir geliebt.« Mit verschleiertem Blick sah er wieder auf, tat, als gäbe er sich einen Ruck, und bemerkte in sachlichem Ton: »Entschuldige bitte. Auf was für dumme Gedanken man doch kommt, wenn man so allein ist und das schlechte Wetter zum Verweilen im Palatium zwingt. Erst suche ich eine versteckte Treppe, und dann lasse ich mich von einer verheirateten Frau verwirren, ausgerechnet der großen Liebe meiner Jugend. Es tut mir leid.« Es gelang ihm ein sehr betroffener Gesichtsausdruck.

Irmingard sagte nichts.

»Es ist besser, wir verlassen jetzt diese Kammer«, fuhr er fort. »Sonst wird es für dich hier zu gefährlich.« Er trat einen Schritt auf die Tür zu, damit näher an Irmingard heran, sah ihr seelenvoll in die Augen und flüsterte: »Du bist sehr verführerisch – und ich bin doch auch nur ein Mann!«

Er hoffte, es auf der Stelle hinter sich bringen zu können. Sonst würde er Irmingard auf ähnliche Weise den Hof machen müssen wie einst Judith. Aber sie war keine Judith. Sie war eine blasse Ränkeschmiedin, die ihn in Lebensgefahr bringen konnte, wenn sie ihre Habichtsnase in Angelegenheiten steckte, die sie nichts angingen.

»Es ist einsam am Hof, ohne Freunde«, seufzte Irmingard und rührte sich nicht von der Stelle. »Wann kommt Ruadbern aus der Schule?«

»Erst am Nachmittag«, erwiderte Bernhard erleichtert und schob den Riegel vor. Kurz schoss ihm durch den Kopf, dass er drei Jahre zuvor im selben Zimmer die gleiche Handlung verrichtet hatte. Damals hatte er sein Ziel nicht erreicht. Das konnte er sich diesmal nicht leisten.

Währenddessen lag Ludwig immer noch vor dem Hauptaltar. Er flehte den Herrn an, ihm Judiths Leib nicht länger als Strafe für seine gebrochenen Versprechen und die anderen Sünden zu entziehen.

»Ich werde Buße tun«, versprach er. »Öffentlich meine Verfehlungen bekennen und die Sühne annehmen. Im September auf dem Reichstag in Attigny. Ich werde meine Halbbrüder aus ihren Klöstern holen und in hohe Ämter setzen, meinen illegitimen Halbschwestern Klöster schenken und meinen anderen Schwestern den ihnen zustehenden Erbteil zukommen lassen. Gib mir ein Zeichen, Herr, dass dies der rechte Weg ist!«

Ludwig erhob sich von dem kalten Steinboden. Jetzt, da

er eine Entscheidung getroffen hatte, verließ er beschwingten Schrittes die Kirche. Er wollte Judith seinen Beschluss sofort mitteilen. Danach würde er sich endlich der Lage im Reich zuwenden können.

»Ich habe dir etwas zu sagen!«, rief er fast fröhlich, als er das Gemach betrat.

»Ich dir auch«, entgegnete Judith leise und sah ihn aus so verschmitzten Augen an, dass er verstummte. »Oder besser noch«, fuhr sie heiter fort, »ich zeige es dir.« Sie begann sich zu entkleiden.

Sprachlos blickte der Kaiser auf die nackt vor ihm stehende Frau. Nicht einmal der Schreck über den hohen Leib verhinderte das sofortige Einsetzen seiner Begierde.

»Die Überraschung ist also geglückt!«, sagte Judith mit leuchtenden Augen und schritt auf ihn zu. »Ich wollte es dir erst mitteilen, wenn ich ganz sicher bin. Schließlich...« Sie brach ab und senkte den Blick.

»... ist es ganz und gar unmöglich«, vollendete der Kaiser leise ihren Satz und ertappte sich bei dem erstaunlichen Wunsch, keine Lust zu empfinden, um geordnet denken zu können. Wer hatte seine Gemahlin geschwängert?

»Genau das habe ich auch gedacht«, versetzte Judith unbekümmert. »Bis mir die Nacht in Diedenhofen einfiel, als wir die beiden Hochzeiten gefeiert haben, Lothars und Konrads, entsinnst du dich jetzt?«

Stumm schüttelte der Kaiser den Kopf.

»Wir alle haben dem Wein mehr als sonst zugesprochen und sind sehr spät ins Bett gefallen.«

Ludwig nickte. Daran konnte er sich erinnern.

»Und mitten in der Nacht bist du doch plötzlich aufgewacht und hast mich umarmt.« Sie strahlte ihn an. »Am anderen Morgen dachte ich, es wäre nur ein wunderschöner Traum gewesen. Bis...« Sie legte beide Hände auf ihren bereits recht hohen Leib. Ich erinnere mich, ich erinnere mich, versuchte sie Ludwig mit der Kraft ihrer Gedanken zu beeinflussen. Der Diamant an ihrem Finger schien Feuer zu sprühen. Ludwigs Erregung war dem Bersten nah.

»Ich erinnere mich«, murmelte er. Judith schloss für einen Augenblick erleichtert die Augen.

»Es gelingt also doch«, sagte sie. Ehrliches Erstaunen klang in ihrer Stimme mit und überzeugte Ludwig vollends. Er bedauerte zutiefst, sich an die Einzelheiten der ehelichen Vereinigung nicht mehr genau erinnern zu können. Judith griff nach beiden Händen des Kaisers. Eine legte sie auf ihren Bauch, die andere auf ihren Schoß. Das war entschieden zu viel. Ludwig atmete geräuschvoll aus, küsste Judith auf die Lippen und verließ eiligst den Raum, um Ordnung in seine Gedanken zu bringen. Mit einem Mal blieb er vor dem Holzkreuz auf dem Gang stehen. Ein Leuchten trat in seine Augen. Gott hat mir ein Zeichen gesandt, dachte er beglückt. Er hat mich zwar bestraft, mich um die Erinnerung an diese Stunde gebracht, aber er hat mir hiermit zugesagt, meine Buße anzunehmen. Über die er Judith immer noch nicht ins Bild gesetzt hatte.

Beim Abendmahl beobachtete der Hofstaat voller Staunen, wie der ansonsten so maßvolle Kaiser den Falerner Wein in sich hineinschüttete, als gelte es, einen Wettbewerb zu gewinnen. Bernhard vermutete, dass er seinen Zorn über die ungetreue Gemahlin ertränken wollte. Wider Willen bewunderte er Ludwig, der sich vor den anderen seine Empörung nicht anmerken ließ und Judith scheinbar noch liebevoller als sonst ausgesuchte Leckerbissen reichte. Er bat seines kranken Vaters wegen um Abschied vom Hof. Den Blick Irmingards mied er. Sollte sie doch denken, dass er aus Angst vor ihrem Gemahl Lothar und aus Liebe zu ihr flüchtete. Judith schenkte ihm keinen Blick.

Applaus brandete auf, als Ludwig nach der Mahlzeit kundgab, seine Gemahlin sei guter Hoffnung. Das Rätsel um des Kaisers Trinkfreudigkeit schien somit gelöst zu sein.

Da Judith ahnte, weshalb Ludwig dem Wein so kräftig zugesprochen hatte, nahm sie sich vor, ihn nicht zu enttäuschen und ihn am nächsten Morgen für die Freuden der Nacht zu danken. Sie schmiegte sich an ihn, schlief nach den Anstrengungen dieses langen ereignisreichen Tages jedoch bald ein. Obwohl sich Ludwig kaum auf den Beinen hatte halten können, blieb er lange Zeit wach liegen. Er fuhr die Konturen von Judiths Körper mit den Händen nach, erfreute sich an ihrer schönen Gestalt und weichen Haut. Voller Ungeduld wartete er auf das Wunder. Erleichtert, dass sie schlief und somit nicht Zeugin seiner trostlosen Bemühungen wurde, versuchte er mehrere Stunden lang sein Glück. Doch jedes Mal, wenn er sich dem Paradies näherte, verwandelte sich der Schlüssel zu dessen Pforte in einen winzigen Wurm. Über all diese Versuche wurde er immer nüchterner und wacher. Der Morgen graute bereits, als er aus dem Bett sprang und voller Abscheu auf das prall aufgerichtete Geschlecht blickte, das im entscheidenden Augenblick so schmählich in sich zusammenzusinken pflegte. Die Unwürdigkeit seines Tuns entrüstete ihn, und er beschloss, in sein eigenes Gemach zurückzukehren und sich für den Gottesdienst anzukleiden. In der Morgendämmerung betrachtete er Judiths Gesicht, im Schlaf so jung, verletzlich und unschuldig. Er beugte sich zu ihr hinab und hauchte einen Kuss auf ihre Stirn, ehe er auf bloßen Füßen die Kammer verließ. Behutsam schloss er die Tür hinter sich. Und dann erstarrte er. Mit dem Rücken zu ihm kniete eine Magd auf dem Gang, schrubbte den Holzboden und summte leise vor sich hin. Ein goldblonder Haarstrang, der sich unter dem dunklen Kopftuch gelöst hatte, schwang im Takt der Putzbewegung mit. Wie auch das leicht erhobene verlängerte Rückenteil. Ludwig besann sich keinen Augenblick. Mit kaum unterdrücktem Stöhnen stürzte er sich auf die Frau, riss ihren Rock hoch und drang von hinten augenblicklich in sie ein. Als sie den Mund zum Schreien öffnete, legte er seine Hand darüber und schnaubte ihr ins Ohr: »Wehre dich nicht gegen deinen Kaiser!«

Vier Monate später wurde die Kaisertochter Gisela geboren. Zu Judiths Erleichterung zierte deren Kopf wie bei so vielen Sprösslingen des Kaiserhauses hellroter Flaum.

Ludwig war hocherfreut, dass ihn seine Frau so kurz nach der Geburt des Kindes im August zum Reichstag nach Attigny begleitete. Im Gegensatz zu seinem Vater, dem drei Ehefrauen unterwegs gestorben waren, verlangte er von seiner Gemahlin nie die Mitreise.

Einen Tagesritt vor Attigny lenkte er in einem Waldstück sein Ross neben ihres und bat sein unmittelbares Gefolge – den Kämmerer, den Marschall, den Truchsess, den Mundschenk – sowie die Männer der Scara, sich dem nahezu tausendköpfigen Tross anzuschließen. Keiner sollte hören, was er Judith endlich zu sagen hatte, keiner das Entsetzen sehen, das sich in ihrem Gesicht abzeichnen würde. Sie war eine stolze Frau, die sein Vorhaben nicht gutheißen und versuchen würde, ihn davon abzubringen. Genau deshalb hatte er nach Fassung seines Beschlusses doch davon abgesehen, sie einzuweihen. Nur sein Milchbruder Erzbischof Ebbo wusste Bescheid, denn der hatte entsprechende Vorkehrungen zu treffen.

»Es wird in Attigny nicht nur einen Reichstag geben«, begann er, als sie außer Hörweite waren.

»Ich weiß. Pippin wird dort heiraten«, erwiderte Judith fröhlich. »Lothars Eheschließung hat uns Glück und eine Tochter gebracht. Pippins bringt uns vielleicht einen Sohn!«

»Ich werde öffentlich Buße tun.« Endlich war es heraus. Verständnislos starrte sie ihn an.

»Was für eine Buße?«

»Vor Gott und aller Welt. Hör mich an, Judith, ich bin ein schlechter Mensch gewesen.«

Ihre Augen weiteten sich vor Entsetzen, und ihr Magen schien das karge Mittagsmahl aus Getreidefladen und getrocknetem Fleisch nach oben zu drücken, als Ludwig vor ihr seine Sünden der Vergangenheit ausbreitete.

»Und deshalb muss ich mich endlich reinigen«, schloss er.

Judith erschien es unmöglich, über all das eben Gehörte, das Schreckliche, Unbegreifliche nachzusinnen. Das war nicht der Ludwig, den sie kannte; sie erahnte Gerswinds Ludwig. Mit dem hatte sie nichts zu schaffen, über den wollte sie nicht einmal nachdenken. Der heutige Ludwig war geläutert und sollte nach vorn schauen, nicht zurückdenken.

»Du darfst dich nicht vor aller Welt so demütigen!«, schrie sie ihn an und blickte sich im nächsten Augenblick entsetzt um. Erleichtert atmete sie aus. Die Scara war hinter einer Wegbiegung zurückgeblieben. Niemand hatte sie gehört. Sie konnte ihrem Herzen weiter Luft machen, das Rumoren in ihren Eingeweiden beruhigen und Ludwig zur Vernunft rufen.

»Du bist der Kaiser! Du musst Stärke zeigen, nicht Schwäche! Lass die Vergangenheit ruhen, kümmere dich um die Gegenwart. Um die Armut deiner Untertanen ...« Graf Walas gestriger Vortrag fiel ihr ein: »... um die furchtbaren Zustände in Italien, die dortige Korruption und Rechtlosigkeit ...«

»... auch meine Schuld. Weil ich meinen Neffen König Bernhard von Italien umgebracht habe.«

»Du hast ihn nicht umgebracht, sondern blenden lassen. Schlimm, dass er daran gestorben ...«

Ein Pfeil streifte ihren Umhang. Ohne nachzudenken, drückte Judith entsetzt ihrem Pferd die Fersen in die Flanken,

Stadtpatron Mintarius oder wie die Kirchengasse zu ihrem Namen kam

Als Karl der Große im Jahre 805 siegreich mit großer Freude an seiner tiefen Gläubigkeit die Festliche Einweihung des Domes am Gedenktag zu Ehren Gottes und Kaiser der Franken Festlegen sollte, das das Aachener Münster voller Pracht be- wundert werden konnte. Doch nicht nur die Festlichkeit war an diesem Tage nicht vollendig, er einen Engel zu sich in die Gemächer, und auch der Kaiser am Vorabend der Dom- weihe, da schlich sich ein Bischof Leo III. wurde nicht nur in die Gemächer, sondern auch zu seinem eigenen Engel. Er teilte in einer Entscheidung des Kaisers mit, dass die Weihe des Stimmen: „Mundolph und Gundolph Bischofs aus seiner eigenen Wut schon heute vollziehen ließ, Domes bis zum nächsten Morgen war- ten sollten. Der Kaiser erfüllte seinem Wunsch nicht und befahl seinen zwei getreuesten Männern, die Bischöfe zu bewachen und ins Aachener Münster einzu- sperren. Die beiden Bischöfe verfielen dort schon in tiefe Trauer und wussten kaum mehr ein und aus. Als sich aber die letzten Gäste schon ausschlafen, riefen sie ihren Engel ganz leise ins Aachener Münster. Dank dieses Wunders waren die Bischöfe nun endlich wieder frei. Das Weite zu suchen, war ihr letzter Wunsch, um den Dom rechtzeitig zum Morgengrauen wieder zu betreten. Die Münster- gasse, Am Kloster, Großkölnstraße und Kirchengasse geheißen ist jetzt der tatsächliche Gottesdienstrichtung Maastricht zu nach der kühle zeremonielle Ausgang der Stadt, auf dem man Gundolph und Mundolph auf dem Weg noch gesehen haben will, war der westliche Richtung Maastricht zu den Namen der Kleinen Klosterstraße, die von der Kirchengasse zur Jakobstraße führt, um dann in die Kippengasse einzubiegen. Dieser Haus-Stein wurde dem Andenken dieses Tages verliehen.

Das Wunder zur Weihe des Aachener Münsters
oder wie die Klappergasse zu ihrem Namen kam

Als Karl der Große im Jahr 805 siegreich aus dem Krieg gegen die Sachsen heimkehrte, erfüllte es ihn mit großer Freude zu sehen, dass das Aachener Münster vollendet war. Als Ausdruck seiner tiefen Gläubigkeit sollte die festliche Weihe des Doms am Dreikönigstag zu Ehren Gottes besonders prunkvoll begangen werden: Neben Papst Leo III. wurden nicht nur zahlreiche Grafen und Prälaten zum Fest erwartet, sondern auch 365 Bischöfe, je einer für jeden Tag im Jahr. Am Vorabend der Domweihe versammelten sich jedoch nur 363 Bischöfe in Aachen – sehr zur Enttäuschung Kaiser Karls. Gott aber war von der Ehrerbietung des Kaisers so gerührt, dass er ihm seinen Wunsch erfüllen wollte: So sandte er einen Engel in die Maastrichter St.-Servaas-Kirche, um die beiden dort bestatteten Bischöfe Mundolph und Gundolph auf ihren letzten Weg ins Aachener Münster zu entsenden. Der Engel rief mit lauter Stimme: **„Mundolph und Gundolph, erhebt euch und zieht gen Aachen. Dort sollt ihr an der Einweihung der Kirche Kaiser Karls teilnehmen."** Die beiden Gerippe verließen sofort ihre Gräber, um den Befehl des Engels auszuführen. Als sich die beiden Würdenträger dem Aachener Dom näherten, war das Klappern ihrer Gebeine schon von weitem deutlich zu vernehmen. Hastig betraten die Bischöfe das Münster und setzten sich auf die letzten beiden freien Plätze. Dank dieses Wunders waren nun tatsächlich 365 Gottesdiener zur Weihe des Doms anwesend. Mundolph und Gundolph verließen die Stadt nach der Zeremonie auf dem gleichen Weg, den sie gekommen waren, um sich nun endlich in Maastricht zur ewigen Ruhe zu legen. Das, was Aachen von den beiden außergewöhnlichen Besuchern geblieben ist, ist der Name der kleinen Gasse, die aus westlicher Richtung zum Dom führt: Klappergasse. Am Kloster „Vom armen Kind Jesu" in der Klappergasse findet man heute ein Relief der beiden Totengerippe. Dieser Hau-Stein wurde den Aachener Bürgern im Jahre 1956 von der Stadt Maastricht geschenkt.

doch es war zu spät. Eine Horde dunkler Gestalten preschte mit Gebrüll aus dem Wald, stürzte sich auf das vermeintlich einsame Paar und riss es von den Pferden.

Judith wurde der hermelinbesetzte Mantel vom Leib, eine Goldkette vom Hals und der Ring vom Finger gerissen. Sie schrie, schlug um sich, verteilte Tritte und Bisse und wurde erst still, als sie ein Messer an ihrer Kehle spürte.

Hufgetrappel.

»Reiter! Fort!«

So schnell, wie sie erschienen waren, verschwanden die Gestalten. Männer der Scara sprengten ihnen hinterher.

Judith fasste sich an den Hals. Ohne das Blut an ihren Fingern zu beachten, stürzte sie auf Ludwig zu, der reglos am Boden lag. Sie schüttelte ihn. Langsam öffnete er die Augen.

»Was ist geschehen?«, fragte er verstört, setzte sich mühsam auf und starrte auf seinen Arm. »Ich blute!«

»Es ist mein Blut, nicht deins«, sagte Judith, die es bei diesen Worten eiskalt durchfuhr.

Zwei Leibwächter des Kaisers hockten jetzt neben ihnen. »Ihr habt einen Schlag auf den Kopf erhalten«, sagte einer zu Ludwig. »Haltet Euch still. Wir bauen eine Sänfte und tragen Euch.«

»Nein.«

Mühsam, aber entschlossen erhob sich Ludwig. Er konnte nicht liegend in Attigny ankommen. Das würde die Wirkung seines Bußgangs zunichte machen.

»Wer hat uns überfallen?«

»Räuber«, erwiderte der Leibwächter. »Aber sie werden nicht weit kommen. Wir hätten Euch nicht allein lassen dürfen!«

»Am helllichten Tag überfallen Räuber den Reisezug des Kaisers«, murmelte Ludwig. »Wie konnte es nur so weit kommen?«

Judith schmiegte sich an ihn und flüsterte ihm ins Ohr: »Genau darüber hatten wir gerade geredet – über die Zustände im *Reich*, die es zu bereinigen gilt.« Sie lehnte sich zurück und sah ihm flehentlich in die Augen. Er starrte auf ihren Hals.

»Sie haben dir Gewalt angetan!«

»Nur ein oberflächlicher Schnitt«, erwiderte sie beruhigend. Die Wunde schmerzte nicht einmal.

Dem noch immer leicht benommenen Kaiser verlieh seine Wut Kräfte. Er erhob sich und brüllte in den Wald: »Tötet sie alle!«

Dann stürzte er zu Boden.

Die Scara streckte elf der Angreifer nieder und kehrte mit des Kaisers Schwert sowie Judiths Kette und Mantel zurück. Judith hatte befohlen, auf einer Lichtung das Lager aufzuschlagen. Sie würden erst weiterreiten, wenn sich der Kaiser wieder auf seinem Pferd halten konnte. Den Bau einer Sänfte lehnte auch sie ab.

In der Nacht, als das Feuer schon fast niedergebrannt war und außer der Wache alle schliefen, versuchte Ruadbern sie umzustimmen. Leise, um das schlafende Gefolge nicht zu stören, huschte er an ihre Seite. »Wir sollten gleich morgen früh weiterziehen. In Attigny kann der Kaiser besser versorgt werden«, sagte er. »Und du auch.«

»Mir geht es gut. Vielleicht verbleibt ja eine interessante Narbe.«

Ruadbern senkte den Blick. »Ich mache mir Vorwürfe«, sagte er fast unhörbar. »Ich habe doch geschworen, dich zu beschützen.«

Nachdem Judith zur Kaiserin gekrönt worden war, hatte Ruadbern Ludwig inständig darum gebeten, seiner Gemahlin als Edelknecht dienen zu dürfen. Judith war zutiefst gerührt, als sich ihr der sonst stets so ernste Knabe mit strahlenden Augen zu Füßen warf und ihr ewige Treue schwor.

»Du hättest nichts tun können. Manchmal wollen Mann und Frau allein sein«, versuchte sie ihm sein Schuldgefühl auszureden und bedeutete ihm, sich wieder auf sein Lager zu begeben. Sie war müde und wollte sich neben Ludwig betten, der wenige Fuß entfernt von ihr lag.

»Judith?«, hörte sie ihn heiser flüstern. Voller Sorge, dass sich sein Zustand verschlechtert haben könnte, eilte sie an seine Seite. Seine Augen spiegelten hell und klar das Mondlicht wider. Er lächelte.

»Ich habe ihn gerettet.«

»Wen?«

Er öffnete seine Hand. Voller Unglauben starrte sie auf eine winzige zusammengerollte goldfarbene Schlange, die Feuer zu sprühen schien. Erst auf den zweiten Blick erkannte sie ihren Ring.

»Du hast meinen Ring gerettet?«, fragte sie fassungslos.

»Ich habe ihn dem Räuber entrissen. Der Ring bedeutet dir doch so viel. Du legst ihn nie ab. Woher hast du ihn?« Fast entschuldigend setzte er hinzu, dass er ihn an ein Geschmeide seiner Stiefmutter Fastrada erinnere.

»Genau dasselbe wird es wohl sein«, antwortete Judith unbefangen, nahm den Ring in die Hand und untersuchte ihn, als sähe sie ihn zum ersten Mal. »Wahrscheinlich hat ihn dein Vater meiner Tante Gerswind geschenkt. Die ihn mir vor unserer Hochzeit weitergegeben hat. Danke, dass du ihn gerettet hast.«

Ludwigs Gesicht verfinsterte sich. Gerswind, dachte er, für ihr Geschenk habe ich mein Leben aufs Spiel gesetzt. Am liebsten hätte er den Ring in den nächsten Sumpf geworfen. Wie empörend, dass sein Vater ein so unschätzbar wertvolles Schmuckstück einer Beischläferin geschenkt und diese es nach ihrer Verbannung vom Hof dem Kronschatz entzogen hatte! Sein Unmut schwand, als er beobachtete, mit welcher Freude sich

Judith den Ring wieder überstreifte. Jetzt befand er sich schließlich da, wo er hingehörte – am Mittelfinger der Kaiserin.

Ludwig bestand darauf, am frühen Morgen aufzubrechen. Gerade nach dem Ereignis des Vortages hatte er es eilig, seinen Bußgang anzutreten. Außer geringfügigen Kopfschmerzen habe er keinen Schaden davongetragen, beruhigte er sein besorgtes Gefolge.

Neben ihm reitend, empfahl ihm Judith, auf dem Reichstag die fürchterlichen Zustände in Italien anzusprechen. Sie mühte sich, den Kaiser von seiner Selbsterniedrigung abzubringen, ihm diesen entsetzlichen Bußgang auszureden. Er sollte herrschen, musste Selbstbewusstsein und Macht ausstrahlen und durfte sich in Gegenwart seiner drei Söhne nicht die geringste Blöße geben!

»Schick Lothar als Regenten Italiens in den Süden«, empfahl sie ihm. Sie sprach durchaus in eigenem Interesse, denn sie wollte Irmingard loswerden. Die war ihr in den vergangenen Monaten sehr lästig geworden, da sie andauernd das Gespräch auf Bernhard brachte; als ob sie etwas ahnte, ihr etwas entlocken wollte. Judith, die ihrer Sehnsucht noch nicht stets Herrin geworden war, litt unter diesen Andeutungen und konnte doch Irmingard den Mund nicht verbieten, ohne sich verdächtig zu machen. »Lothar kann dir vieles abnehmen, wenn du ihn mehr an der Herrschaft beteiligst, ihm weitreichendere Aufgaben und Befugnisse gibst. Teile und herrsche!«

»Hat sich Irmingard bei dir beschwert?«, fragte Ludwig ironisch.

»Lothar wünscht mehr Verantwortung, und die solltest du ihm auch geben«, sagte Judith verärgert, wandte sich dem Kämmerer zu, der schon seit einiger Zeit versucht hatte, ihre Aufmerksamkeit zu erregen, und überließ Ludwig seinen Gedanken.

Judith hat ja recht, dachte er, Lothar ist umtriebig und ehrgeizig, dazu noch der hitzköpfigste und jähzornigste meiner Söhne. Er muss mit mehr Verantwortung ruhig gestellt werden. Jedenfalls hält er nicht mit seinen Gefühlen und Absichten hinter dem Berg, wie das Pippin tut. Betroffen gestand sich der Kaiser ein, dass er seinen zweiten Sohn kaum kannte. Pippin, der auf dem Reichstag die neustrische Grafentochter Ringart zur Gemahlin nehmen würde, war ihm von seinem ganzen Wesen her immer fremd geblieben. Verschlossenheit paarte sich bei ihm mit Leichtgläubigkeit, auch wenn er als König von Aquitanien bislang wenig Anlass zu Klagen gegeben hatte. Bei militärischen Maßnahmen zur Grenzsicherung gegen die Basken hatte er sich sogar ausgezeichnet. Doch was in ihm vorging, welche Ziele er hatte, was er hasste und liebte, konnte der Kaiser nicht einmal erahnen. Im Gegensatz zu Lothar, mit dem Ludwig häufig in Streit geriet, bot Pippin keinerlei Angriffsflächen. Am nächsten stand dem Kaiser der nach ihm benannte jüngste Sohn, der Ludo gerufen wurde. Er war ihm am ähnlichsten, hatte gleich ihm mit wechselnden Stimmungslagen und Zuständen der Schwermut zu kämpfen. Er war noch zu jung, um sich in seiner Eigenschaft als König von Bayern ausgezeichnet zu haben, aber Ludwig war überzeugt, dass er einst weise und gerecht regieren würde.

Noch vor dem Kaiserpaar waren die drei Söhne in Attigny eingetroffen. Allen war die Erleichterung anzumerken, dass Judith dem Kaiser eine Tochter geboren hatte. Während sie auf dem Hügel vor der Domäne den langen Reisezug des Kaisers herannahen sahen, kleidete Lothar den beiden Brüdern gegenüber seinen Argwohn in Worte: »Keiner von uns sitzt sicher auf seinem Thron. Sobald die Kaiserin einem Knaben das Leben schenkt, wird der Vater die Ordinatio imperii umstoßen und diesem Sohn Vorrang einräumen.« Auf den Einwand Ludos, die geplante Reichsteilung sei doch gerade erst wieder bestätigt worden, lachte Lothar höhnisch auf. »Und wenn noch hundertmal darauf geschworen wird! Hast du je erlebt, dass er seiner geliebten Judith etwas abgeschlagen hat? Passt nur auf! Sie wird ihren schönen Mund aufmachen, sich… schnapp… in unsere Länder verbeißen und so viel sie nur kann für ihren Sohn oder gar für ihre Söhne abreißen. Und uns wird sie mit ihren hübschen weißen Zähnchen zermalmen, verschlucken und verdauen. Und wenn wir schließlich ausgeschieden sind, können wir uns gleich begraben lassen, und sie singt dazu mit ihrer lieblich rauen Stimme.«

»Du übertreibst«, erklärte Ludo. »Niemand hält sich strenger an Gesetze, Bestimmungen und Gebote als unser Vater. Keine Frau wird daran etwas ändern können.«

»Wir sollten bald darauf bestehen, mit größeren Kompetenzen ausgestattet zu werden«, warf Pippin ein. »Da hat die Kaiserin kein Mitspracherecht.«

Lothar schnaubte verächtlich. »Ihr mögt euch ja von einer niedlichen Larve täuschen lassen, Brüder, mir aber muss keiner erzählen, wozu Frauen fähig sind!«

Pippin und Ludo sahen einander an und brachen in Gelächter aus. Lothar hatte es mit Irmingard wahrlich nicht leicht!

»Kommt, lasst uns ihnen entgegenreiten!«, rief Pippin fast übermütig und forderte seine Brüder zu einem Wettritt heraus.

Judith erschrak, als sie in der Kirche von Attigny in die Gesichter der Menschen blickte und in fast jedem so etwas wie freudige Erwartung las. Wie ein Lauffeuer hatte sich die Nachricht vom geplanten Bußgang des Kaisers verbreitet. Die Menschen sind bösartig, dachte sie. Ihrem Mann stand der schwerste Gang seines Lebens bevor, und seine Untertanen schienen das auch noch zu genießen! Genau das hatte sie befürchtet.

Während der Messe erhob sich Ludwig von seinem Thron.

Er hatte sein schlichtestes Gewand angelegt, trug keinen Schmuck, nicht einmal seine Krone, als er auf die Reihe der Erzbischöfe vor dem Altar zuschritt. Demütig senkte er das Haupt, ehe er in die große Menge blickte, die sich eingefunden hatte, um einen Auftritt zu erleben, der unter Karl dem Großen undenkbar gewesen wäre.

»Ich habe gefehlt«, sprach Ludwig mit deutlich vernehmbarer Stimme. »Ich habe schwer gefehlt. Gegen meine Brüder und Vettern. Ich bin schuldig am Tod meines Neffen Bernhard von Italien. Ich habe das meinem Vater gegebene Versprechen gebrochen, als ich meine Brüder Hugo, Drogo und Theoderich scheren und in Klöster einweisen ließ. Ich habe zu Unrecht meine Vettern Adalhard und Wala in die Verbannung geschickt.«

In der Kirche wurde es unruhig. »Pfui!«, rief ein Mann. »Absetzen!«, ein anderer. Judith zuckte zusammen, doch Ludwig machte unbeirrt weiter. Tief vor das Kreuz gebeugt, zählte er weitere Sünden auf und bat dann die versammelten Bischöfe, ihm für seine Verstöße eine Buße aufzuerlegen. Ehe er die Buße benannte, gestand Agobard von Lyon als Wortführer der Bischöfe unumwunden auch Nachlässigkeit und Pflichtvergessenheit der Kirchenmänner ein. In ihrem Namen gelobte er Besserung und verurteilte den Kaiser dazu, zwei Tage ohne feste Nahrung auf den Knien in der Kirche zu verbleiben und sich dem Gebet hinzugeben. Außerdem sollte er eine sehr hohe Summe an Almosen verteilen. Ungeduldig hörte sich Judith alles an, hoffend, Ludwig würde sich nicht auch noch selbst vor allen Leuten geißeln, wie er ihr angekündigt hatte.

Es kam noch schlimmer.

Der Kaiser ergriff die lederne Peitsche, die ihm Ebbo reichte, wandte sich an die Gemeinde und rief mit klar vernehmlicher Stimme: »Der Niedrigste in diesem Gotteshaus möge hervortreten!«

Betroffene Stille. Judith wagte kaum zu atmen.

»Ich flehe euch an, geliebte Menschen, schickt ihn zu mir hinauf, den Niedrigsten aus eurer Mitte!«

Gemurmel, Getuschel, schließlich wurde ein alter gebeugter Mann in einem schwarzen Kittel nach vorn geschoben. »Der Totengräber!«, hörte Judith zu ihrem Entsetzen.

Ludwig lächelte den Mann dankbar an, reichte ihm die Geißel und kniete nieder. Ungläubiges Raunen ging durch die Kirche, als er seinen Rücken entblößte und laut rief: »Züchtige mich für meine Sünden!«

Verwirrt blickte der Totengräber zu den Bischöfen hinüber.

»Schlag zu!«, forderte ihn Agobard von Lyon auf.

Die Stille in der Kirche war jetzt unerträglich.

Der Totengräber zögerte immer noch.

»Schlag zu!«, kam plötzlich ein Echo aus der Gemeinde. Rasch vervielfältigte es sich und wurde bald laut von rhythmischem Stampfen begleitet.

»Schlag zu, schlag zu, schlag zu!«

Judith versteinerte, als der Totengräber die Peitsche auf Ludwigs nackten Rücken niedersausen ließ, einmal, zweimal... Sie schloss die Augen und stellte sich vor, an einem Herrensitz wie Altdorf mit der Küchenmagd die letzte Abrechnung durchzugehen. Sie erfand Preise für Wild, Wein, Gerste und Hafer und zählte alles zusammen. Als sie bei einer erschreckend hohen Summe angekommen war, hob sie die Lider und vernahm, wie Ludwig den Bischöfen für die Gnade dankte, eine Buße empfangen zu dürfen. Gleich am nächsten Tag werde er sich in die Kirche begeben und dort zwei Tage verharren, sagte er, kehrte auf den Thron an Judiths Seite zurück, griff nach ihrer Hand und drückte sie fest.

»Alles wird wieder gut«, flüsterte er ihr zu.

Es kostete sie große Mühe, sich ihr Entsetzen nicht anmerken zu lassen. Ludwigs Taten waren grauenhaft und unverzeihlich gewesen, aber welche Folgen würde ein solcher Kirchenauftritt für seine Autorität haben? Wie handlungsfähig konnte ein Kaiser sein, der sich derart erniedrigt hatte? Wie überzeugend? Ein Häufchen Elend, das sich, angefeuert vom niedrigen Volk, vor aller Welt vom Totengräber der Domäne auspeitschen ließ! Wer immer Ludwig diese Ungeheuerlichkeit eingeredet hatte, gehörte selbst ausgepeitscht! Finster musterte sie Agobard und Ebbo. Es musste einer von ihnen gewesen sein.

Sie setzte ein hochmütiges Gesicht auf und wandte sich um. In den Mienen seiner Söhne las sie Häme, in denen vieler Grafen und Kirchenleute Genugtuung und in denen des einfachen Volkes träge Neugier.

Die Messe wurde wieder aufgenommen, als wäre nichts geschehen. Danach stieg Ludwig mit hängenden Schultern und niedergeschlagenem Blick vom Thron. Judith hätte ihm am liebsten einen Schubs gegeben. Geh wenigstens jetzt aufrecht, du bist doch immer noch der Kaiser! Verzweifelt versuchte sie, ihm ihre Gedanken einzugeben. Du hast die Buße empfangen, bist entschuldet und entschuldest dich morgen und übermorgen weiter, also wahre Haltung und bewege dich stolz! Lächle mild, nicke den Würdenträgern zu, bedenke deine Stellung, sei der Herr und Kaiser, der du bist!

Wer sich selbst erniedrigt, wird erhöht, versuchte sie sich zu trösten, als sie feststellen musste, dass die Kraft ihrer Gedanken keine Veränderung in Ludwigs Haltung bewirkte.

Dann werde eben *ich* Würde für zwei ausstrahlen, dachte sie und schritt hoheitsvoller denn je zuvor in ihrem Leben neben Ludwig dem Ausgang zu. Beim Anblick bekannter Edler neigte sie majestätisch das Haupt zur Seite. Mit gebieterisch erhobener Hand hielt sie die Wachen zurück, als eine Bäuerin in armseliger Tracht den Saum ihres Kleides küssen wollte. Sie wusste um ihre Wirkung und vernahm befriedigt geraunte Lobpreisungen ihrer Schönheit. Sie hoffte, dass angesichts ihrer außerordentlich hehren Erscheinung kaum jemand auf den vergrämten Kaiser neben ihr achten würde. Fast hatte sie das Portal erreicht, als sie in zwei zugefrorene Teiche blickte und mit einem Schlag alle Erhabenheit von ihr abfiel.

Bernhard verbeugte sich nicht sonderlich tief vor dem kaiserlichen Paar. Ludwigs Augen erhellten sich. Er blieb stehen.

»Ich hoffe, dein Vater hat sich erholt?«, fragte er den jungen Mann.

»Er ist jetzt bei Gott, geliebter Kaiser«, erwiderte Bernhard. »Darum bitte ich, an den Hof zurückkehren zu dürfen.«

»Es ist dir gewährt und mir eine Freude«, erwiderte Ludwig. »Friede der Seele deines Vaters.« Judith sah verblüfft zu ihm hin. Er hatte den Kopf endlich wieder gehoben.

Am liebsten hätte Judith an diesem Abend Kopfschmerzen vorgetäuscht. Doch es war undenkbar, nach dem Geschehen in der Kirche und vor den kommenden Bußtagen des Kaisers nicht gemeinsam mit ihm an der Tafel zu erscheinen. Bernhard hatte die Stirn gehabt, Ludwig um Rückkehr an den Hof zu bitten. Sie würde ihm nicht ausweichen können. Die Sehnsucht nach kräftigen Armen, in denen sie Vergessenheit finden könnte, würde sie aber bekämpfen müssen. Trotz des hässlichen Abschieds und unzähliger Gebete hatte das halbe Jahr Trennung ihre Gefühle für Bernhard nicht verringert, sondern sie, im Gegenteil, eher noch verstärkt. Dabei hatte sie sich solche Mühe gegeben, ihn zu vergessen, sich gelegentlich sogar erfolgreich verboten, an ihn zu denken. Doch über ihre Träume hatte sie keine Macht. Es verging kaum eine Nacht, in der sie nicht den kräftigen Körper Bernhards umarmte, seine Lippen auf ihren spürte und vor Leidenschaft erschauerte. Wie konnte sie sich nur von dieser Tollheit befreien!

Ihr Herzschlag stockte, als es an der Tür klopfte. Er wird es nicht wagen, nicht jetzt, dachte sie und hoffte es doch. Aber es war nur Ruadbern.

»Er ist wieder da«, sagte der Knabe mit wissenden Augen.

»Wer?«, fragte Judith unschuldig.

Der Zwölfjährige antwortete nicht. Er ging zum Fenster und schloss die Holzläden. »Glas gibt es auf dieser Pfalz nicht«, bemerkte er und setzte hinzu: »Glas ist durchsichtig.«

»Na und?«, gab Judith ungehalten zurück.

»Man kann hindurchsehen.«

Judiths Aufmerksamkeit war geweckt. Ruadbern sagte nie etwas Unnötiges.

»Und was sieht man da?«, fragte sie vorsichtig.

»Man muss ja nicht dem Auftrag nachkommen und über alles, was man sieht, Bericht erstatten«, erwiderte der Knabe. »Zumal es im letzten Halbjahr nichts zu berichten gab.«

Er lächelte ihr freundlich zu und verließ das Zimmer.

Es dauerte ein wenig, bis die Botschaft zu Judith durchgedrungen war. Dann begriff sie.

Ludwig lässt mich beschatten! Von einem Knaben, der mir Treue geschworen hat! Ludwig zweifelt an mir! Welch eine Unverschämtheit! Die ganze Wut, die sich seit Ludwigs Auspeitschung durch den Totengräber in ihr gestaut hatte, entlud sich in der Empörung über Ruadberns Eröffnung. Na warte, Ludwig, dachte sie, das wirst du mir büßen!

Da erst fiel ihr ein, dass ihr Gemahl die nächsten beiden Tage ununterbrochen würde büßen müssen. Sie rief ihre Kammerfrau und befahl ihr, das schönste Gewand und die edelsten Geschmeide herzurichten. Vor ihrem Spiegel überlegte sie, welche der kostbaren Mittel aus den fernen Ländern des Orients ihre Schönheit noch besser zur Geltung bringen könnten. An diesem Abend wollte sie alle noch mehr als sonst überstrahlen. Niemand sollte ihr ansehen, wie sehr sie sich durch Ludwigs Handlung gedemütigt fühlte, und Bernhard sollte sich vor Sehnsucht nach ihr verzehren. Dann sehen wir weiter, dachte sie befriedigt. Wegschicken kann ich ihn immer noch. In ihrem Herzen aber wusste sie, dass sie das gerade an diesem Abend nicht fertigbringen würde.

Zweites Buch
Des Kaisers Herrin

❧ 5 ❧

Aus den Chroniken der Astronoma

Im Jahr des Herrn 823

*D*as Jahr beginnt mit bedrohlichen Vorzeichen. In Sachsen fallen flammende Steine vom Himmel, die fünfunddreißig Dörfer in Brand stecken. Der Süden des Reichs wird von großen Erdbeben erschüttert, und faustgroße Hagelkörner bedecken die Felder im Osten. Unter den Pferden wütet eine Seuche. Kaiser Ludwig betrachtet diese Erscheinungen als Hinweis auf großes künftiges Unheil. Er fordert seine Untertanen auf, viel zu fasten, zu beten und reichlich Almosen zu verteilen. Berta, die Schwester Kaiser Ludwigs, Mutter von Nithard und Hartnid, stirbt. Kaiserin Judith ist abermals guter Hoffnung. Sie hält sich seit November ununterbrochen in der Pfalz zu Frankfurt auf. Um es seiner Gemahlin behaglich zu machen, hat Ludwig dort die kaiserlichen Gebäude erweitern und neu ausstatten lassen.

Höchstselbst hat er die Kaiserin nach Frankfurt begleitet, wo er zum ersten Mal seit acht Jahren wieder verweilt. Er plant, die Beziehungen zum deutschen Teil des Reiches zu verbessern. Lothar, der älteste Sohn des Kaisers, hat sich ein halbes Jahr lang mit seiner Gemahlin und Graf Wala in Italien aufgehalten, um dort die Ordnung wiederherzustellen. Auf der Rückreise ins Frankenland lädt ihn Papst Paschalis nach Rom ein. Am Ostertag erwartet den Kaisersohn in der Peterskirche die gleiche Überraschung, die Papst Leo III. am Weihnachtstag des Jahres 800 seinem Großvater Karl bereitet hat. Der Heilige Vater setzt ihm eine Krone auf, huldigt ihm *als Kaiser der Römer und salbt ihn. Dass dies wohl weniger als Ehrung, sondern eher als Warnung zu verstehen ist – die Kaiserwürde soll vom Papst ausgehen –, wird nach Lothars Abreise deutlich. Zwei hohe Beamte der römischen Kirche, die sich in Rom mit Lothar angefreundet hatten, lässt der Heilige Vater erst blenden und dann köpfen.*

Bernhard, Sohn des Grafen von Toulouse, der sich mit seinem Rat am Hof unentbehrlich macht, wird von Kaiser Ludwig zum Grafen von Barcelona ernannt.

Erzbischof Ebbo von Reims reist in den Norden, um die Dänen zum christlichen Glauben zu bekehren. Er steht unter dem Schutz des Harald Klak, und so gelingt es ihm, eine Anzahl von Dänen zur Taufe zu bewegen. Das verärgert die beiden Könige, die sich mit Harald den Thron teilen. Sie drohen an, Harald Klak zu vertreiben, sollte er nicht gegen die Verbreitung der fränkischen Lehre in Dänemark vorgehen.

Die Jahre 823 und 824

»Der Kaiser wird nicht beglückt sein, dass du in deinem Zustand ausreitest«, warnte Ruadbern.

»Er ist auf der Reichsversammlung, und du kannst dich bei deinen Späherdiensten ja auch zurückhalten«, erwiderte Judith unwirsch und zügelte ihren Zelter. »Ein langsamer Ausritt wird dem Kind weniger schaden als die schlechte Luft, die ich in meiner Kammer einatme!«

Anfangs hatte sie über Ludwigs übertriebene Fürsorge gelächelt und sich in den kalten, dunklen Wintermonaten gefreut, dass er ihretwegen die Frankfurter Pfalzgebäude freundlicher hatte einrichten lassen. Doch mit den ersten Strahlen der Frühlingssonne kam Unruhe in ihr auf. Es genügte ihr nicht mehr, sich zu Fuß in der staubigen Umgebung der Pfalzgebäude zu ergehen. Sie sehnte sich nach Bäumen, Feldern und einem weiten Blick über die erwachende Landschaft. Anfang Mai forderte sie Ruadbern auf, ihr ein Pferd satteln zu lassen. Da Judith vernünftigen Ratschlägen kein Gehör schenkte, wenn sie sich etwas in den Kopf gesetzt hatte, führte er ihr den sanftesten Zelter des kaiserlichen Marstalls zu und bestand darauf, sie auf ihrem Ausritt zu begleiten.

»Wir sollten jetzt umkehren«, schlug Ruadbern nach einer Stunde vor.

Judith schirmte die Augen gegen die Morgensonne ab und deutete geradeaus. »Erst bei dem Gehöft dort drüben«, bestimmte sie, kniff die Lider zusammen, um besser sehen zu können, und fragte: »Was tun denn all die Menschen dort auf dem Feld?«

»Wahrscheinlich arbeiten«, erklärte der Knabe.

»Das glaube ich nicht. Sieh doch, es ist eine richtige Versammlung! Pflug und Ochsen stehen ungenutzt daneben. Da ist irgendetwas geschehen. Komm, lass uns nachschauen!«

Obwohl sie Ruadbern zugesichert hatte, sich nur auf vorgezeichneten Straßen zu bewegen, lenkte sie ihr Pferd jetzt quer übers Feld. Seufzend folgte ihr der Knabe.

Tatsächlich handelte es sich um eine Versammlung, wie Judith beim Näherkommen erkannte, und sie wurde von dem Frankfurter Pfalzgrafen geleitet.

Er kam Judith zu Fuß entgegen, begrüßte sie ehrerbietig, erklärte, er habe hier soeben Gericht gehalten und empfehle der Kaiserin dringend, der Vollstreckung des Urteils nicht beizuwohnen.

Neugierig geworden, glitt sie aus dem holzversteiften Sattel.

»Wie lautete die Anklage?«, fragte sie und stapfte trotz der gemurmelten Bitte des Pfalzgrafen, doch lieber umzukehren, auf die große Gruppe Menschen zu.

»Landraub«, erwiderte er. »Der Mann ist beim Versetzen des

Grenzsteins zum Nachbargrundstück auf frischer Tat erwischt worden.«

»Ein schweres Verbrechen«, sagte Judith nickend. »Wie habt Ihr geurteilt?«

»Seht selbst«, sagte der Pfalzgraf, der begriffen hatte, dass er Judith nicht aufhalten konnte. Er rief der Menschenmenge zu, die Kaiserin zu ehren, und befahl, Platz zu schaffen. Dann deutete er zwischen den in tiefer Verneigung verharrenden Körpern auf etwas am Boden, das einem verfaulten Kohlkopf glich.

»Gott im Himmel!«, rief Judith entsetzt, als sie genauer hinsah und einen menschlichen Kopf mit verzottelten schwarzen Haaren ausmachte.

»Ihr habt ihn geköpft?«

In dem Augenblick öffnete der Kopf am Boden den Mund und stieß ein heiseres Geheul aus. Judith wäre vor Schreck gestürzt, hätte der Pfalzgraf sie nicht rechtzeitig am Arm gepackt. Sie fasste sich schnell wieder, riss sich los, trat auf den Kopf zu und bückte sich zu ihm nieder.

Der Mann war bis zum Kinn in die Erde eingegraben. Sein Gesicht hatte kaum noch menschliches Aussehen. Das Blut am halb abgerissenen Ohr war schwarz geronnen und ein Auge durch Vogelkot verklebt, der eine weiße Spur auf dem Dreck der Wange gezogen hatte.

Sprachlos wandte sich Judith um und blickte zum Pfalzgrafen auf, der an ihre Seite geeilt war. Sie ignorierte seine ausgestreckte Hand und blieb neben dem Kopf hocken.

»Nach einem Tag in der Erde wird dieser Dieb jetzt seiner gerechten Strafe zugeführt«, erklärte der Pfalzgraf sachlich.

Verständnislos sah ihn Judith an. »Ein Tag in der Erde genügt etwa nicht?«, fragte sie, als sie sich mühsam erhob.

Der Pfalzgraf deutete auf den Pflug. Mehrere Männer waren damit beschäftigt, zwei Ochsen vorzuspannen.

»Für Landraub ist eine andere Todesart vorgesehen«, erklärte der Pfalzgraf. »Wir werden diesem Mann jetzt das Herz aus dem Leibe pflügen.«

Judith glaubte, nicht richtig gehört zu haben.

Ruadbern war herangetreten und versperrte Judith mit seinem Körper den Blick auf den Kopf. »Lass uns sofort gehen!«, drängte der Knabe.

»Es ist gewiss verständiger, Euch den Anblick zu ersparen«, stimmte der Pfalzgraf mit vielsagendem Blick auf Judiths hohen Leib zu.

Sie schob Ruadbern zur Seite.

Plötzlich fiel ihr Irmingards Bemerkung ein, dass vor Giselas Geburt ein Knabe getötet worden war, weil er einen Stein nach ihr geworfen hatte. Dieser Mann sollte vor der Geburt ihres nächsten Kindes auf grausame Weise sterben, weil er einen Stein versetzt hatte. Zwei Steine, die über Leben und Tod entschieden.

»Ein solcher Anblick sollte jedem erspart werden«, murmelte sie.

»Gnade, edle Herrin«, kam es keuchend von dem Kopf.

Gnade. Nur der Kaiser konnte Todgeweihte begnadigen. Doch Judith hatte Weisungsbefugnis und durfte auf eigene Veranlassung Königsboten losschicken. Ihr Befehl war dem des Kaisers gleichzusetzen. So stand es geschrieben. Auch wenn nirgendwo ausdrücklich vermerkt war, dass die Kaiserin eine Todesstrafe umwandeln durfte. Dennoch würde sie sich auf tote Minuskeln berufen, um diesem Mann das Leben zu erhalten.

»Grabt ihn aus«, befahl sie. »Ich begnadige ihn.«

Jetzt hatte Sprachlosigkeit den Pfalzgrafen erfasst. Stotternd erklärte er, nur dem Kaiser stehe dieses Recht zu.

»Der Kaiser hält Reichstag. Ich vertrete ihn hier. Sofort ausgraben!«

Aus der Menschenmenge trat ein Mann mit wildem schwarzen Bart hervor, verneigte sich vor Judith und erklärte, als Geschädigter ein Recht auf Vergeltung zu haben.

»Wer ist dieser Mann?«, fragte Judith den Pfalzgrafen.

»Der Bruder des Diebs.«

»Halbbruder«, mischte sich der Schwarzbärtige ein. »Dieser Lump entstammt der zweiten Ehe meines Vaters und hat sich an meinem Erbteil vergriffen!« Er deutete auf einen großen Feldstein in der Nähe. »Seit Wochen schiebt er ihn Nacht für Nacht weiter auf mein Gebiet! Hätten meine Freunde und ich ihn vorgestern nicht dabei erwischt, wäre ich bald ein armer Mann geworden!«

»Aber du hast ihn erwischt. Grabt den Mann aus, stellt den Stein wieder da auf, wo er hingehört, und schließt Frieden«, sagte Judith. »Nach einer Nacht in der Erde wird dich dein Bruder gewiss nicht wieder betrügen.«

»Nach dem Gesetz, hohe Frau«, meldete sich der Pfalzgraf wieder zu Wort, »hat dieser Mann durch sein Verbrechen das Recht auf freies Leben und sein Eigentum verwirkt. Er ist nicht mehr Allodist, eine Begnadigung würde ihn als gänzlich Unfreien ins Unglück stürzen. Er würde des Hungers sterben. Da ist es doch gnädiger, ihn gleich zu töten.«

Zustimmendes Gemurmel der Umstehenden. Sie fanden es von der Kaiserin unerhört, ihnen ein Schauspiel vorenthalten zu wollen, das höchst selten geboten wurde.

»Grabt ihn aus, und gebt ihn uns«, sagte Judith kurz angebunden. »Als Knecht kann er sich am Hof nützlich machen. Ich warte dort drüben.« Sie deutete auf den Grenzstein.

Ohne sich um weitere Einwände des Pfalzgrafen oder unmutige Stimmen aus der Menge zu kümmern, wandte sie sich um und kehrte zu ihrem still grasenden Pferd zurück. Am Zügel führte sie es zu dem umstrittenen Stein und stieg dort mit Ruadberns Hilfe wieder auf.

»Siehst du«, sagte sie zu ihrem Edelknecht, »unser Ausritt hat ein Leben gerettet.«

»Falls er lebend aus dem Loch kommt«, warf Ruadbern ein und schickte einen bezeichnenden Blick zu der Stelle, wo jetzt mit Hacken und Schaufeln sehr unbekümmert umgegangen wurde. Judith ritt sofort hinüber, befahl, Vorsicht walten zu lassen, und verharrte neben der Ausgrabungsstätte. Der Schwarzbärtige rührte keinen Finger und verwünschte seinen Bruder.

Nur wegen eines winzigen Stückchen Landes werden aus Brüdern derartige Feinde, dass der eine des anderen Tod fordert, dachte sie erschüttert. Halbbrüder. Sie fasste sich an den Bauch, in dem möglicherweise der Halbbruder dreier Söhne aus erster Ehe heranwuchs. Sie erschauerte.

Als der Begnadigte aus der Erde gezogen wurde, konnte er sich nicht auf den Beinen halten und brach sofort zusammen.

Der Schwarzbärtige bespuckte ihn. »Einen feinen Knecht wirst du der Frau Kaiserin abgeben!« Er lachte höhnisch. »Wo dir schon die Maden aus Nase und Ohren kriechen!«

Nachdem sich der Mann aus Ruadberns Weinschlauch gestärkt hatte, konnte er wieder stehen und wurde auf Ruadberns Pferd gehoben. Erdklümpchen rieselten herab.

»Setz dich hinter ihn. Er kann nicht reiten«, forderte Judith den Knaben auf.

Auf dem langsamen Rückritt kam der Mann, der auf den Namen Arne hörte, langsam zu sich. Er konnte nicht aufhören, Judith zu danken, und schwor ihr ewige Treue. Auf ihre ablehnende Bemerkung, einem Dieb sei nicht zu trauen, beteuerte er, den Grenzstein nicht bewegt zu haben. Er sei von seinem Bruder hereingelegt worden. Der habe sich mit ihm in der Nacht am Grenzstein verabredet, um ein altes Fruchtbarkeitsritual durchzuführen. Der verschobene Stein sei ihm selbst erst aufgefallen, als sein Bruder mit mehreren Männern und lautem Geheul auf ihn zu gerannt kam.

»Unser Vater hat ihm als Ältesten den größten Teil seines Landes zugesprochen«, sagte Arne leise, »aber das war ihm nicht genug. Er ist der Stärkere, und jetzt hat er alles.«

Beim Marstall forderte Judith Ruadbern auf, sich um die Unterbringung Arnes zu kümmern. Sie musste dringend mit Ludwig reden. Wenn sie tatsächlich einen Knaben unter dem Herzen trug, mussten so schnell wie möglich Regelungen für seine Zukunft getroffen werden. Die Grenzen des Reichs mussten für diesen Fall neu gezogen werden, und zwar so, dass ein stärkerer Bruder nach dem Tod des Kaisers die Grenzsteine ihres Sohnes nicht versetzen konnte.

An der Königsaula wurde ihr beschieden, die Mittagsruhe sei bereits vorüber und der Reichstag verhandele wieder. Da durfte sie Ludwig, der den Vorsitz führte, natürlich nicht stören. Sie bat die Wache, den Grafen von Barcelona wegen einer dringlichen Angelegenheit herauszuholen. Sie würde sich, wie in allen wichtigen Dingen ihres Lebens, erst bei Bernhard Rat holen. Der Schutz des Kindes, das sich derzeit besonders heftig in ihrem Bauch bewegte, würde ihm als dessen leiblicher Vater genauso am Herzen liegen. Dieses Kind hatte nicht wie Arne nur einen, sondern drei Halbbrüder. Und es ging um ein großes Reich, nicht nur um ein paar Hufe Land. Sie stützte sich an einem Pfeiler ab. Schweißtropfen standen ihr auf der Stirn.

»Soll ich Hilfe holen?«, fragte der Torwächter besorgt und setzte hinzu: »Bedauere. Der Graf von Barcelona ist nach der Unterbrechung noch nicht zurückgekehrt.«

Judith dankte ihm und kehrte zum Palatium zurück. Aus den Augenwinkeln beobachtete sie Ruadbern, der mit Arne auf das Küchenhaus zuging. Judith war noch nie so unvorsichtig gewesen, Bernhard in dessen eigenem Gemach aufzusuchen. Doch jetzt, da ohnehin die meisten der ihr weniger Wohlgesinnten in der Aula tagten, konnte sie es wohl wagen. Sie vermutete, dass er in aller Ruhe eine Abhandlung studierte oder einen am Morgen gefassten Beschluss prüfte. Seit der Bekanntgabe ihrer Schwangerschaft hatte sie ihn überhaupt nicht mehr allein gesehen. Sie litt darunter, nahm an, dass die Sehnsucht, die er in ihr wieder geweckt hatte, genauso in ihm brannte, und beschloss, ihn zu überraschen. Weshalb sie an seiner Tür nicht klopfte, sondern sofort eintrat.

Die Überraschung ereilte *sie*. Bernhard stand nicht über Angelegenheiten des Reichs gebeugt an seinem Pult. Er lag auf seinem Bett und ging einer äußerst persönlichen Beschäftigung nach.

Judith warf einen Blick auf das nackte Paar und flüchtete.

Der Kaiser, der eine Unterbrechung des Frankfurter Reichstags genutzt hatte, um zur Kemenate seiner Gemahlin zu eilen und sich von ihrem Wohlbefinden zu überzeugen, blickte entgeistert auf Judith. Unter wild zerzausten Haaren entstellte Zornesröte ihr Gesicht. Ihre Kleidung war in Unordnung geraten, ihr ganzer Körper bebte, ihre Augen sandten Blitze aus, und ihre Hände zitterten.

»Was erzürnt dich so, was ist geschehen?«, fragte er beängstigt. Er geleitete Judith zum Bett, bat sie, sich in die Kissen zu legen, sich in ihrem Zustand nicht so aufzuregen und ihm alles zu erzählen.

Würde sie sich damit nicht selbst gefährden, hätte sie dem Kaiser nur zu gern von seinem verräterischen Patensohn Bernhard berichtet! Dem sie unter Gefahr für Leib und Leben ihre Gunst gewährt hatte und der sie, die Kaiserin, betrog! Das war Majestätsbeleidigung. Darauf stand der Tod.

Sie schluckte die aufgestiegene Galle herunter, und dann sprudelte es aus ihr heraus. Wie seit dem elenden Bußgang in Attigny jeder tue, wonach es ihm beliebe, es alle an Achtung und Ehrfurcht fehlen ließen, Lothar sich ohne Wissen Ludwigs vom Papst zum Kaiser weihen und salben lasse…

Ludwig unterbrach sie, warf ein, Lothars Krönung und Salbung in Rom festige den Bund zwischen Papst und Kaiser und sei völlig in Ordnung. Sie möge ihm doch bitte den tatsächlichen Grund ihres Aufgebrachtseins nennen. Und da erst fiel ihr wieder ein, weshalb sie Bernhard überhaupt aufgesucht hatte.

»Ich habe Angst um unser Kind«, flüsterte sie. Der Sohn, den sie möglicherweise erwartete, bedeutete für ihren Gemahl nur einen weiteren männlichen Nachfahren. Ludwig war erheblich älter als sie und würde aller Voraussicht nach lange vor ihr sterben. Das Reich war bereits aufgeteilt – was also würde ihrem Sohn bleiben? Ein kleines Stück Land, das ihm seine Brüder vielleicht erst gnädig gewähren und danach mühelos wieder abjagen würden. Und ihn dann bis zum Kinn in die Erde eingraben... »Lothar zittert davor, dass ich dir einen Sohn schenke«, schloss sie ihre Rede mit zaghafter Stimme.

Seltsame Anwandlungen einer Frau guter Hoffnung, dachte Ludwig, bat sie wieder, sich nicht so zu erregen, und sagte dann: »Weshalb sollte Lothar zittern? Als dem Ältesten steht ihm ohnehin das meiste zu.«

Wie Arnes Bruder, dachte Judith betroffen. Ludwig bat sie, ihr Herz nicht mit unnützen Sorgen zu beschweren. Er werde Bernhard zu ihr schicken, der doch stets Ordnung in ihre verworrenen Gedanken zu bringen und sie zu beruhigen verstehe.

»Halt ihn mir vom Leib!«, brach es aus Judith heraus. *So nahe an der Wahrheit bleiben wie möglich.* Das hatte ihr Bernhard selbst immer eingetrichtert. Und so erfand sie Beleidigungen, Anwürfe und Unerträglichkeiten, die sie von Bernhard erfahren hatte. Der Graf von Barcelona habe es ihr gegenüber an Achtung gebrechen lassen, sie wie ein dummes Kind behandelt, und seine Gegenwart bereite ihr Übelkeit. Sie wolle ihn nie wieder sehen; Ludwig solle ihn vom Hof jagen.

Und sie, sie selbst, würde ihm einen Meuchler hinterherschicken, dachte sie voller Ingrimm.

Ludwig unterdrückte einen Seufzer. Immer wenn Judith die Argumente ausgingen, berief sie sich auf eine Auseinandersetzung mit ihrem Lehrer Bernhard. Der es derzeit bestimmt auch nicht leicht mit ihr hatte. »Bernhard ist unser Freund«, erinnerte er Judith. »Ohne seine Lehren wärest du mir als Beraterin eine weitaus geringere Hilfe; hast du das vergessen?«

»Keinesfalls«, entgegnete sie. »Aber er widert mich an.«

»Doch nicht zum ersten Mal!«

»Ich mag ihn nicht mehr um mich haben! Seine Hässlichkeit könnte unserem Kind schaden.«

»Das ist Aberglauben«, wies Ludwig sie ruhig zurecht. Als seine erste Gemahlin mit Lothar schwanger gewesen war, hatte er auf ihren Wunsch aus genau diesem Grund seinen grimmig aussehenden Lieblingshund erstochen.

»Du erwartest von mir hoffentlich nicht, dass ich ihn umbringe!«

Doch, hätte Judith beinahe gesagt. Sie mühte sich, über Ludwigs scherzhaft gemeinte Äußerung zu lächeln. »Es reicht, wenn du ihn mir so schnell wie möglich aus den Augen schaffst!«

»Ich bin für meinen Patensohn verantwortlich und kann ihn doch nicht wegen einer Verstimmung deinerseits in die Verbannung schicken!«, erklärte Ludwig bestimmt, nur um gleich, als er sich vom Bettrand erhob, mit sanfter Stimme fortzufahren: »Aber als Graf von Barcelona sollte er sich mit seiner Stadt besser vertraut machen. Er wird noch morgen abreisen und sich dort umsehen. Zufrieden?«

»Das ist es!«, rief Judith und schien mit einem Mal hocherfreut zu sein.

»Wie meinst du das?«, fragte der Kaiser verdutzt über den Stimmungswandel, »die schnelle Abreise?«

»Nicht doch. So wichtig ist mir Bernhard nicht. Aber wir machen Lothar zum Taufpaten unseres Sohnes! Dann ist er für ihn verantwortlich und muss sich wie ein leiblicher Vater um Schutz und Ausstattung seines Patenkindes kümmern! Dann darf er ihm nicht schaden!«

»Wieso sollte Lothar seinem Bruder überhaupt schaden wollen?«, entgegnete Ludwig müde und setzte hinzu: »Unsere Gisela ist ein wunderhübsches kleines Mädchen. Ich würde mich sehr freuen, wenn du mir ein halbes Dutzend solch niedlicher Wesen schenken würdest.«

Er hat Angst vor einem weiteren Sohn, dachte Judith betroffen, erklärte aber bemüht munter: »Wunderbar. Du denkst gewiss daran, all diese Mädchen später mit unseren treusten Vasallen zu verheiraten!«

Auf dem Weg zum Reichstag schenkte Ludwig weder der schnell wachsenden Frankfurter Pfalz einen Blick noch möglichen Schwiegersöhnen künftiger Töchter einen Gedanken. Judiths Verhalten beunruhigte ihn. Fast wie eine Wahnsinnige war ihm die Frau erschienen, die sonst in allen Lebenslagen Gelassenheit ausstrahlte und stets Vernunft walten ließ. Einen solch unversöhnlichen Hass auf Bernhard hatte sie noch nie gezeigt. Dahinter steckten doch nicht die üblichen Streitigkeiten! Verschwieg ihm Judith etwas? Oder hatte sein unverheirateter Patensohn nicht begriffen, wie nachsichtig mit Schwangeren umzugehen war? Es wurde endlich Zeit, dass Bernhard heiratete! Auch ihm, Ludwig, verlangte Judiths Schwangerschaft diesmal besonders viel ab. Er wünschte sich die liebevolle, fröhliche Frau zurück, die er kannte.

Und endlich noch besser kennenlernen wollte. Wann, fragte sich Ludwig, würde Gott seine Buße gänzlich annehmen und ihm endlich gestatten, in vollem Bewusstsein seiner Sinne den liebreizenden Körper seiner Gemahlin zu genießen? Ein gewisses Entgegenkommen des Himmels hatte er ja bereits in jener Nacht nach seinem zweitägigen Bußgang in Attigny erfahren.

Der Morgen hatte damals schon gegraut, als ihn stürmische Liebkosungen seiner Gemahlin weckten.

»Ludwig, Ludwig«, hatte sie zwischen ihren Küssen gemurmelt, »Ludwig, ich danke dir!«

»Wofür?«, hatte er verschlafen gefragt, sich dann leicht aufgerichtet und in leuchtende Augen geschaut.

»Ich weiß es, Ludwig, diesmal weiß und spüre ich es! Soeben hast du mir einen Sohn gemacht!«

Unwillkürlich griff er nach jenem Körperteil, dessen Beteiligung an der Kinderentstehung unentbehrlich war. Schlaff, warm und ein wenig feuchter als üblich lag das unfügsame Tier an seinem Oberschenkel. Ein Hinweis auf Ermattung nach gelungenem Vollzug?

»Wie wunderbar«, fuhr Judith aufgeregt fort, »dass dir diesmal kein Wein die Erinnerung geraubt hat! Mein Liebster, dein Ungestüm hat mich überwältigt! Versprichst du, beim nächsten Mal behutsamer mit mir umzugehen?«

»Es tut mir leid«, murmelte Ludwig, gemartert von dem Gedanken, dass es ihm abermals nicht vergönnt gewesen war, sein Ungestüm bewusst erlebt zu haben. Er brachte es nicht übers Herz, dies Judith zu gestehen. Doch in zweierlei Hinsicht hatte ihn diese Nacht beruhigt. Er hatte nach den beiden Fastentagen seiner Buße am Abend nur wenige Schlucke Wein zu sich genommen. Das bedeutete, dass er auch ohne anregendes Getränk nicht nur bei den Mägden, sondern auch bei der geliebten Gemahlin seinen Mann stehen konnte. Viel wichtiger war ihm aber etwas anderes. Er liebte und vertraute Judith, doch nachdem sie ihm monatelang ihre erste Schwangerschaft verheimlicht hatte, war leiser Zweifel in ihm aufgestiegen. Als sie sich ihm endlich offenbarte, hatte er verstohlen beobachtet, ob sie irgendeinem der Edlen am Hof besondere Gunst zu erweisen schien, und kurzzeitig gar seinen eigenen Sohn Lothar in Verdacht gehabt. Diese Befürchtung zerstreute sich, als er dahinterkam, dass die eifersüchtige Irmingard ihren Mann überwachen ließ. Das wiederum hatte ihn auf den Gedanken gebracht, den kleinen Ruadbern für ähnliche Zwecke einzusetzen.

Er ließ also Judiths Edelknecht zu sich kommen und deutete an, dass er um die Sicherheit seiner Gemahlin fürchte. Wie der Knabe wisse, reite sie oft unbekümmert durch die Gegend, begebe sich an Orte, wo ihr etwas zustoßen könne, oder gehe mit Menschen um, die ihr schaden könnten. Da er Judith selbst mit seiner Sorge nicht beunruhigen wolle, bitte er Ruadbern, ihr stets unauffällig zu folgen und ihm, dem Kaiser, über ihre Aufenthaltsorte und alle Menschen, mit denen sie zusammenkomme, Bericht zu erstatten. Der Knabe hatte ihn aus seinen dunklen Augen so lange schweigend gemustert, dass Ludwig schon befürchtete, er habe sich allzu deutlich ausgedrückt.

Aber schließlich hatte Ruadbern bedachtsam genickt und versichert, er habe der Herrin sein Leben geweiht. Er schwor, ihr überallhin zu folgen, sie notfalls auch vor sich selbst zu schützen und den Kaiser über alles, was er wissen müsse, in Kenntnis zu setzen.

Es klang wie ein Treueid, und Ludwig war zutiefst gerührt. Es hatte sich wahrlich ausgezahlt, den Sohn seiner Schwester Hruodhaid in seinem Haushalt aufzunehmen!

Während er jetzt den Wachen vor der Aula zunickte, schmunzelte er. Ruadberns geradezu unerträglich ausführliche und erschöpfende Berichte über Judiths ziemlich eintönigen Tagesablauf hatten ihm zu viel kostbare Zeit abgezogen. Ein paar Monate nach Giselas Geburt hatte er deswegen aufgehört, den Knaben regelmäßig zu befragen.

Nachdem Ludwig die Tür hinter sich zugezogen hatte, erhob sich Judith vom Bett. Rache, dachte sie, Rache. Bernhard ist des Todes! Frische Kraft strömte durch ihren Leib, als sie darüber nachsann, wen sie mit dem Mord an Bernhard beauftragen sollte. Ihre Brüder wollte sie in diese Angelegenheit nicht hineinziehen; infrage kam nur ein Mann, dem auch an Bernhards Tod gelegen sein könnte. Aber Lothar einzuweihen erschien ihr zu gefährlich. Er könnte sich mit seinem Wissen später gegen sie wenden. Judith griff zu ihrer Bürste und begann das inzwischen schon wieder fast hüftlange Haar zu bearbeiten, das sie sich in ihrer Raserei zerrauft hatte. Jetzt genoss sie beinahe die Pein, die ihr das Auseinanderzupfen verschlungener Stränge bereitete. Wie konnte es Bernhard wagen, sie, die Kaiserin, zu betrügen! Mit einer Frau, die vorgab, ihre beste Freundin zu sein! Und was erdreistete sich Irmingard, Lothar zu betrügen! Judith war auch wütend auf sich selbst. Weshalb nur hatte sie in Attigny diesen grauenhaften Mann wieder in ihr Bett gelassen!

Weil ich mich über Ludwig geärgert habe, gestand sie sich ein, als sie die Haarbürste auf den Tisch warf. Weil er meinen Ruadbern als Spitzel missbraucht hat. Weil ich voller Begierde war und Ludwig mir keine Lustschreie entlocken kann.

Während Ludwig in der Kirche von Attigny auf Knien seine Buße verrichtete, hatte sie sich fast die gesamte Zeit mit Bernhard in ihrem Bett gewälzt. Wie ekelhaft! Augenblicklich begann sie ihre Haare wieder so zu malträtieren, dass ihr die Tränen in die Augen stiegen. Wer sollte Bernhard töten? Nein, bestimmt nicht Lothar, der würde nur gefährliche Nachforschungen anstellen. Aber es gab einen anderen Mann, jemanden, dessen ehrgeizige Träume durch Irmingards schändliches Tun vereitelt werden konnten. Und dem Bernhard auf seinem Weg nach oben ohnehin ein Dorn im Auge war. Judith wusch sich das Gesicht, richtete Haar und Kleidung nun ruhiger und ließ Graf Hugo von Tours zu sich rufen.

Ohne Einleitung teilte sie ihm hoheitsvoll ihre Entdeckung mit und begründete dies mit der Sorge um die Ehe ihrer Freundin und seiner Tochter. Wie beiläufig setzte sie hinzu: »Bernhard bricht morgen früh nach Barcelona auf; eine sehr gefährliche Reise, zumal sie durch wilde Landstriche Aquitaniens führt, aus denen so mancher nicht zurückgekehrt ist.«

Mehr sagte sie nicht und musste sie auch nicht sagen. Vom Gemach der Kaiserin eilte Graf Hugo unverzüglich zu dem seiner Tochter. Er war außer sich, dass sie auf so dumme Weise die Arbeit vier langer Jahre gefährdete. Und er überlegte, weshalb ihm die Kaiserin diesen Auftrag erteilt haben mochte. Er nahm ihr nicht ab, dass es die reine Sorge um seine Tochter und deren Ehe war. Mordpläne wurden üblicherweise aus Habgier und Leidenschaft geschmiedet. Hier schien ihm nur ein Grund infrage zu kommen: Hatte seine Tochter etwa in Judiths Gefilden gewildert? Falls dem so war, war Graf Hugo davon überzeugt, diese Kenntnis irgendwann nutzbringend einsetzen zu können.

Die Tür zum Speisesaal flog auf. An den wartenden Possenreißern vorbei stürzte Lothar auf seinen Vater zu. Beinahe hätte er den Bediensteten, der dem Kaiser die Waschschüssel hinhielt, aus dem Gleichgewicht gebracht. Die Harfenspieler verstummten.

»Du kommst spät und ungestüm«, rügte Ludwig.

»Mord!«, rief Lothar, ohne sich zu entschuldigen, und überfiel die Speisenden mit der Nachricht von der Hinrichtung der beiden päpstlichen Gesandten.

»Geblendet und geköpft wurden sie – nur weil sie sich mit mir angefreundet haben! Wir müssen sofort etwas unternehmen!«

Ludwig wusch sich in aller Ruhe ausgiebig die Hände. Er forderte seinen Sohn auf, sich zu setzen und ein Gebet zu sprechen. Auf seinen Wink begann zwar das Harfenspiel erneut, aber er bedeutete dem Seneschall, die Possenreißer fortzuschicken. Eine solche Botschaft verlangte Ernsthaftigkeit.

»Der Tod der Männer ist beklagenswert, aber es ist unvorstellbar, dass dies mit Wissen des Heiligen Vaters geschehen ist«, wiegelte Ludwig ab.

»Er soll den Mord höchstselbst angeordnet haben«, versetzte Lothar eindringlich, während er sich neben seiner Gemahlin auf die Bank fallen ließ. Er riss ein Stück gebratenes Gänsefleisch ab und legte es auf seinen Brotfladen. Unwillig sah er zu Irmingard, die ihn in die Seite gestoßen hatte. *Hände waschen*, formte ihr Mund. Nach der Maßregelung durch ihren Vater würde sie bei anderen am Hof keinen Fehler mehr durchgehen lassen. Wie so oft in ihrem Leben verfluchte sie Judith. Erst nahm sie ihr den Kaiser weg, dann gönnte sie ihr nicht einmal den Liebhaber! *Wie* gründlich Judith allerdings vorgehen wollte, hatte Graf Hugo seiner Tochter nicht verraten.

Lothar beachtete Irmingards Mahnung nicht, biss ein Stück Fleisch ab und sprach mit vollem Mund weiter: »Mit meiner Krönung hat der Papst seine eigene Macht zelebriert, die er mit dieser Hinrichtung noch einmal sehr anschaulich untermauert. Nicht uns, den von ihm gesalbten Kaisern, soll die Treue seiner Leute gelten, sondern ausschließlich ihm! Das ist fast eine Kriegserklärung!«

»Du übertreibst«, erklärte Ludwig und steckte Judith zärtlich eine Kirsche in den Mund. Das kostbare Obst war am Nachmittag mit den Boten aus Rom eingetroffen. Ludwig war erleichtert, dass sich in seiner Gemahlin der Sturm des Morgens gelegt und sie wieder zu sich gefunden hatte.

»Wir sollten augenblicklich hochrangige Würdenträger

nach Rom schicken, um dort eine Untersuchung anzustellen«, schlug Bernhard vor.

»Wie immer zieht mein Patensohn die vernünftigsten Schlussfolgerungen«, sagte Ludwig fast vorwurfsvoll zu Judith. Sie neigte zustimmend das Haupt und spuckte den Kirschkern aus. »Würdest du lieber die Bischöfe dorthin begleiten, als morgen nach Barcelona zu reisen?«, fragte Ludwig seinen Patensohn.

Judith mied den Blick Graf Hugos. Dieser hatte ihr vor dem Mahl mitgeteilt, bereits einen zuverlässigen Boten nach Aquitanien gesandt zu haben, der sich zu gegebener Zeit des Gewünschten annehmen würde.

»Nein, verehrter Patenonkel«, erwiderte Bernhard zu Judiths Erleichterung. »Es sei denn, du befiehlst es mir. Ich ziehe es vor, mich in Barcelona gründlich umzusehen.«

Ludwig hob seinen Pokal: »Dann trinken wir auf eine glückliche Reise. Mögest du gesund und voller neuer Erfahrungen zurückkehren. Mit einer schönen Frau an deiner Seite, auf dass wir wieder einmal Hochzeit feiern können!«

Irmingard verschluckte sich und begann heftig zu husten.

Judith erklärte nach der Mahlzeit, zu müde zu sein, um an den geplanten Ratespielen teilzunehmen, und zog sich in ihre Kammer zurück. Sie erwartete allerdings nicht, nach diesem langen aufwühlenden Tag sofort zur Ruhe kommen zu können, sondern rechnete mit Irmingards Besuch. Auf die Erklärung, die sich Lothars Frau für ihr Verhalten einfallen lassen würde, war sie äußerst gespannt.

Sie setzte ein gestrenges Gesicht auf, als sie auf das Klopfen an der Tür antwortete. Überrascht erhob sie sich, als ihre Kammerfrau eintrat, hinter der in gebührendem Abstand eine fremde Frau stand, die ein dunkles Tuch tief ins Gesicht gezogen hatte.

»Eine neue Hebamme«, flüsterte die Kammerfrau. »Sie kommt von fern her und erscheint mir als sehr geschickt und erfahren. Vielleicht ist sie die geeignete.«

»Lass sie eintreten«, sagte Judith und vergaß Irmingard. Sie hatte bereits sechs Frauen wieder fortgeschickt, die sich als Hebamme angeboten hatten. Nach Giselas Geburt, die sehr langwierig und schwierig gewesen war, hatte sie sich fest vorgenommen, diesmal größte Sorgfalt bei der Auswahl der Hebamme walten zu lassen. Sie wollte nicht wieder einer Frau mit kalten, groben Händen, schriller Stimme und blödsinnigen Beschwörungen ausgesetzt werden. Die meisten Frauen hatten sie zu sehr an Frau Stemma erinnert, als dass sie ihnen Vertrauen hätte schenken können. Vielleicht war es zu viel verlangt, von dem Menschen, der das Neugeborene als Erster zu Gesicht bekam, auch noch ein einnehmendes Wesen zu erwarten, aber genau das wollte sie.

Die Kammerfrau nickte der Hebamme zu und forderte sie auf, das Gemach der Kaiserin zu betreten. Judith wollte Einspruch erheben, als die Frau von sich aus die Zimmertür zuzog und das Tuch vom Kopf riss. Doch ihr blieb der Mund offen stehen.

»Gerswind!«, brachte sie schließlich hervor. Und weil ihr vor lauter freudigem Schreck nichts anderes einfiel, setzte sie nach: »Seit wann bist du Hebamme?«

Lachend umarmte Gerswind ihre Nichte, herzte sie erst ausgiebig, strich ihr dann liebevoll über den gewölbten Bauch und bemerkte: »Ich habe in den vergangenen Jahren so manchem Kind geholfen, Licht und Dunkel der Welt zu erblicken. Man scheint zu glauben, dass wir Sächsinnen hierfür besonders geeignet sind. Du siehst gesund aus, meine Judith! Es geht dir also gut?«

»Ja, gewiss«, antwortete Judith, nahm Gerswind an der Hand und zog sie neben sich auf die Bank. »Ich bin so froh, dass du hier bist! Gerade heute!« Welch ein treffliches Zeichen, dass dieser Tag, an dem sie von Verrat umgeben war, mit dem Besuch des vertrauenswürdigsten Menschen auf der Welt ausklingen sollte! Mit Gerswind in ihrer Nähe würde sich alles zum Guten wenden.

»Aber warum schleichst du dich hier des Nachts herein, anstatt dir als meine Tante Ehre erweisen zu lassen und mich bei Tageslicht zu besuchen?«

Einen Augenblick lang verfinsterte sich Gerswinds Gesicht. »Hast du mit deinem Mann nie über mich gesprochen?«, fragte sie. Als Judith nicht antwortete, fuhr sie fort: »Er würde mich hier nicht dulden, glaube mir. Es ist besser, er weiß nicht, dass ich hier bin.«

Judith erinnerte sich an Ludwigs finstere Miene, als er erfahren hatte, woher ihr Ring stammte.

»Was ist zwischen euch vorgefallen? Ich will es endlich wissen!«

»Das ist sehr lange her und hat mit dir nichts zu tun«, erwiderte Gerswind ausweichend. »Ist er gut zu dir?«

»Sehr gut, der liebevollste Mann, den ich mir wünschen könnte.«

»Er schlägt dich also nicht?«

»Warum sollte er so etwas tun?«

»Er macht dich glücklich?«

»Ja.«

»Und ist der Vater deiner Kinder?«

Diese Frage kam so überraschend, dass es Judith die Sprache verschlug. Sie streckte die Hand aus und betrachtete verlegen ihren Ring. Gerswind folgte ihrem Blick.

»Du bist dahintergekommen«, murmelte sie. »Es ist also tatsächlich wahr geworden: Er begehrt dich, ohne dich besitzen zu können.«

Überrascht blickte Judith zu ihr auf.

»Woher weißt du das?«, entfuhr es ihr. Es gab schließlich nur drei Menschen, die über diesen Zustand im Bilde sein konnten.

Gerswind griff nach Judiths Hand und klopfte auf den Ring. »Du musst ihn loswerden!«, sagte sie eindringlich. »Gib ihn so schnell wie möglich weiter! Vielleicht kannst du damit den Bann brechen!«

»Welchen Bann...« Judith brach ab, riss sich von Gerswind los, sprang auf und fasste sich ans Herz, das mit einem Mal zu rasen begonnen hatte. Eine Erinnerung. Gerswind, die vor dem Feuer hockte und über dem Ring in der Schale Unverständliches murmelte...

»Nein«, sagte sie dumpf, schüttelte den Kopf und starrte auf den Ring, der im Schein der Öllampen Funken sprühte. So wie damals in Prüm, als Gerswind ihn ihr geschenkt hatte. Im Verlauf eines Rituals, das sie damals belächelt hatte und das sich ihr jetzt ganz anders darzustellen schien. »Nein, Gerswind, das hast du mir nicht angetan. Das nicht. Das ist doch ganz und gar unmöglich.«

Auch Gerswind hatte sich erhoben. Sie wollte Judith umarmen, sie trösten, ihr alles erklären, sie um Verzeihung bitten und mit ihr zusammen nach einer Lösung suchen. Ihre Nichte trat jedoch einen Schritt zurück und hob die Hand.

»Rühr mich nicht an!«, zischte sie. »Du bist schuld! Du hast unser Unglück heraufbeschworen! Du hast des Kaisers Geschlecht gemeuchelt! Mit deinem Zauber!«

»Du glaubst doch nicht an meinen Zauber«, flüsterte Gerswind verzweifelt. »Ich wollte nur das Beste für dich.«

»Das Beste für mich!«, rief Judith höhnisch. Verrat, dachte sie, überall umgibt mich Verrat! Selbst da, wo ich mich am sichersten und geborgensten fühlte! »Das hast du gut hinbekommen, Gerswind! Mein Mann versagt, sobald er mich in die Arme nimmt, und verzweifelt schier daran! Wie ein Freimädchen habe ich mich einem anderen hingegeben, der nur seinen eigenen Vorteil im Kopf hat! Der dafür jetzt sein Leben lassen wird! Ich lebe in Todesangst vor Entdeckung! Muss mir für meine Schwangerschaften Lügen einfallen lassen! Das Beste für mich! Da hast du deinen Zauberring!«

Sie zog ihn vom Finger und warf ihn Gerswind vor die Füße.

Gerswind war leichenblass geworden. Sie darf sich nicht aufregen, dachte sie verzagt, warum nur habe ich Schicksal gespielt, warum nur Judith für meine Rache missbraucht! Ihr alter Mentor Teles kam ihr in den Sinn, der sie einst inständig vor den unkontrollierbaren Mächten der Magie gewarnt hatte. *Spiele nicht mit Geistern, es könnte dich selbst treffen.* Und jetzt hatte es Judith getroffen. Sie glaubte kaum, den Fluch aufheben zu können, aber sie wollte nichts unversucht lassen.

»Hast du Rauchwerk da?«, fragte sie, als sie den Ring vom Boden aufhob.

»Dafür habe ich keinerlei Verwendung!«, schrie Judith. »Deine Zauberei hat schon genug Unheil angerichtet!« Sie stürzte zur Tür.

»Geh!«, verlangte sie mit zitternder Stimme. »Verschwinde aus meinem Leben. Ich möchte dich nie wiedersehen!«

Sie riss die Tür auf.

Gerswind legte den Ring auf den Schönheitstisch.

»Ich darf ihn nicht zurücknehmen«, sagte sie leise, als sie sich das Tuch wieder über den Kopf warf. »Aber du kannst ihn weitergeben. Und versuche vorher wenigstens, mit dem Dämon zu verhandeln.«

Mit gesenktem Haupt wandte sie sich zur Tür, drehte sich noch einmal um und warf Judith einen traurigen Blick zu. »Noch etwas«, sagte sie leise. »Lass den Tag aufschreiben, an dem dein Sohn geboren wird. Mein Karl...« ihre Stimme brach fast, »...hat zeitlebens darunter gelitten, dass er nicht einmal das Jahr seiner Geburt kannte.«

Ohne sich zu verabschieden, trat sie in den Flur.

Mit hoffnungsvoll fragendem Blick kam die Kammerfrau herbei. Judith schüttelte müde den Kopf und schloss die Tür. Leise seufzend begleitete die Kammerfrau Gerswind zum Ausgang. Es war wahrlich keine leichte Aufgabe, die Herrin zufriedenzustellen.

Judith setzte sich an ihren Schönheitstisch, schob das Öllämpchen näher zu sich heran und nahm den Ring in die Hand. Sie drehte und wendete ihn, rieb am Gold, kratzte am Diamanten, aber nichts geschah. Sie erinnerte sich, wie Gerswind damals in Prüm den Ring in ein Schälchen mit glimmenden Kräutern gelegt hatte. Alles in ihr widersetzte sich der Versuchung, nach so langer Zeit magisches Beiwerk zu gebrauchen. Außerdem wusste sie längst nicht mehr, welche Kräuter sie für bestimmte Beschwörungen benötigte. Die Zeiten von Gerswinds Naturmagie hatte sie schon zu lange hinter sich gelassen. Aber Feuer war immer nützlich, an so viel konnte sie sich noch erinnern. Schaden wird es wohl kaum, dachte sie und entzündete eine Kerze. Sie zog aus einer Lade einen silbernen Löffel, wickelte ein Stück Tuch um den Stiel, legte den Ring in die Rundung und hielt ihn über die Flamme.

»Dämon«, flüsterte sie und kam sich dabei ausgesprochen töricht vor. »Zeig dich mir!« Sie starrte intensiv auf den Reif, in der Hoffnung, ihm irgendeine Botschaft entlocken zu können. Aber wenn der Ring tatsächlich einen Dämon beherbergte, war dieser wohl eingeschlafen. Der Diamant schien weniger als sonst zu funkeln, und das Gold des Reifs wirkte matter. Nach einer kleinen Ewigkeit konzentrierten Starrens gab sie auf. Ihre Augen brannten. Verdrossen warf sie den Diamantring in eine Silberschale. Wie um Judith zu verhöhnen, kreiselte er lange Zeit hell klimpernd in der Schale herum, ehe er auf dem Boden zur Ruhe kam. Ein ganz normaler Ring, dachte sie, ein Ring wie jeder andere auch. Was mache ich hier nur! Voller Schreck erkannte sie, dass sie gerade wegen eines Zaubers, an den sie nicht glaubte, den Menschen verjagt hatte, der ihr auf dieser Welt so lange Zeit am nächsten gestanden hatte. Und den sie gerade in dieser verräterischen Zeit hätte brauchen können. Sie warf sich auf ihr Bett und weinte.

Am Mittag des 12. Juni erreichte den Hof eine Nachricht aus Barcelona. Ludwig ließ es sich nicht nehmen, den Brief bei der Abendmahlzeit selbst vorzulesen. »Ein gewaltiger Recke, mein Patensohn«, bemerkte er stolz und streichelte das Pergament. Graf Hugo löffelte gelassen seine Suppe und mied Judiths erschrockenen Blick. Der Fehlschlag des geplanten Attentats war ihm bereits vor Wochen zugetragen worden. Bernhard hatte ganz allein drei von Hugos besten Männern nahe Poitiers niedergestochen. Alle weitaus erfahrenere Kämpfer als der untersetzte Graf von Barcelona. Der war bei dem Überfall zwar verletzt worden, aber entkommen und inzwischen wohl so weit wiederhergestellt, dass er eigenhändig eine Epistel hatte verfassen und dem Kaiserhaus zusenden können. Graf Hugo hatte die Kaiserin nicht über das Missglücken des Mordanschlags in Kenntnis gesetzt. Inzwischen war er davon überzeugt, von ihr hereingelegt worden zu sein. Sie hatte die Dummheit seiner Tochter genutzt, um ihm eine Falle zu stellen und zusammen mit ihrem Liebhaber Bernhard etwas gegen ihn in die Hand zu bekommen. Graf Hugo liebte seine Tochter, aber er war nicht blind. Er konnte sich nur schwer vorstellen, dass sich Bernhard aus leidenschaftlicher Liebe zu Irmingard derart in Gefahr bringen würde. Vermutlich war alles ein abgekartetes Spiel gewesen. Er schalt sich einen Narren, Judiths Auftrag angenommen zu haben. Sie war erheblich ausgefuchster, als er vermutet hatte. Nie wieder würde er sie unterschätzen.

Hätte er seinen Blick von dem Brot gehoben, in das er mit unterdrückter Wut seine Zähne getrieben hatte, wäre ihm

Judiths entgeisterte Miene nicht entgangen. Die Kaiserin war ahnungslos, hatte Graf Hugos Schweigen als Bestätigung der vollendeten Tat gewertet.

»Ich wurde in einen Hinterhalt gelockt und von fünf Männern angegriffen«, las Ludwig vor. Judiths Zehen krümmten sich. »Ich habe mich ihrer erwehren können und drei niedergestreckt. Es war kein gewöhnlicher Raubüberfall, denn einen der Männer habe ich erkannt. Zu welchem Haus er gehört, möchte ich diesem Schreiben jedoch nicht anvertrauen.«

Judith stieß einen Schrei aus und blickte ungläubig an sich herab. Ihr Wasser war gebrochen. Einige Wochen zu früh.

»Es ist so weit!«, stöhnte sie. Hektik brach aus. Ludwig nahm seine Gemahlin auf den Arm und trug sie zu ihrem Gemach, die Frauen des Hofs eilten hinterher und riefen nach der Hebamme. Keine habe Gnade vor den Augen der Kaiserin finden können, bedauerte die Kammerfrau und holte Frau Stemma.

»Ihr habt ja alle anderen Hebammen abgelehnt«, sagte Judiths Dienerin mit stiller Befriedigung, als sie das entsetzte Gesicht der Kaiserin sah.

Frau Stemma machte sich ohne Umstände ans Werk. Sie stellte fest, dass das Kind unglücklich lag, und riet dem Kaiser, die Geburt nicht abzuwarten, sondern seiner Arbeit nachzugehen. »Dies wird ein mühseliges Unterfangen!«

In den frühen Morgenstunden ritten Harald Klak und Erzbischof Ebbo in der Frankfurter Pfalz ein. Sie hatten es eilig, beim Kaiser vorgelassen zu werden, da sich Harald Klak wieder einmal in Schwierigkeiten befand und der Hilfe Ludwigs bedurfte. Seine Mitkönige drohten, ihn abermals vom Thron zu stoßen, wenn er Ebbo weiterhin erlaube, den christlichen Glauben in Dänemark zu verbreiten.

Ebbo verlangte, unverzüglich zum Kaiser geführt zu werden. Das gehe nicht, wurde ihm beschieden, der Kaiser empfange gerade die Gesandten, die aus Rom zurückgekehrt seien.

»Zu diesem Kreis gehören wir auch«, versicherte Ebbo, »schließlich habe ich meinen Auftrag zur Christianisierung Dänemarks vom edlen Papst Paschalis höchstselbst erhalten.« Er schob sich an den Wachen vorbei und marschierte, mit Harald Klak hinter sich, einfach in die Beratungskammer des Kaisers.

Der blickte ob der Störung ungehalten auf. So wie sich seine Miene beim Anblick Ebbos erhellte, verfinsterte sie sich augenblicklich, als er den Mann hinter ihm erkannte. Nicht etwa, dass er etwas gegen den Dänen gehabt hätte, ganz im Gegenteil, er sah es als seine Aufgabe an, ihn irgendwann doch noch zur Taufe zu überreden, aber Harald Klak schien eine Gabe dafür zu haben, immer dann aufzutauchen, wenn er überhaupt nicht erwünscht war. Zum Beispiel jetzt, da von möglicher Fehlbarkeit des Papstes gesprochen wurde, nicht gerade die beste Empfehlung für das Christentum. Und Ludwig zudem mit den Gedanken bei seiner Judith war, die einem mühsamen Unterfangen ausgesetzt war.

Mit dem Zeigefinger auf den Lippen wies Einhard den beiden Männern Plätze an und forderte Graf Hunfrid von Chur auf, mit seinem Vortrag fortzufahren.

»Papst Paschalis hat im Lateran geschworen, an den Morden seiner Beamten keinen Anteil gehabt zu haben«, sagte er.

Ebbo schnaufte. »Da bin ich ja gerade rechtzeitig eingetroffen!«, rief er empört. »Wer wagt es, am Heiligen Vater zu zweifeln!« Und noch dazu in Gegenwart jenes Heiden, den wir seit Jahren vergeblich zu bekehren versuchen, setzte er für sich hinzu.

Der zweite Gesandte, Abt Adalung, ignorierte den Einwurf des Erzbischofs und berichtete weiter: »Alle vierunddreißig

Bischöfe haben den gleichen Eid geleistet. Daraufhin haben wir die Auslieferung der Täter verlangt, um von ihnen die wahren Urheber dieser Hinrichtungen zu erfahren.«

Ebbo sprang auf. »Die ganz bestimmt nicht im päpstlichen Umfeld zu suchen sind!«, rief er aufgebracht.

»Ebbo, mein lieber Freund«, wandte sich der Kaiser an seinen Milchbruder, »hindere uns nicht daran, Klarheit in eine Angelegenheit zu bringen, die das Bündnis zwischen Kaiser und Papst ernstlich gefährdet.« Er wandte sich an den Grafen: »Hat man euch die Mörder übergeben?«

Die beiden Gesandten sahen einander voller Unbehagen an. Der Papst habe dies mit den Worten verweigert, dass die gesuchten Männer Dienstleute des Heiligen Petrus seien. »Er erklärte überdies, den Getöteten sei als Majestätsverbrechern recht geschehen«, seufzte der Abt. »Da wir keinen Auftrag hatten, mit Gewalt vorzugehen, warten wir auf neue Anweisungen.«

»Ich fahre auf der Stelle nach Rom und bringe die Sache in Ordnung!«, meldete sich Ebbo wieder zu Wort. Eine Ader zuckte auf seiner buckligen Stirn. »Es geht nicht an, dass über die Führung der Christenheit solche Gerüchte in Umlauf gebracht werden!«

Das war zu viel für Harald Klak. Was interessierte es ihn, wenn sich die Christen gegenseitig die Köpfe ein- oder abschlugen! Und Ebbo hatte sich damit auch nicht zu beschäftigen. Er sollte sich gefälligst auf seine eigentliche Aufgabe besinnen. Die darin bestand, ihm, Harald Klak, mithilfe des Kaisers den dänischen Thron zu erhalten. Nur darum hatte Harald dem Erzbischof schließlich erlaubt, alle Dänen, die nichts dagegen einzuwenden hatten, mit Wasser zu übergießen. Nur darum hatte er dem Christengott mit seiner ganzen Familie die Einreise nach Dänemark erlaubt!

Aus leidvoller Erfahrung wusste Harald Klak, dass er mit

Höflichkeit am Kaiserhof die gewünschte Hilfeleistung nur verzögern würde. Also erhob er sich.

»Verzeiht mein Eindringen«, setzte der Dänenkönig aufgewühlt an. »Auch die Führung von Dänemark befindet sich in großer Not! Mein Bruder und der Sohn von Göttrik wollen mich vertreiben wie der christliche Gott die alten Götter. Sie wollen mir vielleicht den Kopf abschlagen wie der Papst seinen Männern! Weil ich meinem Freund Ebbo erlaube, was der gütige Kaiser Ludwig zum Dank für seine großzügige Hilfe verlangt: Wasser auf Dänen zu schütten...«

Niemand hatte es übers Herz gebracht, ihn zu unterbrechen. Deshalb atmeten alle erleichtert auf, als an die Tür geklopft wurde. Harald Klak sprach unbeirrt weiter: »Das ist alles schmerzlos. Nicht wie manche unserer alten Rituale. Und Dänemark hat viel Wasser. Aber mein Bruder und der Sohn von Göttrik finden es schlecht, dass der Christengott wie ein König ist, der allein herrschen will. Welcher König will das nicht! Ich will auch lieber die dänische Krone allein tragen! Aber weil meine Verwandten Krieg führen, wenn ich die Macht nicht teile, gebe ich ihnen Platz auf meinem Thron. Wie ich dem Christengott Platz in meinem Land gebe. Ich bin sicher, auch die Götter meines Vaterlandes werden in Asgard Platz für euren Christengott übrig haben. Wie ich darf er eben nicht darauf bestehen, ganz allein zu herrschen...«

Aller Aufmerksamkeit war auf Einhard gerichtet, der die Tür geöffnet und ein paar Worte mit jemandem gewechselt hatte. Jetzt verkündete er fröhlich: »Gott sei gelobt, dem Kaiser ist ein Sohn geboren worden! Und der Kaiserin geht es gut!«

Wie ein junger Mann sprang Ludwig von seinem Thronsessel und eilte zur Tür.

Unbeirrt fuhr Harald Klak fort: »Ja, ich weiß, dem Christengott ist ein Sohn geboren worden...«

»Was wir in Rom weiter unternehmen werden, entscheide ich später«, flüsterte Ludwig hastig seinen Gesandten zu und verließ den Raum. Da er die Versammlung weder formell aufgelöst noch die Anwesenden entlassen hatte, brauchte niemand seine Neugier zu bezwingen. Alle Ratgeber, darunter die beiden Brüder der Kaiserin und der Mitkaiser Lothar folgten Ludwig zum Gemach der hohen Frau.

Harald Klak merkte nicht, wie sich der Raum leerte. Er hatte den Blick himmelwärts gerichtet und sprach weiter: »... auch wenn euer Gott nicht der wirkliche Vater von diesem Sohn ist. Das ist der Unsichtbare, der die Mutter geschwängert hat. Die ist außerdem auch noch die Frau von einem richtigen Menschen, aber darüber gibt es zwischen Christengott, menschlichem Ehemann und Unsichtbarem keinen Streit. Sie sind eine große glückliche Familie! Wie sich meine Untertanen das für ihre drei Könige auch wünschen! Und wenn euer Gott nicht in Zorn darüber gerät, dass sein Sohn drei Väter hat, wird er auch verstehen, dass er meinen Göttern alte Rechte nicht streitig machen darf...«

Sehr erleichtert, dass kaum jemand mitbekommen haben durfte, wie gründlich er mit seiner Missionstätigkeit am Dänenkönig selbst gescheitert war, zupfte Ebbo am rotwollenen Umhang des Harald Klak. Der ließ seinen Blick verwundert durch den leeren Raum schweifen. »Wo ist der Kaiser? Das Wichtigste habe ich doch noch gar nicht gesagt!«

»Aber gewiss doch!«, versicherte Ebbo. »Der Kaiser muss uns nur noch ausrüsten. Die Genehmigung dazu wird er bestimmt gleich erteilen. Komm, wir gehen ihm nach!«

Und damit schlossen sich Ebbo und Harald Klak der Prozession an.

Es war das neunte Kind des Kaisers, aber keines der anderen hatte je solch zärtliche Gefühle in ihm geweckt wie dieser

Sohn. Erst jetzt gestand er sich ein, dass er größere Sorgen um Judith ausgestanden hatte als je um einen anderen Menschen.

»Wie wollen wir ihn nennen?«, fragte er, nachdem er sie geküsst, sich auf den Bettrand gesetzt und das kleine Bündel in den Arm genommen hatte. Die Tür, vor der sich die Würdenträger drängten, stand weit offen. Allerdings hatten nur Lothar und Konrad gewagt, den Raum zu betreten.

»Karl«, antwortete Judith bestimmt.

Lothar hielt sich die Hand vor den Mund und hustete, um den missbilligenden Laut zu verschleiern, der ihm entrutscht war. Dreist, dachte er nur, welch eine Unverschämtheit, ihrem Sohn diesen Namen geben zu wollen!

»Karl?«, fragte Ludwig leicht ungehalten. »Nach meinem Vater?«

»Er war ein großer Kaiser, also ist es ein großer Name.«

Zustimmendes Murmeln kam von der Tür.

»Dieser Karl kann jedenfalls nicht Kaiser werden«, warf Lothar rasch ein.

»Nein, denn das bist ja schon du«, erklärte Judith und strahlte ihn liebevoll an. Sie reichte Lothar die Hand. »Darf ich dich, liebster Stiefsohn, um einen großen Gefallen bitten?«, fragte sie mit ihrem süßesten Lächeln und setzte gleich hinzu: »Würdest du uns die Ehre erweisen, Karls Taufpate zu sein?«

»Mit Freuden. Die Ehre ist auf meiner Seite«, sah sich Lothar gezwungen zu erwidern.

Er sollte Jahre später sagen, dass ihn Judith mit dieser Bitte völlig überrumpelt hatte. Wie hätte er in diesem Augenblick der zarten bettlägrigen Kaiserin, die ihn aus großen Saphiraugen flehentlich ansah, etwas abschlagen können? Noch dazu vor so vielen Zeugen?

»Mein Glückwunsch«, erklang es von der Tür. Harald Klak hatte es endlich geschafft, sich nach vorn durchzuarbeiten.

Judith erkannte ihn sofort.

»Danke, König der Dänen«, rief sie ihm huldvoll zu und setzte nach: »Mein Vetter aus dem hohen Norden bringt mir Glück, denn an allen großen Tagen meines Lebens ist er zugegen.« Leicht belustigt streifte sie die Gesichter der anderen Würdenträger, die daraufhin in tiefer Verneigung verharrten. Bis auf Ebbo. Seine Augen, die wie immer tief in den Wülsten lagen, schienen Mutter und Sohn mit offener Missbilligung zu mustern. Er hasst mich immer noch, dachte Judith erschrocken; der Milchbruder meines Mannes, sein Beichtvater, Erzbischof Ebbo von Reims, hat mich von Anfang an abgelehnt und ist immer noch mein Feind. Sie erschauerte.

Sorgsam legte ihr Ludwig eine Decke über die Schultern.

»Schließt die Tür«, forderte er Lothar und Konrad auf und setzte etwas hilflos hinzu: »Meine Gemahlin friert.«

Während Konrad das Gemach ohne Umstände verließ, blieb Lothar noch einen Augenblick am Bett stehen und sah mit zusammengezogenen Brauen auf den Säugling hinunter. Judith standen Schweißperlen auf der Stirn, und das hatte nichts mit den hochsommerlichen Temperaturen, der Decke um die Schultern oder der stickigen Atmosphäre in der Kammer zu tun. Sie musste alle Kraft, derer sie fähig war, dafür aufwenden, das Kind Ludwig nicht zu entreißen und an ihrem Busen zu bergen, vor allem, als Lothar plötzlich einen Arm ausstreckte. Sanft strich er über den unbehaarten Schädel des Säuglings.

»Karl der Kahle«, sagte er scherzend, bevor er sich zum Gehen wandte. Judith lächelte milde.

Als sich die Tür geschlossen hatte, fiel augenblicklich alle Sanftmut von ihr ab.

»Du weißt, warum er ihn so genannt hat!«, fuhr sie ihren Gemahl an, ihre ganze Angst entladend. Ludwig zuckte zusammen, tätschelte Judith dann die Hand und bemerkte versöhnlich: »Warum wohl! Er hat noch keine Haare.«

»Er hat überhaupt nichts«, gab Judith aufgebracht zurück. »Nicht einmal ein winziges Fleckchen Erde. Er ist *kahl*, Ludwig, bar jeden Besitzes.« Erschrocken bedachte sie, wie schutzlos sie und ihr Sohn wären, sollte Gott Ludwig zu sich nehmen. Lothar und seine Brüder würden sie und Karl ohne Verzug ins Kloster stecken, davon war sie überzeugt. Ihre eigenen Brüder allein würden dies nicht verhindern können, sondern wahrscheinlich auch vom Hof entfernt werden, wenn nicht gar Schlimmeres durchstehen müssen. Sie brauchte mächtigere Verbündete, musste dafür sorgen, Menschen an sich zu binden, die ihr und ihrem Sohn beistehen würden. Aber wie? Sie hatte kaum eigenen Besitz, den sie verteilen konnte.

»Geliebte Frau, er ist doch gerade erst auf die Welt gekommen!«, rief Ludwig belustigt. »Mach dir über seine Ausstattung keine Sorgen. Unser Reich ist riesig, da wird sich schon eine Grafschaft für ihn finden lassen!«

Eine Grafschaft, dachte Judith wütend, die anderen Söhne sind Kaiser und Könige. Laut sagte sie: »Vielleicht schenkt ihm ja Lothar zur Taufe eine.«

Das tat Lothar nicht. Aber er versprach, sein Patenkind stets zu beschützen, und gab eine vage Zusicherung, seinen Halbbruder Karl später mit Land aus seinem eigenen Hoheitsgebiet auszustatten.

Erzbischof Ebbo war zur Taufe nicht aus Dänemark gekommen, aber er hatte der Kaiserin ein sehr freundliches Schreiben gesandt, in dem er sich auch für den Ring bedankte, den sie ihm nach Karls Geburt hatte schicken lassen. Er versicherte ihr seine ewige Unterstützung in allem. Judith atmete tief durch. Es war eine gute Idee gewesen, dem Erzbischof den großen Diamantring zu schicken. Jedermann wusste, wie wichtig ihr das einzige Schmuckstück war, das sie auf der Brautschau getragen und danach nie wieder abgelegt hatte. In ihrem Begleitbrief hatte Judith den Erzbischof gebeten, diesen Ring anzunehmen und ihren Sohn und sie in seine Gebete einzuschließen. Mit anderen Worten: sie beide im Notfall auch politisch zu unterstützen. Hinzugefügt hatte sie noch, dass ihr Ebbo den Ring zurücksenden solle, falls er selbst jemals ihrer Hilfe und Fürsprache bedürfe. Sie hatte den Brief sehr herzlich abgefasst und damit offensichtlich einen alten Gegner auf ihre Seite gezogen.

Judith machte sich nichts vor. Es reichte nicht, einen Erzbischof und zwei Brüder zu Verbündeten zu haben; sie musste weitere Edle für sich und ihren Sohn gewinnen. Nach wie vor betrachtete sie Lothar als ihren und Karls gefährlichsten Gegenspieler, zumal sie wusste, dass seine Gemahlin Irmingard ihn unermüdlich gegen sie aufwiegelte.

Entgegen Judiths Erwartung hatte Irmingard sie nach der Entdeckung ihrer Liebschaft nie aufgesucht und es auch sonst vermieden, sie allein zu sprechen. Dafür aber streute sie böse Gerüchte über die Kaiserin. Judith konnte nicht wissen, dass Graf Hugo ihr dringend abgeraten hatte, sich mit Judith auf ein Gespräch einzulassen. »Du bist ihr nicht gewachsen«, hatte er nur erklärt und ihr ans Herz gelegt, der Kaiserin aus dem Weg zu gehen. Am Hof wurde gemunkelt, die immer noch kinderlose Irmingard neide der Kaiserin ihren Nachwuchs und habe sich mit ihr überworfen.

Judith fand sich nun in der seltsamen Lage, mit ihrer Feindin Irmingard Frieden schließen zu wollen, um Karls Zukunft zu sichern. Dass man sich Feinde mit Geschenken gewogen machen kann, hatte sich bei Ebbo gezeigt. Sie hatte Graf Wala für sein Kloster Corbie die villa regia Höxter mit allen dazugehörigen Gebieten geschenkt, dem Kloster Corvey ein kostbares Kreuz gestiftet und eine große Summe für reichhaltige Armenspeisung zur Verfügung gestellt, die im Volksmund Judithenbrot genannt wurde. Für Irmingard kam nur ein Geschenk infrage: dass auch sie in aller Form als Kaiserin angesprochen werden durfte. Dafür aber musste Lothar mit mehr Macht ausgestattet werden.

Judith suchte Einhard in der Hofschule auf und bat ihn um Rat. Der kleine Mann mühte sich, seine Ungehaltenheit zu verbergen, dachte sich aber seinen Teil: von Eitelkeit gelenkte Frauenpolitik. Eine Kaiserin, die sich in alles einmischt. Ein Kaiser, der sich von seiner Frau beherrschen lässt. So etwas war unter Kaiser Karl undenkbar gewesen. Der hatte sich zwar kurzzeitig auch von seiner Gemahlin Fastrada verwirren lassen – Einhard schauderte noch immer bei der Erinnerung an einen Kaiser, der von der Leiche seiner Frau erst hatte ablassen können, als irgendein Zauber angewandt worden war –, aber niemals hätte er ihr zugestanden, sich selbstständig mit Reichsangelegenheiten zu befassen. Keine der Gemahlinnen Karls hatte je von ihrem Recht Gebrauch gemacht, eigenständig zu handeln.

Einhard hatte Ludwig immer unterstützt, ihn in seiner Jugend gegen die böswilligen Streiche der Brüder, die hämischen Bemerkungen der zungenfertigen Schwestern und den Spott des Vaters in Schutz genommen. Er schätzte Ludwigs Frömmigkeit und hatte sich später dafür ausgesprochen, ihm die Kaiserwürde zu gewähren. Karl jedoch hatte Ludwig für zu schwach und beeinflussbar gehalten und seine älteren Brüder vorgezogen. Mit Recht, wie Einhard sich jetzt eingestehen musste. Schon Ludwigs erste Gemahlin hatte bedenklichen Einfluss ausgeübt, aber seine Schwäche für die schöne Welfentochter könnte das gesamte Werk Karls des Großen gefährden.

Einhard wollte nicht zusehen, wie im Streit um die Nachfolge alles zusammenbrach. Sein Sinn stand seit dem Tod seiner geliebten Emma überhaupt nicht mehr danach, am Hof zu verweilen, daher verfolgte der einstige Schreiber Kaiser Karls eine sehr geheime und heikle Mission in eigener Sache. Doch Ludwig hatte ihm den Abschied vom Hof verweigert. Wenn er jetzt Judith klugen Rat erteilte, sollte sie sich gefälligst für seine überaus wichtige Reise nach Rom einsetzen.

»Dein Gemahl bezeichnet Lothar in aller Form als imperii socius und lässt alle Urkunden und Kapitularien auch in seinem Namen ausstellen«, sagte er zu Judith. »Damit darf sich seine Gemahlin Irmingard dann auch Kaiserin nennen. Und jetzt habe ich eine Bitte.«

»Kann ich sie dir erfüllen?«

»Ja. Sorge dafür, dass ich sobald wie möglich nach Rom reisen kann. Es ist wichtig«, sagte er schroff und hasste sich dafür, dass auch er, der getreuste aller Kaiserberater, sich dieser Welfin bedienen musste, um seinen Traum zu verwirklichen. Der kleine Mann unterdrückte einen Seufzer.

»Du lehnst mich immer noch ab«, sagte Judith geradeheraus, die mühelos in Einhards Gesicht lesen konnte. »Ich bin keine machtlüsterne Kaiserin. Ich bin nur eine Mutter, die ihr Kind schützen will. Verstehst du das?«

Lärm, der vom Hof plötzlich in die Schule drang, Rufe, Pferdegetrappel und Waffengeklirr enthoben Einhard einer Antwort. Er trat an ein schmales Fenster und bemerkte: »Eine gewaltige Reisegruppe. Offensichtlich unangekündigt.«

Auch das wäre früher undenkbar gewesen.

Ohne ihm eine Zusicherung zu geben oder sich zu verabschieden, rannte Judith aus der Lehrkammer hinaus. Der Hof war voller fremder Menschen in Reisekleidung, Pferde wurden in den Marstall gebracht, Vorräte entladen, und das Gesinde lief wie eine aufgescheuchte Hühnerschar umher. Judith hielt Ausschau nach bekannten Gesichtern und dem Banner eines der Kaisersöhne, denn nur diese reisten mit so großem Gefolge. Aber warum hatte kein Bote ihr Kommen angemeldet?

Sie erschrak fast zu Tode, als sich von hinten kräftige Arme um sie schlangen.

»Meine Tochter!«, rief Graf Welf und drehte sie zu sich um. »Du siehst prächtig aus!«

»Vater...« Verwirrt deutete Judith auf das Gewimmel im Hof. »Wo kommt ihr her? Warum habt ihr euch nicht angemeldet? Das sind doch nicht alles deine Leute?«

»Natürlich nicht!« Er strahlte übers ganze Gesicht. »Auch die von Dhuodas Bräutigam. Es war seine Idee, euch zu überraschen! Und wie ich sehe, ist es uns gelungen.«

»Dhuodas Bräutigam?«

»Wir werden hier in Aachen die Hochzeit deiner Schwester feiern.« Graf Welf beugte sich zu Judith hinunter und flüsterte ihr ins Ohr. »Ein Edelmann, stell dir vor! Ich war überglücklich, als er ganz unvermittelt bei uns in Altdorf auftauchte und um Dhuodas Hand anhielt.« Graf Welf lächelte verschmitzt. »Du wirst dich freuen. Er ist ein alter Freund von dir und dem Kaiser.«

Mit Dhuoda am Arm und federndem Schritt kam Bernhard auf sie zu. Judith versteinerte. Wie konnte er es wagen, ihre Familie als Schutzschild zu missbrauchen!

Papst Paschalis überlebte seinen Meineid nur um wenige Wochen. Auf den Tag vier Monate nach seinem Tod wurde Judiths Schwester Dhuoda mit Bernhard von Barcelona in der Aachener Pfalzkapelle feierlich vermählt. Doch das Freudenfest endete mit einer Tragödie.

Überglücklich, dass seine unscheinbare Tochter einen so bedeutenden und einflussreichen Mann erobert hatte, sprach Graf Welf beim Gelage dem ungewohnt starken Wein und dem reichen Wildbret so kräftig zu, dass er in den frühen, aber noch dunklen Morgenstunden ungutes Rumoren im Magen verspürte. Er wollte sich im Freien erleichtern und verließ das kaiserliche Gastzimmer im Palatium. Die Öllampen waren erloschen, sodass er im Dunkel des Ganges gegen ein Hindernis stieß und das Gleichgewicht verlor. Stürzend suchte er Halt an der Wand und riss dabei das schwere Holzkreuz herunter. Es traf ihn so unglücklich im Genick, dass er augenblicklich verschied. Der Kaiser höchstselbst entdeckte den Leichnam und ordnete am nächsten Tag eine Untersuchung an, um herauszufinden, was seinen Schwiegervater zu Fall gebracht hatte. Natürlich würden die Prüfer nicht entdecken, dass der Kaiser selbst Teil des verhängnisvollen Hindernisses gewesen war. Gemeinsam mit jener goldhaarigen Magd, die schon vor Jahren den Auftrag erhalten hatte, jeden Tag im Morgengrauen den Holzboden auf dem Gang vor dem kaiserlichen Gemach zu schrubben, sich bei Unterbrechung dieser Tätigkeit nicht umzudrehen, nie ihr Gesicht zu zeigen und keine Laute auszustoßen.

Die Trauerfeier in der Pfalzkapelle überstieg die Kräfte der Gräfin Heilwig. Nur einen Tag zuvor hatte sie ausgelassen das Glück gefeiert, die ungeliebte Frucht aus einer außerehelichen Verbindung ihres Mannes durch eine so ehrenvolle Heirat endgültig losgeworden zu sein. Gott hatte sich mit der Strafe für ihre frevelhaften Gedanken keine Zeit gelassen, sondern ihr noch in derselben Nacht den Mann genommen! Wie würde sie diese Schuld je abtragen können? Sie weinte laut und zitterte am ganzen Leib. Erstaunt und beeindruckt von der Liebesfähigkeit ihrer Mutter, legte Judith den Arm um deren Schultern und geleitete sie langsam zum Ausgang der Kapelle. Die Kaiserin war froh, dem Rest der Feierlichkeit entkommen zu können, und bedauerte die Schwester, die keine Ahnung von der Gerissenheit des Mannes an ihrer Seite hatte. Der Judith seit seiner Ankunft am Hof zwar verhalten, aber mit großer Höflichkeit begegnet war. »Jetzt gehört Bernhard auch zu deiner Vaterfamilie«, hatte sich Ludwig erfreut über die Wahl seines Patensohnes geäußert. Er hätte auch gern noch etwas Liebenswürdiges über die Braut gesagt, aber zu Dhuoda wollte ihm einfach nichts einfallen.

Mit einer noch nie zuvor empfundenen Zärtlichkeit flüsterte Judith ihrer Mutter in der Kapelle zu, sich besser eine Weile hinzulegen.

Leises Räuspern am Portal zum Holzgang ließ sie aufblicken. Wie versteinert blieb sie stehen. Diesen Menschen hätte sie nie im Leben in einem christlichen Gotteshaus erwartet.

»Verzeiht«, raunte ihr Harald Klak zu. »Ich weiß, ich komme diesmal etwas ungelegen. Aber es ist sehr dringlich und duldet keinen Aufschub – ich benötige Hilfe, mein Thron ist in Gefahr!«

6

Aus den Chroniken der Astronoma

Im Jahr des Herrn 826

Kaiser Ludwig erörtert mit dem Dänenkönig Harald Klak in einer Reichsversammlung zu Ingelheim die Unruhen an den nördlichen Grenzen des Frankenreiches. Harald Klak, der jetzt nach dem Tod des Göttriksohnes seinen Bruder Horik loswerden will und die dänische Krone für sich allein beansprucht, gelobt, die Verbreitung des Christentums in seinem Land mit Macht voranzutreiben. Endlich entschließt er sich zur Taufe. Er schifft sich mit Weib, Kind und vierhundertköpfigem Gefolge ein und fährt den Rhein hinauf nach Mainz. Die Dänen werden mit aller Pracht vom Hof empfangen und am 24. Juni in Sankt Alban zu Mainz getauft. Kaiser Ludwig übernimmt die Patenschaft für Harald, Kaiserin Judith für dessen Gemahlin Gudrun und Mitkaiser Lothar für den Sohn Gottfried. Harald Klak, der sein Königsornat mit Schwert und Gürtel angelegt hat, wird in einer prunkvollen Feier von Ludwig gekrönt und von Erzbischof Ebbo von Reims gesalbt. Zudem belehnt Ludwig den Dänenkönig mit der Grafschaft Rüstringen, einem Gau im Nordosten Frieslands. Auf den Heimweg nach Dänemark begleiten ihn nicht nur die guten Wünsche des Kaiserpaares, sondern auch der Mönch Ansgar vom Kloster Corbie, der Ebbos Missionsarbeit im Norden fortsetzen soll.

Der Kaiser definiert den Silberdenar. Von nun an werden aus einem Pfund Silber 240 Münzen geprägt. Dieser Beschluss trägt, wie *alle anderen Urkunden und Kapitularien, jetzt nicht nur den Namen des Kaisers, sondern auch den seines Mitkaisers Lothar. Dieser älteste Sohn Ludwigs hat sich dadurch ausgezeichnet, dass er in Rom die Constitutio Romana erlassen hat. Dadurch soll der Kirchenstaat fest in die fränkische Herrschaft eingebunden werden. Kaiser und Mitkaiser überwachen von nun an Verwaltung und Gerichtsbarkeit in Rom und gelten als letzte Instanz. Jeder neu gewählte Papst muss vor seiner Weihe einen Treueid gegenüber Ludwig und Lothar leisten. Derzeit hält sich Lothar die meiste Zeit an der Seite des Vaters auf. Er und seine Gemahlin Irmingard freuen sich über die Geburt ihres Sohnes, der nach dem Großvater Ludwig genannt wird.*

Heilwig, Mutter der Kaiserin Judith und Witwe des Grafen Welf, wird nach dem Tod ihres Gemahls Äbtissin des Klosters Chelles. Ludwig von Bayern, der Sohn des Kaisers, heiratet Hemma, die Tochter des Grafen von Welf. Hemma ist jetzt also nicht nur Schwester der Kaiserin Judith, sondern auch deren Schwiegertochter.

Das Jahr klingt mit einem besorgniserregenden Ereignis aus, einem Aufstand in der Spanischen Mark. Die Truppen des Emirs Abd ArRahman II. haben begonnen, die Tore von Barcelona zu belagern. Bernhard Graf von Barcelona hält sich vor Ort auf und müht sich, die Stadt vor dem Eindringen der Sarazenen zu verteidigen.

Die Jahre 826 bis 828

»Der Kaiser wird es nie erlauben!«, rief Einhard und starrte Judith fassungslos an. Sie hatte allen Ernstes vorgeschlagen, ihn auf seiner geheimen Mission nach Rom zu begleiten. »Außerdem möchte ich dich nicht dabei haben«, brummte er unhöflich. »Ich kann mich unmöglich um deine Sicherheit kümmern, du bist die Kaiserin des Reiches!«

Judith blickte zu den Pferden und Wagen, die nach dem Aufenthalt in Mainz für die Rückfahrt nach Aachen beladen wurden. Ein schönes Fest lag hinter ihnen, die Taufe des Harald Klak, seiner Gemahlin und seines Sohnes. Bei Letzterem hatte Lothar Pate gestanden, so wie zwei Jahre zuvor bei ihrem Sohn. Für die Sicherung von Gottfried Klaks Zukunft würde er sich gewiss ebenso wenig einsetzen wie für die ihres Karls.

»Damals, als ich wie ein zerrupftes Huhn vor dir stand und die Äbtissin in Ohnmacht fiel, wolltest du mich aber gar nicht als Kaiserin des Reiches sehen, nicht wahr?«, sagte sie lachend zu Einhard. Beide erhoben sich, als der Kaiser näher trat und zum Aufbruch nach Aachen drängte. Judith nahm ihn zur Seite und flehte ihn erneut an, mit Einhard eine Pilgerreise nach Rom unternehmen zu dürfen. Am Petrusgrab wolle sie in aller Demut darum beten, Ludwig allzeit die Frau sein zu können, die er verdient habe.

»Vielleicht kann uns ja Petrus helfen, dass unsere Ehe noch beglückender wird«, flüsterte sie ihrem Mann zu. Doch der wies ihr Anliegen mit dem Hinweis auf die Gefahren einer solchen Reise ab und wandte sich Harald Klak zu, der sich verabschieden wollte. Auch dessen Zug war reisebereit, und es galt, die Höflichkeit zu wahren.

Harald hatte ebenfalls ein Anliegen. Jetzt, nachdem er, seine Familie und alle seine Getreuen – immerhin vierhundert Menschen – die Vielzahl ihrer Götter für einen einzigen aufgegeben hatten und sie sich ohnehin schon recht südlich befanden, wolle er, König Harald, dem Stellvertreter dieses einen Gottes in Rom seine Aufwartung machen. Er verneigte sich tief vor Ludwig und Judith.

»Das trifft sich gut, mein Bruder Harald«, ertönte die klangvolle Stimme der Kaiserin. »Wenn mein Gemahl gestattet, werde ich als einfache Pilgerin an deiner Seite nach Rom reiten. Ich wünsche nicht, vom Heiligen Vater empfangen zu werden, sondern ersehne die Gnade des Heiligen Petrus.« Sie sandte Ludwig einen beziehungsreichen Blick. Er musste doch einsehen, dass der Wunsch des neu bekehrten Dänen, den Stellvertreter Gottes aufsuchen zu wollen, als ein höheres Zeichen zu werten war. Dem sie mit Ruadberns Hilfe ein wenig nachgeholfen hatte. Ihr Edelknecht hatte Gudrun, der Gemahlin Harald Klaks, angedeutet, der Papst entspreche einem leibhaftig sichtbaren Gott Thor. Eine solche Begegnung wollte sich das Dänenpaar natürlich nicht entgehen lassen.

Ruadbern hielt sich abseits, aber ihm entging nicht, wie die Kaiserin wieder einmal ihren Gemahl umstimmte. Der Sechzehnjährige, der Einhard begleiten sollte, freute sich auf die Reise mit Judith und darauf, alte Schriften des Kirchenstaats studieren zu können. Er war schon längst kein Kind mehr und eigentlich zu alt für die Rolle des Edelknechts geworden. Das kaiserliche Angebot, sich der geistlichen Laufbahn zu verschreiben, mit der Aussicht, dereinst Abt eines bedeutenden Klosters werden zu können, hatte er höflich abgelehnt. Er sah seine Zukunft am Hof, am liebsten als Unterweiser an der Hofschule. An seiner Befähigung war nichts auszusetzen, da ihm als Ziehkind von Einhard und dessen verstorbener Frau Emma mehr Bildung eingeflößt worden war als dem Edelsten der Edlen des Landes. Dennoch fand er es nicht unter seiner Würde, gewisse Aufträge für Judith zu erledigen. Er liebte sie, seit er denken konnte, und hätte für sie sein Leben gegeben.

Murrend stimmte Ludwig zu, dass Judith mit Einhard und Ruadbern im Gefolge König Haralds nach Rom reisen dürfe. Einer plötzlichen Eingebung folgend, rief Judith Arne zu sich und befahl ihm, sich ihnen anzuschließen. Der Frankfurter Bauernsohn, der bis zum Kinn in die Erde eingegraben gewesen war, schien ihr ein geeigneter Gefährte für eine mögliche Ausgrabung von Gebeinen zu sein.

»Er wird dir helfen, wenn du vor deiner Enttäuschung stehst«, sagte sie zu Einhard auf dem Alpenpass.

»Welche Enttäuschung?«, fragte der entrüstet.

»Der römische Diakon hat dir in Aachen interessante Knochen für deine Kirche versprochen, sagst du? Ach Einhard, ich weiß nur zu gut, was von Versprechungen zu halten ist, die in der Ferne gegeben werden.«

»Versprechungen?«, nahm Harald Klak das Wort auf, als er seinen Wallach neben Judiths Zelter lenkte. »Diese Berge!«, fügte der Wikinger beeindruckt hinzu, »Sie sind Versprechungen des Himmels! Kommen auch deine Versprechungen, Freund Einhard, von Gott?«

»Gewissermaßen«, erklärte Judith an Einhards statt. »Ludwig hat Einhard vor zehn Jahren die Mark Michelstadt und Besitz im Raum Seligenstadt geschenkt. Aber um in seiner alten Heimat seine Kirche weihen zu können, benötigt er Reliquien. Die will er sich jetzt in Rom sichern.«

»Was sind Reliquien?«

Harald Klak zeigte sich ein wenig angewidert, als ihm Judith die Natur von Reliquien auseinandersetzte. Steine, Bäume, Quellen, ja, eine solche Verehrung begreife und billige er, aber morsche Knochen von toten Menschen?

»Von Heiligen«, wies ihn Einhard missgestimmt zurecht. Ebbo hätte sich mit der Christianisierung des Dänen wirklich mehr Mühe geben können!

»Heilige Knochen«, sagte Harald Klak nachdenklich, »und die bewirken Wunder?«

»Du hast es erfasst«, entgegnete Judith trocken.

Der Dänenkönig entschuldigte sich für seine Begriffsstutzigkeit. An der habe es ja auch gelegen, dass er sich mit der Taufe so viel Zeit gelassen habe. In seiner Heimat gebe es nämlich auch ein Wasserritual, aber dieses habe eine andere Bedeutung. »Wer neu zur Familie stößt, den überschütten wir mit Wasser«, erläuterte er.

»Also habt ihr auch eine Taufe!«, rief Judith.

»Nein, das ist etwas ganz anderes. Mit dem Wasser nehmen

wir jemanden in unsere Gemeinschaft, unsere Sippe, auf, aber unsere Götter verlangen von uns nicht, dass wir ihrer Familie beitreten. Und das Wasser ist nicht dazu gedacht, etwas aufzugeben und zu verleugnen.«

»Du siehst also deine Taufe als Verleugnung und Aufgabe deiner Götter?«, fragte Judith.

Einhard sprengte davon. Nach all den mühseligen Verhandlungen, von denen Judith nichts ahnte, war er nicht bereit, sich auf eine theologische Diskussion mit dem Dänenkönig einzulassen. Harald Klak hatte sich als letzten Ausweg aus seiner Herrscherkrise taufen lassen, und dabei wollte es Einhard auch belassen. Er hatte sich zu Zeiten Karls des Großen mit viel zu vielen Heiden auseinandersetzen müssen, als dass er Lust darauf verspürte, sich jetzt wieder einer Diskussion über das Wesen der Taufe zu stellen.

»Meine Schwester«, sagte Harald Klak fast zärtlich, »in dir fließt sächsisches und nordisches Blut. Wann verspürst du mehr Ehrfurcht? Wenn die Bäume aus dem Morgennebel aufsteigen, du die Wärme von einem Stein in deinen nackten Händen aufnimmst, die Sonne im Meer versinken siehst oder wenn du auf morsche Knochen von toten Heiligen schaust?«

»Ich habe die Sonne noch nie im Meer versinken sehen«, erwiderte Judith unwirsch.

»Vielleicht ist es das, was deinem Leben fehlt«, sagte Harald Klak unberührt. »Und meinem fehlt der Anblick ebendieser Knochen. Ich danke Herrn Einhard, dass er mich daran teilhaben lassen wird.«

Als sie in der Heiligen Stadt eintrafen, stellte sich das Versprechen des Diakons in der Tat als leeres Gerede heraus. Es gab keine Gebeine, die Einhard für seine Kirche mitnehmen konnte.

»Du wirst dich mit dieser Auskunft doch nicht abspeisen

lassen«, empörte sich Judith, die den Tag über am Grab des Heiligen Petrus gebetet hatte. Sie war froh, dass niemand sie erkannt und keiner in der bescheiden gekleideten Pilgerin die Kaiserin erahnt hatte. Ihr war leichter ums Herz, denn sie hatte um die Absolution der Sünde gebeten, einem Mann nach dem Leben getrachtet zu haben. Und eine kleine Bitte für ihren Karl hinzugemurmelt: Wenn es nicht zu viel Mühe bereite, möge Petrus helfen, ihn dereinst zum Kaiser zu machen.

Harald Klak und seine Gemahlin, zweifellos vom Prunk des Lateran überwältigt, waren noch nicht von ihrer Audienz beim Papst in die angemietete Villa zurückgekehrt. Also ließ Einhard seiner Verzweiflung freien Lauf.

»Was soll ich denn tun?«, jammerte er. »Ohne Reliquien kann ich meine Kirche nicht weihen!«

Aus dem Dunkel der Kammer tauchte plötzlich Ruadbern auf.

»Dann beschaffen wir uns eben welche!«, sagte er mit einem vielsagenden Blick zu Judith und berichtete von einer leicht zugänglichen Gruft an der Via Appia, die er um die Mittagszeit aufgesucht hatte.

»Da liegen die Kanonheiligen Marcellinus und Petrus«, erzählte er. »Mit ein bisschen Geschick und Handwerkszeug sollten wir sie aus ihrer engen Behausung befreien und mit uns nehmen können.«

Einhard, der Mann der Schreibstube, blickte verzagt drein. »Ob das Gott gefällig ist?«

»Rom liegt voller Knochen«, merkte Judith an. »Von Männern, die der Papst selbst oder seine Vorgänger haben ermorden lassen. Gott wird uns danken, wenn wir ein paar lauteren Heiligen in unserem Heimatland eine ehrliche christliche Zuflucht gewähren.«

Die Wortwahl der Kaiserin war wirklich beklagenswert. Einhard setzte zu einer Belehrung an, doch Ruadbern kam ihm zuvor: »Eins gilt es allerdings zu bedenken: Auf solchen Diebstahl steht die Todesstrafe.«

»Wenn man erwischt wird«, murmelte Judith.

»Das schert mich wenig«, bäumte sich Einhard mit plötzlich erwachtem Tatendrang auf. Er brauchte dringend Reliquien. »Dann komme ich eben schneller zu meiner Emma.«

»Geht es hier denn um Diebstahl oder um Raub?«, fragte Judith nachdenklich.

»Ist das bei dieser Tat nicht zweitrangig?«, fragte Einhard unwirsch.

Ruadbern begriff, worauf sie hinauswollte. Mehr noch als Einhard hatte er sich mit den alltäglichen Gesetzen befasst. Und so erklärte er: Diebstahl gelte als das schlimmere Delikt; wem etwas heimlich gestohlen wird, der hat keine Gelegenheit, sein Eigentum zu verteidigen. Der Überfallene hingegen befinde sich im Vorteil, da er um sein Hab und Gut kämpfen könne.

»Raub«, entschied sich Einhard für das geringere Vergehen, denn die Heiligen könnten sich ja mittels Wunder gegen ihre Entführung wehren.

Judith, die sich gern mit Einhard stritt, bestand auf Diebstahl, da die Gruft dem Heiligen Vater gehöre, dem die Knochen gestohlen würden.

»Keins von beidem trifft zu«, behauptete Ruadbern. Den heiligen Knochen selbst, sagte er, könne es ja nur recht sein, dass sie aus einer vergessenen Gruft in eine neue Kirche überführt würden, in der sie endlich zu hohen Ehren gelangten. Weshalb sollten sie sich mit einem Wunder dagegen wehren? Diebstahl sei es auch nicht, da die Knochen der Heiligen kein Eigentum des Heiligen Vaters sein konnten.

»Die gesamte Christenheit hat Anspruch auf die Gebeine, also auch wir«, spann Einhard den Gedanken weiter.

»Und mit euren Gelehrtenhänden wollt ihr sie ausgraben?«,

fragte Judith spöttisch. Weder Einhard noch Ruadbern waren körperliche Arbeit gewohnt und hatten darin auch wenig Geschick.

»Gott wird uns helfen«, meinte Einhard zuversichtlich.

»Und Arne,« fügte Judith hinzu. »Im Übrigen komme ich mit!«

Gemeinsam mit Ruadbern stand sie Wache an der zu dieser Nachtstunde stillen Via Appia, während Arne mithilfe einer Eisennadel recht mühelos das Gitter öffnete.

»Wir dürfen es nicht schließen; ich weiß nicht, ob ich es von der anderen Seite öffnen kann, wenn das Schloss wieder zuschnappt«, sagte er, bevor er mit Einhard in die Kirchengruft eindrang. Nach Ruadberns Beschreibung fanden sie die Grabstellen sehr schnell. Allerdings mussten sie den Edelknecht von seinem Wachposten holen, um die schweren Steinplatten auf den beiden Sarkophagen so zu bewegen, dass sie an die Knochen im Inneren gelangen konnten.

»Du kannst nicht hier draußen allein bleiben!«, sagte Ruadbern zu Judith.

»Irgendeiner muss doch Wache stehen und auf das Schloss achten!«, gab sie zurück, obwohl ihr ein wenig mulmig zumute war. Sie tröstete sich damit, dass bislang noch niemand vorbeigekommen war.

Aber kurz nachdem Ruadbern in der Gruft verschwunden war, hörte sie plötzlich Stimmen. Sie zog das Eisengitter vorsichtig näher an das Schloss heran und stellte sich davor, hoffend, in ihrem dunklen Umhang für die Herannahenden unsichtbar zu sein. Ihr seht mich nicht, ihr seht mich nicht, entsann sie sich ihres alten Zaubers. Aber sie war aus der Übung gekommen.

»Schau an, eine Hure vor der Gruft!«, vernahm sie zu ihrem Entsetzen. »Wenn sie nicht zu alt ist, kommen wir heute doch noch auf unsere Kosten!«

Zwei Männer näherten sich eiligen Schrittes.

Wilde Tiere, dachte Judith verzweifelt und erinnerte sich auf einmal an den Rat, wie solchen zu begegnen war, wenn sie sich im Forst auf einen Menschen stürzen wollten. Sie sammelte all ihren Mut und atmete tief durch. Dann stieß sie einen kurzen Schrei aus, sprang unvermittelt mit einem Satz auf die Männer zu, wirbelte um die eigene Achse und schlug mit den Armen so heftig aus, als wären es Dreschflegel.

Die Männer wichen zurück.

»Eine Wahnsinnige!«

»Ein Geist!«

Jede Bezeichnung war ihr recht, wenn die Männer nur schnell verschwanden. Was sie schleunigst taten, denn weder mit Wahnsinnigen noch mit Geistern war zu spaßen.

Judith zitterte am ganzen Körper. Wachestehen gehörte wirklich nicht zu ihren Talenten. Sie gab die Stellung auf und huschte durch den Eingang. Dabei stieß sie gegen Ruadbern, den ihr Schrei alarmiert hatte. Er schlang die Arme um sie und fragte besorgt, ob ihr etwas zugestoßen sei. Dankbar drückte sie sich an ihn und fühlte sich augenblicklich sicher.

»Die Männer sind weg«, antwortete sie. »Sie haben die Kaiserin für eine Hure gehalten. Und die Kaiserin hat sie wie wilde Bestien verjagt. Seid ihr fertig?«

»Fast«, sagte er, hauchte ihr einen Kuss auf den Scheitel und führte sie zu den anderen, nicht ohne das Gitter mit einem Stein gesichert zu haben. Die Gebeine der beiden Kanonheiligen waren bereits in strohgefüllte Hafersäcke gesteckt worden, aber den Männern gelang es nicht, die Steinplatten wieder so auf die Sarkophage zu schieben, wie sie gelegen hatten. Wer gründlich hinsah, würde Einhards Raub sofort entdecken.

»Fort, fort«, mahnte Judith. Hastig ergriffen Ruadbern und Arne die Hafersäcke. Erst als sie in der Villa die Knochen in mit Samt ausgeschlagene Holzkisten umluden, ging ihnen auf, dass sie sich in der Eile nicht gemerkt hatten, welcher Sack welchen Heiligen beherbergte.

Obwohl Einhard Judith dringend riet, sich auf der Rückreise Harald Klaks Zug wieder anzuschließen, schlich sie mit den drei Grabräubern im Morgengrauen aus der Stadt. Dem Dänenkönig hatte sie die Nachricht hinterlassen, als einfache Pilgerin in ihr Heimatland zurückkehren zu wollen.

Nach einigen Tagesmärschen – in sicherer Entfernung von Rom – lüftete Einhard das Geheimnis um seine kostbare Fracht. In Pavia verkündete er, die Gebeine des heiligen Marcellinus und des heiligen Petrus bei sich zu führen. Wie ein Lauffeuer verbreitete sich die Nachricht, und von überall strömten Gläubige herbei, um den Heiligen das Geleit zu geben und die Kisten zu küssen. Die mit der Aufschrift *Petrus* erfreute sich besonderer Beliebtheit.

»Wir haben doch nicht die Knochen des Apostels Petrus geraubt!«, empörte sich Judith über Einhards Weigerung, die Leute aufzuklären.

»Er hieß Petrus, er war ein Heiliger, der sich in Rom befand, und er ist tot. Reicht das nicht?«, fragte der Lehrer der Hofschule spitz. Die Reise führte über Sankt Moritz bis nach Straßburg, wo eine Abordnung aus Aachen darauf wartete, Judith wieder heimzuführen.

Sie verabschiedete sich von Einhard an jenem Schiff, auf dem Auserwählte den Rhein abwärts bis nach Mannheim mitfahren durften, und versprach dem Leiter der Hofschule ein besonderes Geschenk zur Einweihung seiner Kirche.

Kaiser Ludwig war nicht nur überglücklich über die Heimkehr seiner Gemahlin, sondern zeigte sich auch sehr zufrieden über die gelungene Überführung der Gebeine.

Am Abend nach Judiths Rückkehr lag er im Bett und musterte mit verklärtem, aber traurigem Blick seine Frau, die auf einer Truhe am Fußende saß und sich das Haar ausbürstete. Judith hatte sich wieder in das lange weiße Linnenhemd gehüllt, das sie seit der Zeit ihrer ersten Schwangerschaft auch im Bett nicht ablegte. Sie hatte mit dem Brauch gebrochen, unbekleidet zu schlafen, wie es die Menschen normalerweise taten. Ludwig ahnte, dass sie ihn durch die Verhüllung ihres Körpers schonen und ihm verzweifelte Anstrengungen ersparen wollte, und wusste nicht recht, ob er das begrüßte oder bedauerte. Denn allem Scheitern zum Trotz hatte die Sehnsucht nach seiner Frau nicht im Geringsten nachgelassen, auch wenn alles Beten und Büßen nicht dazu beigetragen hatte, ihm ihren Körper zugänglich zu machen. Beim Gedanken an die qualvollen Nachtstunden in den ersten Jahren seiner zweiten Ehe sollte er sich eigentlich freuen, dass Judith inzwischen alles unterließ, was seine Erregung hervorrufen könnte. *Sie schläft bekleidet wie eine Nonne und ist durch mich gezwungen, wie eine Nonne zu leben*, dachte er und war ihr unendlich dankbar, dass sie sich klaglos damit abfand, wie eine Schwester mit ihm zusammenzuleben.

»Was schenken wir Einhard?«, fragte er, nachdem sie ihm von ihrem römischen Abenteuer berichtet hatte. Wobei sie allerdings aussparte, wie sie sich vor der Gruft als Wahnsinnige gebärdet hatte.

»Du überträgst ihm natürlich ein kleines Landgut oder so etwas«, meinte Judith und öffnete die Eichentruhe, auf der sie soeben noch gesessen hatte. »Ich habe mir etwas Besonderes ausgedacht. Einhard ist jetzt freundlicher zu mir, und ich will ihn mir schließlich weiterhin gewogen halten.« Sie bückte sich, sodass ihr Kopf hinter dem Deckel der Truhe verschwand. Ludwig hörte leises Klimpern und Rasseln.

»Schau her!«, rief Judith. Sie knallte den Truhendeckel zu, sprang mit einem Satz auf das Möbel und blieb dort still stehen. Um ihre Mitte hatte sie einen breiten goldenen Gürtel gelegt, auf dem zahllose Edelsteine in vielen Farben funkelten und das schlichte weiße Hemd in eine edle Robe verwandelten. Wie eine Erscheinung aus einer längst versunkenen Götterwelt, wie eine römische Vestalin thronte sie über dem im Bett liegenden Mann, dem plötzlich eine Eingebung kam.

Sie ist die Unerreichbare, dachte er, sie ist die Verheißung vollkommenen Glücks. Doch dieses auf Erden zu ergreifen hieße Gott zu versuchen, denn Vollkommenheit bleibt dem Paradies vorbehalten. Sie ist mir zur Beherrschung meiner Triebe gesandt worden, zur Begleichung der Sünden meines lüsternen Vaters und meiner eigenen. Ich nehme die Buße endgültig an. Meiner Gemahlin gleich werde auch ich mich künftig in Enthaltsamkeit üben. Mich geißeln, wenn das Blendwerk des Teufels mir Verlockungen sendet. Er war froh, sich keiner Magd mehr bedient zu haben, seitdem sein Schwiegervater im Gang von dem Holzkreuz erschlagen worden war.

»Diesen Gürtel«, sprach Judith, »diesen meinen schönsten drei Pfund schweren Gürtel werde ich den beiden Märtyrern weihen.«

Ludwig, noch immer von der Göttlichen Offenbarung überwältigt, nickte zustimmend. »Womit alles geklärt ist«, sagte er leise.

»Du bist böse!«, greinte der fast vierjährige Knabe. Als ihm Judith eine Ohrfeige versetzte, trieb er wütend seine Kinderlanze in den Waldboden. »Ich will mit auf die Jagd! Ich will einen Bären erlegen! Vater hat es erlaubt!«

»Aber Mutter hat es dir verboten!«, krähte triumphierend die ein Jahr ältere Gisela von ihrem kleinen Pferd herunter. Sie war froh, dass zumindest diesmal der so deutlich bevorzugte Bruder in seine Schranken verwiesen wurde. »Da kann Vater sagen, was er will. Des Kaisers Herrin bestimmt, was wirklich geschieht!«

Vollauf mit Karl beschäftigt, hätte Judith Giselas Bemerkung überhört, wenn nicht Ruadbern sich vernehmlich geräuspert und das Mädchen scharf darauf hingewiesen hätte, sich aus der Auseinandersetzung zwischen ihrer Mutter und ihrem Bruder herauszuhalten.

Judith blickte erschrocken zu ihrer Tochter.

»Du irrst dich«, fuhr sie das Mädchen an, froh, dass niemand außer Ruadbern die Worte ihrer Tochter vernommen hatte. Die Kleine konnte sich diesen Satz unmöglich selbst ausgedacht haben. Wo hatte sie ihn aufgeschnappt, wer hatte ihn ihr in den Mund gelegt? *Nur des Kaisers Herrin bestimmt, was wirklich geschieht.* Wer gab ihren Mann der Lächerlichkeit preis und zweifelte seine Autorität an?

Um Fassung ringend, sagte sie laut und deutlich zu ihrer Tochter: »In diesem Reich bestimmt *immer* der Kaiser, was geschieht!«

»Dann darf ich auf die Jagd!«, jubelte Karl. Er entriss seiner Mutter das Kinderschwert, das sie ihm abgenommen hatte, und gurtete es sich wieder um.

Der inzwischen siebzehnjährige Ruadbern beugte sich zu Judith hin und flüsterte ihr etwas ins Ohr.

»Mach das«, versetzte sie erleichtert und wandte sich wieder ihrem Sohn zu.

»Dein Vater hat dir versprochen, dass du auf der Jagd ein Tier erlegen darfst, und das werde ich dir auch nicht verbieten«, sagte sie. »Dein Vater möchte aber nicht, dass du mit deinem kleinen Pferd zwischen den großen Männern reitest.«

»Aber wie soll ich sonst ein Tier töten?«, fragte der Knabe misstrauisch.

»Heute Abend. Es ist eine Überraschung, und alle werden zusehen, wie du das Tier erlegst«, sagte Judith. Immer noch mit den Gedanken bei der fürchterlichen Bemerkung *des Kaisers Herrin,* überlegte sie, welche Bestien es am Hof zu erlegen galt. Hatte sie gegen einige wenige Raubtiere wie Irmingard und Lothar oder gegen eine Vielzahl giftiger Kriechtiere anzukämpfen? Sie würde es herausfinden.

Als sich die Jagdgesellschaft später um das große Kochfeuer versammelt hatte, setzte Judith ihren Mann über die geplante Überraschung für Karl ins Bild. Ludwig nickte anerkennend.

»Das war sehr klug von dir«, sagte er. Bei sich dachte er, wie mutig sein Sohn doch sei. In seinem Alter hatte ich sogar Angst vor Pferden, erinnerte er sich, und wäre nie auf den Gedanken gekommen, bei einer Jagd mitmachen zu wollen. Wie oft hat mich mein Vater deswegen gemaßregelt! Wie oft hat er mich einen Weichling geschimpft! Mir meine Brüder, ja, sogar meine Schwestern als Vorbilder hingestellt. Die jetzt fast alle tot sind. Schade, dass er nicht erleben konnte, welche Tapferkeit dieser Sohn aufweist, der seinen Namen trägt!

Er rief den Knaben zu sich, strich ihm voller Zärtlichkeit über den Kopf, zog ihn auf seinen Schoß und küsste ihn auf den Scheitel. Die Brüder Lothar und Ludo, die sich derzeit am Aachener Hof aufhielten und denen zu Ehren diese Jagd stattfand, warfen einander einen sprechenden Blick zu. Sie konnten sich nicht daran erinnern, jemals so liebevoll vom Vater geherzt worden zu sein. Im Gegenteil. Nie hätten sie wie ihr Halbbruder den Vater aus eigenem Antrieb aufsuchen, nie von sich aus das Wort an ihn richten dürfen. Es war vorgekommen, dass sie ihn monatelang überhaupt nicht zu Gesicht bekamen und nach dem lang erwarteten Wiedersehen mit einem kargen Begrüßungswort abgespeist wurden. Ganz anders verhielt es sich mit Karl, der ständig in der Nähe des Herrschers weilte, mit ihm reiste, zu seinen Füßen spielte, wenn er Würdenträger empfing, und der sogar an der Abendtafel auf einem eigens für ihn angefertigten hohen Stuhl mitessen durfte, etwas, was Lothar seinem eigenen Sohn Ludwig nie erlauben würde. Das Maß des Erträglichen war überschritten worden, als sich der kleine Knabe bei den Tauffeierlichkeiten für Harald Klak ungestraft in den Mittelpunkt gestellt hatte. Es wurde gutmütig gelacht, als der Dreijährige zu dem gleichaltrigen Gottfried ins Tauchbecken gesprungen war und dem anderen Knaben nach dem förmlichen Untertauchen noch einmal den Kopf unter Wasser drücken wollte. Judith hatte ihren Sohn aus dem Becken gezogen und ihn mild zurechtgewiesen. Harald Klak hatte höflich bemerkt, der Sohn des Kaisers habe eben sichergehen wollen, dass auch der dänische Thronfolger ausreichend christliches Wasser geschluckt habe. *Auch* der dänische Thronfolger klang in Lothars Ohren, als sehe Harald Klak in Karl, dem Unwichtigen, dem Kahlen und dem Störenden, den Haupterben seines Vaters. Was Judith, die Lothar für noch viel ehrgeiziger und ruchloser als seine Mutter hielt, zweifellos anstrebte. Also wurde der älteste Sohn des Kaisers nicht müde, seine beiden jüngeren Brüder auf die Gefahren hinzuweisen, die durch die eindeutige Bevorzugung des jüngsten Kaisersprosses auf sie lauerten. In seinen Befürchtungen wurde er noch bestärkt durch die Reden seiner Gemahlin. Irmingard, die sich aus ihm unerfindlichen Gründen mit Judith zerstritten hatte und kaum noch ein Wort mit ihr wechselte, sich aber oft in den Aachener Frauengemächern aufhielt, wollte erfahren haben, dass die Kaiserin an einem heimlichen Plan arbeite, die Ordinatio imperii umzustoßen.

Lothar war zwar von Ludwig inzwischen mit weitreichenden Befugnissen ausgestattet worden, doch er kannte den Wankelmut seines Vaters nur zu gut. Ja, er verdächtigte ihn sogar, ihm nur deswegen so viel Verantwortung übertragen zu haben, um ihn bei einem Fehler ertappen und schmählich absetzen zu können. Dass dies zumindest zu Judiths Plan gehöre, hatte ihm bereits sein Schwiegervater Hugo von Tours gesteckt, der gemeinsam mit seinem Schwager Matfried und Graf Wala alle Entscheidungen und Beschlüsse des Mitkaisers besonders gründlich auf einen möglichen derartigen Missgriff hin prüfte.

Zorn stieg in Lothar auf. Schließlich hatte er bereits mehr zustande gebracht als sein Vater! Und seine Stellung deutlich gestärkt, als er dem fränkischen Kaiserreich in Rom endlich den längst fälligen Respekt und sich selbst wesentliche Rechte über das Patrimonium Petri verschafft hatte, etwas, wovor sein Vater wegen der ständigen Angst, Gott zu missfallen, zurückgeschreckt war. Noch war Karl viel zu klein, als dass er Lothar wirklich gefährlich werden konnte. Dennoch betrachtete der älteste Sohn des Kaisers seinen Halbbruder mit größtem Misstrauen – Kinder wuchsen schließlich sehr schnell heran unter der Obhut ehrgeiziger Mütter, zu deren Werkzeug sie wurden. Das kannte Lothar aus eigener Erfahrung. Er hätte gegen Karls Teilnahme an der Hatz überhaupt nichts einzuwenden gehabt; schließlich überschatteten traurige Jagdunfälle so manch eine Erinnerung an das ansonsten so fröhliche Waidwerk.

Aber Judith hatte ein Machtwort gesprochen und wich, wie üblich, nicht von der Seite ihres Sohnes. Während Wildschweine und ein Auerochse über den Feuern rösteten, gab sie Ruadbern ein Zeichen. Der Edelknecht verschwand hinter den Bäumen. Als er zurückkam, führte er ein widerstrebendes kleines Reh an einem Strick mit sich. Er band es an einen Baum in der Mitte des Kreises, den die Jagdgesellschaft inzwischen gebildet hatte.

»Also los, Karl«, forderte der Kaiser seinen Sohn auf. »Zeig uns mal, was du kannst!«

Die Zuschauer feuerten den Knaben an und brachen in gutherziges Gelächter aus, als Karl mit entschlossenem Gesicht, aber wenig zielgerichtetem Erfolg seine Kinderlanze auf das Tier warf. Ganz der Vater, dachte Lothar, immer am Punkt vorbei. Der kleine Karl nahm die Lanze wieder zur Hand und begann so wild auf das Reh einzustechen, dass aus vielen Wunden Blut troff. Das Tier wand sich, rieb sich am Baum und stieß gellende Laute aus. Karl hielt sich die Ohren zu und sah sich nach seinem Publikum um, das inzwischen still geworden war.

»Du musst die begonnene Arbeit beenden«, forderte ihn Ludwig mit ungewöhnlicher Strenge in der Stimme auf. Karl nickte verzagt. Dann überwand er seine Angst vor dem blutüberströmten, schreienden Tier, warf seine Lanze zur Seite und versuchte vergeblich, dem Reh mit seinem Schwert den Kopf abzusäbeln. Schließlich sprang der Knecht Arne herbei und zeigte Karl, in welches Körperteil er sein Kinderschwert hineintreiben sollte, damit das Tier endlich Ruhe gab.

»Es ist tot!«, rief Karl schließlich, unter Tränen triumphierend lachend, und band das Reh selbst los. Als es zu Boden fiel, stellte er einen Fuß auf den blutgetränkten Rücken und rief stolz: »Ich habe gesiegt!«

Judith sprang auf. Ihre Stimme zitterte, als sie Karl von dem Kadaver herunterriss und sagte: »Und weil du gesiegt hast, Karl, bedankst du dich jetzt bei dem Tier, das sein Leben geopfert hat, damit wir satt werden.«

Verständnislos sah der Knabe zu ihr auf. »Aber es hat sich doch gewehrt und wollte gar nicht sterben«, entgegnete er.

»Tu, was ich dir sage! Entschuldige dich, und bedank dich bei dem toten Reh! Ehre es, denn es war ein würdiger Gegner.«

Karl blickte unsicher zu seinem Vater. Der nickte ihm aufmunternd zu. Erzbischof Ebbo, der später die Speisen weihen würde, musterte Judith vorwurfsvoll aus seinen verquollenen Augenspalten. Da meldet sich das heidnische Blut in ihr, dachte er, und die Erziehung der Kaiserdirne Gerswind! Wehe ihr, wenn sie auch noch dem Baum selbst einen ehrfurchtsvollen Blick schenkt! Gerade er, der aus einer heidnischen Sachsenfamilie stammte, durfte sich da keine Nachsicht erlauben. Aber genau deshalb hatte er auch ein so untrügliches Auge für unchristliche Handlungen. Und Judith, das wusste er jetzt ganz sicher, betrieb unchristliche Zauberei.

Er war höchst überrascht und geschmeichelt gewesen, als ihn der Brief mit dem Diamantring der Kaiserin in Dänemark erreicht hatte. Zumal er selbst, anders als die meisten Bischöfe in Rom, bisher keinen Ring besaß, den die Gläubigen küssen könnten. Judiths prächtiger und sehr auffälliger Diamantring würde sich dafür hervorragend eignen. Er nahm sich vor, den Ring selbst zu weihen; mit dem dafür vorgesehenen Spruch: *Nimm den Ring, das Siegel der Treue, damit du Gottes heilige Braut, die Kirche, geschmückt durch unwandelbare Treue, unverletzt behütest.* Allerdings würde er das Schmuckstück ein wenig weiten müssen, um es danach an seinen Mittelfinger stecken zu können. Und das konnte er, der in seiner Jugend so manche Schmiedearbeit verrichtet hatte, auch ohne Hilfe eines Goldschmiedes zuwege bringen.

Aus einer Werkstatt lieh er sich einen Eisenstab, der sich nach unten hin verbreitete. Er maß seinen Fingerumfang, markierte die Stelle, an der dieser Stab die gleiche Dicke aufwies, und ließ den Ring darübergleiten. Mit einer Eisenzange ergriff er den Stab und hielt ihn ins Feuer. Er war darauf vorbereitet, dass es eine Weile dauern würde, ehe sich das Gold formen ließ. Umso erstaunter war er, als er bereits nach wenigen Augenblicken eine Bewegung zu sehen vermeinte. Er nahm den Stab aus dem Feuer – und hätte ihn beinahe fallen lassen. Um den Eisenstab ringelte sich eine winzige goldene Schlange. Ihr funkelnder Blick schien sich in Ebbos Augen einzubrennen. Sie ließ eine lange Zunge herausschnellen und schien etwas zu zischeln, was sich in Ebbos Ohren festsetzte: »Meine Herrin hat mich verlassen, und so diene ich keinem mehr.«

Ebbo legte den Stab zur Seite, rieb sich Augen und Ohren und sah noch einmal hin. Doch am Eisenstab steckte nichts weiter als ein goldener Ring mit einem riesigen Diamanten, der

Funken zu sprühen schien. Später stellte er fest, dass die kurze Zeit im Feuer genügt hatte, ihn tatsächlich zu weiten. Doch nichts auf der Welt hätte ihn jetzt noch dazu bringen können, einen Ring zu tragen oder gar zu weihen, den die Kaiserin ganz offensichtlich mit magischen Beschwörungen versehen hatte. Er ließ ihn in einer Lade verschwinden. Bei der nächsten Begegnung erklärte er Judith, er trage den Ring zwar nicht, halte ihn aber dennoch in Ehren. Und werde ihn dir irgendwann, mit dem passenden Fluch versehen, zurücksenden, dachte er grimmig.

»Er ist sehr groß und hat auch mich manchmal im Alltag behindert«, hatte sie verständnisvoll geantwortet, aber Ebbo vermeinte, etwas Lauerndes in ihrem Lächeln zu sehen. Als wollte sie herausfinden, ob er hinter das Geheimnis dieses Rings gekommen war.

Und jetzt stand sein Milchbruder, der Kaiser, zusammen mit Weib und Kind vor einem toten Reh und beugte das Haupt. Herrin der Schlange, dachte er und wunderte sich, als ihm plötzlich ein völlig anderer Gedanke durch den Kopf schoss: Ich muss sie und das Kind schützen. Das bin ich meinem Milchbruder Ludwig schuldig. Er konnte nicht ahnen, dass ihm die Frau, die er der Zauberei verdächtigte, aus Schreck über sein feindseliges Gesicht diesen Gedanken mit aller Macht eingegeben hatte.

Die kleine Familie wurde jäh aus ihrer Andacht gerissen, als plötzlich ein berittener Bote an das Kochfeuer sprengte. Schweißüberströmt und außer Atem, fiel er vor dem Kaiser auf die Knie und überreichte ihm einen Brief. Ludwig, der inzwischen das vierzigste Lebensjahr erreicht hatte und die kleinen Minuskeln in der Dämmerung nur schlecht lesen konnte, gab das Schreiben an Judith weiter. Sie holte tief Luft, als sie es entgegennahm. Nachrichten aus Barcelona, ging ihr durch den Kopf. Seit Wochen hatten sie nichts mehr über den Aufstand in der Spanischen Mark gehört. Vielleicht hatten die Sarazenen das Werk vollendet, dem Graf Hugos Leute nicht gewachsen gewesen waren. Vielleicht war Bernhard endlich tot. Hastig überflog sie die Schrift.

»Es geht um Dänemark«, sagte sie, und Ludwig hörte Besorgnis aus ihrer Stimme heraus. »Horik hat seinen Bruder Harald Klak vertrieben und sich als alleinigen König von Dänemark ausrufen lassen. Harald ist jetzt in Friesland. Unversehrt.«

Lothar war hinzugetreten.

»Du willst ihm doch nicht etwa schon wieder Truppen schicken?«, fragte er seinen Vater scharf. »Langsam reicht es. Wer sein Land nach so vielen verheerenden Erbkriegen und mit so viel Unterstützung von fränkischer Seite nicht halten kann, sollte sich gefälligst zur Ruhe setzen. So jemand taugt nicht zum König und sollte vom Kaiser nicht länger getragen werden.«

»Der Kaiser soll also zulassen, dass das Land wieder ins Heidentum zurückfällt?«, gab Ludwig genauso beißend zurück.

Seine Miene entspannte sich ein wenig, als er beobachtete, wie der kleine Karl versuchte, das getötete Reh eigenhändig zum Kochfeuer zu schleppen. Lothars Gesicht verzog sich, als er diesem Blick folgte.

»Mein Patensohn hat schwer an seiner Verantwortung zu tragen«, sagte er, ohne auf Ludwigs Bemerkung einzugehen. »Ich sollte ihn wohl von seiner Bürde befreien.«

Das klingt wie eine Drohung, dachte Judith bestürzt.

»Du sprichst gewiss von deinem dänischen Patensohn«, sagte sie schneidend. Den er jetzt ja auch im Stich lassen wollte.

Ebbo starrte auf das Pergament in Judiths Hand. »Ist Ansgar noch am Leben?«, fragte er besorgt.

»Ja, er hat sich retten können und befindet sich bei Harald«, antwortete Judith.

Ludwig stieß einen tiefen Seufzer aus. »Ich werde die sächsischen Markgrafen an die Eider rücken lassen. Sie sollen dort mit Horik verhandeln«, erklärte er.

»Diesmal kein Kriegszug?«, fragte Lothar knapp.

Ludwig schüttelte müde den Kopf.

Am nächsten Abend erreichte den Hof eine weitere Schreckensmeldung. Ein ungeheueres Araberheer aus Andalusien hatte sich in Marsch gesetzt und bewegte sich auf Barcelona zu.

»Es müsste jetzt schon vor den Toren Saragossas stehen«, sagte Ludwig besorgt. Er begrüßte Lothars Vorschlag, augenblicklich einen Unterstützungstrupp loszuschicken, der sich Pippins Kriegern in Aquitanien anschließen und dann Bernhard zu Hilfe kommen würde. Aber wer sollte diesen Trupp leiten?

»Graf Hugo«, entfuhr es Judith. Es wurde Zeit, dass sich dieser Hofschranze mal nützlich machte. Und vom Hof verschwand.

»Vorzüglicher Vorschlag«, befand der Kaiser anerkennend. »Zusammen mit Graf Matfried. Rettet Bernhard!«

Irmingards Vater Hugo war von diesem Auftrag nicht begeistert. Er beugte sich zu Judith hin und flüsterte mit spöttischer Höflichkeit: »Erteilst du mir diesmal den Auftrag, mich nicht sonderlich zu sputen?«

Was er auch nicht tat. Graf Hugo, der lieber mit Worten als mit dem Schwert kämpfte, der eine Verunglimpfung des Gegners dem militärischen Schlagabtausch vorzog und der nichts so sehr fürchtete wie körperliche Schmerzen, ließ sich unterwegs sehr viel Zeit. Die zur Unterstützung aufgebotenen Krieger wunderten sich über die außergewöhnlich kurzen Tagesmärsche und die in die Länge gezogenen Ruhepausen. Graf Hugo glaubte ohnehin nicht, die Araber daran hindern zu können, die Spanische Mark zu verwüsten, und sah nicht ein, weshalb er sein Leben für eine aussichtslose Angelegenheit aufs Spiel setzen sollte. Noch dazu für Bernhard, der drei seiner fähigsten Männer getötet hatte und dem seine Tochter immer noch nachweinte, das dumme Ding! Er wollte so wenig wie möglich unternehmen, um dem Grafen von Barcelona beizustehen. Dass sich auch Pippins Aquitanier erst dann Richtung Barcelona in Marsch setzen würden, wenn der Aachener Zug zu ihnen gestoßen war, floss ebenfalls in seine Überlegungen ein. Die Spanische Mark war schon so gut wie verloren, aber man würde sie zu einem späteren Zeitpunkt ohnehin wieder recht mühelos erobern können. Schließlich wusste jeder von den inneren Unruhen bei den spanischen Mauren, die sich irgendwann sicher gegenseitig zerfleischen würden. Aber erst, nachdem sie Bernhard von Barcelona mit seinem kleinen Häuflein Kämpfern in den Tod getrieben haben, dachte Graf Hugo befriedigt.

Doch da hatte er sich gewaltig verrechnet.

Es grenzte tatsächlich an ein Wunder, dass Bernhard nicht nur überlebte, sondern mit seinen geringen Mitteln Barcelona sogar vor den Sarazenen verteidigen und die Stadt retten konnte. Als er in Aachen eintraf, verlieh ihm Ludwig für seine Unerschrockenheit und Gewandtheit sogleich den Titel des Grafen von Septimanien. Judith staunte, wie wenig schwer es ihr fiel, ihn bei seiner Ankunft huldvoll zu begrüßen. Sie zuckte nicht einmal zusammen, als Ludwig sie bat, seinem Patensohn, ihrem Schwager, doch einen schwesterlichen Kuss zu geben. Er lächelte sie unbefangen an und grüßte sie herzlich von ihrer Schwester Dhuoda, die er im aquitanischen Uzes zurückgelassen hatte und die dort ihr erstes Kind erwartete.

Auch diese Nachricht verstörte Judith zu ihrer eigenen Verwunderung nicht. Offensichtlich hatten die Gebete am Petrusgrab geholfen. Bernhard brachte in ihr keine Saite mehr zum

Klingen. Sie hasste ihn nicht einmal mehr. Sie begriff, dass sie sich aus dem Kerker einer ungesunden Abhängigkeit befreit hatte, und verstand nicht mehr, wie sie da überhaupt hatte hineingelangen können.

Ihr entging, mit welcher Befriedigung Ludwig die Begrüßung zwischen ihr und seinem Patensohn beobachtete. Offensichtlich hatte seine Gemahlin ihre frühere Abneigung gegen Bernhard gänzlich überwunden. Das kam dem Kaiser gelegen, der bei der erforderlich gewordenen Neuordnung der Verwaltung Bernhard ein besonders ehrenvolles Amt übertragen wollte. Eins, bei dem er eng mit der Kaiserin zusammenarbeiten müsste. Ludwig beabsichtigte allerdings, Judith vor vollendete Tatsachen zu stellen, um von ihr nicht umgestimmt zu werden. *Er* verfügte, was am Hof vor sich ging, nicht die Kaiserin. Dem Wort von *des Kaisers Herrin,* das auch ihm zugetragen worden war, musste er die Stirn bieten. Unbeugsam würde er sich zeigen und hart durchgreifen, wo es nötig war. So wollte er auf der Reichsversammlung, die er für den nächsten Tag einberufen hatte, Graf Hugo ohne Rücksicht auf dessen Stellung als Schwiegervater seines Sohnes Lothar den Prozess machen. Die Anklage lautete auf beabsichtigte Verzögerung und unterlassene Hilfeleistung.

Judith erschrak, als nach der Abendmahlzeit an ihre Tür geklopft wurde. Sie war noch nicht bereit, mit Bernhard allein zu reden. Die Erkenntnis, sich in ihren Gefühlen derart geirrt zu haben, überwältigte sie weit mehr, als die Tatsache, dass ihr Bernhard gleichgültig geworden war. Sie hatte Besessenheit mit Liebe verwechselt. Worin mochte sie sich noch geirrt haben? Darüber musste sie nachdenken. Sie beschloss, Bernhard mit freundlichem Lächeln abzuweisen.

Doch das Lächeln erstarb ihr auf den Lippen, als sich Lothars Gemahlin an ihr vorbei in den Raum drängte. Irmingard, schon wieder hochschwanger, ließ sich auf die Bank in der Ecke plumpsen und sah Judith feindselig an.

»Mein nächster Sohn wird Lothar heißen«, eröffnete sie das Gespräch.

»Hast du auch schon einen Namen für eine Tochter?«, fragte Judith abwartend liebenswürdig. Sie wollte keine Angriffsfläche bieten.

Irmingard überging die Frage und fuhr Judith an: »Wenn mein Vater und mein Onkel morgen verurteilt werden, wirst du es bedauern, einem Sohn und einer Tochter das Leben geschenkt zu haben! Ich werde nicht ruhen, bis ich dich und deine Brut vernichtet habe! Das schwöre ich dir!«

Trotz des Schrecks, der ihr in die Glieder gefahren war, mühte sich Judith, ruhig zu bleiben.

»Warum drohst du mir? Zumal dein Mann auch noch Karls Pate ist! Und verrate mir doch, wie ich verhindern kann, dass der Reichstag deinen Vater und deinen Ohm wegen Pflichtvergessenheit verurteilt – darauf habe ich keinen Einfluss!« Und deinen Einfluss, liebe Irmingard, dachte sie, werden wir so schnell wie möglich beschneiden! Jetzt ist Schluss mit all der Rücksichtaufnahme auf Lothar und dich! »Vielleicht solltest du unseren großen Helden und deinen ganz besonderen Freund Bernhard bitten, ein gutes Wort für deinen Vater einzulegen«, bot sie gelassen an.

»Wessen ganz besonderer Freund er ist, wird der Hof bald erfahren!«, schnaubte Irmingard. »Und dann gnade dir Gott, du verlogenes Weib! Seine Patenschaft wird Lothar aufkündigen! Du hast ihn damit hereingelegt, wie du den Kaiser bei der Brautschau hereingelegt hast. Wie du den ganzen Hof mit deiner Zauberei hereinlegst, damit alles nach deinem Willen geht.«

Angeekelt musterte Irmingard die einstige Freundin und fuhr fort: »Und deinen Willen kenne ich! Du bereitest alles vor, um deinen Sohn zum Kaiser zu machen, die Ordinatio imperii für ungültig zu erklären und Lothar um sein Recht zu betrügen!«

»Das ist nicht wahr«, stieß Judith müde aus, aber Irmingard war nicht gekommen, um sich Rechtfertigungen anzuhören. Sie erhob sich mühsam.

»Wir haben mächtige Verbündete«, fauchte sie, »die nicht länger zusehen wollen, wie dieser Hof verludert, wie unnütze Heerzüge veranstaltet werden, wie der Kaiser von unfähigen Beratern beeinflusst wird – und wie du ihn mit Liebestrünken willenlos machst! Des Kaisers Herrin hat schon zu lange bestimmt, was an diesem Hof geschieht!«, rief sie, schon an der Tür stehend.

Des Kaisers Herrin. Das Echo von Giselas Worten verschlug Judith die Sprache. Bisher hatte sie Irmingards verletzten Stolz nachsichtig belächelt; mit einem Schlag aber begriff sie, dass er das Raubtier losgelassen hatte, das ihre kleine Familie zu verschlingen drohte.

»Ha!«, rief Irmingard, als sie die Tür aufriss, »du glaubst, Ludo als Ehemann deiner Schwester zum Verbündeten zu haben? Irrtum, meine Liebe! Hemma hasst dich noch mehr als Adelheid mich. Sie ist auf unserer Seite.« Schon im Gang stehend, schleuderte sie noch eine letzte Bemerkung hinterher: »All deine Zauberkunst wird dir nichts helfen – die Zukunft gehört meinen Söhnen, nicht deinem Karl! Wisse, Judith, die ganze Welt ist gegen euch!«

Sie wandte sich ab, schritt davon und bedauerte sehr, ihrem Vater nicht erzählen zu können, wie sie die Kaiserin in die Schranken verwiesen hatte. Er würde sie windelweich schlagen, wenn er wüsste, dass sie trotz seines Verbots Judith aufgesucht hatte.

Die ganze Welt vielleicht nicht, dachte Judith, als sie sich langsam an der Stelle niederließ, wo Irmingard soeben noch ihre Kriegserklärung verkündet hatte, aber zu viele einflussreiche Menschen. Ihr dämmerte, dass es längst nicht mehr nur um Karls Ausstattung, um Machtanspruch und Sicherung der Zukunft ging. Jetzt ging es ums nackte Überleben. Irmingard hätte ihre Feindseligkeiten nie so unverhohlen ausgestoßen, wäre sie sich nicht mächtigen Beistands sicher gewesen. Judith stützte den Kopf in die Hände. Schnelles Handeln war gefragt.

Als Erstes mussten Lothars wichtigste Ratgeber so schnell wie möglich entmachtet und Lothar selbst sehr nachdrücklich in seine Schranken verwiesen werden. Seit Jahren hatte sich Judith immer wieder bemüht, ihn in alle Entscheidungen einzubeziehen, sein Wohlwollen zu gewinnen und ihm die Befürchtung zu nehmen, Karl könne ihm irgendwann die Kaiserkrone entreißen. Gegen die Bedenken ihres Mannes hatte sie sich immer wieder für Lothar eingesetzt und geglaubt, ihn mit Großzügigkeit entwaffnen zu können.

Offensichtlich war alles vergebens gewesen. Nach Irmingards Kampfansage käme weitere Rücksichtnahme auf Lothar einer Selbstauslöschung gleich. Es wäre verblendet, jetzt noch zu hoffen, dass er Karl auch nur eine einzige Grafschaft überschreiben würde. *Karl der Kahle.* Ihrem Sohn waren inzwischen zwar lange braune Haare gewachsen, aber Lothars Spitzname war an ihm haften geblieben. Karl der Kahle, der Landlose, der Besitzlose. Das durfte nicht so bleiben.

Erst jetzt erlaubte sich Judith einen Gedanken, den sie sich zuvor als Maßlosigkeit verboten und nur als winziges Gebet am Petrusgrab geäußert hatte: Warum sollte ihr Sohn dereinst nicht Kaiser werden können? Schließlich war Ludwig selbst auch der jüngste Sohn Kaiser Karls gewesen. Jedenfalls weiß ich jetzt, woran ich bin und wer meine Feinde sind, dachte sie, als sie sich erhob. Leider würde sie Ludwig bei seinen Vorbereitungen für den Reichstag stören und ihm einige Wahrheiten sagen müssen.

Schon am nächsten Tag fand die Verhandlung über die beiden Grafen statt, die Barcelona im Stich gelassen hatten. Die Reichsversammlung verurteilte sie zum Tode. Der Kaiser höchstselbst begnadigte sie, doch Hugo von Tours und Graf Matfried gingen aller Güter und Titel verlustig.

Kaiser Ludwig nutzte die Gelegenheit, auch andere Ämter am Hof neu zu verteilen. Bernhard von Barcelona wurde zum Kämmerer erhoben und somit der Kaiserin unmittelbar unterstellt. Beide hatten sich gemeinsam um die Leitung des kaiserlichen Haushalts zu kümmern, um die jährlichen Abgaben von Vasallen, um die Betreuung von Gesandtschaften, um die Verwaltung von Einkünften und Vorräten. Außerdem wurde Bernhard neben Walahfrid Strabo zum Lehrer und Erzieher des jungen Prinzen ernannt.

Judith war ungehalten, dass Ludwig es nicht für nötig befunden hatte, Bernhards Ernennung mit ihr zu besprechen. Doch sie hätte ihn nicht davon abhalten können, denn nach dem Tod des letzten Kämmerers musste das Amt neu besetzt werden. Es wäre höchst befremdlich gewesen, hätte er es nicht dem Helden von Barcelona verliehen. Der in seiner früheren Eigenschaft als Lehrer der Kaiserin dafür wie geschaffen erschien. Judiths Empörung legte sich dann auch schnell, als sie bedachte, wie geeignet Bernhard dafür war, vernünftige Vorschläge zur Sicherung von Karls Zukunft zu unterbreiten. Wem konnte schon mehr am Schutz ihres Sohnes gelegen sein als dessen leiblichem Vater. Karl brauchte Bernhard! Es wäre dumm, sich aus verletzter Eitelkeit seine Umsicht, seine Klugheit, seinen Rat und seine Verschlagenheit nicht zunutze zu machen.

Noch vor der Abendmahlzeit des gleichen Tages ließ sich Bernhard bei Judith anmelden. Sie empfing ihn in Ludwigs Beratungskammer.

»Mein neues Amt habe ich wohl kaum dir zu verdanken«,

sagte er, nachdem er sich vor ihr verneigt hatte. Judith saß am Kopfende des langen Tischs und forderte Bernhard auf, sich ihr gegenüber niederzulassen. »Natürlich nicht. Ludwig ist allein auf diesen Gedanken gekommen.«

Früher hatte sie sich oft vorgestellt, wie viel einfacher der Umgang mit Bernhard wäre, hätte er nur das Amt des Kämmerers und Schatzmeisters inne, aber sie hatte nie gewagt, mit Ludwig darüber zu sprechen. Es durchfuhr sie ein kleiner Schreck. Sollte sie damals etwa ohne Absicht diesen Gedanken in Ludwigs Kopf gepflanzt haben? Welch fürchterliche Vorstellung, dass er möglicherweise unaufgefordert ihre Gedanken hatte lesen können!

Ihre Fähigkeit, anderen Menschen Gedanken eingeben zu können, setzte sie kaum noch ein, wie sie überhaupt allem, was auch nur entfernt mit Magie verbunden war, abgeschworen hatte. Schon Ludwigs wegen, der bei aller Frömmigkeit sehr abergläubisch war und panische Angst vor jeglicher Hexerei hatte. Er arbeitete an einer Schrift, mit der er auf einer der nächsten Synoden ganz offen Zauberer und Hexen zu Werkzeugen des Teufels erklären wollte. Den Gerüchten, die Irmingard jetzt ganz hemmungslos über Judiths Zauberkräfte verbreitete, würde er zwar keinen Glauben schenken, sich aber gezwungen sehen, in irgendeiner Form auf das Gerede zu reagieren. Am besten mit einer ordentlichen Zurechtweisung der Schwiegertochter, dachte Judith und wandte sich wieder Bernhard zu.

»Vergeben und vergessen?«, fragte der offen.

»Es war unverzeihlich«, antwortete Judith hart.

»Das war es. Du bist wunderschön, Judith, und das Herz geht mir bei deinem Anblick auf, aber ich verspreche, dich nie wieder zu bedrängen.«

»Versprichst du mir auch, mich nie wieder zu hintergehen? Nein!«, rief sie, als sie so etwas wie einen Hoffnungsschimmer in Bernhards Augen zu entdecken glaubte. »Das meine ich nicht. Ich spreche nur von unserer Arbeit, von deiner Arbeit für den Hof und unseren Sohn. Alles andere ist und bleibt Vergangenheit!«

Bernhard schwieg einen Augenblick, sagte dann: »Mir blutet das Herz, Judith. Aber das braucht dich nicht zu kümmern.« Er machte eine Pause und setzte beziehungsreich hinzu: »Es ist mein Blut, nicht deins.«

Mit solchen Blicken und Sprüchen hat er mich früher zutiefst gerührt, dachte Judith verwundert, vergessend, dass gerade dieser Satz von ihr stammte. Sie war wirklich geheilt.

Das Hochgefühl dieses Sieges über sich selbst hielt an, bis sie später an der Abendtafel zu Lothar schaute. Mit offensichtlichem Abscheu blickte er auf seinen Patensohn Karl, der munter über die giftigen Pflanzen plapperte, vor denen ihn sein neuer Lehrer Walahfrid Strabo aus Fulda an diesem Tag gewarnt hatte.

»Aber die Pflanzen sind nicht nur schlecht. Etwas Gift kann heilen!«, erklärte der Fünfjährige, stolz auf seine neu erworbenen Kenntnisse.

»Sicherlich«, stimmte Judith ihrem Sohn zu, »aber wenn Giftpflanzen alles überwuchern, müssen sie mit Stumpf und Stiel ausgejätet werden!«

Ihr Blick glitt über den Tisch und blieb auf Lothar hängen, der das Gesicht zu einem ironischen Grinsen verzogen hatte.

»Der richtige Gärtner«, sprach er gedehnt, »lässt es gar nicht erst so weit kommen. Er rottet schon die Schößlinge aus.«

7

Aus den Chroniken der Astronoma

Im Jahr des Herrn 829

Ein Sturm ist aufgezogen, und noch kann niemand sagen, welche Verwüstungen er anrichten wird. Er hat bereits die kaiserliche Familie auseinandergerissen, die Herzen der einen gegen das Los der anderen verhärtet, das Banner der Ordinatio imperii zerfetzt und droht nun, das Werk des großen Karl dem Strudel der Vernichtung auszusetzen.

Der Kaiser ruft alle Bischöfe zu vier bedeutenden Synoden ein, um ihren Rat zu vernehmen und Aufschluss über die herrschende Stimmung im Reich und unter den Edlen zu erhalten. Auf der Kirchenversammlung in Paris ermahnen die Bischöfe den Kaiser, Liebe, Frieden und Eintracht unter seinen Söhnen und Ratgebern zu halten. Das Gerücht gehe, sagen sie, er sei durch Liebestränke berückt worden und treffe daher falsche Entscheidungen. Einhard sendet dem Kaiser eine Warnung des Engels Gabriel, der sich zu Seligenstadt einem blinden Bettler offenbart haben soll. Der Kaiser gerät in Bedrängnis. Er verurteilt öffentlich die törichten Reden und widerlichen Vergnügungen der Spielleute und unterzeichnet den Beschluss, dass Zauberer und Hexen zu Werkzeugen des Teufels erklärt und verfolgt werden sollen. Am Rande der Kirchenversammlung werden auch andere Dinge erörtert. So wird die Zinssatzung wucherisch genannt – jene Handlung, bei der ein Gläubiger seinem Schuldner Geld leiht und dafür einen Acker, einen Weinberg oder eine Mühle als Pfand erhält. Solange die Schulden nicht bezahlt sind, streicht der Gläubi-

ger die Erträge als Zinsen ein. Doch im Mittelpunkt des Treffens stehen die Zustände am Hof.

Daher beschließt der Kaiser auf der Wormser Reichsversammlung im August, deutliche Verhältnisse zu schaffen. Nachdem er förmlich Bernhard von Septimaniens Berufung zum Kämmerer bestätigt hat, holt er zum wuchtigen Wurf aus. Er überträgt seinem sechsjährigen Sohn Karl Länder aus der Mitte des Frankenreichs, die bislang seinem ältesten Sohn gehörten: Alemannien, Churrätien, Gebiete in Burgund und das Elsass, die Heimat der Etichonen, der Familie von Lothars Gemahlin Irmingard.

Lothars Beschwerde, dieser Entschluss laufe der Ordinatio imperii zuwider, beantwortet Kaiser Ludwig mit der Entmachtung seines ältesten Sohnes. Er lässt seinen Namen nicht länger unter Urkunden setzen, verweist ihn nach Italien und droht an, ihm auch förmlich den Titel des Mitkaisers zu entziehen. Lothar, der von seinem abgesetzten Schwiegervater Hugo von Tours, einem erklärten Feind der Kaiserin, begleitet wird, nimmt jetzt wieder den gleichen Rang wie seine Brüder ein. Auch diese sind in höchster Besorgnis um ihre Länder und schicken einander Gesandtschaften.

Im Jahr 830

Nicht jeder vermochte mit Walahfrid Strabo ungezwungen zu plaudern, denn ihn behinderte die gleiche Abweichung, die auch Königin Hemma von Bayern aufwies. Um allen Witzen darüber ein Ende zu setzen, hatte der aus Fulda gesandte Mönch den Lateinkundigen zur Freude selbst daraus seinen Namen gemacht: Strabo, der Schielende. Er war zutiefst geschmeichelt, als die Kaiserin ihn unbegleitet im Garten aufsuchte, wo er sich über die ersten grünen Triebe des Jahres gebeugt hatte. Und leicht verlegen, denn er verehrte diese Frau mit einer Leidenschaft, die sich nicht mit seinem Keuschheitsgelübde vereinbarte. Er betete den Boden an, über den sie schritt, trocknete jede Pflanze, an der er sie hatte schnuppern sehen und schloss Rabanus Maurus jede Nacht in sein Gebet ein, denn dieser hatte ihn als Lehrer des Kaisersohnes ausersehen.

Diesmal wünschte Judith allerdings nicht, über die Fortschritte ihres Sohnes in der Hofschule unterrichtet zu werden. Sie wollte mehr über die Welt der Pflanzen erfahren. Wenn ihr schon – und nicht einmal mehr hinter vorgehaltener Hand, sondern ganz öffentlich auf einer Synode – unterstellt wurde, Zaubertränke anzufertigen, wollte sie wenigstens wissen, aus welchen Zutaten solche bestehen könnten.

Judith galt als umfassend gebildet, doch den größten Teil ihres bisherigen Wissens hatte sie alten Schriften oder Briefwechseln und Gesprächen mit Gelehrten entnommen, abgesehen von jenen Erkenntnissen, die sie ihrer Tante Gerswind verdankte. Sie empfand es als überaus merkwürdig, dass ihr in den frühen Jahren, als sie die Zauberei noch emsig betrieben hatte, niemand auf die Schliche gekommen war und jetzt, da sie sich längst von jeglicher Magie abgewendet hatte, der Vorwurf der Hexerei zuteil wurde. Ludwig empörte dies noch mehr als sie. Schließlich wusste er selbst am besten, dass sie ihm kein wirkungsvolles Mittel eingeflößt haben konnte.

Walahfrid Strabo, dessen Dichtkunst nur von seiner Kenntnis der Botanik übertroffen wurde, fühlte sich allerdings höchst unbehaglich, als sie ihn bat, sie mit jenen Pflanzen vertraut zu machen, deren Verarbeitung und Einsatz ihr unterstellt wurden.

»Alles, was das Verlangen des Mannes steigert«, sagte sie, »was die Willenskraft schwächt oder gar bricht und das eigene Ansehen hebt.«

Walahfrid Strabo schüttelte den Kopf. »Es ist noch zu früh im Jahr, um solche Pflanzen erkennen oder gar ernten zu können«, sagte er ohne großes Bedauern und fragte schüchtern, ob er der Kaiserin stattdessen zeigen dürfe, was er ihr zu Ehren geschaffen habe. Sie folgte ihm in seine Schreibstube und nahm dort ein Pergament entgegen.

»Ein wunderschönes Gedicht!«, lobte sie Walahfrid, nachdem sie die Schrift gelesen und wieder zusammengerollt hatte. »Ich gebe dir die Genehmigung, es dem gesamten Hof zugänglich zu machen.«

Sollten doch alle erfahren, dass der junge Gelehrte Judith und Karl mit der biblischen Rahel und deren Sohn Benjamin verglich! In seinem Gedicht hob Walahfrid hervor, wie sehr Jakob seine zweite Frau geliebt hatte und dass Benjamin, wohlgemerkt Jakobs jüngster Sohn, Begründer eines neuen Stammes wurde. Dass Rahel bei der Geburt ihres Sohnes starb, hatte der Dichter geschickt auf Judith und die derzeitige heikle Lage umgedeutet: Nach der Geburt des Sohnes sei von außen großer Schmerz an Judith herangetragen worden.

In weiteren Versen verglich Walahfrid Judith mit ihrer biblischen Namensschwester, der klugen, schönen und gottesfürchtigen Jüdin, die den assyrischen Heerführer Holofernes enthauptet und damit den Israeliten Sieg und Freiheit bringt.

»Ich werde dein Werk dem Kaiser zeigen«, erklärte Judith, die sich fragte, ob Walahfrid am Schluss seines Gedichtes mit seinen Lobpreisungen nicht vielleicht doch übers Ziel hinausgeschossen war. Sie mache Musik wie Maria, die Schwester des Aaron, hatte er geschrieben, verfasse Gedichte, sei so reich an Weisheit wie Sappho und – was Judith die größte Sorge bereitete – sei so prophetisch wie Holda. Zu heidnisch, dachte Judith, musste er denn unbedingt noch die alte Göttin ins Spiel bringen? Noch dazu mit einer Fähigkeit, die der Zauberkunst nicht gerade fernsteht?

Doch Judith kam nicht dazu, Ludwig das Werk des Dichters vorzulegen, denn sie fand den Kaiser in höchster Aufregung vor. Noch nie, nicht einmal vor seinem Bußgang in Attigny, hatte sie ihn in solch fürchterlicher Verfassung gesehen. Sein Gesicht war rot angelaufen, und er bebte am ganzen Körper.

»Ich habe sie des Hofes verwiesen!«, schleuderte er Judith entgegen, als sie seine Beratungskammer betrat.

»Wen?«, fragte sie erschrocken.

»Alle!«, gab er wütend zurück, »den ganzen Rat! Ich habe bessere Leute, Männer, die treu zu uns stehen. Nicht solche Verräter wie Wala, wie der bisherige Kanzler, der Erzkaplan, der Türwächter, der Jägermeister, der Waffenmeister...«

Judith setzte sich, unterbrach ihn sanft und bat ihn, ihr alles der Reihe nach zu berichten.

Offenbar hatte sich die Erregung des Rats an Bernhards Berufung zum Kämmerer entzündet.

»Ich werde deinen Ohren nicht zumuten, was man meinen zugemutet hat«, schnaubte Ludwig. Doch Judith bestand darauf, die ganze Wahrheit zu erfahren. Stockend berichtete der Kaiser, Graf Wala habe behauptet, Bernhard, mit dem kein vernünftiger Mensch zusammenarbeiten könne, habe nur auf Drängen der Kaiserin das hohe Amt erhalten.

»Selbst wenn es so wäre«, sagte Judith bemüht gelassen, »und wir beide wissen ja, dass es nicht stimmt, was wäre daran so schrecklich? Der Mann, der dieses Amt innehat, muss ja vor allem mit der Kaiserin gut auskommen!«

»Genau das wird euch vorgeworfen«, fuhr Ludwig voller Unbehagen fort. »Dass ihr zu gut miteinander auskommt...« Er war dankbar, dass Judith ihn fragend ansah, den versteckten Hinweis, die bodenlose Unverschämtheit offenbar nicht zu verstehen schien, und fuhr hastig fort: »Und sie lehnen meinen geplanten Bretonenfeldzug ab.«

»Mit welcher Begründung?«, fragte Judith, die es heiß und kalt durchlaufen hatte.

»Dass es in den vergangenen Jahren bereits zu viele unnütze Feldzüge gab.«

»Der nach Barcelona wäre keineswegs unnütz gewesen, wenn sich Graf Hugo gesputet hätte!«, erwiderte Judith verärgert.

»So ist es. Und jetzt widersetzen sich die anderen meines Rates mir, dem Kaiser! Sie haben mir offen vorgeworfen, die Ordinatio imperii geschändet zu haben, weil ich Karl mit Ländern aus Lothars Bereich ausgestattet habe. Judith, du kannst dir nicht vorstellen, wie diese Männer mit mir zu sprechen gewagt haben! Mein Vater hätte sie hinrichten lassen! Welche Schwäche würde ich denn zeigen, wenn ich sie nicht allesamt davongejagt hätte!«

»Auch Ebbo?«, fragte Judith.

Ludwig seufzte. »Da er sich ebenfalls einige dreiste Bemerkungen erlaubt hat, habe ich ihm empfohlen, sich vorerst zurückzuziehen.«

»Einhard hast du doch nicht etwa auch hinausgeworfen?«

»Natürlich nicht. Außer Bernhard ist er der Einzige, der treu zu mir steht. Aber er behauptet, des Hoflebens überdrüssig zu sein, und hat selbst um seine Entlassung gebeten. Die ich ihm nicht gewährt habe. Wir brauchen ihn hier, weil er die neuen Männer in ihre Ämter einarbeiten muss. Abt in Seligenstadt kann er später auch noch werden. Jedenfalls habe ich allen gezeigt, wer der Herr im Reich ist.«

Judith war kreidebleich geworden. Sie hatte damit gerechnet, dass die Ausstattung ihres Sohnes Staub aufwirbeln und bei den anderen Söhnen Zorn hervorrufen würde, aber sie war sich der Unterstützung des Aachener Hofstaats sicher gewesen. Was hatte sie in den vergangenen Monaten nicht alles getan, um sich die Treue und Zuneigung dieser Männer zu sichern! Ihnen Klöster und Besitztümer zukommen lassen, wie sie es sich zuvor kaum hätten erträumen können. Sie hatte nicht nur Ludwig zu großen Schenkungen überredet, sondern auch ein persönliches Opfer gebracht und sich vom größten Teil ihres Schmucks getrennt. Vor allem Graf Wala war reichlich bedacht worden. Jemand anderes musste diesen Leuten noch größere Versprechungen gemacht, noch Verlockenderes in Aussicht gestellt haben, und da kam nur ein einziger Mensch in Betracht: Lothar.

Judith hatte sich nie vorstellen können, dass er sich nach seinem Verweis vom Hof friedlich mit der Verwaltung Italiens begnügen würde, und sie hatte Ludwig davor gewarnt, Lothar noch weiter öffentlich zu demütigen. Doch der Kaiser ließ jeden wissen, dass sein ältester Sohn des Amtes als Mitkaiser unwürdig sei und er ihn verstoßen werde. Zu groß war sein Zorn auf Lothar gewesen, der sein Wort gebrochen und sich geweigert hatte, dem Halbbruder – noch dazu dem eigenen Patensohn! – freiwillig ein kleines Stück seines eigenen Gebiets zu überlassen. Lothar würde nicht nur alles daransetzen, um wieder an die Macht zu kommen, sondern er würde jetzt auch glauben, triftigen Grund zu haben, Ludwig, ihr und Karl Schaden zuzufügen.

Ganz schwindlig war ihr bei Ludwigs unverhohlener Andeutung ihres möglichen Ehebruchs geworden. Ein übles Gerücht, böse Zungen, weiter nichts, beruhigte sie sich. Niemand würde ihr in dieser Hinsicht etwas nachweisen können. Nicht mehr. Viel größere Sorgen bereitete ihr der Gedanke, auf welche Weise sich die abgesetzten Edlen rächen würden. Wie Zugvögel werden sie wohl alle gen Süden reisen, dachte sie, und mit Lothar unheilvolle Pläne schmieden.

Genauso war es.

Verwundert blickte König Pippin von Aquitanien von seiner Lektüre über die Lex Salica auf, als ihm die Ankunft des Grafen Hugo von Tours gemeldet wurde, der ihn in einer Angelegenheit von höchster Dringlichkeit zu sprechen wünsche. Mein Bruder hat also etwas ausgebrütet, dachte Pippin, dem zugetragen worden war, dass der Graf seit seiner schmählichen Absetzung nicht von der Seite seines Schwiegersohnes Lothar gewichen war.

»In diesen Zeiten lauert überall Verrat«, flüsterte Irmingards Vater, nachdem er Pippin gebeten hatte, alle Berater aus dem Raum zu schicken. Dann fragte er Pippin, ob er bereits ein Heer für den geplanten Bretonenfeldzug seines Vaters aufgeboten habe.

Der König erklärte, sich damit Zeit lassen zu können, da sein Vater wohl kaum plane, vor dem Osterfest in die Bretagne einzufallen.

»Natürlich, man hat dich also nicht benachrichtigt«, bemerkte der Graf vielsagend. »Nun wisse, der Kaiser hat bereits zum Heiligen Gründonnerstag die Heerversammlung nach Rennes ausgeschrieben. In der Fastenzeit – welche Gottlosigkeit! Aber noch verfluchter ist der eigentliche Plan ...«

Er machte eine Pause, legte sein Gesicht in Falten der Betrübnis und schien kurz davor zu stehen, in Tränen auszubrechen.

»Welcher Plan?«, fragte Pippin kurz angebunden. Er mochte diesen Berater seines Bruders nicht, traute dem verschlagenen Ränkeschmied nicht über den Weg. Auch konnte er ihm nicht vergeben, dass er ihn mit seinen Aquitaniern auf den Weg nach Barcelona vergeblich hatte warten lassen.

Obwohl sich außer den beiden niemand im Raum befand, sah sich der Graf um, beugte sich so nahe zu Pippin hin, dass ihn sein Atem streifte, und flüsterte: »Es geht gar nicht in die Bretagne, Pippin. Das ist nur ein Vorwand. Der Feldzug gilt dir! Du sollst deines Landes verlustig gehen, damit dein Halbbruder Karl dort König werden kann! Und das ist erst der Anfang! Oh, welch ein unglückliches Land, wo der Vater durch

Liebestränke und andere Zaubereien betört ist und deshalb den eigenen Söhnen in den Rücken fällt!«

Pippin sprang auf.

»Törichtes Gerede!«, rief er laut, stellte sich mit dem Rücken zu Graf Hugo ans Fenster und erwog das soeben Gehörte. Die Beziehung zu seinem Vater hatte sich drastisch verschlechtert, als er mit seinen beiden Brüdern gegen die neue Reichsteilung aufbegehrt hatte. Sehr ärgerlich, dass der Späher, den er an den Aachener Hof eingeschleust hatte, entdeckt und von Ludwig nach Straßburg in Haft gegeben worden war! Und es war schon seltsam, dass ihn der Vater dafür noch nicht zur Rede gestellt hatte. Aber würde er eine solche Tat gleich durch einen Krieg gegen den eigenen Sohn ahnden? Das Ganze roch eher nach einer Intrige seines ältesten Bruders.

»Was hat Lothar vor?«, fragte Pippin misstrauisch.

»Frag lieber, was deine Stiefmutter Judith vorhat«, versetzte Graf Hugo, etwas ungehalten, dass Pippin nicht sogleich auf die Liebestränke und Zaubereien eingegangen war. »Und für ihr verderbliches Vorgehen haben wir untrügliche Beweise.«

»Nun?«

»Du weißt, dass Judith nicht nur schön, sondern auch ungewöhnlich ehrgeizig, glattzüngig und abgefeimt ist. Aber lass uns gerecht bleiben: Wie muss es einer solchen Frau zumute sein, mit einem so schwachen Menschen wie deinem Vater zu leben! Doch das ist nun mal ihr gottgegebenes Schicksal. Sie hätte sich damit abfinden müssen. Was sie nicht tut.«

»Wer ist ihr Liebhaber?«, fragte Pippin.

»Da kommst du der Sache schon näher. Sie hat Bernhard von Barcelona, den Grafen von Septimanien, zu ihrem Buhlen erkoren. Um bequemer Unzucht mit ihm treiben zu können, hat sie ihm das Amt des Kämmerers zugeschoben. Gleich, als er ankam, verwüstete er wie ein wilder Eber den Palast, vernichtete die Ratsversammlung, vertrieb alle menschlichen und himmlischen Ratgeber, besetzte das Ehebett und machte den Palast zum Freudenhaus. Dort herrscht jetzt die Ehebrecherin! Und der Ehebrecher regiert! Ruchlose hexerische Zaubereien aller Art werden betrieben und heidnische Gottheiten angebetet! Kein Tag war unglücklicher als der, an dem der Schurke aus Spanien berufen wurde, jener Elende, der jegliche Ehrbarkeit verließ, in die er hineingeboren war, und sich stattdessen in allen Schmutzsuhlen wälzt...«

»Und weiter?«, unterbrach ihn Pippin, der keinen Wunsch verspürte, diesem Mann, der sich so gerne reden hörte, Raum für poetische Auslassungen zu geben.

»Und weiter führt die Frau Übles im Schilde«, bellte Graf Hugo. Er war verärgert, die viel geprobte schöne Rede nicht vollends halten zu können.

»Als da wäre?«

»Auf lange Sicht hat die Ehebrecherin vor, den Kaiser und euch, seine älteren Söhne, sowie eure Kinder aus dem Weg zu schaffen und ihrem Buhlen, der sich dreist auf seinen Großvater Karl Martell beruft, die Herrschaft zu überlassen, bis ihr Sohn Karl das geeignete Alter erreicht hat.«

»Woher stammt diese Kenntnis?«

Jetzt lächelte der Graf fein. »Lothars Späher haben sich am Aachener Hof eben nicht erwischen lassen.«

»Was wird Lothar tun?«

»Vorerst nichts, da er nicht unmittelbar bedroht ist. Im Gegensatz zu dir. Und wenn du mir nicht glaubst, hör dich im Volk um«, versetzte Graf Hugo, der dafür gesorgt hatte, dass die bösen Gerüchte bereits überall gestreut worden waren. »Die Spatzen pfeifen es schon von den Dächern. Lothar rät dir aber, dem Vater nicht zu schaden. Es ist schließlich nicht seine Schuld, dass er vernebelt wurde. Vermutlich findet alles ein glimpfliches Ende, wenn die schändliche Hexe von seiner Seite gerissen und er wieder zu Verstand gebracht wird.«

Bevor er sich verabschiedete, fügte Graf Hugo noch beiläufig hinzu: »Klosterhaft könnte dem frevelhaften Tun der Kaiserin möglicherweise keinen Einhalt gebieten und vielleicht sogar die entsprechende Abtei gefährden. Das sollte man bei Judiths Festnahme bedenken.«

Er überspannte den Bogen nicht, sondern reiste augenblicklich ab. Lothar konnte mit ihm zufrieden sein. Wenn alles nach Plan ging, würde sich der älteste Sohn Ludwigs bald die Kaiserkrone aufs Haupt setzen können, ohne sich selbst die Hände schmutzig gemacht zu haben. Dafür hatte er schließlich seine Brüder. Und ihn, Graf Hugo. Um Judith wollte er sich selbst kümmern. Aber das teilte er Pippin nicht mit.

»Sag den Feldzug gegen die Bretonen ab!«, flehte Judith ihren Gemahl am Vorabend des Aschermittwochs an. »Es ist eine Verschwörung gegen uns im Gange, ich spüre das.«

Zu friedlich war die Stimmung in den letzten Tagen am Hof gewesen, fand sie, lauernd wie die Ruhe vor dem Sturm. Besonders misstrauisch war sie geworden, als ihr sowohl Ruadbern wie auch Bernhard von unbegleiteten Ausritten dringend abgeraten hatten.

»Es rumort im Volk«, hatte Bernhard nur gesagt. »Es sind üble Gerüchte verbreitet worden, und wir sorgen uns um deine Sicherheit.«

Mehr wollte er ihr nicht sagen. Aber Ruadbern, der seine Ohren überall zu haben schien, nahm kein Blatt vor den Mund.

»Deine Feinde sind sich nicht zu schade gewesen, die einfachen Leute gegen dich aufzuwiegeln. Dir wird Ehebruch vorgeworfen, Judi«, er sah sie missbilligend an, »und Hexerei, was nach der Synode in Paris möglicherweise noch schlimmer ist, da so etwas neuerdings mit dem Tode bestraft werden kann.«

Judith zweifelte keinen Augenblick daran, dass Lothar und Irmingard im fernen Italien eine besonders heimtückische Intrige gesponnen hatten. In gewisser Hinsicht nötigte ihr diese strategische Leistung Achtung ab. Hinterlist sollte mit den gleichen Waffen bekämpft werden, dachte sie; ein Feldzug würde in der derzeitigen Lage das Herrscherhaus nur schwächen – zumal keineswegs sichergestellt war, dass Lothar und seine Leute nicht auch Ludwigs Heerführer unterwandert hatten.

Doch sosehr sie ihn auch beschwor, Ludwig war nicht davon abzubringen, am folgenden Tag aus Aachen aufzubrechen. Um dem bösen Gerede keine Nahrung zu geben, hatte Bernhard beschlossen, ihn zu begleiten. Sie ließen eine ziemlich verzweifelte Judith in Aachen zurück. Da half es auch nichts, dass Walahfrid Strabo ihr mit einem neuen Gedicht seine unverbrüchliche Treue und Zuneigung bekundete. Im Gegenteil: Bei seinem Anblick musste sie unwillkürlich an die prophetische Gabe der Göttin Holda denken, die er auch ihr zugeschrieben hatte. Man muss keine Wahrsagerin sein, dachte sie, um bei all der Niedertracht, die uns umgibt, zu ahnen, wie finster die unmittelbare Zukunft für uns aussieht.

Ruadbern war vor dem Palatium auf sie zugetreten. Ihr war nicht entgangen, dass die Wachen einen neuen, viel weiteren Kreis um die Hofgebäude gebildet hatten und mit Mühe Bewohner Aachens zurückdrängten.

»Hure!«

»Hexe!«

»Teufelin!«

»Metze!«

Die wütenden Rufe aus der Menge konnte niemand zurückdrängen.

Ohne wie früher dem Volk zuzuwinken, wandte sich Judith um und kehrte ins Gebäude zurück. Eine plötzliche Wut auf

Bernhard ergriff sie. Er war längst nicht so umsichtig, wie sie geglaubt hatte, längst nicht so klug. Noch vor ihm hatte sie zu Recht an jenem Mann gezweifelt, den Pippin als Späher am Hof untergebracht hatte. Bernhards Befürwortung des Feldzugs in die Bretagne zeigte, wie wenig Gespür er für die Lage im Land hatte. Und dieses Abenteuer ausgerechnet auch noch in die Fastenwoche zu verlegen! Vielleicht gerade weil sie nicht viel von militärischen Angelegenheiten verstand, glaubte Judith das Zusammenwirken aller Kräfte besser einschätzen zu können. Eine noch größere Befähigung dazu vermutete sie in ihrem treuen Ruadbern.

»Was rätst du mir?«, fragte sie ihn.

Er dachte nicht lange nach.

»Auf keinen Fall länger hierzubleiben«, erwiderte er. »Du hast die Rufe selbst gehört. Bring dich vorübergehend in einem Kloster in Sicherheit. Besuch deine Mutter in Chelles, und nimm Karl mit.«

»Und dich!«, flehte Judith.

Ruadbern schüttelte den Kopf.

»Du brauchst mächtigeren Schutz, und ich habe derzeit wichtige Aufgaben an der Hofschule. Einhard ist über jeden Verdacht erhaben. Keiner wird wagen, dich in seinem Beisein anzugreifen.«

Es kostete beide drei Tage und große Mühe, Einhard zu überreden. Der alte Mann schützte Krankheit vor, Ermattung, die Unfähigkeit, Stunden im Sattel zu verbringen, und die vielen Arbeiten, die er noch abzuschließen habe, bevor er seiner Emma ins Grab folge. Seine Chronik über die Regierungszeit Karls des Großen harre der Vollendung, sagte er, und hier hakte Ruadbern ein.

»Meister«, sprach er zu Einhard, »hast du mich nicht gelehrt, dass zu viele Ausflüchte das schwächste Argument sind? Und dein letzter Vorwand fordert mich zu einer Frage heraus.

Was ist wichtiger: die Sicherung der Beschreibung des Lebenswerks von Karl dem Großen oder die Sicherung des Lebenswerks an sich?«

»Ich sehe nicht, wie ich sein Lebenswerk durch eine Reise sichern kann«, hatte Einhard fast bockig erklärt. Es behagte ihm ganz und gar nicht, dass sich sein Zögling so für eine Frau einsetzte, die der Kaiser niemals hätte heiraten dürfen. Einhard erinnerte sich noch sehr gut an den Aufruhr, den das zerrupfte Wesen bei der Brautschau verursacht hatte, und an sein Unbehagen, als dem Kaiser diese Frau nicht auszureden gewesen war. Schon damals hatte ihn ein ungutes Gefühl beschlichen. Aber da seine Emma geradezu entzückt gewesen war, die Nichte ihrer alten Freundin Gerswind wieder am Hof zu haben, hatte er gute Miene zu einem Spiel gemacht, das sich mittlerweile als äußerst böse herausgestellt hatte. Sicher, Judiths Wissbegier, ihre schnelle Auffassungsgabe und ihre Gescheitheit hatten ihn in ihren Jugendjahren an der Hofschule auch berückt – für ihre Schönheit hatte er keinen Blick –, aber gerade das Wissen um diese Eigenschaften könnten eine solche Frau dazu verleiten, sich über ihren Mann zu erheben. Und wenn dieser gar der Kaiser war, der es auch noch zuließ, dass sich seine Gemahlin in Dinge einmischte, die mit der Lenkung des Reichs zu tun hatten, war große Gefahr im Verzug. Das Gerücht über Judith und Bernhard verwies Einhard in den Bereich der Mär. Keiner von beiden sei so dumm, erklärte er empört, wenn er darauf angesprochen wurde. Dabei vergaß er, wie dumm er sich selbst einst angestellt hatte, als er seine Emma im Schneegestöber nächtens heimlich besucht hatte und König Karl ihm im wahren Sinn des Wortes auf die Spur gekommen war.

»Kaiser Karls Lebenswerk«, sagte Ruadbern langsam, »offenbart sich auch in seiner Familie. Was würde er wohl sagen, wenn du seinem Enkel und seiner Schwiegertochter, die er, wenn auch nicht als solche, aber doch als kleines Mädchen gekannt und geschätzt hat, den Beistand verweigerst?«

Einhard knurrte. Was fiel dem Knaben ein, ihn jetzt an Kaiser Karls Schwäche für hübsche kleine Mädchen zu erinnern?

Widerwillig sagte er zu, Judith am nächsten Tag zu begleiten.

Aber schon in Valenciennes gab er auf und erklärte, sich zu schwach für die Weiterreise zu fühlen. Daran mochten auch die Nachrichten schuld sein, die inzwischen durchgesickert waren.

König Pippin von Aquitanien war mit einem Heer nach Paris gerückt und hatte dem dort versammelten Kriegsvolk abgeraten, sich an dem Feldzug in die Bretagne zu beteiligen. Er stieß auf offene Ohren. Zumal er inzwischen einen Teil der abgesetzten Hofbeamten um sich versammelt hatte, die ausführlich darüber berichteten, wie die Kaiserin ihren Gemahl mit einem Mann betrog, der nur im Sinn hatte, selbst nach der Krone zu greifen. Von Pippin wichen die letzten Zweifel. Wenn so viele hochrangige Männer, die sich um den Hof und das Reich verdient gemacht hatten, die gleiche Anklage erhoben, dann war mehr als nur etwas Wahres daran.

Kaiser Ludwig hatte sich nach den ersten Berichten nach Compiègne begeben, wo er über den vollen Umfang des Aufstands ins Bild gesetzt wurde. Entsetzen packte ihn, als er begriff, dass sich das gesamte Heer gegen ihn gestellt hatte. Sein Gefolge war viel zu schwach, als dass es mit Gewalt hätte durchgreifen können. In den Wirren schaffte es Bernhard, sich abzusetzen und in Richtung Barcelona zu fliehen. Die Stadt, die er vor den Sarazenen gerettet hatte, würde ihn nicht ausliefern, dessen war er sich gewiss. Ludwig, der die weitere Entwicklung in Compiègne abwarten wollte, schickte einen Boten los, der Judith in Aachen über die Vorgänge in Kenntnis und sie an einen sicheren Ort bringen sollte.

Da seine Gemahlin bereits unterwegs war, war es von geringer Bedeutung, dass Pippins Männer diesen Boten abfingen.

Es war noch stockfinster, als Judith mit fürchterlichen Kopfschmerzen und ausgetrocknetem Mund erwachte. Als hätte ich dem Wein übermäßig zugesprochen, dachte sie verwundert, denn sie konnte sich nicht daran erinnern, am Vorabend mehr als einen Becher geleert zu haben. Benommen blickte sie um sich und schlug sich auf die Wangen, um richtig wach zu werden. Karl, dachte sie voller Entsetzen, griff neben sich und atmete erleichtert auf, als sie den warmen Körper ihres Sohnes spürte. Sie strengte die Augen an und mühte sich, Konturen zu erkennen. Aber vom Wachfeuer war nicht einmal ein kleiner Schein übrig geblieben. Sie hatte dem Anführer ihres Reisezugs nicht recht glauben mögen, als der bedauert hatte, diese Nacht im Freien verbringen zu müssen, da es in der Nähe keine Unterkunft gäbe. Schließlich hatte sie die Strecke mit Ludwig öfter zurückgelegt und dabei in jeder Nacht ein Dach über dem Kopf gehabt. Jetzt tat es ihr leid, sich die einzelnen Unterkünfte nicht gemerkt zu haben.

Um Karl nicht zu wecken, versuchte sie vorsichtig aufzustehen. Die Beine wollten ihr zunächst nicht gehorchen. Ich bin nicht betrunken, dachte sie, aber irgendetwas muss mich betäubt haben! Wann weicht der Nebel in meinem Kopf? Ich verdurste – wo sind die Wasserschläuche? Allmählich gewöhnten sich ihre Augen an das Dunkel. Dort, wo das Feuer gewesen war, sah sie keine schwarzen Flecken von Gepäckstücken oder schlafenden Gestalten. Sie hörte weder das Schnarchen von Männern noch das Schnauben von Pferden. Leise stieß sie einen fragenden Laut aus. Niemand antwortete. Und dann begriff sie endlich.

Ihr Gefolge hatte sich im Dunkel der Nacht davongemacht und sie im Stich gelassen. Das Herz klopfte ihr bis zum Hals,

als sie sich langsam wieder neben ihrem schlafenden Sohn niederließ.

Sie wusste nicht, wo sie sich befand, vermutete sich aber in der Nähe von Laon. Dort gab es die Marienabtei, in der sie Zuflucht suchen könnte. Doch sie musste den Tagesanbruch abwarten, um zu wissen, in welche Richtung sie sich zu wenden hatte. Falls sie überhaupt so weit kam. Falls die Männer nicht im Gebüsch lauerten, um sie und ihr Kind endgültig zu erledigen.

Sie unterdrückte die Panik, die in ihr aufsteigen wollte, und bemühte sich, einen klaren Kopf zu bewahren. Ihr Gefolge war verschwunden, ohne ihr auch nur ein einziges Pferd zu hinterlassen. Sie und Karl waren völlig schutzlos wilden Tieren und, was in dieser Lage übler sein könnte, böswilligen Menschen ausgesetzt. Die wohl bestenfalls in Kauf genommen hätten, dass sie und ihr Sohn im Wald sterben könnten. Ein Schauer lief ihr über den Rücken. Sie zwang sich, nicht über die Hintergründe nachzudenken, nicht darüber, was inzwischen geschehen sein könnte und die Männer zu diesem Treuebruch veranlasst hatte. Jetzt brauchte sie alle Kraft, um sich und ihren Sohn sicher aus dem Wald zu bringen.

Außer einer langen Nadel an ihrem Mantel trug sie nichts bei sich, womit sie sich hätte verteidigen können. Sie tastete den Waldboden neben sich ab und stieß auf das Kinderschwert, das Karl vor dem Schlafengehen abgelegt hatte. Sie zog es aus der Scheide. Zum ersten Mal war sie dankbar für den scharfen Schliff und die spitze Klinge. Mit dieser Waffe würde sie zumindest kleinere Tiere abwehren können.

Als die ersten Strahlen der Morgensonne durchs Blätterdach des Waldes drangen, weckte sie ihren Sohn. Er setzte sich sofort auf, rieb sich die Augen und blickte ungläubig um sich.

»Wo sind alle?«, fragte er.

»Sie sind bereits vorausgeritten«, erwiderte Judith munter.

»Wir wollten dich nicht wecken. Das kleine Stück, das wir noch vor uns haben, können wir auch zu Fuß gehen.«

Der Siebenjährige maulte nicht, sondern schien den Ernst der Lage zu begreifen. Mit wissendem Blick sah er seine Mutter an.

»Das sagst du nur, um mir nicht Angst zu machen«, entgegnete er. »Aber ich bin kein kleines Kind mehr.« Seine Augen wurden eine Spur größer. »Sie hätten uns umbringen können!«

»Das haben sie wohl nicht gewagt«, erklärte Judith, dankbar, dass sie ihrem Sohn nichts vorzuspielen brauchte. Er war wirklich kein kleines Kind mehr. Sie hielt es nicht für ausgeschlossen, dass die Männer ihnen irgendwo auflauern und einen Schaden zufügen könnten, den sie später als bedauerlichen Unglücksfall bezeichnen würden. »Aber wir müssen vorsichtig sein, Karl. Deshalb werde ich jetzt dein Schwert tragen.«

»Es ist aber mein Schwert!«, entgegnete er ungestüm. »Ich werde es tragen und dich beschützen!«

Sie reichte es ihm. »Dann gib mir eine Hand, und halte es in der anderen.« Im Notfall würde sie es ihm entreißen können.

»Ich habe Durst!«

»Sie haben alles mitgenommen, Karl. Wir müssen uns bis zum nächsten Wasserlauf gedulden. Komm, wir gehen jetzt.«

Ihren pelzbesetzten Reisemantel ließ sie auf dem Waldboden liegen. In ihrem schlichten dunklen Kleid würde sie weniger auffallen, wenn sie in eine bewohnte Gegend kämen. Nach den Rufen, die sie vor dem Aachener Palatium gehört hatte, war es wohl verständig, sich jedes Hinweises auf ihre Stellung zu entledigen. Sie erschauerte. Würde es das Volk wirklich wagen, die Kaiserin und ihren Sohn tätlich anzugreifen?

Mit der Sonne im Rücken folgte sie ohne Zwischenfälle den

ulosen Gefolges durch den Wald. Neben ihr
or sich hin und malte in grässlichen Farben
ter, der Kaiser, die bösen Männer bestrafen
ren zerfleischen lassen, die Gedärme aus dem
den Füßen über einem Feuer aufhängen...«
eden und hörte nicht hin.
lie Sonne den höchsten Stand erreicht hatte,
m Wald in die Ebene. Verblüfft blickte Judith
ge Klosteranlage vor sich. Die hätten sie am
helos vor Einbruch der Dunkelheit erreichen

on fast das Tor der Abtei erreicht, als plötzlich
nbekannter Männer hinter einer Mauer her-
üllend auf sie zustürzte. Als wäre sie eine Fes-
unehmen galt.
stdirne!«, schrie einer. Judith riss Karl das Kinder Hand. »Lauf!«, schrie sie und deutete auf
ich zu besinnen, rannte der Knabe los.
erlich kurzen Schwert in der Hand, erwartete
riff.
serin von Gottes Gnaden!« Ihre tiefe Stimme
em Geschrei. »Wollt ihr in der Hölle braten?«
nn, der jetzt nur noch wenige Fuß von ihr ent-
kurz inne. Die irrsinnige Freude, die sich so-
einen blitzenden Augen gespiegelt hatte, wich
unsicheren Flackern. Lautes Geläut ertönte.
Tor erreicht und zog verzweifelt am Glocken-
e Angreifer blieb zwar immer noch wie angewurzelt stehen, aber über die Gedanken der anderen Männer
fehlte ihr die Macht. Einer war um sie herumgegangen, entriss
ihr mit höhnischem Gelächter Karls Kinderschwert, warf es in
hohem Bogen weg, stieß sie mit einem Fußtritt zu Boden und
stellte sich auf ihren langen blonden Zopf.

»Eine Kaiserin ohne Gefolge!«, höhnte er. Die anderen fünf oder sechs scharten sich jetzt in einem Kreis um die im Staub liegende Frau. Aus den Augenwinkeln sah sie, wie das Tor der Abtei geöffnet wurde und Karl hindurchhuschte.

»Eine Kaiserin ohne Zepter!«, rief ein anderer, »aber das lässt sich ändern!« Unter großem Gejohle entblößte er sein erigiertes Glied. Judith schloss die Augen. Sie konnte nichts mehr tun, nur noch hoffen, dass jemand vom Kloster rechtzeitig eingriff.

»Erst wegschaffen«, schlug ein weiterer Mann vor, »wir wollen doch nicht die Augen der Mönche beleidigen, wenn wir uns das nehmen, was dieses Weib so großzügig zu verschenken pflegt! Ab in die Scheune!«

Hände griffen nach ihrem Körper, fassten ihr unter das Kleid, kniffen sie in die Brüste, zogen an ihrem Zopf und hatten schließlich den ganzen Körper vom Boden gehoben. Judith wehrte sich nicht, sparte ihre Kräfte.

»Augenblicklich aufhören!«

Eine Stimme wie ein Donnergrollen. Die Männer ließen ihre Beute fallen. Als Judith die Augen aufschlug, sah sie einen hünenhaften Mann mit furchterregend dunklen Augenbrauen in Benediktinerkutte näher kommen.

»Ihr Schändlichen!«, brüllte er von Weitem und hob seine riesigen Fäuste, als wollte er die gesamte Schar verprügeln. So schnell, wie die Männer aufgetaucht waren, verschwanden sie in einer Staubwolke. Der Mönch half Judith auf die Beine.

»Danke«, murmelte sie, legte den Kopf zur Seite und spuckte einen Klumpen blutige Erde aus. Sie hatte sich beim Sturz auf die Zunge gebissen.

»Schlimme Zeiten«, seufzte ihr Retter, während er einen Arm um Judith legte und sie behutsam zum Klostertor geleitete. Er stellte sich als Abt Markward von Prüm und Sankt Hubert vor, der gerade aus Compiègne gekommen war und auf dem Weg nach Hause sei.

»Was hat sich im Reich inzwischen getan?«, fragte Judith aufgeregt, wartete aber keine Antwort ab, denn im Klosterhof rannte Karl auf sie zu. Sie ging in die Hocke und breitete die Arme aus. Fürs Erste in Sicherheit, dachte sie. Fürs Erste. Wenigstens in diesem Kloster sind wir vor Feinden geschützt.

»Ich habe dich gerettet!«, jubelte das Kind und schlang die Arme um Judiths Hals. Stolz blickte er zu dem hünenhaften Mönch. »Ich habe die Kaiserin gerettet! Ich habe dich gerettet! Mutter!« Und dann fing er an zu weinen.

»Fürwahr«, versetzte Abt Markward, »du bist ein tapferer Sohn!« Er hob Karl wie eine Feder vom Boden und setzte ihn sich auf die Schultern. »Jetzt werden wir Männer uns unterhalten, während sich deine Mutter reinigt.«

Inzwischen war auch der Abt des Klosters Laon erschienen. Er zeigte Empörung über das Vorgefallene und versprach, die Männer zu verfolgen, setzte aber hinzu, dass es schwierig werden könne, da sie nicht aus der Gegend stammten. Woher weiß er das, fragte sich Judith misstrauisch. Warum hat er nicht selbst eingegriffen, wenn er sie gesehen hat? Das Gefühl der Sicherheit wich von ihr, und in ihrem Magen formte sich ein Kloß.

Nachdem sie sich in einer Gästekammer des Klosters gewaschen und ihre Kleidung so gut wie möglich gesäubert hatte, klopfte sie an die Tür der Abtwohnung.

Der Hausherr öffnete ihr, ließ sie aber nicht eintreten. Sie werde in der Gaststube Näheres erfahren, sagte er wesentlich weniger freundlich als zuvor in Gegenwart Abt Markwards. Er wies ihr den Weg.

In der Hoffnung, von dem Hünen Einzelheiten zu erfahren, stieß Judith die Tür zum Gastraum auf.

Versteinert blieb sie auf der Schwelle stehen.

Mit dem Gesicht zu ihr saß Graf Hugo von Tours freundlich lächelnd an einem langen schmalen Tisch, flankiert von zweien der Männer, die Judith kurz zuvor angegriffen hatten.

»Das sind sie!«, brachte sie hervor, streckte die Arme aus und deutete mit beiden Zeigefingern auf die Männer.

»Aber natürlich sind sie das«, erklärte Graf Hugo gemütlich. »Und jetzt setz dich zu uns, damit wir uns in aller Ruhe unterhalten können.«

»Ich denke nicht daran!«, erklärte Judith. Sie wandte sich um, verließ den Raum und rannte zurück zur Wohnung des Abtes. Doch er öffnete weder auf Klopfen noch Rufen. Judith durchlief es heiß und kalt: Wo war Karl?

Sie rannte voller Panik auf den Klosterhof. Ein Stein fiel ihr vom Herzen, als sie ihren Sohn neben Abt Markward sah, der soeben Gepäck an seinem edlen schwarzen Hengst angebracht hatte. Judith stürzte auf die beiden zu, griff aufgeregt nach Abt Markwards Händen und rief flehend: »Bitte reise jetzt nicht ab, ehrwürdiger Vater! Du musst mir helfen!«

»Schon wieder böse Männer?«, fragte Karl stirnrunzelnd und griff nach seinem Schwert, das er sich wiedergeholt hatte.

»Ja, dieselben«, sagte sie, »sie gehören zu Graf Hugo und sitzen im Kloster!« Ihre Stimme überschlug sich. »Sind wir denn nirgendwo sicher?«

Am liebsten hätte sie geweint, aber sie riss sich zusammen.

»Dann gehen wir der Sache mal auf den Grund«, erklärte der Abt, nahm Karl an der Hand und folgte Judith ins Gebäude.

Graf Hugo brach in lautes Gelächter aus, als Judith neben Abt Markward im Gastraum ihre Beschuldigung vorbrachte.

»Es ist sehr verständlich, dass die vielen Aufregungen der vergangenen Zeit unsere verehrte Kaiserin verwirrt haben«, erklärte er gutmütig. »Meine Vertrauten haben sich seit Stunden nicht von meiner Seite gerührt. Das kann auch der Vater Abt bezeugen.«

Judith blickte zu Abt Markward, der anmerkte, dieses nicht bezeugen zu können, worauf Graf Hugo darauf hinwies, er habe den Hausherrn gemeint. »Im Übrigen«, fuhr er fort, »besteht die Aufgabe dieser guten Leute darin, Mutter und Sohn unbeschadet dem Kaiser zuzuführen ...«

»Was!«, stieß Judith entsetzt aus.

»Meine Liebe, beruhige dich doch! Ich bin zu eurem Schutz hier. Damit eben nicht solche hässlichen Dinge vorfallen wie eben vor dem Klostertor. Rüpel aus dem Volk, ungehobelte Kerle; die Welt ist leider voll davon.« Er seufzte. »Setz dich zu uns, beste Judith, und ich bringe dich auf den Stand der Dinge. Du musst doch neugierig sein, was sich in der Welt getan hat! Und voller Sehnsucht nach deinem Mann, dem Kaiser! Wir bringen euch so schnell wie möglich zu ihm. Das ist sein größter Wunsch, und wer sind wir, dem Kaiser etwas zu versagen!«

Judith sah Abt Markward an. Er verstand ihren Blick und verließ mit ihr den Raum.

»Richtig, schick uns einen Mönch mit neuem Wein!«, rief Irmingards Vater ihr noch hinterher. »Du musst doch auch fast verdurstet sein.«

Judith wartete, bis sie wieder auf dem Klosterhof waren.

»Ein fürchterlicher Mann«, sagte sie leise. »Kannst du nicht bleiben?«

Abt Markward schüttelte bedauernd den Kopf. »Ich muss jetzt losziehen, sonst erreiche ich die nächste Abtei nicht vor dem Dunkelwerden. Ich würde dir gern helfen, mein Kind, aber ich weiß leider nicht, wie.«

Judith packte Karl und schob ihn dem Abt hin.

»Nimm ihn mit, ehrwürdiger Vater! Bitte nimm ihn mit! Ich weiß nicht, was meinen Gemahl und mich erwartet, aber etwas Gutes ist es gewiss nicht! Wenigstens unser Sohn soll in Sicherheit sein.«

Der Abt beugte sich zu Karl und verwuschelte ihm die Haare.

»Nun, kleiner Mann«, fragte er, »möchtest du mit mir reiten?«

Karl blickte unschlüssig von dem großen schwarzen Hengst zu seiner Mutter. Schließlich schüttelte er den Kopf.

»Geht nicht«, sagte er mit leichtem Bedauern in der Stimme. »Vielleicht muss ich meine Mutter wieder retten.«

»Das kannst du am besten in Prüm«, versicherte Judith. »Der Vater Abt wird dir dabei helfen.«

Abt Markward hob Karl aufs Pferd. »Zusammen schaffen wir das schon«, versicherte er und schien Karl damit zu überzeugen.

Judith fiel etwas ein.

»Und Gerswind!«, rief sie hastig. »Meine Tante Gerswind lebt in Prüm. Auch sie wird dir helfen. Grüß sie von mir, und sag ihr, ich möchte sie bald wiedersehen.«

Als der Abt die dunklen buschigen Augenbrauen hob, fragte sich Judith, ob sie nicht zu weit vorgeprescht war. Vielleicht hätte sie Gerswind nicht erwähnen sollen; gut möglich, dass sich ihre Tante mit heidnischem Tun auch bei dem neuen Abt unbeliebt gemacht hatte.

»Richtig, die Tante der Kaiserin«, erinnerte sich der Kirchenmann, »eine Stütze unseres Klosters.«

Während Judith noch darüber nachdachte, ob sich der Abt über sie lustig machte, setzte er hinzu: »Und die beste Lehrerin weit und breit. Die Hufebauern haben eingesehen, dass es von Vorteil ist, wenn Frauen rechnen und lesen können. Da werden sie nicht so leicht übers Ohr gehauen. Der Unterrichtsraum, den ich Frau Gerswind in einer Ecke unserer Abtei eingerichtet habe, wird jetzt von fast allen Mädchen in unserer Gegend besucht. Frau Gerswind ist ein bemerkenswertes Weib, ein ganz ungewöhnliches Geschöpf.«

Plötzlich verfinsterte sich sein Gesicht.

»Aber das solltest du deinem Gemahl bitte nicht verraten, er könnte Einwände gegen eine Mädchenschule erheben. Auch wenn es keine richtige Schule ist«, setzte er sicherheitshalber hinzu.

Judith atmete durch. Wenn das ihre größte Sorge wäre! Erstaunt stellte sie fest, wie sehr sie sich darüber freute, dass Gerswind ihren Traum doch noch hatte verwirklichen können. Es packte sie eine unglaubliche Sehnsucht nach der Frau, die sie erzogen hatte, und traurige Reue, dass sie diese vor Karls Geburt davongejagt hatte. Wie übersichtlich die Welt in meiner Kindheit noch war, dachte sie, voller Leichtigkeit, Bildung und Verfeinerung. Aber ich war nur ein Kind und habe die Kriege nicht verstanden. Nie wirklich begriffen, weshalb ich eine Geisel war und meine Großmutter Geva so verbittert gekämpft hat. Harald Klak fiel ihr in diesem Zusammenhang ein, Harald Klak steht auf unserer Seite! Aber wie könnte ich jetzt eine Botschaft nach Friesland schicken? Bilde ich es mir nur ein, überlegte sie, oder hat Kaiser Karl alles besser zusammengehalten als mein Mann? Nichts schien seiner Autorität je Schaden zugefügt zu haben. Wie hat er das nur bewirkt?

Sie winkte Abt Markward und ihrem Sohn hinterher, bis die beiden zwischen den Bäumen verschwunden waren. Mit erheblich leichterem Herzen kehrte sie in die Abtei zurück.

Sie hatte keine Wahl. Sie würde sich Graf Hugo stellen müssen. Sie trat in den Gastraum ein und blickte sich suchend um. Hinter ihr knallte die Tür ins Schloss. Sie wirbelte herum. Graf Hugos zwei Gehilfen versperrten ihr grinsend den Ausgang.

Sie wich zurück.

»Keine Angst, der Graf kommt gleich zu deiner Rettung«, sagte der Größere von beiden und machte einen Schritt auf sie zu. Judith sprang auf die andere Seite des langen Tisches. Blitzschnell, als hätten sie es abgesprochen, schoben die beiden

Männer den Tisch so hin, dass Judith wie ein gefangenes Tier zwischen ihm und der Wand klemmte.

»Das da draußen war nur ein Vorspiel«, sagte der Mann. »Du ahnst ja nicht, wozu wir fähig sind, wenn man uns loslässt.«

»Was wollt ihr?«, fragte Judith gepresst.

»Nur eines. Und wenn du es versprichst, werden wir dich so behandeln, wie du es als hohe Frau gewohnt bist. Wenn du dich weigerst, wirst du solche Qualen erleiden, dass du dir wünschst, nie geboren worden zu sein. Aber letztendlich wirst du an der Pein natürlich sterben!«

Der Mann beugte sich über den Tisch, riss Judiths Kopf zu sich nach vorn und zeigte ihr ein Messer. »Ganz langsam werden wir dir alle Glieder abschneiden, Finger für Finger, Zeh für Zeh. Und mit kaltem Wasser sorgen wir schon dafür, dass du dich nicht durch eine Ohnmacht der Freude an den Schmerzen beraubst. Zum Schluss schneiden wir dich bei lebendigem Leib auf. Natürlich fangen wir bei jener vorgefertigten Ritze an, die wir vorher auf für uns sehr angenehme Weise hübsch ausgedehnt haben. Zum Schluss werfen wir den Rest deines Leichnams dem Volk vor. Zum Beerdigen wird es dann nichts mehr geben!«

An ihrem Kragen zog er Judith mit einem Ruck weiter nach vorn und stieß sie dann so heftig gegen die Brust, dass sie mit dem Hinterkopf gegen die Wand knallte.

»Was soll ich euch versprechen?«, fragte sie benommen.

»Dass du deinen Mann überredest, ins Kloster zu gehen und Mönch zu werden. Und dass du selbst auch den Schleier nimmst, versteht sich wohl von selbst«, hörte sie Graf Hugos Stimme. Er stand mit einem Krug Wein in der Hand an der Tür, schüttelte den Kopf und schnalzte missbilligend mit der Zunge.

»Euch kann man wirklich nicht allein lassen«, sagte er vorwurfsvoll zu den beiden Männern. »Vor allem nicht mit einer so schönen Frau! Noch einmal lasse ich euch so etwas nicht durchgehen! Und dem Abt wird die jetzige Anordnung der Möbel auch nicht gefallen. Stellt den alten Zustand wieder her!«

Als die Männer den Tisch in die Mitte rückten, trat Irmingards Vater auf Judith zu und reichte ihr galant den Arm. Sie rührte sich nicht.

»Diesen unangenehmen Zwischenfall hättest du dir ersparen können, wenn du uns den Wein bestellt hättest«, sagte er, zog die Bank unter dem Tisch hervor und setzte sich.

»Du kannst dir überhaupt eine Menge Unannehmlichkeiten ersparen, liebste Judith. Trink etwas nach all der Aufregung!«, forderte er sie auf und füllte zwei Becher.

Ihre Kehle war wie ausgedorrt, doch sie wartete, bis der Graf den ersten Schluck genommen hatte.

»Warum so misstrauisch?«, fragte er lachend. »Glaubst du etwa, wir wollen dich vergiften?«

»So einfallslos bist du nicht«, erwiderte Judith und nahm hastig einen Schluck. »Ich begreife, dass ganz andere Freuden auf mich warten, wenn ich mich dir widersetze.«

»In der Tat«, murmelte er zerstreut und setzte dann munter hinzu: »Dem ist ein Leben als Nonne entschieden vorzuziehen, nicht wahr?« Er sah ihr tief in die Augen, als wollte er sie betören. »Wir wissen, dass Ludwig dir aus der Hand frisst. Wirst du ihn überzeugen, das Wehrgehenk abzulegen und ins Kloster einzutreten?«

Judith nickte.

»Sprich es aus!«

»Ich werde ihn überzeugen, Mönch zu werden. Und selbst auch ins Kloster gehen.«

Versprechen konnte man alles. Auf dem Weg zu Ludwig würde ihr schon etwas einfallen. Zunächst war nur wichtig, dass sie heil bei ihm ankam und mit ihm zusammen eine Lösung ersann.

»Dann hast du sicher nichts dagegen, wenn wir sofort aufbrechen«, erklärte Graf Hugo gönnerhaft. »Zu packen hast du schließlich nichts.«

8

Aus den Chroniken der Astronoma

Im Jahr des Herrn 830

Erzbischof Agobard von Lyon ruft die Menge in Compiègne auf, für das Seelenheil Kaiser Ludwigs zu beten. Es sei durch die Zauberkünste der Kaiserin ebenso gefährdet wie das Fortbestehen des Reiches und das Wohl jedes Einzelnen, wenn es nicht gelinge, die Herrin der bösen Mächte unschädlich zu machen. Mit üblen Beschimpfungen und Todesdrohungen fällt das Volk den Zug der Kaiserin an, als dieser in Compiègne eintrifft. Nur mit knapper Not gelingt es ihren Bewachern, sie unverletzt ins Palatium zu schaffen. Hier kommt sie mit ihrem Gemahl zu geheimer Unterredung zusammen. Anschließend erklärt sie sich bereit, den Schleier zu nehmen. Der Kaiser werde, so deutet sie an, bald ihrem Beispiel folgen und ebenfalls ins Kloster gehen. Sie wird unter den Verwünschungen des versammelten Volks tief verschleiert abgeführt, ins Kloster der Heiligen Radegundis nach Poitiers gebracht und unter Umgehung der zehnmonatigen Novizenzeit sogleich mit dem Heiland verlobt. Da eine Nonne nicht mehr als legitime Gemahlin des Kaisers gelten kann, verliert ihr Sohn Karl jeglichen Erbanspruch. Nach Judiths Weggang tritt der Kaiser mit dem Erzbischof selbst vor die wild schreiende Menge und spricht: »Ihr habt getan, was nie ein Volk zuvor getan, weil ich zugelassen und getan habe, was noch nie ein König tat. Dank Gott dem Allmächtigen, der alles zu einem friedlichen Ende geführt hat und dem die Rache über jenes Weib gebührt! Ihr habt sie verurteilt, ich schenke ihr das Leben, unter der Bedingung, dass sie fortan Buße tuend unter dem Schleier lebe. Meine jüngsten Verfügungen sind nichtig, alles soll bleiben, wie es ehedem war.« Wenige Tage später trifft Lothar aus Italien in Compiègne ein, wünscht seinem Vater Glück zur überstandenen Gefahr und erkundigt sich voller gespielter Entrüstung nach den Schuldigen. Von Pippin ins Bild gesetzt, betont er, er werde zur Rettung des Kaisers vor den Machenschaften der schändlichen Hexe und ihres Buhlen auftreten und über die Anhänger der Kaiserin richten. Da der Hauptschuldige, Bernhard Graf von Barcelona, geflohen ist, lässt Lothar stellvertretend dessen Bruder Heribert misshandeln und blenden. Er enthebt Konrad und Rudolf, die Brüder der Kaiserin, ihrer Ämter, lässt sie scheren und in aquitanische Klöster einweisen. Auch Adelheid, die Gemahlin Konrads und Schwägerin Lothars, zieht sich in eine Abtei zurück, ohne jedoch Nonne zu werden. Diesen erschütternden Auftritten zum Trotz spricht keine Stimme Ludwig die Kaiserwürde ab. In den Augen des Volkes ist der Herrscher endlich vom verderblichen Einfluss seines Weibes befreit worden und kann weiterregieren. König Pippin ist der gleichen Ansicht. Solange dieser sich in Compiègne aufhält, erweist auch sein Bruder Lothar dem Vater alle Ehrerbietung. Doch Pippin ist kaum abgereist, als Lothar mit seinen Verschworenen den Vater bedroht und ihm die freiwillige Abdankung gebietet. Um dieser Aufforderung Nachdruck zu verleihen, umgibt er Ludwig ausschließlich mit Mönchen, die ihm die Vortrefflichkeit des Klosterlebens vor Augen halten und ihn daran erinnern, wie sehnsüchtig er nach dem Tod seiner ersten Gemahlin danach verlangt habe. Die Mönche erläutern, dies habe ihm schon damals Gott eingegeben, bis ihm – im ewigen Kampf zwischen Gut und Böse – der Teufel selbst die verderbte Judith zugeführt habe, die Versuchung der Hölle. Gegenüber Lothar und seinem Anhang äußert Kaiser Ludwig, er verspüre große Lust, seinem Ältesten die Herrschaft zu überlassen und seine Tage in der Stille einer Abtei zu beschließen. Er wolle dies nur nicht sogleich tun, da sonst auf seinen geliebten Sohn Lothar der Verdacht fallen könne, den Kaiser aus Eigennutz vom Thron gestoßen *zu haben. Aus dem gleichen Grund wolle er seinen Entschluss zur Abdankung auf einem Reichstag öffentlich kundtun. Dieser Reichstag wird für den Oktober angesetzt.*

In den Jahren 830 und 831

Die finstere Miene der Äbtissin lässt wahrlich nichts Gutes ahnen, dachte Judith, als sie bei strahlendem Frühlingswetter mit ihren Wächtern unter dem bösen Geschrei der Leute vor dem Radegundis-Kloster zum Heiligen Kreuz in Poitiers vom Pferd stieg. Graf Hugo begrüßte Äbtissin Philomena wie eine vertraute Freundin und unterhielt sich angeregt mit ihr, ohne ihr die Gefangene vorzustellen. Judith schnappte das halblaute Wort »Teufelsbraut« auf und trat näher, als sie das angewiderte Gesicht der Äbtissin sah.

»Ich bin all der mir vorgeworfenen Verbrechen unschuldig!«, erklärte sie vernehmlich.

»Schweig!«, herrschte die Äbtissin sie an und setzte unter dem beifälligen Nicken Graf Hugos barsch hinzu: »Gewöhn dich lieber gleich daran, bei uns nicht unaufgefordert zu sprechen. Über deine Taten wird hier nicht gerichtet.«

Sie drehte Judith wieder den Rücken zu.

»Es wurde das Todesurteil verhängt«, ergriff Graf Hugo abermals das Wort. »Doch in seiner Güte hat der Kaiser dieses Weib begnadigt. Er selbst hat eingestanden, durch die Zauberin verblendet und verhext worden zu sein. Sie ist die Wurzel all des Übels, welches dieses Reich befallen hat!«

Als sich ihr die Äbtissin wieder zuwandte, las Judith unverhohlenen Abscheu in ihrem Blick. Sie ärgert sich, dass ihr die Last aufgebürdet wird, die ehemalige Kaiserin zu bewachen, dachte Judith, und glaubt, mit meinem Eintritt in ihr Kloster sei der beschauliche Frieden dahin. Sie wird sich wundern! Ich werde eine vorbildliche Nonne abgeben, nahm sie sich vor und freute sich fast auf diese Herausforderung.

Als sich die Äbtissin erkundigte, ob sie aus freiem Willen der Welt entsagen und sich an die Klosterregel halten wolle, zögerte Judith nur einen winzigen Augenblick, ehe sie diese Frage bejahte. Sie durfte den geheimen Plan, den sie mit Ludwig ausgeheckt hatte, weder aus Wut noch aus Stolz gefährden. Und dazu gehörte die formelle Erklärung, ihre Klosterhaft als freiwillig zu bezeichnen.

Graf Hugo forderte die Äbtissin mit Befehlsstimme auf, Judith sogleich zur Nonne zu machen. Außerdem dürfe sie auf Geheiß des regierenden Mitkaisers Lothar von niemandem besucht werden.

Die Verwünschungsrufe, die Judith auf dem ganzen Weg nach Poitiers begleitet hatten, drangen noch über die Mauern, nachdem sie den Klosterhof betreten hatte. Das Volk verlangte den Kopf der einstigen Kaiserin. Äbtissin Philomena wollte wieder hinausgehen, um die Leute zu verscheuchen, aber Judith bat sie, ihre Kräfte zu sparen. »Diese Menschen sind gleichfalls Opfer«, sagte sie. »Werkzeuge meiner Feinde. Aber sie wissen es nicht, und das darf man ihnen nicht übel nehmen. So wie man es einem einfachen Menschen nicht übel nehmen darf, wenn er seinen Namen nicht schreiben kann. Man sollte allerdings aufpassen, dass niemand anders in seinem Namen unterzeichnet. Irgendwann werden diese armen Leute der wilden Schreie müde sein und sich auf ihre eigentlichen Aufgaben besinnen.«

Nachdenklich musterte die Äbtissin die künftige Nonne, vor deren Beredtheit und Verstellungskunst Graf Hugo gewarnt hatte. Sie würde sich von ihr und ihrer milden Rede nicht einwickeln lassen und ihr sehr genau auf die Finger schauen. Hier war sie keine hohe Frau, sondern eine Nonne wie alle anderen auch. Das würde sie sehr schnell begreifen, wenn sie die Abortgrube aushob.

»Sei auf der Hut, ehrwürdige Mutter«, hatte der Graf die Äbtissin soeben beschworen. »Der Teufel scheut nicht, sich vermeintlich frommer Menschen zu bedienen. Ich zweifele daran, dass Klostermauern sie davon abhalten werden, ihre Zaubertränke zu brauen – vielleicht unter dem Vorwand, den Kranken zu helfen! Lasst das nicht zu; gib Acht, und halte sie vom Kräutergarten fern.«

Das war nicht erforderlich, da Judith nicht das geringste Interesse für Kräuter an den Tag legte. Überhaupt schien sie sich erstaunlich mühelos in ihren neuen Stand zu fügen, wie Äbtissin Philomena Graf Hugo bei seinem Besuch aus dem nahe gelegenen Tours wenige Wochen später mitteilte. Die Äbtissin hatte es Judith wahrlich nicht leicht gemacht, ihr die unangenehmsten Aufgaben übertragen, sie für die geringfügigste Nachlässigkeit streng bestraft und ihr mehr abverlangt als je einem Neuzugang im Kloster zuvor. Doch Judith ertrug alles mit Geduld und Demut; Äbtissin Philomena entdeckte keine Spur des Stolzes, den man von einer einstigen Kaiserin erwarten konnte, keinen Ungehorsam und nicht den winzigsten Hinweis auf zauberisches Tun.

Sie sei als Erste wach und verbringe viele Stunden im Gebet, führte die Äbtissin aus und setzte hinzu: »Und wie der Heiligen Radegundis selbst sind auch ihr die niedrigsten Dienste nicht zu beschwerlich.« Sie sammele Brennholz, schüre das Feuer mit Blasebalg und Zange, versorge die Wäsche, putze Gemüse, schöpfe Wasser aus dem Brunnen und säubere den Abort. Keine Arbeit sei ihr zu gering. Zudem habe sie sich aus eigenem Antrieb in der Krankenpflege verdient gemacht, spreche den Leidenden Trost zu, wache nächtelang am Bett Sterbender, wasche sogar die Aussätzigen selbst und bringe mit ihrem Gesang allen Siechen Linderung. Nebenbei unterrichte sie die Nonnen sowie Mädchen der Umgebung in

Lesen, Schreiben und Rechnen und lese ihnen aus der Bibel vor.

In Graf Hugos Miene spiegelte sich Entsetzen. »Gott steh uns bei!«, rief er. »Ihr Täuschungsvermögen übertrifft meine Vorstellungskraft!«

Obwohl sich auch hier kein Dritter in der karg eingerichteten Empfangskammer befand, blickte er über seine Schultern, beugte sich dann vor und flüsterte der Äbtissin zu: »Um dir den Ernst der Lage zu verdeutlichen, ehrwürdige Mutter, muss ich dir eine Ungeheuerlichkeit verraten, die du für dich behalten solltest. Schließlich wollen wir unter den Schwestern keine Ängste schüren. Es gibt Beweise, dass ihr niemand anders als der gefallene Engel die Kraft zu dieser vermeintlichen Opferfreudigkeit verleiht.« Er machte eine Pause, als fiele es ihm schwer, die passenden Worte zu formen. Gepresst raunte er Äbtissin Philomena schließlich zu, ihre Amtsschwester, die zwölf Jahre zuvor auf der verhängnisvollen Brautschau des Kaisers zusammengebrochen war, habe erst jetzt das Geheimnis um ihre seltsame Ohnmacht gelüftet. »Die ehrwürdige Mutter hat damals mit eigenen Augen geschaut, wie der Herr der Finsternis, von Flammen umlodert, in Judith gefahren war, als sie dem Kaiser vorgestellt wurde.« Schwer ausatmend lehnte sich Graf Hugo wieder zurück.

Äbtissin Philomena schlug das Kreuz und dachte an all die Berichte, in denen sich der Teufel geweihter Räume und gläubiger Menschen bedient hatte. Graf Hugos Worte waren nicht in den Wind zu schlagen. Der fromme Kaiser selbst hatte ja zugegeben, von seiner Gemahlin verhext worden zu sein. Sie durfte sich in der Tat nicht durch eine möglicherweise vorgeschützte Gottesfürchtigkeit täuschen lassen! Würde eine fromme Äbtissin den wahrhaftigen Anblick des Verdammten überleben können? Sie nahm sich vor, ihrer Amtsschwester einen Brief zu schreiben, um aus erster Hand von der Vision zu erfahren.

Der Graf von Tours schien ihre Gedanken zu lesen. »Also steht sie ohne Zweifel mit den Mächten der Finsternis in Verbindung, ehrwürdige Mutter«, versetzte er. »Es würde mich nicht wundern, wenn sie in mondklaren Nächten auf einem scheußlich anzusehenden Tier über die Klostermauern reitet oder gar im Dormitorium von Dämonen besucht wird, behüte uns Gott!«

Über die Mauern ritt Judith bei Vollmond nicht, doch sie hatte vor, gewissermaßen durch sie hindurchzugehen. Nämlich dann, wenn sie endlich den vermutlich zugemauerten Eingang zu jenem Geheimweg entdecken würde, der aus der alten Zeit stammte, da neben dieser Abtei noch ein Männerkloster gestanden hatte. Ruadbern, der kurz vor Judiths Abreise in Compiègne eingetroffen war, hatte die Vermutung geäußert, ein derart altes Kloster, wie das der Heiligen Radegundis in Poitiers, müsse einst einen Geheimgang gehabt haben. »Über solche Verbindungsgänge verfügten beinahe alle Abteien, als die Führung der Christenheit die Gemeinschaft von Männern und Frauen in den Klöstern auflöste«, hatte er Judith in einem unbeobachteten Augenblick zugeflüstert. »Mönche und Nonnen wurden dann zwar voneinander getrennt in Gebäuden untergebracht, aber gänzlich mochten sie doch nicht voneinander lassen.« Er war bei dieser Erläuterung errötet und hatte sich mit Judith für die nächste Vollmondnacht in diesem Gang verabredet. »Wenn es ihn gibt, werde ich den Eingang von außen zu finden wissen, wenn nicht, werden mir andere Mittel und Wege einfallen, um dir Nachrichten zukommen zu lassen«, hatte er versichert. Und Nachrichten brauchte sie, denn ohne die Vergewisserung, dass ihr Verschwörungsplan langsam in die Tat umgesetzt werden würde und sich Ludwig von den Mönchen nicht doch noch umstimmen ließ, würde sie gänzlich verzweifeln.

Zwei Tage vor der ersten Vollmondnacht hatte sie den Einlass zu einem möglichen Geheimgang zwar immer noch nicht ausfindig gemacht, aber neue Hoffnung geschöpft. Als sie nämlich nach dem Morgengebet Efeu an der Klostermauer zurückgeschnitten hatte, war sie auf ein schmales Kellerloch gestoßen, das bislang hinter dem Grün verborgen geblieben war. Doch es herrschte allzu reger Betrieb auf dem Hof, als dass sie sogleich hätte hindurchschlüpfen können. Sie betrachtete es als Fügung, zum Wäschewaschen im Klosterhof eingeteilt worden zu sein. In einem unbeobachteten Augenblick würde sie sich aus der Kapelle ein Licht holen und das Kellerloch erforschen können.

Während sie Holzasche und Wasser zu einem Brei verrührte, beobachtete sie aus den Augenwinkeln zwei Schwestern, die, auf Hockern in der Sonne sitzend, fröhlich plaudernd Linsen aussortierten. Judith erkannte beglückt, dass die beiden bald ins Küchenhaus zurückkehren würden. Vorsichtig schüttete sie kochendes Wasser aus dem großen Kessel auf der Feuerstelle in den Bottich mit der Schmutzwäsche.

Die Kaiserin wäscht Linnen, dachte sie, so wie einst die nordische Königstochter Gudrun, die gleichfalls aus der Mitte ihrer Lieben gerissen und verleumdet worden war. Eine der heidnischen Geschichten, die ihr Gerswind früher erzählt und die ein gutes Ende gefunden hatte. Wenn alles nach Plan lief, würde auch sie, Judith, bald wieder heimkehren können. Sie erlaubte sich einen der kostbaren Augenblicke der Sehnsucht nach ihrem alten Leben.

Rührung übermannte sie, als sie an das letzte Gespräch mit Ludwig in Compiègne dachte. Wie hilflos er sie angesehen und gefragt hatte, ob sie ihn nicht doch lieber los sein wolle, da er ihr nur Unglück gebracht und sie nie glücklich gemacht habe. Das sei doch nicht wahr, hatte sie gesagt, sie liebe ihn mehr als jeden ihrer Brüder, und Glück bestehe doch wohl nicht allein aus Beischlaf. Sie erinnerte sich an sein entsetztes Gesicht, als sie dieses Wort gebraucht hatte. Aber dann hatte sie noch ganz andere Worte gebraucht, und seine Miene hatte sich erhellt.

»Man hat dich überlistet«, sagte sie zum Schluss, »aber du wirst allen zeigen, dass die Findigkeit des Kaisers die seines ältesten Sohnes übertrifft. Hinterlist muss mit gleicher Waffe bekämpft werden.«

Sie setzte ihm den Plan auseinander, den sie während des unerfreulichen Ritts mit Graf Hugo von Laon nach Compiègne geschmiedet hatte und der ihre kleine Familie wieder ins Aachener Palatium zurückbringen sollte. Ludwig war zunächst zurückgeschreckt. »Ich soll dich verleugnen? Mich in aller Öffentlichkeit gegen dich stellen und zugeben, du hättest mich verhext? Zuhören müssen, wie du zum Tode verurteilt wirst? Und dann meinem verräterischen ältesten Sohn die Kaiserkrone zusprechen? Niemals!«, hatte er abgelehnt. Sie war in ihn gedrungen, hatte ihn zur Verstellung angehalten und zur Ausdauer. Es gebe keine andere Möglichkeit, Karls Zukunft zu sichern, hatte sie gesagt und den Mann, der sich für den Vater dieses Knaben hielt und ihm einer war, in den Arm genommen.

Wir werden es schaffen, dachte sie grimmig, als sie den Brei aus Holzasche und Wasser in ein Tuch gab, und wir werden uns an allen rächen, die für unser jetziges Elend verantwortlich sind! Sie drückte das gefüllte Tuch zusammen, als schnürte sie den Verantwortlichen für ihre Schmach die Luft ab, und presste den Inhalt, so fest sie nur konnte. Jetzt war das Waschmittel fertig. Während sie es über die Wäsche verteilte, dachte sie daran, wie Ludwig beim Namen seines Lieblings Karl die Augen feucht geworden waren.

»Wenn es nur um mich ginge«, hatte er gesagt, »dann würde ich der Welt entsagen und sie meinen Söhnen überlassen. Aber sie sind unter sich uneins und gönnen ihrem jüngsten Bruder keinen Anteil. Ich bin schwach, Judith, so wie mein Vater immer gesagt hat. Aber du hast die Kraft, unserem Sohn sein Recht zu sichern. Ich werde genau das tun, was du sagst, mich genau so verhalten, denn auch mir erscheint das als der einzig gangbare Weg.«

»Obwohl ich dich verhext habe?«, hatte sie etwas zu übermütig gefragt. Da war er in Tränen ausgebrochen. Höchst unbehaglich wurde ihr zumute, als er ihr unter Schluchzen versicherte, nie einer Heiligen näher gewesen zu sein. Sie konnte nicht wissen, dass ihn in der ganzen Zeit dieser Erschütterung ein einziges Bild vor dem Zusammenbruch bewahrt hatte, ein Bild, das ihn mehr als alles andere von ihrer Unschuld überzeugte: Judith, die in ihrem weißen Nachtgewand mit dem Gürtel aus Gold und Edelsteinen wie eine römische Vestalin über ihm gethront hatte. Diese Frau war für Ludwig rein wie gefallener Schnee. Und Karl, die Frucht aus dem Leib dieses geliebten, unfreiwillig keuschen Weibes, war dazu ausersehen, die Nachfolge seines Namensgebers anzutreten. Doch diesen Gedanken hütete Ludwig in seinem Herzen.

Genau in dem Augenblick, da Judith mit einem riesigen Holzlöffel die Wäsche im Bottich umrührte, saß Ludwig zwischen all den Mönchen in Compiègne und brütete über Vergangenheit und Zukunft nach. Nie verließen ihn die Gedanken an Judith und seinen Sohn. Karl der Große, mein Vater, den ich gehasst habe, weil ich ihm nie etwas recht machen konnte, der aber das Reich erfolgreich regiert hat, ist in seinem Enkel auferstanden, überlegte er. Das würde all die fürchterlichen Taten rechtfertigen, die er, Ludwig, einst begangen hatte, um die Macht zu erlangen.

Da er mit Judith nie darüber gesprochen hatte, konnte sie nicht wissen, was in ihm vorging, musste glauben, dass er nur von der Gegenwart sprach. Doch ihn belastete die Vergangenheit schwer, und all seine Bußgänge hatten ihn davon nicht befreien können. Jetzt sah er die Zeit gekommen, vor sich selbst endlich Reue bezeugen zu können – indem er sich entgegen seiner Neigung der verabscheuten Welt aussetzte und für Weib und Sohn den Kampf um den Kaiserthron aufnahm. Er betete, dass seine Frau in Poitiers gut behandelt wurde, und konnte die Rückkehr Ruadberns kaum erwarten.

Die beiden Schwestern auf dem Klosterhof hatten ihre Arbeit beendet. Judith atmete tief durch, als sie mit Schüsseln und Hockern im Küchenhaus verschwunden waren. Sie eilte zur Kapelle, entzündete rasch ein Licht und sprach ein kurzes Gebet, auf dass es ihr auf dem Gang über den Hof nicht erlöschen möge. Die Flamme vor dem lauen Frühlingswind mit der Hand schützend, ging sie geschwind über den Hof zum Kellerloch, schob die Ranken zur Seite, stieg ein und sah sich um. In dem winzigen Raum mochten früher Vorräte gelagert haben. Da er jetzt leer war, entdeckte sie sogleich ein paar seltsam eingesetzte Steine in einer Wand. Sie stellte ihr Licht ab, staunte, wie leicht das etwas bröcklige Gestein herauszunehmen war, und unterdrückte einen Jubelschrei, als sich dahinter ein Gang auftat. Sie versuchte hindurchzukriechen, doch er war an einer Stelle etwas eingebrochen. Mit bloßen Händen räumte sie den Schutt beiseite und warf ihn in den Kellerraum. Staunend sah sie am Ende des kurzen Gangs Tageslicht durch Gesteinspalten dringen. Sie kroch rasch dorthin und drückte einen kleineren Stein hinaus, um Ruadbern die Stelle anzugeben. Er hat es bestimmt bis hierher geschafft, dachte sie, und wunderte sich, mit welcher Zuversicht sie an die Befähigungen ihres Edelknechts glaubte. Sie krabbelte zurück, setzte die anderen Steine flüchtig wieder ein und schob mit den Füßen den Schutt in eine Ecke des Kellerlochs.

In der übernächsten Nacht war es endlich so weit. Sie schlich sich aus dem Dormitorium, überzeugte sich auf dem Hof vom Stand des Vollmonds und kroch mit einem winzigen Licht in der Hand durch den Gang, der ihr in dieser Stunde viel länger als am Tag erschien. Gerade, als sie vermeinte, in der Enge zu ersticken, hörte sie das Gemecker von Ziegen und Ruadberns beruhigende Stimme, der den Tieren leise zusprach. Aus den Überresten des alten Gemäuers der einstigen Männerabtei war ein Ziegenstall geworden. Ruadbern hatte so viele Steine von der Außenwand entfernt, dass Judith mühelos hinausschlüpfen konnte.

»Mein Edelknecht!«, flüsterte sie erleichtert, setzte ihr Licht ab und fiel ihm um den Hals. Er drückte sie kurz an sich, ließ sie aber schnell wieder los, deutete an sich herab und bemerkte: »Eine Umarmung erscheint ungehörig.«

Er trug eine Mönchskutte.

Judith entschlüpfte ein Lachen. Rasch hielt sie sich die Hand vor den Mund und brachte dann flüsternd hervor: »Wenn die Erbauer dieses Ganges diese Ansicht geteilt hätten, gäbe es ihn nicht! Sag schon, mein Guter, wie entwickelt sich unser Plan?«

Ruadbern musterte Judith nachdenklich. Hätte sie nicht als Erstes nach dem Befinden Ludwigs fragen sollen? Langsam und etwas steif berichtete er ihr alles und schloss mit den Worten: »Also läuft es genau wie vorgesehen. Am meisten bewundere ich das Verhalten des Kaisers. Er macht unsere Feinde glauben, dass er täglich mehr Geschmack am Mönchsleben empfindet. Und alle nehmen es ihm ab! Deswegen hat man ihm den Vorsitz im Rat auch nicht entzogen. Er erlässt Verordnungen und gibt Befehle wie früher auch.«

»Gott sei gelobt«, rief Judith erleichtert. Ludwigs Liebe zu ihr hatte über seine Verzagtheit und Frömmigkeit gesiegt!

Vier Wochen später lag Judith bei Vollmond in ihrem Bett in der hinteren Ecke des Dormitoriums und belauschte die Atemzüge der anderen Schwestern. Als sie sicher war, dass keine mehr wachte, setzte sie sich voller Ungeduld auf. Ruadbern wartete bestimmt schon seit Langem! Sie hatte gerade einen Fuß auf den Boden gestellt, als plötzlich die Tür zum Dormitorium aufgestoßen wurde und fünf große dunkle Gestalten mit kleinen Lichten in der Hand hineinhuschten. Sie trugen Masken und sahen mit ihren langen Umhängen im Halbdunkel furchterregend aus.

»Hilfe!«, schrie Judith geistesgegenwärtig, ließ sich aus dem Bett fallen und versteckte sich hockend hinter ihrer Schlafbank. »Hilfe! Eindringlinge!«

Ihr Entsetzensschrei weckte augenblicklich die anderen Schwestern. Einige begannen zu kreischen, andere krochen angstvoll unter ihre Decken.

»Wir wollen unsere Herrin begatten!«, dröhnte eine finstere Stimme. Als hätte sie Flügel, sprang eine schwarz gekleidete Figur mit wallendem Umhang fast bis an die Decke.

»Der Satan!«, rief eine Nonne entsetzt und streckte die Arme in Kreuzform vor sich aus.

»Wo ist sie, die Hexe, die Zauberin, die Abgesandte der Hölle, unsere Herrin?« Knurren, Zischen, Quaken, Kläffen und unappetitliche Geräusche ertönten, während schnelle Hände Decken von den Betten rissen.

Judith hob vorsichtig den Kopf.

»Ah, da ist sie ja! Die Meisterin der Dämonen!«

Doch ehe die Männer sie überwältigen konnten, hatten sich vier mutige Nonnen aus den Nebenbetten bereits auf Judith geworfen.

»Fort, fort, aus dem Weg!«, erklang jetzt eine gewöhnliche Männerstimme verärgert. »Wir wollen nur sie!«

Doch an Judith, die unter der Last der vielen Körper kaum

atmen konnte, war kein Herankommen. Die vier fremden Gestalten zerrten an den Hemden der Nonnen, bis plötzlich ein Peitschenknall den Lärm übertönte. Judith vermeinte, den scharfen Schlag durch die Körper der Männer und Mädchen hindurch zu spüren. Schmerzensschreie erklangen, und sie entstammten eindeutig den Kehlen menschlicher Wesen männlichen Geschlechts. In geringerer Zeit, als zwanzig Sandkörner durch die Uhr laufen konnten, hatte das Gezerre an den Nonnenhemden ein Ende. Nach einigen Augenblicken der Stille erhoben sich Judiths Beschützerinnen verstört. Judith stand gleichfalls auf. Im Raum befand sich nur noch ein einziger Eindringling – ein hochgewachsener Mönch mit einer Peitsche in der Hand.

»Verzeiht«, murmelte Ruadbern, »ich konnte sie nicht am Eindringen hindern! Aber jetzt sind sie weg, und ihr seid sicher.«

Er floh aus dem Dormitorium.

Judith hörte wilde Schreie im Flur, wo die Einbrecher offensichtlich mit der Äbtissin zusammengestoßen waren. Sie stürzte zur Tür und sah Ruadbern hinter Äbtissin Philomena die Stufen hinuntereilen. Sie hielt an sich, um ihnen nicht ebenfalls nachzurennen, und kehrte seufzend zu ihrem Bett zurück. Aus dem Stelldichein am Geheimgang würde in dieser Nacht nichts werden.

»Wer waren diese furchtbaren Leute?«, fragte eine der Schwestern, die Judith mit ihrem Körper beschützt hatte.

»Ich danke dir, Schwester Irene, und euch anderen auch«, sagte Judith. »Seid versichert, das waren keine Dämonen, sondern nur dumme Männer, die mir und euch Angst machen wollten. Und gerettet hat uns wohl ein Engel! Wir sollten jetzt alle beten.«

Kurz darauf trat die Äbtissin mit einem großen Licht in der Hand herein. In der anderen Hand hielt sie die Peitsche, die Ruadbern zuvor geschwungen hatte.

»Alle unverletzt?«, fragte sie knapp.

Zustimmendes Gemurmel.

»War das der Satan?«, fragte eine sehr junge Nonne zaghaft.

»Unsinn!«, wies die Äbtissin sie zurecht. »Der bedient sich anderer Mittel! Das war ein übler Streich sterblicher Männer.«

»Wie sie wohl hereingekommen sind?«, wunderte sich Schwester Irene.

»Das werden wir morgen klären«, sagte Äbtissin Philomena streng. Allerdings hatte sie keinesfalls die Absicht, den ihr anvertrauten Nonnen den alten Geheimgang zu zeigen. Sie war höchst empört, dass offensichtlich ein älterer Geistlicher sein Wissen um den Verbindungsgang den Eindringlingen verraten hatte. Und sie ahnte auch schon, in wessen Auftrag. *Dämonen im Dormitorium,* erinnerte sie sich. Unerhört, dachte sie, für wie dumm hält mich Graf Hugo eigentlich! Welch eine Beleidigung für meinen Verstand! Welch eine Unverschämtheit, meine Abtei für seine Zwecke derart zu entweihen! Meinen Schwestern solch einen Schrecken einzujagen! Sie verstand wenig von politischen Angelegenheiten, aber mit Menschen kannte sie sich aus. Und mit dem Klostergebäude. Sie nahm sich vor, den Gang endlich zumauern zu lassen.

»Wer war der Engel?«, fragte eine andere Nonne.

»Ein unbekannter Mönch«, erwiderte Äbtissin Philomena kurz angebunden. Wenn der junge Mann, der die Einbrecher vertrieben und ihr höflich die Peitsche aus dem Ziegenstall gereicht hatte, sein Wort hielt, würde er sich nach dem Morgengebet bei ihr anmelden. Und sie konnte erfahren, wer er wirklich war.

Sie setzte sich zu Judith auf den Bettrand.

»Bist du unversehrt, mein Kind?«, fragte sie besorgt und bedachte, mit welch unermüdlichem körperlichen, seelischen und geistigen Einsatz Judith in dieser Abtei wirkte. Wenn der Herr der Finsternis ihr einstiges Leben tatsächlich beherrscht haben sollte, dann hatte er sich in ihrem jetzigen längst zurückgezogen.

Prüm und Poitiers, dachte Judith, diese beiden Abteien werde ich bald reich beschenken. Laut sagte sie: »Ich bitte um Vergebung für die Unannehmlichkeit.«

Eine Nonne begann leise zu lachen, eine andere gackerte lauter, eine weitere stimmte meckernd ein, und innerhalb weniger Augenblicke erbebte der Schlafsaal vor Gelächter.

»An Schlaf ist derzeit wohl nicht zu denken«, bemerkte die Äbtissin. »Ich schlage deshalb vor, dass wir uns jetzt den Wein genehmigen, den uns der Graf von Tours in seiner Gutherzigkeit hat zukommen lassen. Auf diesen Schreck bedürfen wir wohl alle der Stärkung.«

Judiths Augen weiteten sich, als ihr die Äbtissin zumurmelte: »Alles, was dieser Mann hinterlässt, sollte so schnell wie möglich vertilgt werden. Glaubst du, dass er dahintersteckt?«

Dankbar, dass sie Äbtissin Philomena offensichtlich nicht mehr zu ihren Gegnern rechnen musste, flüsterte sie zurück: »Es wäre nicht das erste Mal, dass er mir innerhalb von Klostermauern Schaden zufügen wollte.«

Als sie später mit den anderen Nonnen um den Refektoriumstisch saß, überlegte sie, wie gut ihr – bei aller Arbeit – diese Zeit im Kloster doch tat. In den ersten Wochen hatte es noch das ängstliche Misstrauen der Schwestern gegeben. Aber das hatte sich gelegt, als sie Judith näher kennenlernten. Wie liebenswert, fröhlich und ungekünstelt die Frauen waren, mit denen sie tagtäglich zu tun hatte! Hier gab es keinen Neid, keine Verstellung, keinen Machtanspruch und keine Feinde. Zum ersten Mal verstand sie Ludwigs Wunsch, der Welt zu entsagen, ein Leben zu führen, das frei von jeglicher Verantwortung war, wo jeder Tag dem vorangegangenen glich; wo man sich mit dem besten Gewissen, dem Herrn zu dienen und sich mit

Schöngeistigem zu befassen, allen weltlichen Sorgen entzog. Die Verlockung, es dabei zu belassen und in dieser beschaulichen Umgebung alt zu werden, wäre groß gewesen, triebe sie nicht der Gedanke an Karl um. Sie wusste ihn bei Abt Markward und Gerswind gut aufgehoben, und das erleichterte ihre Last.

Aber ihr Karl war nicht zum Mönch geboren. Er könnte ein wahrer Kaiser sein, dachte sie, als sie den Becher mit dem roten Wein des Grafen von Tours wieder aufnahm. Mehr als die anderen Söhne Ludwigs. Mehr als Ludwig selbst. Lothar ist zu sprunghaft, Pippin zu leichtgläubig und Ludo zu schwermütig – alles Attribute, die sie von ihrem Vater haben. Karl hingegen ist entschlossen, misstrauisch, dennoch von heiterem Gemüt und will nach den Sternen greifen – wie sein Vater, der Enkel des allerersten Karl, des Karl Martell. *Der auf dem Wagen Geborene, der Kerl*, hatte Ludwig ein wenig missmutig die Bedeutung erläutert, als sich Judith für diesen Namen ausgesprochen hatte. *Der Große*, hatte Judith nur gesagt und ihren Mann vieldeutig angesehen. Als *der Kahle* hatte Lothar ihn bezeichnet. Und jetzt erst fragte sich Judith, ob ihr Stiefsohn schon damals an das Scheren, an eine mögliche Mönchung ihres Sohnes, seines Patenkindes, gedacht hatte.

Heiliger Zorn stieg in ihr auf. Du wirst dich wundern, Lothar, dachte sie, während sie den anderen Nonnen zutrank, du wirst dich wundern, was auf dem Reichstag geschieht!

Nur wenige Tage nach dem Überfall im Dormitorium ritt der Graf von Tours in den Klosterhof ein. Wieder hatte er ein großes Fass Wein mitgebracht. Er begrüßte die Äbtissin mit ausgesuchter Herzlichkeit und plauderte mit ihr über zahlreiche unwesentliche Dinge. Irgendwann brachte er das Gespräch auf Judith. Beweise für ihre satanischen Verbindungen müsse sie inzwischen sicherlich gesammelt haben, fragte er forschend.

Äbtissin Philomenas letzte Zweifel wichen, und sie unterdrückte den Zorn, der in ihr aufstieg.

»Dämonen sind im Dormitorium nicht erschienen«, erklärte sie knapp.

»Erhält sie überhaupt Besuch?«, fragte Graf Hugo hastig.

»Niemand kommt zu ihr«, erwiderte die Äbtissin trocken. Erstmals war sie froh darüber, dass sie den wahren Namen des jungen Mönchs nicht kannte, der sie am Tag nach dem Überfall aufgesucht und gebeten hatte, mit Judith sprechen zu dürfen. Sie hatte ihm den Wunsch mit den Worten abgeschlagen, Kaiser Lothar habe verfügt, Judith dürfe niemanden empfangen.

»Nenn mich also Niemand«, hatte er sie lächelnd aufgefordert und ihr aus seinen weisen dunklen Augen einen Blick geschenkt, der sie mitten ins Herz traf. Weil ihr dies noch nie geschehen war, nickte sie ihm, ohne zu zögern, zu und ließ Judith rufen. Inzwischen war sie von deren Unschuld überzeugt und von ihrem Wirken im Kloster beeindruckt. Und sie wünschte der leidgeprüften Frau eine Freude zu machen. Schließlich schien diese in ihrem weltlichen Leben nur von Feinden umgeben gewesen zu sein. Wer Niemand ist, kann jeder sein, bedachte sie kurz, aber die Menschenkenntnis verriet ihr, dass dieser junge Mönch weder mit bösen Absichten kam, noch vorhatte, die einstige Kaiserin mit Gewalt aus dem Kloster zu befreien.

Im Beisein der Äbtissin sprach er mit Judith, berichtete von ihrem Sohn Karl, dem es in Prüm unter der Obhut des Abtes Markward gut gehe, und von seiner Arbeit an der Hofschule, wo er offensichtlich lehrte. Er war der einzige Mensch, der Judith zum Lachen bringen konnte. Schon deswegen würde es Äbtissin Philomena nicht übers Herz bringen können, ihr die künftigen Besuche des Mönchs Niemand vorzuenthalten.

Für die einstige Kaiserin sprach, dass sie kein einziges böses

Wort über die Menschen vorbrachte, die sie verleumdet hatten. »Wenn Gott uns Menschen Vergebung gewährt, dürfen dann wir, die wir nach seinem Bild gemacht wurden, uns anmaßen, andere zu verurteilen?«, hatte sie gesagt. Sie war betroffen, dass ihretwegen viele Menschen bestraft worden waren, zeigte sich aber erleichtert, dass keiner bisher sein Leben hatte lassen müssen. Auch ihren Feinden habe sie verziehen, hatte sie versichert. Wie die Gründerin des Klosters, die Heilige Radegundis, die dreihundert Jahre zuvor gelebt hatte, offenbarte sich Judith ebenfalls als Gegnerin jeglicher Todesstrafe.

Wahrlich eine große Frau, dachte die Äbtissin, und ein Jammer, dass sie diesem Reich nicht weiter vorstehen und ihm ein Vorbild abgeben darf. Das Land könnte wieder zu großer Blüte reifen – wenn nicht solche Leute wie der Graf von Tours die Herzen der Menschen vergiften würden.

Es bereitete ihr eine heimliche Freude, Graf Hugo auf seine Bitte, Judith sprechen zu dürfen, eine Absage zu erteilen.

»Niemand darf sie sehen«, erklärte sie. »Diesen ausdrücklichen Wunsch von Kaiser Lothar hast du mir doch selbst übermittelt.«

»Ich bin nicht Niemand!«, fuhr der Graf auf.

»Eben«, erwiderte die Äbtissin befriedigt. Sie erhob sich, öffnete die Tür, dankte ihm für sein Interesse an der Abtei sowie für den Wein, den er mitgebracht hatte, und wünschte ihm einen gesegneten Tag.

Judith zeigte sich sehr erleichtert, als ihr die Äbtissin am Brunnen von dem Besuch und ihrer Weigerung berichtete. »In der Theorie gestaltet es sich einfach, seine Feinde zu lieben; in der Praxis wäre es mir gerade in diesem Fall nicht nur schwergefallen, sondern wahrscheinlich unmöglich gewesen; verzeih mir Gott!«

»Er wird dich lehren, den Hass zu überwinden, der dein

Herz schwächt und dein Gemüt beschwert«, erwiderte die Äbtissin freundlich und überließ Judith wieder ihrer Arbeit.

Diesen Hass will ich gar nicht überwinden, dachte Judith, als sie den Eimer in den Brunnen senkte, er hält mich bei Kräften! Graf Hugo der Schreckliche! Nichts hätte mich davon abgehalten, ihn ins Gesicht zu schlagen, ihm mit aller Kraft ins Gemächt zu treten und ihn mit Schimpfworten zu belegen, die mir erst beim Anblick seines dreckig grinsenden Gesichts eingefallen wären. Und die unsere gute Äbtissin wahrscheinlich mehr entsetzt hätten als all meine Tätlichkeiten. Sie schüttelte sich, hob den vollen Eimer mit einem Ruck aus dem Brunnen und stellte ihn auf dem Rand ab. In Irmingards Vater sah sie den Inbegriff des Bösen, und zum ersten Mal keimte Mitgefühl für Lothars Frau in ihr auf. Welch fürchterliche Vorstellung, mit einem Vater aufgewachsen zu sein, dem sein Kind ausschließlich als Hebel zur Macht diente. Sie erschrak, als ihr Blick in den Eimer fiel, wo das Wasser inzwischen zur Ruhe gekommen war, denn sie vermeinte, auf der Oberfläche plötzlich das Gesicht ihres Sohnes zu erkennen. Karl, dachte sie, während sie rasch den Eimer vom Brunnenrand wuchtete, benutze ich dich auch? Dienen nicht alle meine Pläne ebenfalls dazu, dir Macht zu sichern? Für mich? Damit ich dereinst nicht ins Elend falle? Aber nein, das ist etwas ganz anderes. Du hast Rechte, und ich werde dafür sorgen, dass man dich um sie nicht betrügt. Ich werde dir dein Erbteil wiederbeschaffen.

Für das Reich und alle Edlen galten Karl und sie als beseitigt; ihr Einfluss war mit dem Klostereintritt vernichtet worden. Außer ihr wussten nur Ludwig und Ruadbern, dass sie sich mit diesem Los nicht abgefunden hatte. Vor ihnen lag ein langer steiniger Weg. Ein geheimer Weg. Hier im Kloster kam sie zu Kräften, konnte sich sammeln und die Zukunft vorbereiten. Eine Zukunft, die vor allem auf Karl zugeschnitten war. Der sie mitgestalten sollte, weil er ein Recht darauf hatte.

»Ich komme heute zum letzten Mal«, sagte Ruadbern zu Judith Ende September. Als Mönch Niemand wirkte er sehr glaubhaft. Diesmal musste er ihr keine Pergamentstückchen heimlich zustecken, sondern konnte offen mit ihr reden. Die Äbtissin hatte die beiden allein gelassen, da ihr plötzlich eingefallen war, dass sie für den Grafen von Tours noch eine dringende Angelegenheit in der Käserei zu erledigen hatte.

»Alles ist vorbereitet«, erklärte Ruadbern. »In seinem Übermut ist Lothar völlig ahnungslos. Ludo hat uns seine Hilfe zugesagt, und auch Pippin ist einverstanden. Er steckt immer noch voller Groll, dass Lothar ihn derart benutzt hat, und fühlt sich hintergangen. Zumal Lothar keinen Zweifel daran lässt, dass er als Kaiser auch über die Königreiche seiner Brüder mitzubestimmen hat. Es ist weder in Pippins noch in Ludos Sinn, dass ihr ältester Bruder die Alleinherrschaft ausübt. Kaiser Ludwig ist also deinem Rat gefolgt und hat Pippin und Ludo eine beachtliche Vergrößerung ihrer Reichsteile in Aussicht gestellt. Natürlich auf Lothars Kosten.« Versonnen blickte er die einstige Kaiserin an.

»Du bist schöner denn je, Judi«, sagte er. »Das Leben hier bekommt dir.«

»Da magst du recht haben«, erwiderte sie lachend und setzte unvorsichtigerweise hinzu: »Aber du liebst mich ja in jeder Verfassung.«

»Stimmt.«

Kopfschüttelnd musterte Judith ihn. »Mein getreuer Ruadbern«, sagte sie. »Die Mönchskutte steht dir vorzüglich. Aber du bist kein Mönch. Es muss doch ein Mädchen geben, das dir den Kopf verdreht, eines, das du glücklich zu machen wünschst!«

»Stimmt«, wiederholte er freundlich. Um seine Mundwinkel zuckte es. Er streckte seine langgliedrigen Gelehrtenhände über den Tisch aus und streichelte Judiths vom Waschwerk rot und rau gewordenen Fingerspitzen.

Judith zog die Hände weg. Es wurde wirklich höchste Zeit, dass Ruadbern mit gleichaltrigen Frauen zusammenkam! Er war jetzt ein Mann und sollte lieber die weichen weißen Hände eines frischen jungen Mädchens liebkosen; seinen wohlgeformten vollen Lippen auch eine andere Tätigkeit gönnen als nur Worte zu entlassen. Erstaunt stellte sie fest, dass sie bei diesem Gedanken ein der Eifersucht nicht unähnliches Gefühl durchzuckte. Ich habe mich eben daran gewöhnt, dass dieses Kind – dieses Kind! – mir ergeben ist, dachte sie unwillig. Er glaubt, mich zu lieben, aber vermutlich sieht er in mir die Mutter, die ihm so früh genommen wurde. Diese Überlegung löste in ihr Unbehagen aus und dieses Unbehagen Verärgerung.

»Kannst du dich eigentlich noch an deine richtige Mutter, an meine Freundin Hruodhaid, erinnern?«, fragte sie mit etwas zu scharfer Stimme. Aber nachdrücklicher konnte sie ihm wohl kaum mitteilen, zu welcher Generation er sich gefälligst zugehörig zu fühlen hatte.

»Sie hatte flammend rotes Haar und steckte sich Kieselsteine in den Mund, um ihrem Stottern abzuhelfen«, antwortete er. »Sie war großer Liebe fähig und musste dies nicht durch eine Heirat bestätigt sehen. Darin bin ich ihr wohl sehr ähnlich.«

»Sie durfte nicht heiraten!«, fuhr Judith ihn an.

»Auch mir verbietet sich dieser Gedanke«, gab er gleichmütig lächelnd hinzu. »Was meiner Liebe keinen Abbruch tut.«

Er wollte sie nicht verstehen und machte sich gleichzeitig über ihr Unbehagen lustig. Also musste sie deutlicher werden.

»Du bist jetzt ... was? ... zwanzig Jahre alt?«, fragte sie barsch.

»Stimmt.«

»Und ich bin ...«, sie dachte angestrengt nach, »... mindestens fünfunddreißig. Eine alte Frau. Ohne Fibeln, Spangen und anderen Schmuck, den man mir stehlen kann. Eine Nonne. Eine verheiratete Frau.«

»Stimmt nicht ganz. Die Nonne wird bald Vergangenheit sein. Und die alte Frau liegt in ferner Zukunft. Du bist für mich eine junge Frau.«

»Gestern habe ich ein weißes Haar auf meinem Kopf entdeckt. Und es werden noch eine Menge mehr hinzukommen, wenn ich mir auch noch Sorgen um dich und deine abwegige Gefühlswelt machen muss.«

»Stimmt nicht. Du brauchst dich um überhaupt nichts zu sorgen«, versicherte er, »am allerwenigsten um meine abwegige Gefühlswelt. Man nennt das auch Liebe. Und diese findet ihre Erfüllung in sich selbst. Dazu muss sie nicht erwidert werden. Und schon gar nicht in eine Tat umgesetzt, die, wie wir es bereits erlebt haben...«, er schenkte ihr einen vorwurfsvollen Blick, »... Beteiligten und Unbeteiligten nur Leid brächte. Also ist alles in bester Ordnung.« Er räusperte sich und brachte das Gespräch wieder auf das unverfänglichere Thema des geheimen Plans: »Ludwig hat Lothar davon überzeugt, den Reichstag im Oktober nach Nimwegen zu verlegen, also zwischen den östlichen und westlichen Reichsteil.«

Froh, dass er sie mit keinen weiteren Offenbarungen in Verlegenheit brachte, strahlte Judith Ruadbern an. Mit einem Reichstag in Nimwegen war der kniffligste Teil ihres Plans gelöst. Natürlich wäre es Lothar lieber, wenn Ludwig im gallischen Reichsteil seine Abdankungsrede halten würde. Die dort ansässigen Abgeordneten würde er besser beeinflussen können als die deutschen Franken, die möglicherweise versuchen könnten, Ludwig vom Rücktritt abzuhalten.

»Wie hat Ludwig das denn bewerkstelligt, ohne dass Lothar den Braten roch?«, fragte sie, hocherfreut, dass ihr Mann wirklich wieder das Zepter in die Hand genommen hatte.

»Mit einer recht einleuchtenden Erklärung«, antwortete Ruadbern. »Dass nämlich die Deutschen bei einem Reichstag in Gallien denken könnten, die dortigen Franken setzten den Kaiser unter Druck und hätten ihn mit Gewalt ins Kloster gebracht.«

»Was der Wahrheit entspricht!«

»Die Lothar natürlich auf keinen Fall öffentlich machen möchte«, sagte Ruadbern und setzte hinzu: »Ludwig hat gerade ein paar seiner Feinde an die britische Grenze geschickt, in die Spanische Mark und in andere Fernen. Auch Lothar hielt es für notwendig, die unruhigen Grenzen zu stärken. Und dies wollte er durch seine Mannen getan wissen.« Ruadbern lächelte fein. »Jedenfalls werden sie nicht in der Lage sein, am Reichstag teilzunehmen.«

»Im Gegensatz zu den Sachsen«, setzte Judith hinzu. »Und die gehen für Ludwig durchs Feuer!«

»Wollen wir hoffen, dass es nicht so weit kommt.«

Beim Abschied hielt er ihre Hände sehr lange fest.

»Ich komme wieder, um dich nach Aachen zurückzuführen, wenn alles vorbei ist«, sagte er leise. »Und ich werde Karl mitbringen.« Sie beugte sich unwillkürlich vor und küsste ihn auf die Wange. Ein mütterlicher Kuss, sagte sie sich und tat mit fürsorglichem Schulterklopfen das Leuchten in Ruadberns Augen ab.

In den folgenden Wochen saß Judith wie auf Kohlen. Sie konnte sich auf nichts mehr wirklich konzentrieren, schüttete sich kochendes Wasser über die Hand, schnitt sich beim Gemüseputzen, stolperte über Möbelstücke, vergaß Unterrichtsstunden und gab auf Fragen unzusammenhängende Antworten. Äbtissin Philomena ahnte, dass sie auf irgendeine Nachricht wartete, und zog Erkundigungen über die Lage im Reich ein. Schließlich ließ sie Judith zu sich rufen.

»Was wird auf der Reichsversammlung in Nimwegen geschehen?«, fragte sie ohne Vorrede.

Judith blickte entsetzt auf. Wenn schon eine weltfremde Nonne Verdacht schöpfte, dann konnte ihr Plan nur zum Scheitern verurteilt sein.

»Was sagt man denn?«, fragte sie stotternd zurück.

Der Äbtissin war ihre Bestürzung nicht entgangen. »Es ist weniger, was man draußen sagt, als was ich hier drinnen sehe, mein Kind«, antwortete sie gütig. »Ich mache mir Sorgen um dich. Bist du unglücklich bei uns?«

Judith schüttelte den Kopf.

»Du wartest auf Nachrichten?«

Sie nickte, ohne nachzudenken.

»Von Mönch Niemand?«

Zögerlich nickte sie abermals.

Die Äbtissin seufzte. »Es ist wirklich schade, wenn du kostbares Pergament vernichtest«, sagte sie sachlich. »Und ich würde es zu schätzen wissen, wenn du die Schrift darauf herauskratzen und das Material unserer Abteischule als Schreibunterlage zur Verfügung stelltest.«

Judith bat, für wenige Augenblicke entlassen zu werden. Als sie zurückkehrte, legte sie der Äbtissin einen kleinen Stapel fein säuberlich beschriebener Pergamentstücke vor.

»Kostbares Jungfernpergament!«, bemerkte Äbtissin Philomena beeindruckt. »Und das hättest du einfach weggeworfen?«

Judith senkte schuldbewusst das Haupt.

»Pergament aus den Häuten ungeborener Tiere«, murmelte sie. »Und was darauf steht, sind Pläne für die Neugeburt des Frankenreichs. Ich bitte dich, ehrwürdige Mutter, lies sie und sag mir, was du darüber denkst.«

Die Äbtissin nahm ihren Lesestein nicht zur Hand. »Du bist zu gutgläubig, mein Kind«, sagte sie mit leisem Vorwurf in der Stimme. »Woher weißt du, dass ich nicht für deine Feinde arbeite? Hast du nie darüber nachgedacht, warum man dich ausgerechnet in diesem Kloster untergebracht hat? So nahe bei Tours? Erinnerst du dich nicht daran, wie ich dich hier empfangen habe? Was würde geschehen, wenn ich diese Pergamente Graf Hugo zukommen ließe?«

Judith war während ihrer Rede immer blasser geworden.

»Du magst ihn doch auch nicht«, murmelte sie verunsichert. Verschwörung und Verstellung allenthalben? Hatte sie sich in der ehrwürdigen Mutter etwa doch geirrt?

»Mögen hat mit Politik nichts zu tun«, erklärte die Äbtissin und sah Judith scharf an. »Das solltest du inzwischen gelernt haben! Vielleicht habe ja *ich* den Männern damals des Nachts Einlass gewährt? Um dir einen gehörigen Schreck einzujagen? Über die mit Dornen gespickten, von Nadelhölzern umgebenen Mauern können sie wohl kaum gekommen sein.«

Judith hielt den Atem an.

»Nein«, entfuhr es ihr, »eher durch den Geheimgang, der diese Abtei einst mit einem Männerkloster verbunden hat.«

Die Äbtissin nickte. »Und durch den du mit Mönch Niemand in Verbindung gestanden hast«, sagte sie. »Dafür sollte ich dich bestrafen. Du siehst, wie schnell das falsche Wort ausgesprochen ist!«

»Auch dafür hätte ich Strafe verdient«, antwortete Judith leise und wagte einen letzten Vorstoß. »Ich vertraue dir bedingungslos, Mutter Philomena, und deine Meinung ist mir wichtig.«

Die Äbtissin musterte Judith ernst und überflog die ersten Schriftstücke. Dann legte sie ihren Lesestein bedächtig zur Seite. »Du weißt, dass der Papst deine Verschleierung für ungültig erklären kann, wenn du unter Zwang ins Kloster eintreten musstest und zu deinem Mann zurückkehren kannst und willst?«

»Das«, offenbarte Judith erleichtert, »ist der zweite Teil des Plans. Folgendes haben wir vor.«

Sie holte tief Luft, und dann brach wie ein Sturzbach alles aus ihr heraus. Ludwig würde auf der Versammlung in Nimwegen keineswegs abdanken, sagte sie, sondern den deutschen Franken die Wahrheit über die Verschwörung berichten. Wie Lothars Verbündete das Volk in Gallien mit unhaltbaren Lügen gegen den Kaiser und vor allem gegen sie selbst aufgehetzt hatten, wie sie ihm seine Ratgeber von der Seite gerissen und ihn gedrängt hatten, der Herrschaft zu entsagen. Und wie sie selbst in Laon bedroht worden war.

»Der Kaiser wird also seinen ältesten Sohn anklagen?«, fragte die Äbtissin.

»Keineswegs«, erklärte Judith. »Er wird behaupten, mit Lothar im besten Einverständnis zu stehen, und ihn auffordern, die Verschwörer zu bestrafen. Hinter Lothar steht ein Großteil des wichtigen Adels; den dürfen wir nicht öffentlich verprellen.«

»Auf Verschwörung steht die Todesstrafe. Die du ganz in der Tradition unserer Heiligen Radegundis ablehnst.«

»Lothar wird zwar seine Freunde zum Tod verurteilen müssen«, sagte Judith. »Doch der Kaiser wird die Männer später begnadigen und gleichzeitig erklären, dass Lothar sich durch seine Verbindung zu ihnen der Oberherrschaft unwürdig gemacht habe und sich fortan nur noch als Erbe des Langobardenreichs betrachten dürfe. Damit kommt er recht milde davon, finde ich.«

Äbtissin Philomena wiegte ihr Haupt.

»Ludwig wird seinen Ältesten also entmachten. Das hat er sicherlich verdient. Aber was geschieht mit Lothars übrigen Ländern?«

»Sie werden auf die anderen Söhne verteilt«, antwortete Judith und dachte bei sich, dass Karl diesmal nicht nur mit ein paar Grafschaften abgespeist werden sollte.

»Ich kann dir jetzt nur einen Rat geben«, sagte Äbtissin

Philomena, »denn im Grunde deines Herzens bist du ein bescheidener und demütiger Mensch. Das habe ich lange genug beobachten können. Aber gegen Versuchungen bist auch du nicht gefeit. Fordere das Schicksal nicht heraus, Judith, verlang nicht zu viel für deinen Sohn und lass dich vor allem von der Macht nicht berauschen. Das Erwachen könnte fürchterlich sein. Noch fürchterlicher für dich als ein Aufenthalt im Kloster.«

Ende November hatte das Warten ein Ende. An einem kalten, regnerischen Nachmittag traf ein Bote im Kloster ein und kündigte an, ein Triumphzug sei im Anmarsch, um die Kaiserin nach Aachen zurückzubringen.

»Wie kann ich diesen Mann für seine Botschaft belohnen?«, fragte Judith verzweifelt beim Abendbrot in der Eingangshalle der Abtei. »Ich habe hier doch nichts, was ich ihm schenken könnte!«

Die Äbtissin lachte. »Wie wäre es mit Gebeten?«, fragte sie zurück. »Kein Mensch erwartet Gold oder Güter von einer Nonne. Aber ich sehe schon, du bist bereit, wieder in jene Welt einzutauchen, in der man sich die Leute mit Geschenken gewogen macht!«

»Wir alle werden für dich und die Deinen beten«, meldete sich eine junge Nonne, die erst am Vortag nach ihrer zehnmonatigen Novizenzeit feierlich dem Heiland anvermählt worden war. Sie hatte sich den Namen Gerberga ausgewählt, nach einer Nonne, die sie in ihrem Heimatdorf nahe Chalon sur Saône kennengelernt hatte und die sie sehr bewunderte. Eine Frau, der sie nacheifern wollte, denn keine wisse besser zwischen Gut und Böse zu unterscheiden. Als sie von der göttlichen Gabe dieser Nonne sprach, die fähig sei, der Zukunft alle Geheimnisse abzuringen, begriff Judith, dass es sich um ebendie Nonne handeln musste, die Irmingard einst die Krone der Kaiserin prophezeit hatte. Um Bernhards Schwester. Ihr Herz schlug beim Gedanken an den einstigen Geliebten keinen Deut schneller, sie spürte eher etwas wie Ungeduld. Denn sie war sich im Klaren darüber, dass die schwerwiegenden Vorwürfe des Ehebruchs und der Zauberei nicht aus der Welt geschafft waren, wenn ihr Plan glückte und sie neben Ludwig wieder ihren alten Platz in Aachen einnahm. Sie war ja längst nicht mehr nur Opfer haltloser Gerüchte, sondern formell verurteilt worden. Der Kaiser hatte öffentlich zugegeben, durch ihre Zauberei verblendet worden zu sein. Selbst wenn er diese Worte zurücknahm, so hatte er sie doch in die Welt entlassen, wo sie ein Eigenleben führten und ihr, Judith, später wieder schaden könnten. Und Bernhards Flucht nach Barcelona glich einem Schuldbekenntnis. Die ganze scheußliche Sache würde noch einmal verhandelt werden müssen, damit sie nicht bei nächster Gelegenheit wieder gegen sie vorgebracht werden konnte. Natürlich würde Bernhard von Barcelona als Kämmerer nicht wieder an den Aachener Hof zurückkehren dürfen. Am liebsten wäre sie Bernhard überhaupt nicht mehr begegnet, aber sie wusste, dass auch er sich dem Vorwurf des Ehebruchs würde stellen müssen. Judith erwog, seine Schwester aufzusuchen und sich von ihr Rat für die Zukunft einzuholen. Sie wandte sich an die neue Schwester Gerberga, dankte ihr für ihre Gebete und erkundigte sich neugierig nach dem Wesen ihres Vorbilds.

»Dazu kann ich wenig sagen«, gestand die junge Nonne. »Die edle Gerberga steht so hoch über mir, dass ich es gar nicht wage, an sie als menschliches Wesen zu denken.«

»Sie ist eine Sünderin wie wir alle«, wies die Äbtissin sie zurecht.

»Das sagt sie auch«, fuhr die neue Schwester Gerberga fort, »sie sagt, dass jeder von uns so klein und unbedeutend ist wie ein Schmutzfleck auf dem Flügel eines Nachtfalters. Aber auch dieser Schmutzfleck hat ein Gewicht. Und wenn dieses Gewicht den Flug des Falters – für jeden Sehenden unmerklich – so verlangsamt, dass das Tier dem Mächtigsten der Welt für einen entscheidenden Augenblick die Sicht verdunkelt, entscheidet der Schmutzfleck das Schicksal der ganzen Welt.«

Die junge Nonne atmete tief aus. Das Prasseln des Novemberregens unterstrich die Stille im Raum, die ihren Worten gefolgt war. Ein plötzlicher Donnerschlag ließ alle aufschrecken. Ein paar Nonnen schrien auf.

Judith fasste sich als Erste wieder.

»Notiert die Nonne Gerberga ihre Gedanken?«, fragte sie ihre Mitschwester.

»Das weiß ich nicht«, antwortete diese. »Sie schreibt viel, empfängt zahlreiche hochrangige Besucher und darf danach nicht gestört werden. Wenn man sie fragt, sagt sie, dass sie an einer Chronik arbeitet. Um in die Zukunft zu sehen, sagt sie, muss man die Vergangenheit kennen und die Gegenwart als einen Zeitraum begreifen, der von beidem so geprägt ist, dass er keine eigene Wirklichkeit zu besitzen scheint.« Sie wandte sich an Äbtissin Philomena. »Das hat mich grausam beunruhigt, weil wir doch nur heute handeln können. In der Unwirklichkeit? Darum bin ich hier im Kloster. Um das endlich zu verstehen.«

Die Äbtissin erhob sich.

»Schwester Gerberga«, sagte sie, »Du bist jetzt hier. Sei…«

Ihre Worte wurden von einem krachenden Donnerschlag verschluckt. Lautes Gehämmer an der Eingangstür übertönte das Nachgrollen. Der Regen prasselte noch heftiger herab. Genau so etwas habe ich doch schon einmal erlebt, dachte Judith verwirrt. Ein Raum voller Menschen beim Abendbrot, ein Unwetter, Pochen an der Tür, und dann geschieht etwas Entscheidendes. Sie schüttelte den Gedanken ab. In wenigen Tagen würde der Triumphzug in Poitiers ankommen und sie nach Hause bringen. Lautes Läuten erklang jetzt. Irgendjemand zog heftig an der Glocke am Eingang des Klosters.

»Die Männer!«, keuchte eine Nonne voller Entsetzen.

»Die würden sich nicht solchermaßen anmelden«, erklärte die Äbtissin, die wusste, dass noch viele Monde vergehen sollten, ehe ihre Nonnen sich von dem Schreck über das Eindringen der Fremdheit erholt haben würden. Graf Hugo hatte nicht nur ihren Verstand beleidigt, sondern dem Seelenfrieden ihrer Nonnen ernsten Schaden zugefügt. Sie schritt zum Eingangsportal und blickte durch das Guckloch.

Die Nonnen sprachen jetzt alle durcheinander, als würde sie der Ton der eigenen Stimme beruhigen: »Sie kann doch gar nichts sehen.« – »Wir sollten uns alle verstecken.« – »Gott steh uns bei.« – »Viel zu dunkel.« – »Ich habe Angst.« – »Das kann doch kein Christenmensch sein.«

»Ich kann in der Dunkelheit sehen, dass draußen ein Christenmensch steht, eine Schwester so wie wir«, erklärte Äbtissin Philomena in aller Gelassenheit und öffnete die Tür.

Eine Nonne mit einem Kind an der Hand trat ein.

Es dauerte ein paar Augenblicke, ehe Judith die beiden Besucher erkannte. Sie ließ vor freudigem Schreck ihren Becher fallen und sprang auf.

»Mutter! Gisela!«

Äbtissin Heilwig von Chelles schob ihre Enkelin vor. »Umarme deine Mutter!«, forderte sie Gisela auf.

Im Raum war es wieder so still geworden wie nach Schwester Gerbergas Geschichte vom Falterschmutz. Judith hatte sich nicht gerührt. In ihrem Kopf rumorte es. Nichts schien mehr an seinem Platz zu sein. Vergangenheit und Zukunft wirbelten durcheinander, die gewittrige Gegenwart mit ihrer Mutter und ihrer Tochter im Raum erschien ihr so unwirklich. Meine Tochter, Bernhards Tochter! Meine Mutter, abwesend, als Frau Stemma kam, mein Vater, froh, mich loszuwerden, erschlagen von einem Holzkreuz, Familie, Söhne, Schwestern, Hemma, die mich hasst; die Königin von Bayern, Lothar und Irmingard, bald auf das rechte Maß zurückgestutzt, neue Verhandlung in Aachen, mein Sohn Karl, sein verlorenes Erbe, das ich ihm zurückholen werde, Gewitter, Schicksal, Falterschmutz. Mit beiden Händen fasste sie sich an den Kopf, als wollte sie ihn stützen. Dann gab sie sich einen Ruck und trat auf die beiden Neuankömmlinge zu.

Gisela blickte ihre Großmutter unsicher an. Sie hatte nicht nur eine lange, beschwerliche Reise hinter sich, sondern sich auch unwillig auf diese begeben. Seit mehr als zwei Jahren lebte sie im Kloster Chelles und hatte bei Großmutter Heilwig jene Zuneigung gefunden, die sie sich früher von der Mutter gewünscht hatte, eine Zuneigung, die aber beharrlich ihrem Bruder vorbehalten blieb. Was sollte ihr eine Mutter bedeuten, die ständig zu vergessen schien, dass sie auch noch eine Tochter hatte? Eine Mutter, die ihr – wie alles Unvertraute einem Kind – fremd war, etwas unheimlich und überhaupt nicht nah.

Trotzig schmiegte sich die Achtjährige an Äbtissin Heilwig. Die strich dem Kind sanft über den Kopf und murmelte: »Die Geschichte wiederholt sich.« Lauter sagte sie, ohne jegliche Bitterkeit in der Stimme: »Genau wie dir mit deiner Tochter jetzt erging es einst mir mit dir, Judith, damals, als du an Kaiser Karls Hof weiltest, von meiner Schwester Gerswind betreut wurdest und lieber spielen wolltest, als mich zu sehen. Das hat mir das Herz zerrissen.«

Judith nickte. Sie konnte sich noch gut daran erinnern, wie unangenehm ihr die Besuche der Mutter gewesen waren, wie groß die Befürchtung, diese würde sie von Gerswinds Seite reißen und ins fremde Altdorf bringen. Wie gehemmt sie sich in Heilwigs Gegenwart gefühlt und wie sehr sie gewünscht hatte, diese störende Frau würde aus ihrem Leben verschwinden. Irgendwann hatte ihre Mutter aufgegeben, sie zu besuchen, und das hatte sie sehr begrüßt. Sie war nie auf den Gedanken gekommen, dass dies ihre Mutter geschmerzt haben könnte.

Judith ging in die Knie, sodass sie ihrer Tochter auf gleicher Höhe in die Augen schauen konnte. Gisela gab sich keine Mühe, die Ablehnung in ihrem Blick zu verschleiern.

Mein Kind, dachte Judith voller Trauer, ich habe mein Kind verloren! Ein Kind, das mir nie wichtig gewesen war, weil es in meinem Leben nichts bewirken, kein bleibendes Werk stützen und kein Reich erhalten konnte. Weil es nur ein Mädchen war. Wie auch ich einst. Unwichtig. Nur gut für eine passende Heirat. So hat meine Mutter nicht gedacht. Es war ihr Vater gewesen, der sie immer hatte verheiraten wollen. Ihre Mutter war auf ihrer Seite gewesen, hatte sie vor den Zauberkünsten gewarnt und vor den Heiratsplänen des Vaters geschützt. Mit einer Klarheit, die sie unendlich bestürzte, begriff sie, dass sie ihrer Mutter Unrecht angetan hatte und ihr dieses durch die eigene Tochter vergolten wurde. Sie rührte das kleine Mädchen nicht an, richtete sich wieder auf, fasste ihre Mutter an beiden Händen und flüsterte: »Verzeih!«

Die Äbtissin von Chelles neigte leicht den Kopf und fragte ihre Tochter: »Würdest du von Gisela eine Bitte um Verzeihung erwarten?«

»Natürlich nicht!«, gab Judith erschrocken zurück. »Es ist nicht ihre Schuld, dass ich sie vernachlässigt habe.«

»Und es war auch nicht deine, dass ich kein Verständnis für dich aufbringen konnte. Das Schicksal hatte uns auseinandergerissen. Und das...«, Äbtissin Heilwig lächelte fein, »...war wiederum die Schuld *meiner* Mutter Geva. Den Frauen in unserer Familie gebricht es offenbar an Feingefühl ihren Töchtern gegenüber. Gisela hat da ein schweres Erbe angetreten. Aber wir sind nicht gekommen, um etwaige Schulden zu begleichen. Wir wollen dich nach Aachen zurückbegleiten. Da wirst du dann Gelegenheit finden, deine Tochter näher kennenzulernen.«

Sie zog ihren nassen Reisemantel aus, half Gisela aus ihrem und nahm dankend das Angebot von Äbtissin Philomena an, sich an der Abendtafel niederzulassen.

Ein jubelnder Schwarm von Menschen begleitete den Triumphzug, der von des Kaisers Halbbruder Bischof Drogo, von Ruadbern und dem jungen Karl angeführt wurde und jetzt vor dem Klosterhof Halt machte. Dort wartete Judith in ihrer Nonnentracht und verdrängte die Frage, ob diejenigen, die ihr jetzt mit süßen Worten huldigten, womöglich dieselben waren, die sie ein halbes Jahr zuvor mit wüsten Beschimpfungen überschüttet hatten. Sie wagte nicht, weltliche Kleidung anzulegen, da der Dispens des Papstes noch nicht eingetroffen war. Sie würde den Schleier erst abnehmen, wenn sie förmlich aus ihrem jetzigen Stand entlassen worden war.

Karl riss sich von Drogo und Ruadbern los und stürzte auf seine Mutter zu. Den meisten Umstehenden standen die Tränen in den Augen, als die Kaiserin aufschluchzend ihren Sohn in die Arme nahm. Giselas Augen blieben trocken. Trotz der vielen Stunden, die sie in den vergangenen beiden Tagen mit ihrer Mutter zugebracht hatte, blieb ihr Umgang miteinander unbeholfen. Das beiderseitige Gefühl der Fremdheit hatte nicht weichen wollen. Als *ich* hier ankam, hat sie nicht geweint und mich nicht umarmt, dachte Gisela, dabei hat sie mich zwei Jahre lang nicht gesehen. Karl war nur ein paar Monate weg, und schon hält sie ihn wieder so fest, als wollte sie ihn nie mehr loslassen. Alles ist wieder beim Alten.

Das dachte Judith auch, als jubelndes Volk den Reisezug gen Norden begleitete. Sie winkte den Menschen froh lachend zu, dankbar, dass der erste Teil des Plans so vorzüglich gelungen war. Anders als von Äbtissin Heilwig gewünscht, fand sie jedoch keine Zeit, sich mit ihrer Tochter zu beschäftigen. Die Verwaltung des Reichs musste neu geordnet werden, und darüber beriet sie sich ausführlich mit Drogo und Ruadbern. Es musste zum Beispiel ein neuer Kämmerer gefunden werden. Ruadbern war klug und jetzt auch alt genug für diesen Posten. Er lachte, als sie ihr Pferd neben seins lenkte und ihn fragte, ob er dieses Amt annehmen würde.

»Willst du dich gleich wieder verdächtig machen?«, fragte er. »Noch einmal einen deiner Günstlinge befördern? Weißt du denn nicht, dass der Kaiser den Kämmerer einsetzt? Nein!«, wehrte er ab, als Judith den Mund öffnete. »Nicht einmal mir darfst du sagen, dass der Kaiser alles tut, was du verlangst! Solche Sätze dürfen nie wieder fallen! Außerdem kümmere ich mich lieber um die Schätze in alten Schriften als um die in den Vorratskammern.«

Judith erschrak, als sie Ludwig vor dem Aachener Palatium zum ersten Mal wieder gegenüberstand. Er erschien ihr kleiner, hager und gebeugt, ausgezehrt. Sein Haar war schütter geworden, und scharfe Falten hatten sich in sein Gesicht gegraben. Hätte er nicht sein Königsornat getragen, wäre sie vielleicht an ihm vorbeigegangen. Er ist ein alter Mann geworden, dachte sie bestürzt, und als sie ihn umarmte, vermeinte sie, seine Knochen zu fühlen.

»Geht es dir gut?«, fragte sie.

»Jetzt, da ich Weib und Kind wieder bei mir habe, könnte es mir gar nicht besser gehen«, erwiderte er. »Lass uns das gute Ende dieser bösen Zeit feiern!«

Jeder hätte Verständnis gezeigt, wenn sich der Kaiser nach der langen Trennung mit seiner Gemahlin in die kaiserlichen Gemächer zurückgezogen hätte. Doch Ludwig verkündete, er wolle die eheliche Gemeinschaft erst wieder aufnehmen, wenn der Heilige Vater Judith formell aus dem Nonnenstand entlassen habe.

Nach dieser Erklärung stürmte Erzbischof Agobard von Lyon in Ludwigs Beratungskammer. Er wetterte, es sei ein Frevel, wenn auf so einfache Weise aus einer Nonne wieder eine Kaiserin werden könne. Wie die anderen Kirchenmänner auch betrachte er Judith weiterhin als Braut Jesu, die von keinem Mann berührt werden und schon gar nicht wieder als Kaiserin wirken dürfe.

»Dann wird sie später eben noch einmal gekrönt und gesalbt«, erklärt Ludwig friedfertig.

»Sie ist wegen Ehebruchs und Zauberei verurteilt worden!« Die Rosinenaugen des Erzbischofs funkelten böse. »Du wirst eine neue Gemahlin nehmen müssen!«

»Zu Lichtmess habe ich hier in Aachen eine Reichsversammlung einberufen«, erwiderte Ludwig gelassen. »Da werde ich meine neuen Verfügungen bekannt machen, und Judith wird sich allen Vorwürfen stellen. Wer den Wunsch dazu verspürt, kann sie erneut anklagen. Auch dir bleibt das unbenommen. Bedenke aber, dass du dich und dein Amt mit der Wiederholung dieser törichten Anschuldigungen lächerlich machen könntest.«

Judith war noch nicht in die kaiserlichen Gemächer im Obergeschoss des Palatiums gezogen, sondern hatte sich vorübergehend in Ruadberns alter Kinderkammer eingerichtet. Drei Abende nach ihrer Ankunft in Aachen stand sie dort am Pult und ging die Vorschläge durch, die sie Ludwig zur Neuordnung der kaiserlichen Hofverwaltung unterbreiten wollte.

Mit leisem Knarren öffnete sich plötzlich ihre Kammertür. Erschrocken wandte sich Judith um. Niemand betrat diesen Raum, ohne vorher anzuklopfen. Ungläubig starrte sie auf die Umrisse der untersetzten Gestalt, die an der Tür stand, und traute ihren Ohren nicht, als sie eine sehr bekannte Stimme sagen hörte: »Da bin ich wieder.«

Keuchend brachte sie nur ein Wort hervor: »Verschwinde!«

»Welch liebliche Begrüßung nach allem, was ich deinetwegen durchgemacht habe«, sagte Bernhard. »Verschwunden war ich lange genug. Ich bin zurückgekommen, um meine Arbeit wieder aufzunehmen. Schließlich hat mich niemand als Kämmerer abgesetzt.« Er trat so nah auf sie zu, dass er sie hätte berühren können. Unfähig, sich zu bewegen oder auch nur etwas zu entgegnen, starrte Judith entgeistert in die tiefgefrorenen Teiche. »Ich werde meine alte Stelle wieder einnehmen, liebste Judith. In jeder Hinsicht. Wenigstens das bist du mir nach den schauderhaften Ehemonaten mit deiner langweiligen Schwester Dhuoda schuldig.«

»Nichts...«

Sie kam nicht weiter. Mit beiden Händen ergriff er sie in der Mitte und zog sie grob an sich.

»Eine sehr reizvolle Tracht«, raunte er ihr ins Ohr, während er sie eng an sich presste. »Welcher Mann träumt nicht davon, eine schöne Nonne zu küssen!«

9

Aus den Chroniken der Astronoma

In den Jahren des Herrn 831 und 832

Der Heilige Vater habe die Verschleierung seiner Gemahlin für ungültig erklärt, verkündet Kaiser Ludwig auf dem Aachener Reichstag zu Lichtmess. Wer jetzt noch der Kaiserin Ehebruch oder Zauberei vorwerfe, möge vortreten und den Beweis führen. Es findet sich aber kein Kläger, und so schwört Judith am Tag von Mariä Reinigung im Glanze der Donnerkerzen, in ihrem ganzen Leben nur einem Mann angehört und mit Zauberei nichts zu tun zu haben. Ihre mittlerweile entmönchten Brüder Konrad und Rudolf bestätigen die Unschuld der Kaiserin. Als auch gegen den einstigen Kämmerer Bernhard von Barcelona niemand aussagen will, fordert dieser jeden zum Zweikampf auf, der ihn des Ehebruchs mit der Kaiserin zeihe. Keiner findet sich dazu bereit. Also schwört Bernhard gleichfalls einen Reinigungseid. Nie habe er sich der Kaiserin ungebührlich genähert. Über die gefangenen Verschwörer lässt Kaiser Ludwig seinen Sohn Lothar richten. Diesem bleibt keine Wahl, als alle, auch seinen Schwiegervater Hugo von Tours, zum Tode zu verurteilen. Nachdem der Kaiser die Männer zu Gefangenschaft begnadigt hat, enthebt er Lothar seines Amtes als Mitkaiser, entmachtet ihn und verbannt ihn nach Italien. Die Ordinatio imperii ist aufgehoben und wird durch die Divisio imperii ersetzt, da Ludwig alle anderen Länder gleichmäßig unter seinen Söhnen Pippin, Ludwig und Karl aufteilt. Er kehrt damit zu der gleichen Reichsteilung zurück, die sein Vater, Karl der Große, im Jahr des Herrn 806 für seine damals noch lebenden drei Söhne entworfen hat. Diese Regelung ruft den Missmut der Söhne Pippin und Ludwig hervor, denen für ihre Unterstützung bei der Wiedereinsetzung des Vaters erheblich mehr Land und Macht zugesagt worden war. Abermals beklagen sie den Einfluss der Kaiserin und werfen ihr vor, sich nicht mit einem kleinen Reichsteil für ihren Sohn Karl zu bescheiden. Bernhard von Barcelona, dem das Kaiserpaar verwehrt, in sein altes Amt zurückzukehren, schlägt sich auf die Seite König Pippins von Aquitanien. Er flüstert ihm ein, Judith habe ihren Gemahl davon überzeugt, ihrem eigenen Sohn die Kaiserwürde zu sichern. Karl solle dereinst wie Joseph, der Sohn Israels, über seine älteren Halbbrüder erhoben werden. Aus Empörung darüber weigert sich Pippin im Herbst 831, zu einem von Kaiser Ludwig angesetzten Reichstag in Ingelheim zu erscheinen. Dafür wird er am Weihnachtsfest zu Aachen von seinem Vater gemaßregelt. Pippin überwirft sich mit dem Kaiser und reist am zweiten Weihnachtsfeiertag ohne Erlaubnis bei Nacht und Nebel ab. Der erzürnte Ludwig sammelt sein Heer für einen Feldzug gegen den ungehorsamen Sohn. Pippin aber hat das Weihnachtsfest genutzt, um seine Brüder Lothar und Ludo über die vermeintlichen Pläne der Stiefmutter ins Bild zu setzen. Lothar schlägt einen erneuten Aufstand gegen das Kaiserpaar vor, beklagt die eigene Machtlosigkeit und fordert die beiden jüngeren Brüder auf, den Vater von zwei Seiten aus gleichzeitig anzugreifen. Während Kaiser Ludwig gegen Pippins Truppen nach Aquitanien vorrückt, fällt also sein gleichnamiger Sohn, Ludwig von Bayern, in Alemannien ein, wo er sich große Teile von Karls Gebiet aneignet. Kaiser Ludwig wendet sich mithilfe der Sachsen und Franken sofort gegen Ludo, treibt ihn in die Enge und bewegt ihn zum Rückzug. Judith, die mit Karl den Kaiser begleitet, rät ihrem Gemahl, Ludo mit einer Ermahnung davonkommen zu lassen und sein Hauptaugenmerk auf Pippin zu richten. Der sei gefährlicher, schon weil ihm Bernhard von Barcelona als Berater zur Seite stehe. Also fällt der Kaiser in Aquitanien ein. Im Oktober 832 zwingt er seinen zweitältesten

Sohn zur Aufgabe und bestraft ihn streng. Er nimmt ihm sein Königtum ab, enterbt ihn und schickt ihn mit Weib und Kind nach Trier in die Verbannung. Pippins Ratgeber Bernhard von Barcelona wird als Übeltäter gebrandmarkt und verliert Septimanien sowie alle seine Lehen.

Judith wähnt, am Ziel ihrer Wünsche zu sein, als Kaiser Ludwig ihren neunjährigen Sohn Karl zum König von Aquitanien krönt. Von Orleans reist die kaiserliche Familie wohlgemut gen Aachen.

In den Jahren 832 und 833

»Ich bin König, ich bin König!«, sang der neunjährige Karl übermütig vor sich hin. Er hatte darauf bestanden, auf einem eigenen Rösslein zu reiten, denn er fand es mit der neuen Würde nicht vereinbar, vor dem Vater auf dem Pferd zu sitzen.

Judith, die wusste, wie gern der Kaiser die Arme um seinen Jüngsten gelegt hätte, tröstete ihn. »Er wird sicherlich bald ermüden«, sagte sie. »Und dann froh sein, vor dir auf dem Hengst zu sitzen und sich an dich zu lehnen.«

Der einzige meiner vier Söhne, dachte Ludwig, der sich nicht auflehnt, sondern anlehnt. Mögen Entmachtung und Verbannung Lothars und Pippins auch Ludo zur Warnung dienen! Herr, lass es meinen Söhnen niemals mehr an Achtung mir gegenüber gebrechen! Lass uns jetzt alle in Frieden miteinander leben! Wie immer, wenn er Gottes Hilfe erflehte, blickte Ludwig nach oben. Er erschrak. Da er die Hälfte seines Lebens in freier Natur verbracht hatte – meistens auf der Jagd –, wusste er, was das Wolkenbild am Himmel bedeutete.

»Wir müssen schnell einen Unterschlupf finden!«, rief er. »Ein Unwetter naht!« In der Ferne war bereits Grollen zu hören.

Karl hielt mit seinem Königslied inne und lenkte sein Pferdchen ängstlich näher an das des Vaters.

»Das ist noch kein Gewitter, das sind Pferde!«, schrie Konrad, der mit der Vorhut vorangeritten und jetzt schwer atmend an des Kaisers Seite zurückgekehrt war. Er forderte das Gefolge auf, augenblicklich die kaiserliche Familie zu umringen, und stellte sich dann den Ankömmlingen entgegen. Während bereits erste schwere Tropfen fielen, bebte die Erde vom Getrappel herannahender Hufe. Karl, der zu weinen begonnen hatte, streckte die Arme nach seinem Vater aus und wurde vor ihn auf das Pferd gehoben.

»Es sind des Kaisers Farben!«

Aufatmen ging durch die Reihen. Ludwig sah Judith verwundert an. Er erwartete keine Abordnung, wusste nicht, welcher seiner Leute ihm an diesem Ort hätte entgegenreiten können.

»Keine Falle«, kam Konrads beruhigende Stimme. »Drogo reitet voraneweg.«

»Drogo?«

Erschrecken zeichnete sich in Judiths Gesicht ab. Sie riss sich von Ludwigs Seite los, versetzte ihrem Pferd einen Schlag mit der Gerte und sprengte dem Erzbischof entgegen. Ein Windstoß riss ihr die fein bestickte Haube vom Kopf. Arne, seit Judiths Pilgerreise nach Rom erster Knecht des Hofstaats, rannte der tanzenden Kopfbedeckung in den Wald hinterher.

»Wieso bist du nicht bei dem gefangenen Pippin?«, rief Judith ohne Begrüßung Drogo entgegen. »Du kannst doch unmöglich aus Trier schon wieder zurück sein!«

Heftiger Regen prasselte jetzt hernieder, Sturm rauschte durch die Äste, und einem wild zuckenden Blitz folgte sofortiges helles Krachen. Das Gewitter tobte unmittelbar über ihnen. Es war undenkbar, jetzt noch das Zelt des Kaisers errichten zu wollen.

»Schnell, hierher!«, übertönte Arnes Stimme aus dem Wald den Sturm, »eine Köhlerhütte!«

Eilig rannten Judith, Ludwig und Karl auf das winzige runde Gebilde aus Zweigen und Gras zu, das neben einem erloschenen Meiler stand und höchstens Platz für fünf eng beieinander stehende Menschen geboten hätte. Wenn sie leer gewesen wäre.

»Eine tote Frau«, rief Judith entsetzt und beugte sich zu der dünnen, an Armen und Beinen gefesselten Gestalt hinab, die Arne aus der Hütte zog.

»Hinein, hinein«, drängte Ludwig, stieg über die Frau und schob sich mit Karl an der Hand durch die türlose Öffnung in das Grashäuschen.

Während Arne im rauschenden Regen die Kehle der reglosen Frau abtastete, blickte Judith in ein junges bleiches Gesicht, das von abgeschnittenen blonden Haaren eingerahmt war und dadurch besonders verletzlich wirkte.

»Sie lebt noch«, sagte Arne, »geht rasch hinein, Herrin; ich kümmere mich um das Geschöpf.« Er hob die Frau auf und suchte, wie auch der Rest des Gefolges, sich im Gebüsch und unter Bäumen so gut wie möglich vor dem Sturm zu schützen.

»Drogo!«, brüllte der Kaiser aus der Hütte. »Komm her, und erstatte Bericht!«

Der Erzbischof mühte sich, seinen scheuenden Hengst an einen Baum zu binden, und rannte mit wehendem Gewand auf die Hütte zu. Plötzlich machte er einen großen Satz, riss Konrad am Arm zur Seite und stürzte mit ihm zu Boden. Entsetzt beobachte das Kaiserpaar, wie eine riesige Fichte schwankte, herunterkrachte und die Männer unter sich begrub. Wenig später krochen beide unverletzt unter den Zweigen hervor. Drogos Geistesgegenwart hatte verhindert, dass Konrad vom Stamm erschlagen wurde.

Kreidebleich gesellten sich die Männer zur Kaiserfamilie. Drogo nahm Konrads gestammelten Dank entgegen, wischte sich nasse Baumnadeln vom Gewand und berichtete.

»Pippin ist geflüchtet«, sagte er. »Seine Männer lagen in Doué auf der Lauer und haben ihn in der Nacht befreit. Dabei sind zwei seiner Wächter ums Leben gekommen.«

»Und wo ist er jetzt?«, fragte Ludwig ratlos. Er zog Karl unter seinen weiten Mantel und versuchte dem Regen auszuweichen, der jetzt durch die Öffnung ins Innere drang. Der Boden war bereits völlig durchweicht.

»Wo wohl!«, versetzte Judith und strich sich wütend die nassen Haare aus dem Gesicht. »Als wir aus Aquitanien hinausritten, ist er gleich wieder hineingeritten.«

»Das hat er nicht gewagt«, murmelte Ludwig ohne rechte Überzeugung.

»Wir müssen sofort umkehren und ihn stellen«, drängte Judith.

»Das Heer ist entlassen«, wandte Konrad ein.

»Und der Winter steht vor der Tür«, bemerkte Erzbischof Drogo. »Pippin wird keinen Krieg gegen uns im Winter beginnen.«

»Aber er wird die Zeit nutzen, um sich Hilfe von Lothar aus Italien zu holen«, rief Judith verzweifelt, »und dann spätestens im Frühjahr über uns herfallen! Dann war alles umsonst!«

»Vielleicht können wir ja mit Pippin verhandeln«, meinte Ludwig. Judith musterte ihren Mann entsetzt.

»Verhandeln! Nach allem, was geschehen ist? Niemand ist unversöhnlicher als dein zweitältester Sohn, das haben wir doch oft genug zu spüren bekommen. Er ist jetzt unser gefährlichster Gegner!« Vor Erregung konnte Judith kaum Luft holen. »Es wäre ein Zeichen ungeheurer Schwäche, wenn du ihm ungestraft das Königreich überlässt, das du vor wenigen Tagen Karl verliehen hast!«

»Karl ist ein Kind, er kann es ohnehin noch nicht regieren«, murmelte Ludwig.

»Aber er bleibt kein Kind! Und er wird weder dieses Königreich noch ein anderes jemals regieren können, wenn wir nicht sofort zurückreiten, das Heer wieder einberufen und Pippin erneut gefangen setzen!« Judith schämte sich nicht der Tränen, die ihr jetzt vor lauter Wut und Enttäuschung über die Wangen rannen. »Wenn wir nicht unverzüglich handeln, können wir uns alle gleich selbst in Klöster einweisen!«

Die Hütte wurde ihr zu eng. Sie rannte hinaus in den Sturm, stampfte mit den Füßen so heftig auf, dass Schlamm auf ihren Reisemantel spritzte, und schrie in den Wald: »Nach Aquitanien! Auf in den Kampf!«

Plötzlich spürte sie die kleine Hand ihres Sohnes in ihrer. Aus grauen Augen blickte das Kind vertrauensvoll zu ihr auf.

»Ich werde kämpfen, Mutter! Ich erobere mein Königreich zurück!«

Als das Gewitter fortgezogen war, rief Ludwig sein Gefolge zusammen und verkündete die Rückkehr nach Aquitanien. Mutlosigkeit zeichnete sich in den Gesichtern ab, als er erläuterte, in Tours seine Vasallen aus Burgund und Neustrien zurückzurufen. »Wir müssen dort sein, bevor Pippin den Grafen Hugo aus seinem Gefängnis befreit und der seine Mannschaften gesammelt hat!«

Judith schob ihren Sohn in den Kreis, der sich um den Kaiser gebildet hatte, hob beide Arme und rief, so laut sie konnte: »Für König Karl!«

Erst nachdem eine Männerstimme außerhalb des Kreises den Ruf aufgegriffen hatte, stimmten die anderen herzhaft ein: »Für König Karl!«

»Arne hat mir als Erster gehuldigt«, flüsterte Karl seiner Mutter zu und deutete hinter sich. Der Knecht hockte am

Boden neben der Frau, die er aus der Köhlerhütte gezogen hatte. Neugierig trat Judith näher.

»Sie war ohnmächtig vor Hunger, ist aber jetzt gestärkt«, sagte Arne, als er sich erhob.

»Danke, edle Herrin«, sprach die kurzhaarige Frau leise. Sie versuchte aufzustehen, sackte aber sofort wieder in sich zusammen. Zitternd beugte sie sich vor und küsste den schmutzstarrenden Saum von Judiths Kleid.

»Was geschieht jetzt mit ihr?«, fragte Judith.

»Wenn Anna hierbleibt, wird sie sterben«, erwiderte Arne.

»Wer hat sie in der Hütte gefesselt zurückgelassen?«

»Ihr Mann.«

»Und weshalb?«

»Das will sie nicht sagen.«

Judith wandte sich an die Frau, die sich aufgesetzt hatte und angstvoll zur Kaiserin aufblickte.

»Bist du eine Ehebrecherin?«

Heftig schüttelte Anna den Kopf und brachte leise hervor: »Ganz im Gegenteil! Ich wollte meine Ehe retten.«

»Hast du Gift bei einer anderen Frau verwendet? Oder bei einem anderen Mann?«

Wieder heftiges Kopfschütteln. Judith wartete ungeduldig. »Nun?«

Arne hob die Schultern. »Es ist nicht aus ihr herauszubekommen. Müssen wir sie deswegen zurücklassen?«

»Sie kann ohnehin nicht gehen«, meinte Judith und wandte sich ab.

»Herrin, gestattet mir die Frage: Darf sie sich uns anschließen, wenn die Füße sie tragen?«

Judith hatte Wichtigeres im Kopf, als sich um das Los einer armen Hörigen zu kümmern. Die ohnehin nicht gehen konnte. »Meinetwegen«, rief sie zurück.

Arne kniete sich nieder und half der Frau, auf seine Schultern zu klettern. Schließlich hatte die Kaiserin nicht genau bestimmt, *wessen* Füße Anna tragen sollten.

In Tours verbrachte Ludwig die meiste Zeit in der Kirche. Er flehte nicht nur Gott um Hilfe an, sondern bat auch Sankt Martin, den Schutzheiligen des Kaiserhauses, ihm beizustehen. An dessen Namenstag, dem 11. November, wurde der erneute Schlag gegen Pippin eingeleitet.

Der Kaiser hatte sich vergeblich Hilfe von oben erhofft. Von da kam nur unerbittlicher Regen. Selbst die ältesten Menschen in Aquitanien konnten sich nicht daran erinnern, einen derart nassen Herbst erlebt zu haben. Sie konnten es auch nicht fassen, dass ihr Kaiser im Kampf gegen seinen Sohn Pippin, den sie immer noch als ihren König ansahen, mit Feuer und Schwert ganze Landstriche seines eigenen Reichs verwüstete. Doch es war gefährlich, Derartiges zu äußern, denn Gehöfte, Anwesen und Weiler wurden niedergebrannt, wenn des Kaisers Männer dort Anhänger Pippins vermuteten.

Vom aufrührerischen Sohn aber fehlte jede Spur. Das gesamte Unternehmen scheiterte schließlich am Wetter. Der tiefe Boden erschwerte Ludwigs Heer das Vorankommen und verdarb die Hufe der Pferde. Als Ende des Monats Frost einsetzte, stürzten nahezu alle Tiere auf dem eisigen Boden. Mit Fußvolk allein konnte Ludwig den Krieg gegen Pippin nicht gewinnen. Es blieb ihm keine Wahl. Er musste sich von der Jahreszeit geschlagen geben und umkehren. Jetzt erst setzten sich Pippins Mannen in Bewegung und verfolgten die kaiserliche Familie. Nur mit knapper Mühe konnte sie unbeschadet über die Loire setzen. Völlig erschöpft ritten Ludwig und Judith mit ihrem Gefolge auf der Kaiserpfalz in Le Mans ein und erfuhren zu ihrer Überraschung, dass Heiligabend angebrochen war.

»Vor genau einem Jahr war die ganze Familie in Aachen vereint«, bemerkte Ludwig sehnsüchtig.

»Aber alles andere als friedlich!«, erinnerte ihn Judith. »Und damit meine ich nicht nur die Streitereien zwischen Irmingard, Adelheid, Hemma und mir. Hättest du Pippin damals strenger bewacht, hätte er sich nicht davonschleichen können, und alles wäre anders gekommen.«

Sie nahm sich vor, künftig nichts mehr dem Schicksal oder Ludwig allein zu überlassen. Und das nächste Weihnachtsfest friedlich in Aachen zu verbringen.

Das sollte ihr nicht vergönnt sein.

Ende Januar begrüßte Papst Gregor IV. im Lateran zu Rom Lothar mit ausgesuchter Herzlichkeit. Den Heiligen Vater plagten seit der Entmachtung und Verbannung dieses Kaisersohnes nach Italien größte Sorgen. Er kannte Lothars Ehrgeiz, dem das ziemlich kleine Gebiet des ehemaligen langobardischen Reiches mit Sicherheit nicht genügen würde, und er fürchtete um die Besitzungen der römischen Kirche. Nichts würde Lothar davon abhalten, sich einen Anhang durch die Verleihung von Gütern zu sichern, die nach der Konstantinischen Schenkung dem Patrimonium Petri gehörten, dem Kirchenstaat. Gregor erschauerte, wenn er daran dachte, wie Karl der Große sich an manchem Kirchenland gütlich getan hatte. Sein Enkel Lothar musste schnellstens aus Italien verschwinden, koste es, was es wolle.

»Es ist eine Freude, dich zu sehen, mein Sohn«, heuchelte Gregor, als sich Lothar über den Petrusring beugte, »und deine liebreizende Gemahlin.«

Irmingard, die ebenfalls vor ihm kniete, brach in Tränen aus.

Der Papst legte sacht die Hand auf ihren schwarz betuchten Kopf und fragte: »Was bekümmert deine edle Gemahlin?«

»Heiliger Vater«, sprach Lothar mit gesenktem Kopf. »Das Herzeleid unserer Familie überwältigt sie. Meine beiden Brüder Pippin und Ludwig haben mich gesandt, den in Rom gekrönten und gesalbten Kaiser, um vom Heiligen Stuhl Hilfe zu erflehen. Es ist eine sehr traurige Geschichte.«

Gott hat meine Gebete erhört, freute sich Papst Gregor, als Lothar weitersprach und die Not schilderte, in die das Frankenreich durch Kaiserin Judith geraten sei. Er verstand, dass Ludwigs Angelegenheiten ungleich schlimmer standen als drei Jahre zuvor. Damals hatte der Kaiser mit Bernhard von Barcelona gegen die Bretonen ziehen wollen und als eigentlichen Gegner nur Lothar gehabt. Der hatte zwar seinen Bruder Pippin aufgewiegelt, diesem aber war einzig daran gelegen gewesen, Judith und den kleinen Karl loszuwerden; keineswegs hatte er den Kaiser vom Thron stoßen und Lothar darauf setzen wollen. Doch jetzt, nach der Erniedrigung des Bayernkönigs Ludo und dem schimpflichen Rückzug aus Aquitanien, standen dem Kaiser alle drei älteren Söhne feindlich gegenüber und wünschten, ihn zu entmachten.

»Und du, mein Sohn«, bemerkte Papst Gregor sanft, »willst Frieden schaffen und der Ordinatio imperii wieder zu ihrem Recht verhelfen; das ist auch gut so.«

Lothar und Irmingard hatten sich erhoben. Der Heilige Vater sah mitleidig auf den Tropfen, der unter den tränenroten Augen an Irmingards Habichtsnase hing, und erklärte: »Ich werde dich begleiten, um Frieden zwischen euch zu stiften.«

Endlich würde er Lothar aus Italien entfernen! Und unter dem Schutz des jungen Kaisers und der beiden Könige mit gebietender Sprache das Ansehen des Petrusstuhls jenseits der Alpen geltend machen können. Mit Ludwig hatte er nichts zu schaffen; nie waren sie sich begegnet, Lothar aber war in Rom zum Kaiser gesalbt worden, und seiner Absetzung durch den Vater hatte die Kirche nie zugestimmt. Welch ein freudiger Tag für Rom, wenn dieser unberechenbare Lothar im weit entfernten Aachen auf dem Thron sitzen und dem Patrimonium Petri nicht mehr gefährlich werden könnte! Nach Lothars Besuch sah die Zukunft für den Heiligen Vater weitaus weniger bedrohlich aus. Er bereitete sich darauf vor, in den Norden zu reisen, um den derzeitigen Kaiser durch seinen ältesten Sohn, diesen lästigen Lothar, zu ersetzen.

Nie zuvor war Judith einer solch geschickten Näherin wie Anna begegnet. Nicht einmal Gerswind hätte in solcher Geschwindigkeit die schadhaften Stellen an ihren Gewändern ausbessern oder solch einfallsreiche Verbrämungen erfinden können. Diese einst halb tote Frau, die sie in der Köhlerhütte gefunden hatten, war zur Näherin der Kaiserin aufgestiegen und sorgte dafür, dass die edle Frau zumindest äußerlich Haltung bewahren konnte. Das war auch erforderlich, denn im Inneren Judiths wütete es, und in ihrer Hand zitterte der Brief, den ihr alter Feind, Agobard von Lyon, der Erzbischof mit den gehässigen Rosinenaugen, dem Kaiser geschickt hatte.

»Hör dir das an, Ruadbern!«, rief sie zornig und sah blicklos aus ihrem Zelt auf die friedliche Landschaft bei Colmar. »Dieser Giftzwerg schreibt, die Aufbietung aller Krieger habe die Unordnung im Reich verursacht, und alles Unglück stamme von mir, einer gewissenlosen Hexe! Meinetwegen sei die Ordinatio imperii umgestoßen und Lothar seiner Macht als Mitkaiser beraubt worden! Lothar, den der Papst selbst gekrönt und gesalbt hat; ich wusste immer, dass daraus ein Unglück erwachsen wird!«

»Wenn man die Hexe einmal ausnimmt«, meinte der dreiundzwanzigjährige Ruadbern, »ist Agobards Erklärung so unwahr doch nicht!« Lakonisch setzte er hinzu: »Dreh dich nur um, Judi, schau nicht nach hinten, schau nach vorn; dann siehst du nicht das flüsternde Bächlein, das sich silbern durch die Auen windet, wie dein poetischer Freund Walahfrid Strabo sagen würde, sondern die Heere der drei Söhne, denen der

Vater den Kampf angesagt hat. Vielleicht hörst du dann auch das Klirren der Waffen.«

»Bitte«, flehte Anna. Es war nicht klar, ob sie Ruadbern zum Schweigen oder Judith zum Stillsitzen anhalten wollte, denn sie war seit Stunden damit beschäftigt, ein neues Marderfell an dem verschlissenen Saum von Judiths Gewand zu befestigen.

»Der Heilige Vater ist eingetroffen und hält sich drüben bei Lothar auf«, sagte Ruadbern. »Vielleicht kann er ja verhindern, dass sich eure Sippe gegenseitig auslöscht.«

Er sprang zur Seite und war verschwunden, ehe Judith ihm eine Ohrfeige versetzen konnte.

»Alles hin«, sagte Anna traurig und blickte auf das Marderfell, das bei Judiths plötzlichem Aufspringen gänzlich vom Saum gerissen war.

»Das kannst du wohl sagen!« Judith setzte sich wieder auf den Schemel. Am liebsten wäre sie sofort zum Zelt jenseits des Tales geeilt, wo Lothar auf den Papst einredete. Aber gerade sie durfte sich nicht rühren. Angeblich hatte ja ihre Einmischung in die Männerdomäne Politik das ganze Übel verursacht. Sie war machtlos.

Seitdem sie an diesem frühen Morgen des 24. Juni in Colmar angekommen waren, hatte sie gemerkt, dass sich die Stimmung gegen Ludwig und sie gewandt hatte. Selbst die Getreuesten der Getreuen mieden ihren Blick, und alle Gespräche verstummten, wenn sie an den Männern vorbeikam.

Ludwig hatte kurz zuvor in Worms beschlossen, die Waffen gegen seine drei Söhne zu gebrauchen, und dafür alle seine Krieger mit einem neuen Treueid verpflichtet.

»Anna«, sprach sie ihre Näherin an, »willst du mir nicht jetzt erzählen, warum dich dein Mann gefesselt in der Köhlerhütte zurückgelassen hat?«

Überrascht blickte die junge Frau von ihrem Marderfell auf. Sie sah die Verzweiflung in Judiths Augen, las den dringenden

Wunsch, jetzt von dem Fürchterlichen abgelenkt zu werden, das in den nächsten Stunden gewiss geschehen würde.

Anna verspürte keine Angst vor einer Schlacht, die sie nichts anging, die weder sie noch ihren geliebten Arne gefährden würde, der als Knecht nicht mitzukämpfen brauchte. Sie hatte mit ihm bereits abgesprochen, sich davonzustehlen, während sich die Truppen von Vater und Söhnen niedermetzelten. Gemeinsam wollten sie nach Süden ziehen und in einer fremden Umgebung ein neues Leben anfangen. Arne, der in seiner einfachen Tracht zwischen den Lagern umherhuschte, hatte ihr gesagt, der Kaiser, die Kaiserin und deren Sohn seien nicht mehr zu retten. Sie würden sterben, von den eigenen Verwandten umgebracht werden; da sei nichts zu machen. In dieser Lage brauchte Anna nicht mehr zu befürchten, dass ihre Geschichte ein böses Licht auf sie werfen könnte.

»Ich hatte die Narzissen vom Frühjahr getrocknet«, sagte sie, während sie das Marderfell wieder an den Saum legte und die Nadel durch Stoff und Pelz zog. »Weil ich mit den Blumen im Winter die Stube schmücken wollte.«

Sie hielt inne und musterte mit zusammengekniffenen Augen den Sitz des Besatzes. »Und ich hatte Ameisen gesammelt, weil sie klein gemahlen gegen Entzündungen und andere Krankheiten helfen.«

»Und was hat dein Mann dagegen einzuwenden gehabt?«, fragte Judith ungeduldig.

»Mein Mann …« Anna stieß einen tiefen Seufzer aus und ließ die Nadel sinken, »… ist nie mein Mann gewesen, wenn Ihr versteht, was ich meine.« Purpurrot geworden, wandte sie den Blick ab. »Während meiner Ehe blieb ich so, wie ich geboren wurde … er war jung, aber dennoch nicht in der Lage … er konnte mir kein Kind machen«, flüsterte sie.

Judith schloss die Augen. »Und was haben Narzissen und Ameisen damit zu tun?«, fragte sie heiser.

»Mein Mann ist um Hilfe zu einer Kräuterfrau gegangen. Von ihr hat er etwas vernommen...«

»Was?«

»Vierzig Ameisen, in Narzissensud gekocht und getrunken, rauben die Manneskraft für alle Zeiten.«

»Er hat geglaubt, du hast ihn absichtlich seiner Manneskraft beraubt?«

Anna nickte. »Für ihn lagerten die Beweise deutlich sichtbar in der Stube. Früher habe er mühelos bei Frauen liegen können, sagte er. Und jetzt könne er... mit keiner.«

»Und deswegen hat er dich dem Tod geweiht?«

»Für ihn bin ich eine Hexe. Er berief sich auf das neue Gesetz des Kaisers gegen Zauberei. Erst wollte er mich in ein Weinfass sperren und in den Fluss werfen. Aber an Weinfässer ist kein leichtes Herankommen, und der Fluss führte noch nicht genügend Wasser.«

»Warum hat er dich nicht gleich getötet?«, fragte Judith.

»Das wollte er Gott überlassen. Aber der Herr wusste um meine Unschuld und hat mir Euch geschickt.«

»Aber weshalb hat dich dein Mann deiner Haare beraubt?«

Anna fuhr sich durch das hellblonde, mittlerweile wieder schulterlange Haar, das ihr ein fast männliches Aussehen verlieh.

»Er glaubte, die Hexenkraft stecke wie bei Samson in meinen Haaren.«

Hatten die Mädchen in der Brautschule auch angenommen, ihren Haaren wohne Zauberkraft inne, fragte sich Judith? Und sie ihr deshalb abgeschnitten? War vielleicht der böse Ruf, der ihr seit Jahren anhing, schon damals geboren geworden? Nun, die Leute hätten eines Besseren belehrt sein sollen, denn der Kaiser hatte sie trotz ihres Rattenkopfes ausgewählt.

Mit hochrotem Gesicht stürmte Karl ins Zelt.

»Der Heilige Vater kommt jetzt herüber!«

Judith sprang auf. Anna stieß einen verzweifelten Schrei aus. Wieder hatte sich der Marderpelz vom Saum gerissen. Nachdenklich musterte die Näherin das in Streifen geschnittene Fell. Wohin sollte es noch führen, wenn schon ein totes Tier der Kaiserin so beharrlich die Begleitung verweigerte?

Judith eilte zu Ludwig, der mit seinen Beratern vor dem Zelt saß und über die weite Ebene blickte, auf der die Heere seiner Söhne ausgerückt waren und sich in Schlachtenordnung seinem eigenen Heer gegenüber aufgestellt hatten. Niemals zuvor hatte Judith so viele Menschen versammelt gesehen. Es mussten Hunderttausende sein, deren Rüstungen und Schilde in der Mittagssonne aufblitzten. Ein Schauer lief ihr über den Rücken.

Eine kleine Abordnung von zumeist langberockten Männern näherte sich von Lothars Seite aus dem kaiserlichen Lager.

»Willst du dem Papst nicht entgegenschreiten?«, fragte Judith verwundert.

»Nein«, erwiderte Ludwig kalt und erhob sich. »Wir werden uns an die Spitze unseres Heeres stellen und ihn da empfangen. Komm mit.«

Neben dem Kaiser stehend, beobachtete sie die kleine Gruppe auf ihrem Weg übers Feld. Judith wunderte sich nicht, Erzbischof Agobard von Lyon an des Papstes Seite zu sehen.

Gregor IV. verzog keine Miene, als er auf den Kaiser zu trat und ihm den Segen erteilte.

»Heiliger Bischof«, erklärte Ludwig, »du wunderst dich, weshalb wir dich nicht auf die Weise der alten Könige mit Gesang, Lobpreisungen und anderen deiner Würde angemessenen Ehrenbezeugungen empfangen? Nun, das liegt daran, dass auch du nicht so zu uns kommst, wie deine Vorgänger zu den meinen zu kommen pflegten.«

»Mein Sohn«, erwiderte Papst Gregor, ohne Judith auch nur eines Blickes zu würdigen, »wisse, dass wir um der Eintracht und des Friedens willen gekommen sind, den der Heiland uns hinterlassen hat und den zu predigen meines Amtes ist. Wenn du uns und den Frieden annimmst, Kaiser, wird er auf euch und eurem Reiche ruhen. Wenn nicht, wird sich der Friede Christi zu uns zurückwenden und bei uns bleiben.«

»Amen«, sagte Ludwig, weil ihm dazu keine andere Erwiderung einfiel. Er geleitete den Papst zum Lager, ließ ihm ein Zelt anweisen, nahm Geschenke entgegen, erwiderte diese und lud dann zur späteren Beratung in sein eigenes Zelt ein.

Judith, nicht gewohnt wie Luft behandelt zu werden, begab sich währenddessen in die Höhle des Löwen. Sie näherte sich der vor dem Zelt des Papstes wartenden Gruppe der Bischöfe.

»Erzbischof Agobard!«

Unwillig wandte sich ihr der kleine magere Mann zu. Judith wich den Giftpfeilen aus seinen Rosinenaugen nicht aus.

»Ich habe mit dir zu sprechen.« Sie war die Kaiserin und hatte ein Recht darauf.

»Nicht ich habe etwas mit der Kaiserin zu besprechen«, geiferte er, »sondern der Kaiser, der seinen Anspruch auf Herrschaft verwirkt hat, wenn er dem schändlichen und schädlichen Treiben seiner Frau keinen Einhalt gebietet. Die Rache Gottes wird ihn treffen wie schon den König Ahab, der sich von seiner Frau Isebel beherrschen ließ.«

Damit wandte er sich ab und ließ Judith stehen. Zornesröte stieg ihr ins Gesicht. Wie konnte er es wagen, sie so zu behandeln! Noch dazu in aller Öffentlichkeit, vor ihrem zehnjährigen Sohn Karl, der jetzt verstört zu ihr aufblickte. Wutschnaubend kehrte sie in ihr Zelt zurück, lehnte Annas Vorschlag, das Marderfell endlich am Saum zu befestigen, ab und ließ Ruadbern zu sich rufen.

»Die Verwerflichkeit, die *Schändlichkeit* meines Tuns besteht einzig darin, dass ich dem Kaiser einen Sohn geschenkt und darauf geachtet habe, dass dieser bei der Verteilung des Reichs nicht leer ausgeht. Damit er nicht nach dem Tod des Vaters in ein Kloster abgeschoben wird – wie das König Pippin und Kaiser Karl mit ihren Brüdern zu tun pflegten«, schnaubte sie, als Ruadbern ihr gegenüber Platz nahm. »Als Wurzel des Übels, als die mich dieser grauenvolle Agobard unablässig bezeichnet, wird man mich nicht in das Beratungszelt lassen.«

»Mich wahrscheinlich auch nicht«, gab Ruadbern zu bedenken, der begriff, worauf Judith hinauswollte.

»Zeltwände sind dünn! Sieh zu, dass dein Ohr ihnen nahe kommt. Ich muss wissen, was besprochen wird, um Ludwig vernünftig raten zu können.«

Ruadbern zögerte. »Der Kaiser wird dir gewiss doch alles berichten«, meinte er.

»Ja, hinterher! Wenn es vielleicht schon zu spät ist! Er darf sich nicht dazu überreden lassen, die Ordinatio imperii wiederherzustellen, Karl sein Königreich Aquitanien wieder wegzunehmen...« Sie war den Tränen nah.

»Schon gut, Judi, ich werde hinter dem Zelt Wache halten und dir berichten. Sei nicht traurig, freu dich lieber darüber, dass jetzt nicht gekämpft, sondern verhandelt wird!«

So recht freuen konnte sich Judith darüber nicht. Eine rasche Entscheidungsschlacht wäre ihr lieber gewesen. Sie war überzeugt, das besser ausgerüstete Heer des Kaisers würde über die Truppen seiner Söhne siegen, und weigerte sich, über ein für sie nachteiliges Ausgehen des Kampfes überhaupt nur nachzudenken.

Die Verhandlungen mit dem Papst, der als Lothars Mittler auftrat, zogen sich etliche Tage hin. Judith wurde sehr unruhig, als sie den regen Verkehr zwischen den Lagern der drei Söhne und des Kaisers beobachtete. Wenn Ludwig abends müde in das gemeinsame Zelt zurückkehrte, erklärte er stets nur, er sei auf die Vorschläge des Papstes nicht eingegangen und beabsichtige dies auch nicht zu tun. Ruadbern hatte ihr bereits erzählt, der Papst beharre auf der Wiederherstellung der Ordinatio imperii.

Ludwig sah fahl und ungesund aus. Er führte das auf furchtbare Krämpfe in seinen Eingeweiden zurück, die ihn seit der Ankunft auf dem Rotfeld bei Colmar plagten. Judith beriet sich mit Anna und dem Medicus und ließ ein schmerzlinderndes Gebräu herstellen, das dem Kaiser während der Verhandlungen alle paar Stunden gereicht wurde.

Am frühen Morgen des 27. Juni trug ihr Arne eine bedenkliche Nachricht zu.

»Gestern ist eine Gruppe von ungefähr hundert unserer Leute zu Lothar übergelaufen«, erzählte er der Kaiserin. »Sie behaupteten, lieber an der Seite ihrer alten Kriegsgefährten kämpfen zu wollen als für, als für ... « Er stotterte.

»... eine böse Hexe«, vollendete Judith grimmig seinen Satz. Er senkte die Lider.

»Ich muss da hinaus!«, erklärte Judith plötzlich, »es mit meinen eigenen Sinnen sehen und hören!«

»Tut das nicht, Herrin!«, beschwor Arne sie. »Wie leicht könnte Euch da etwas widerfahren! Zumal Erzbischof Agobard gerade verkündet hat, zu des Kaisers Kriegern sprechen zu wollen!«

»Dann erst recht. Das muss ich hören – und sehen, wie die Männer darauf reagieren. Natürlich trete ich nicht als Kaiserin auf.« Mit hochgezogenen Augenbrauen musterte sie Annas Kleid.

»Verzeiht, Herrin«, meldete sich die Näherin zu Wort, »selbst in Lumpen würde man Euch als die Kaiserin erkennen! Und das wäre für Euch noch gefährlicher. Ihr wisst doch, wie böse die Leute auf Euch sind!«

Schon ihr Haar würde sie verraten. Sie musste die Goldpracht verhüllen. Am besten unter einem Eisenhelm.

»Arne, besorg mir eine Kriegerausrüstung, die mir passt.«

Entsetzt hob der Knecht die Arme, aber Judith ließ keine Einwände gelten.

»Geh schon. Schnell. Jemand, der einen riesigen Grenzstein versetzt, wird doch ein lächerliches Kriegerhemd und einen Helm für mich auftreiben können!«

»Ich habe keinen Grenzstein...«

Judith scheuchte ihn aus dem Zelt. Ihr Blick fiel auf das achtlos weggelegte Marderfell.

»Ich brauche einen Bart«, erklärte sie, »Anna, besorg Leim aus dem Küchenzelt!«

So kam es, dass Teile des Marders die Kaiserin doch noch begleiten sollten. Kurz geschnittene Tierhaare wurden unter der Nase, am Kinn und an den Schläfen der Kaiserin angebracht, dort, wo es unter dem Helm sonst goldblond aufgeblitzt hätte.

Arne erbeutete nicht nur die passende Kriegerkleidung, ein schweres Hemd mit vielen eisernen Kettenringen, sondern auch noch ein ganzes Wehrgehenk. Anna holte Wasser, stellte sich mit einem Bottich voller Wäsche vor das Zelt und lenkte mit verlockend anmutigen Bewegungen die beiden Wachen davor ab.

Dennoch scheiterte Judiths Versuch, als junger Mann unbemerkt aus dem Zelt der Kaiserin zu schleichen. Die Schnurrhaare kitzelten sie in der Nase. Ihr lautes Niesen zog augenblicklich die Aufmerksamkeit der Wachen auf sich.

Die Männer hielten sie mit gekreuzten Lanzen auf.

»Was treibst du im Zelt der Kaiserin?«

»Ich sollte der Herrin eine Botschaft des Kaisers überbringen«, erwiderte Judith, froh, dass sie zumindest ihre Stimme nicht zu verstellen brauchte. »Doch sie ist nicht anwesend.«

Die Wachen betrachteten einander verblüfft.

»Weshalb haben wir dich nicht eintreten sehen?«

»Bei diesem reizvollen Anblick wäre mir das wahrscheinlich

auch entgangen«, bemerkte Judith und nickte zu Anna hinüber, die sich in ihrem ausgeschnittenen Kleid gerade so tief über den Bottich beugte, das mehr als nur der Ansatz ihrer Brüste sichtbar wurde.

Die Männer brummten, warfen einen Blick in das Zelt und stellten betroffen fest, dass die Kaiserin von ihnen unentdeckt hatte heraustreten können. Doch sie ließen den vermeintlichen jungen Mann immer noch nicht gehen. Einer der Wachen näherte sich ihm und fragte tuschelnd: »Sag schon, du gehörst doch auch zu denen, die der Kaiserin das zustecken, was ihr der Gemahl nicht gibt?« Er kniff ein Auge zu.

Judith unterdrückte Schreck und Wut.

»Ich stehe treu zur Kaiserfamilie und gebe nichts auf böswillige Verleumdungen«, antwortete sie fest. »Und euch rate ich das Gleiche.«

Damit wandte sie sich von den Männern ab und schritt, so forsch sie es in dem schweren Kettenhemd, das ihr bis zu den Waden ging und ihre Haut aufzuscheuern schien, und mit den an ihrer Seite schwingenden Waffen vermochte, zu der großen Gruppe, die sich am Ende des Zeltlagers eingefunden hatte. Erzbischof Agobard stand dort auf einer Kiste und schickte mit schmerzlich schriller Stimme seine Worte in die Welt. Judith drängte sich durch die Menge nach vorn, um nichts zu verpassen.

»Seht selbst, mit welch großer Macht die Söhne des Kaisers erschienen sind! Wollt ihr wirklich euren Bruder, euren Gefährten aus dem letzten Krieg töten? Nur wegen einer Frau, die als Quelle des Verderbens anzusehen ist? Die das Ehebett mit fremden Männern besudelt? Und ihrem Gemahl die Manneskraft geraubt hat?«

Judith unterdrückte einen Entsetzensschrei. Woher wusste Agobard von Ludwigs Versagen? Bernhard, dachte sie voller Zorn, nur er kann dieses Gerücht gestreut haben! Und es ist sogar schon bis zu den einfachsten Kriegern durchgedrungen! Ihre Wut über diesen Verrat wich schnell der Verzweiflung: Wie schlimm muss die Lage sein, wenn ein Bischof dem Kaiser öffentlich die Männlichkeit abzusprechen wagt und ihn dem Hohn des Volkes aussetzt!

»Ich würde ihn ihr auch gern zwischen die Schenkel stecken!«, rief jemand aus der Menge. Lautes Gelächter und zustimmendes Grölen. Der Mann, der neben Judith stand, schlug ihr so heftig auf die Schulter, dass sie fast zusammengesackt wäre. Er fasste sich ans Gemächt und donnerte: »Den hier treibe ich ihr zwischen die geilen Hinterbacken, wenn der Kaiser geschlagen ist!«

Judith glaubte, sich verhört zu haben. Diese Männer gehörten doch zum Heer des Kaisers, zu ihren Leuten!

»Aber dann sind doch auch wir geschlagen«, bot sie zaghaft an. Sie spürte, wie sich der Marderbart von ihren Lippen zu lösen drohte, und drückte ihn rasch wieder fest.

»Ach, mein Junge«, erwiderte der Mann lachend, »wo hast du denn in den vergangenen Tagen gesteckt!«

Er wartete ihre Antwort nicht ab, sondern hob die Hand, um die nächsten Worte des Erzbischofs nicht zu verpassen.

»Und hört, meine Söhne«, wütete Agobard weiter, »wollt ihr etwa für einen Kaiser kämpfen, der nur mit knapper Not einem Mordanschlag der eigenen Gemahlin entgangen ist? Weil sie ihren Sohn zum Kaiser ausrufen lassen will! Gift hat sie Ludwig reichen lassen, unter unser aller Augen! Er bog sich vor Krämpfen! Erst, als ich ihm das Gebräu aus der Hand schlug, begann er sich zu erholen!«

Böses Raunen ging durch die Menge, Pfuirufe ertönten, missbilligendes Gepfeife und gehässiges Zischeln. Der Krieger neben Judith stieß sie wieder an.

»Da hörst du es selbst, mein Freund. Und für diese Hexe sollen wir sterben? Außerdem wäre es schön dumm, dem Kaiser jetzt die Treue zu halten! In seinem Dienst wartet keine Belohnung auf uns, aber Lothar hat uns die Habe der Verlierer versprochen – wusstest du das nicht?«

Judith schüttelte stumm den Kopf. Ihr drohte schwarz vor Augen zu werden. Mit aller Kraft riss sie sich zusammen und brachte heiser hervor: »Aber ich habe dem Kaiser in Worms doch einen Treueid geschworen!«

Der Krieger sah sie mitleidig an. »Du bist noch zu jung, kleiner Freund«, sagte er gutmütig, »aber ich habe im Jahr 817 auf die Ordinatio imperii geschworen und betrachte diesen Eid immer noch als verbindlich. Wie die meisten hier. Was ist nun, schließt du dich uns an?«

Judith nickte und wandte sich um. Ihre Knie hatten zu schlottern begonnen. Während sie wie ein uralter Mann langsam fortschritt, hörte sie Agobard noch schreien: »Es liegt allein in eurer Hand, das Blutvergießen zu verhindern. Was kann Kaiser Ludwig schon ausrichten, wenn ihr euch alle zu Kaiser Lothar hinüberbegebt! Der es euch fürstlich lohnen wird!«

Auf dem Weg zurück sah Judith den Papst und sein Gefolge das Beratungszelt verlassen und den Weg zu Lothars Lager einschlagen. Das konnte nichts Gutes bedeuten. Plötzlich wünschte sie sich, Ludwig wäre zum Schein doch auf einige der päpstlichen Vorschläge eingegangen. Um Zeit zu gewinnen. Aber es war Lothar, der während der Verhandlungen Zeit gewonnen und ihre Krieger abgeworben hatte.

»Wieder eine Nachricht für die Kaiserin?«, fragte einer der Wachen spöttisch, als sie zu ihrem Zelt zurückkehrte.

»Nein«, erwiderte Judith und ging einfach an den Männern vorbei, »eine für ihre Magd.«

»Glückspilz! Steck einen Gruß von uns mit hinein!«

Anna fing sie auf, als sie mit letzter Kraft ins Zelt taumelte.

Judith riss sich den Helm vom Kopf, die Marderhaare vom Gesicht und begann zu weinen.

»Es ist alles verloren!«

Das war es auch.

In der Nacht entstand im kaiserlichen Lager reges Treiben. Ganze Scharen zogen hinüber zu den verbündeten Brüdern; nicht nur einfache Krieger, sondern auch Grafen, Äbte und Bischöfe. Machtlos beobachteten Ludwig und Judith von ihrem Zelt aus den Auszug der einstigen Getreuen. An ihrer Seite befanden sich nur noch die drei Halbbrüder des Kaisers, Drogo, Hugo und Theoderich, die beiden Brüder der Kaiserin sowie Abt Markward aus Prüm, Erzkaplan Fulko, eine Handvoll Grafen und eine winzige Schar einfacher Krieger.

Wilde Schlachtrufe ertönten aus dem Lager der Söhne. Es klang, als sollte das Häuflein um Ludwig jederzeit von dieser ungeheuren Übermacht angegriffen werden.

Der Kaiser, der die ganze Nacht wach auf seinem Stuhl vor dem Zelt zugebracht hatte, rief am Morgen des 29. Juni die ihm verbliebenen Anhänger zusammen.

»Meine Freunde«, sprach er, stehend zu ihnen gewandt. »Ich danke euch für eure Treue! Aber es käme einem Selbstmord gleich, würden wir uns jetzt auf einen Kampf mit den Gegnern einlassen. Ich werde mich ergeben. Denjenigen unter euch, die von meinen Söhnen Übles zu erwarten haben, rate ich zur sofortigen Flucht.« Er nickte zu Judiths Brüdern hinüber. »Und euch andere bitte ich aus ganzem Herzen, offen zu meinen Söhnen überzulaufen. Ich will nicht, dass um meinetwillen einer das Leben oder ein Glied verliere.« Er ließ sich auf seinen Stuhl fallen und winkte ungeduldig den Getreuen, seiner Aufforderung sofort nachzukommen. Nur Drogo bat er, einen Augenblick zu verweilen.

»Ich schicke dich zu meinen Söhnen mit einem Auftrag«, sagte er zu seinem Halbbruder. »Bitte sie um Schonung für meine Gemahlin, meinen Sohn Karl, ja, und auch für mich.

Sollte aber ein Opfer gefordert werden, bin ich bereit für das Leben meiner Frau und das meines Sohnes zu sterben.«

Schweren Herzens machte sich Drogo auf den Weg.

»Fort, fort, auch mit euch!«, rief der Kaiser unmutig Ruadbern, Arne und Anna zu, die hinter dem Sitz der Kaiserin stehen geblieben waren. »Ich möchte euch hier nicht mehr sehen!«

Kaiser, Kaiserin und Kaisersohn sahen ihre letzten Anhänger mit hängenden Schultern übers Feld schlurfen, und dann waren sie allein.

Judith sprach nur ein Wort: »Kloster.«

Ludwig nahm seine Frau in die Arme und flüsterte: »Das kennen wir doch schon. Und wir kennen auch Lothar. Er wird seine Brüder wieder zu Vasallen herunterdrücken wollen, sie werden sich beschweren und mich dann abermals um Hilfe angehen. Glaub mir, geliebte Frau, es wird nicht lange dauern, ehe wir wieder vereint sind.«

Seine Stimme klang zuversichtlicher, als ihm zumute war. Karl, der die ganze Nacht mit seinen Eltern gewacht hatte, konnte kaum noch die Augen offenhalten.

»Es ist nicht schlecht bei Abt Markward in Prüm«, erklärte er schläfrig. Als gehörte es zu seinem Leben, alle paar Jahre durch einen Aufruhr von den Eltern getrennt und in Prüm untergebracht zu werden.

»Er nimmt dich sicher gern wieder auf«, erklärte Ludwig bemüht munter.

Eine große Gruppe von Reitern löste sich aus dem riesigen Heer, das den drei Menschen gegenüberstand, und galoppierte in großer Eile über das Feld auf die verwaiste Zeltstadt des Kaisers zu. Ein einzelnes Ross trabte gemächlich hinter ihnen her. Es trug eine Frau. Irmingard wollte sich das Schauspiel der erneuten Demütigung ihrer großen Rivalin nicht entgehen lassen.

Dem Kaiserpaar verblieb gerade noch genug Zeit, sich untereinander abzusprechen. Ludwig gelobte, sich jeglichem Drängen nach seiner Mönchung entgegenzustellen, und Judith versicherte, diesmal nicht den Schleier zu nehmen.

»Dieser Papst wird mich niemals davon freisprechen«, sagte sie bitter und legte Ludwig schnell ans Herz, sich wieder Ruadberns als Bote zu bedienen. Sie sprachen sich gegenseitig Mut zu und hielten einander mit Karl in ihrer Mitte fest umarmt, als Lothar sein schnaubendes Ross vor ihnen zügelte. Zu seinen Seiten stiegen Pippin und Ludo von ihren Pferden, und hinter ihnen glitten Grafen, Bischöfe und Äbte aus den Sätteln. Voller Abscheu blickte Judith auf Bernhard von Barcelona, der sich erdreistet hatte, Pippin zu begleiten.

Mit den Zeichen äußerer Ehrerbietung neigten alle das Haupt tief.

»Nun denn, Vater«, sprach Lothar, »es wird Zeit, dich endgültig von deinem verräterischen Weib zu trennen.«

Ludo und Pippin traten vor. Doch bevor sie Judith aus den Armen des Kaisers zerren konnten, machte sie sich selbst los. Sie küsste Ludwig, herzte Karl und stellte sich an Ludos Seite. »Beschütze mich, Schwager«, raunte sie ihm zu, »es soll dein Schaden nicht sein.«

Ludo musterte sie verächtlich. »Solches ist schon mal versprochen und nicht eingehalten worden«, erklärte er kühl und trat weg.

»Gebt sie mir!«, rief Irmingard. »Ich weiß mit Hexen umzugehen!« Ein irres Lachen, als gehörte sie selbst zu diesen Wesen, stieg aus ihrer Kehle. »Und ich will endlich meine Rache haben!«

»Ruhe, Frau!«, wies Lothar zu Judiths Erleichterung seine Gemahlin zurecht. »Hier geht es nicht um persönliche Rache, sondern um das Wohl des Reiches.« Er wandte sich an seine Brüder. »Seid ihr einverstanden, dieses Weib in meine Obhut zu geben?«

Die Brüder nickten.

Abt Markward trat vor.

»Wenn es gestattet ist, will ich mich des jungen Karls annehmen.«

»Annehmen reicht nicht«, erklärte Lothar streng. »Diesmal muss er geschoren und gemöncht werden! Unwiderruflich!«

Abt Markward neigte das Haupt und forderte Karl auf, sein Ross zu holen. Währenddessen winkte Lothar eine Gruppe vollbärtiger, abenteuerlich aussehender Reiter herbei. Sie trugen kein normales Wehrgehenk, sondern hatten unterschiedliche Waffen an ihren Gürteln befestigt und ähnelten eher einer wild zusammengewürfelten Räuberbande als ehrbaren Kriegsleuten.

»Nehmt sie mit euch wie verabredet!« Mit dem Kinn wies Lothar auf die Kaiserin.

»Halt!«, sprach Ludwig mit dem letzten Rest seiner Autorität. »Ich verlange, dass meine Gemahlin ihrem Stand entsprechend behandelt wird.«

»Welcher Stand das ist, bleibt noch zu bestimmen«, erklärte Lothar höhnisch.

Ludwig trat so nahe an seinen ältesten Sohn heran, dass dieser den heißen Atem des Vaters auf der Wange spürte. »Auch als dein Gefangener, mein Sohn, kann ich es dir noch sehr ungemütlich machen«, drohte er leise, wandte sich dann um und sagte zu den anderen beiden Brüdern: »Wenn ich zustimmen soll, dass euer Wille geschehe, meine Söhne, Blut von meinem Blut, verlange ich von euch ein Versprechen. Dass meine Gemahlin lebendig, unverstümmelt und unbelästigt bleibt.«

Lothar neigte das Haupt. »Ich schwöre hiermit«, sagte er laut und deutlich, »dass deine Gemahlin, meine Stiefmutter, lebendig, unbehelligt und heil ihr Ziel erreichen wird.«

»Welches Ziel?«, fragte Ludwig rasch.

»Bedauerlicherweise steht es mir nicht an, dir dies mitzuteilen, verehrter Vater«, erwiderte Lothar, »aber diese Männer...«, er deutete auf die verlotterte Schar, »werden jede Räuberbande in die Flucht schlagen und den Schutz deiner Gemahlin sicherstellen. Diese Leute sind gewohnt, ihre Beute unbeschadet ans Ziel zu bringen.«

Judiths Zelter war herbeigeführt worden. Als letzten Dienst, den ihr der Kaiser noch erweisen konnte, half er ihr in den Sattel. Sie drückte Ludwigs Hand fest, als sie oben saß, und formte mit dem Mund das Wort: »Bald.«

Von Weib und Kind verlassen, wurde der Kaiser wieder in sein Zelt geführt. Er sollte sich dort so lange aufhalten, bis über sein weiteres Schicksal beschlossen worden war. Dies stellte die drei Brüder vor ein erheblich schwierigeres Problem als die Entscheidung über die gemeinsame Feindin. Lothar sprach sich für des Vaters sofortige Absetzung aus. Der Zeitpunkt erschien ihm geeignet, und die Grafen Wala sowie Hugo von Tours bestärkten ihn in seiner Meinung.

»Bedarf es nach dem Überlaufen Tausender Männer aus des Kaisers Reihen überhaupt noch einer förmlichen Absetzung?«, fragte Graf Hugo. Graf Wala gab zu bedenken, dass langwierige Verhandlungen darüber zu neuem Streit führen könnten und es sinnvoller sei, den gewonnenen Vorteil zu nutzen.

»Denkt nur an Nimwegen – wie Ludwig uns da hereingelegt hat!«, erinnerte Graf Hugo die Versammelten an das Ende des ersten Aufstandes drei Jahre zuvor.

Einfach wurde es Lothar nicht gemacht. Seine Brüder Pippin und Ludo beriefen sich auf ebendiese Zeit nach der ersten Erhebung, als ihnen Lothar ihre Rechte und Länderanteile beschnitten hatte.

»Wir trauen dir nicht, Bruder«, sagten sie ihm offen und zogen sich zu einer Beratung unter vier Augen zurück. Als sie das Versammlungszelt wieder betraten, verkündeten sie ihren

Beschluss: Lothar dürfe die Geschäfte führen, aber der Vater solle vorerst zumindest dem Namen nach weiterhin Kaiser bleiben.

»Unter meiner Obhut!«, verlangte Lothar, seinen Unmut verbergend.

Pippin und Ludo stimmten zu, nahmen Lothar jedoch das Versprechen ab, den Vater würdig zu behandeln.

»Ich werde ihn ehren, wie es die Heilige Schrift verlangt«, schwor Lothar, und dann ging es an die Neuverteilung des Reichs.

Pippin bestand darauf, das Land zwischen Loire und Seine zu erhalten, und Ludo forderte neben seinem Bayern das Gebiet Ostfrankens ein. Beides wurde ihnen zugestanden.

»Kommt, Brüder, lasst uns unsere Einigkeit feiern«, schlug Lothar vor, »und dem Heiligen Vater die frohe Botschaft überbringen, auf dass er wieder seines Amtes walten kann.«

Papst Gregor reiste frohgemut ab. Er hatte sein Ziel erreicht: Lothar war glücklich aus Italien hinausgebracht und stellte somit keine Bedrohung für den Kirchenstaat mehr dar.

Lothar ließ Ludwig nicht aus den Augen. Er schleppte ihn von Colmar nach Reims, wo er ihn mit Fußtritten von der Kirchenschwelle stieß; er ließ ihn auf der Reichsversammlung, die er in Compiègne einberief, in einer abgeschlossenen Hinterkammer sitzen, erklärte ihn für regierungsunfähig und brachte ihn schließlich nach Soissons. Hier wurde noch deutlicher als zuvor, dass er weder die Absicht hatte, den Vater zu ehren noch ihm die Kaiserwürde zu belassen.

Er verordnete ihm im Kloster Saint Medard Hausarrest und ließ das Gebäude von Wachen umstellen. Ludwig, an die freie Natur gewohnt, durfte sich nicht einmal im Klosterhof ergehen.

Während sich Lothar auf der Jagd erholte, besprach er mit seinen Getreuen die förmliche Absetzung des Kaisers.

Wie so oft, kam Graf Hugo von Tours auf den erlösenden Gedanken.

»Nach einer alten päpstlichen Verordnung«, führte er abends am Kochfeuer aus, »darf jener, der sich wegen schwerer Verbrechen einer feierlichen Kirchenbuße unterworfen hat, danach keine Waffen mehr tragen, sondern muss zeitlebens im Büßerstand bleiben oder Mönch werden.«

»Attigny!«, erklangen mehrere erfreute Stimmen.

Erzbischof Agobard von Lyon ärgerte sich maßlos darüber, dass ihm als Kirchenmann dieses Gesetz nicht eingefallen war. Er schalt sich, sein Augenmerk zu sehr auf die Vernichtung Judiths gerichtet zu haben, und da fiel ihm plötzlich ein, wie Ludwigs Lebensmut gänzlich gebrochen werden konnte.

Er erhob sich vom Feuer und ließ sich neben Ebbo von Reims nieder, in dessen Diözese sich das Medardskloster befand. »Bruder«, flüsterte er ihm zu, »wir lassen dem Kaiser eine Nachricht zukommen...«

Der Mönch und sein Bediensteter beobachteten von fern, wie die Reiterschar an einem niedrigen Gebäude aus rötlichen Steinen mit einem Turm Halt machte. Das Ende der Reise schien erreicht zu sein. Ein langer Ritt, der den beiden Männern viel abverlangt hatte. Des Reitens ungewohnt, war es ihnen schwerer gefallen, über die lange Strecke die Gruppe zu verfolgen, als sich in den Wirren der Ereignisse von Colmar abzusetzen.

»Das ist kein Kloster«, wandte sich Ruadbern besorgt an Arne.

»So ein Gebäude habe ich noch nie gesehen«, erklärte der einstige Bauer. »Eine Burg aus Stein! Vielleicht werden dort Vorräte gelagert.«

»Oder Gefangene«, sagte Ruadbern. Er schlug vor, die nahe gelegene Ansiedlung aufzusuchen, um herauszubekommen, wo sie sich überhaupt befanden. Arne schirmte die Augen gegen die Nachmittagssonne ab.

»Ich glaube, sie wird jetzt in den Turm gezerrt!«

Mit trauriger Miene betrat Lothar die Mönchszelle seines Vaters. »Du weißt, dass ich meiner Stiefmutter, deiner Gemahlin, nie sonderlich gewogen war«, begann er, »aber...« Und dann schienen ihm die Worte zu fehlen.

Ludwig erhob sich von den Knien, starrte seinen Sohn verstört an und begann zu zittern.

»Was ist mit Judith? Sprich!«

Tränen standen in Lothars Augen, als er fortfuhr: »Sie muss die Krankheit schon in Colmar in sich getragen haben, Vater. Die Männer sagen, dass sie nach zwei Tagen über Erschöpfung klagte. Sie brachten sie ins nächste Kloster, aber... Vater, es schmerzt mich, der Überbringer solch böser Nachricht zu sein. Judith ist tot.«

Drittes Buch
Bruderkrieg

10

Aus den Chroniken der Astronoma

Im Jahr des Herrn 833

*A*rmes Reich, in dem die Lüge solche Triumphe feiert. Armer Kaiser, dem vorgegaukelt wird, seine geliebte Gemahlin Judith wäre gestorben und sein Sohn Karl in Prüm zum Mönch geschoren. Mit solchen Nachrichten will Lothar den Vater zur Übernahme einer Buße stimmen, der sein unwiderruflicher Klostereintritt folgen soll. Ludwig bittet sich – wie stets in solchen Lagen – Bedenkzeit aus, doch die Bischöfe Agobard und Ebbo erklären, sich nicht wieder überlisten zu lassen wie drei Jahre zuvor, und fordern den Kaiser zum sofortigen Bußgang auf.

Vor dem Altar der Marienkirche des Klosters Saint Medard liegt ein härenes Büßergewand, auf dem der Kaiser niederkniet und von einem Pergament die Sünden abliest, die ihm Erzbischof Ebbo aufgezeichnet hat. Neben den Verbrechen, die Ludwig bereits in Attigny gestanden hat, erklärt er sich jetzt auch schuldig, den Frieden der Kirche gestört zu haben, als er den Heerzug gegen die Bretonen während der Fasten anordnete. Die Schuld des Meineides habe er sich zugezogen, als er seine Zauber treibende und ehebrechende Gemahlin durch falsches Zeugnis geschützt habe. Statt mit seinen Söhnen Frieden zu halten, habe er diese durch widersprüchliche Reichsteilungen zu Feinden gemacht und das Volk schwören lassen, gegen sie zu fechten. Nach dem Verlesen überreicht Ludwig das Schriftstück Erzbischof Ebbo, der es auf den Altar legt. Ludwig erhebt sich, gürtet sein

Wehrgehenk ab und legt es gleichfalls auf dem Altar nieder. Ebbo zieht dem Kaiser das Büßergewand an und erklärt, Ludwig dürfe fortan nimmermehr Waffen tragen, sondern habe sich ausschließlich dem Dienste Gottes im Gebet zu widmen. Doch allem Drängen zum Trotz weigert sich Ludwig, Mönch zu werden. Ebenso lehnt es Abt Markward in Prüm ab, den jungen Karl zum Eintritt in den Mönchstand zu scheren.

Lothar lässt den Namen des Vaters aus den Urkunden tilgen und ruft sich zum einzigen Kaiser aus.

Kaiserin Judith indes wird in einem Kerker der italischen Ansiedlung Tortona strenger Haft ausgesetzt. Kaiser Lothar hat ihre Wächter wissen lassen, ihr Überleben sei von keinerlei Belang.

Im Jahr 833

Sie landete auf einem Haufen stinkenden Strohs und blieb zunächst reglos liegen. Wofür? Das Wort wollte ihr nicht aus dem Kopf. Sie hatte sich keines der ihr vorgeworfenen Verbrechen schuldig gemacht, weder Zauberei betrieben noch die Ehe gebrochen, denn diese war nie vollzogen worden. Außerdem lag die Geschichte mit Bernhard schon viele Jahre zurück. Bestrafte Gott sie etwa dafür, dass sie Bernhards Sohn als den des Kaisers ausgegeben hatte und Rechte für ihn einforderte?

Mühsam richtete sie sich auf und wischte sich Strohhalme aus dem nassen Gesicht. Gebrochen hatte sie sich nichts, dafür war die Fallhöhe zu gering gewesen. Über sich hörte sie die Männer reden und lachen. Als sie sich aufrichten wollte, prallte sie mit dem Kopf gegen die Falltür. Ein sehr niedriger Kellerraum, in dem sie sich nur gebückt bewegen konnte, vermutlich zu ebener Erde, denn die Decke dieses Kerkers entsprach wohl der Höhe der Brücke, über die sie in den Turm gelangt waren. Durch einen winzigen Steinspalt in Deckenhöhe an der Außenmauer drang ein schmaler Lichtstrahl; bei Weitem nicht genug, um das Verlies auszuleuchten. Die beiden Finger, die sie hindurchsteckte, hätten mindestens dreimal so lang sein müssen, um an dem dicken Gestein vorbei nach draußen zu gelangen. Wasser rann an einer Wand herab, als beweine sie das Schicksal der Gefangenen. Die Nässe sammelte sich am Boden und verdarb das Stroh.

Judith tastete sich an der unebenen Steinmauer entlang, riss sich an einem Mauervorsprung eine Fingerkuppe auf und entdeckte, dass sie in einem kleinen rechteckigen Loch gelandet war, knapp vier kleine Schritte lang und breit. Das nasse Kleid klebte ihr immer noch am Leib, und jetzt erst merkte sie, dass sie vor Kälte unaufhörlich zitterte.

Was sollte sie hier? Warum hatte Lothar sie nicht, so wie es sich gehörte, in ein Kloster verbannt? Sollte sie in diesem engen Raum lebendig begraben werden? Hier würde sie niemand finden. Sie widerstand der Versuchung, sich ins faulige Stroh zu werfen und über ihr Los und die Ungerechtigkeit der Welt bitterlich zu weinen. Das würde ihr nicht weiterhelfen, sondern sie nur noch mehr Kraft kosten.

»Ich verlange eine Decke!«, rief sie nach oben, wo sich, den Geräuschen nach zu urteilen, ihre Wächter dem Würfelspiel hingaben.

Es wurde still.

»Sie *verlangt* eine Decke!«, vernahm sie die spöttische Stimme des Vollbärtigen.

Sie hörte Schritte über sich. Als nach kurzer Zeit die Falltür aufgeklappt wurde, stellte sie sich darunter, um die Decke aufzufangen. Mehrere Strohballen purzelten herab und begruben sie unter sich.

»Damit kann sie es sich behaglich machen! Werfen wir ihr doch gleich das Abendbrot hinterher!«

Hustend und nach Luft ringend, kroch Judith rasch unter

dem Stroh hervor und drückte sich in eine Ecke des Kerkers. Verschiedentliches regnete auf das Stroh; dann schloss sich die Falltür wieder.

Als Erstes griff Judith nach einem großen Gegenstand, der sich als Lederschlauch herausstellte. Sie vermutete darin süßes Wasser, öffnete ihn und setzte ihn hastig an die Lippen. Ihre Kehle brannte vor Durst. Der Wein war jedoch so sauer, dass sie den ersten Schluck sogleich wieder ausspie. Zwischen dem Stroh ertastete sie etwas Hartes, das sich unter dem Lichtspalt als das schwärzeste Brot entpuppte, das sie je gesehen hatte. Mit den Fingernägeln pulte sie die angeschimmelten Stellen aus dem Kanten heraus und war dann froh über ihre starken Zähne. Da sie nicht wusste, wann sie wieder etwas zu essen erhalten würde, bewahrte sie ein kleines Stück des Brotes auf.

Nachdem sie den schlimmsten Hunger gestillt hatte, schälte sie sich aus ihrer Kleidung und hing sie zum Trocknen an jenen Mauervorsprung, an dem sie sich die Fingerkuppe verletzt hatte. Sie schüttete ein wenig sauren Wein in die Handflächen, befeuchtete damit ihre Schläfen und begann ihren ganzen Körper erst mit den Händen, später mit Strohbüscheln so lange abzureiben, bis er zu glühen schien. Danach ging es ihr etwas besser. Schon weil die körperliche Betätigung sie am Nachdenken hinderte. Sie fürchtete, verrückt zu werden, wenn sie sich Überlegungen hingab, und sie musste in Bewegung bleiben, um nicht abermals so entsetzlich zu frieren. Inzwischen hatten sich ihre Augen soweit an die Dunkelheit gewöhnt, dass ihr der kleine Lichtstrahl aus dem Gesteinspalt fast wie ein Lämpchen vorkam. In dessen Schein wollte sie ihre Zelle zumindest für die Nacht bewohnbar machen. Sie konnte sich nicht vorstellen, dass sie hier längere Zeit verbringen sollte – was hätte das für einen Sinn gehabt? Man würde sie gewiss am nächsten Tag in ein Kloster bringen, tröstete sie sich, wo sie sich von allen Strapazen erholen könnte. Im Nachhinein erschien ihr die Zeit im Radegundis-Kloster zu Poitiers als die angenehmste und sorgenfreiste ihres Lebens.

Sie begann das frische Stroh aus der Mitte des Kerkers in eine trockene Ecke zu räumen und entdeckte dabei mehrere halb abgenagte Hühnerknochen, die offensichtlich noch zu ihrem Abendbrot gehörten. Angeekelt warf sie diese zur Seite. Da sie aber noch immer hungrig war, träufelte sie etwas Wein auf den Rest des Brotkantens, der dadurch nicht nur mürbe wurde, sondern auch besser schmeckte. Es erwies sich als sehr mühseliges Unterfangen, als sie dann begann, das verfaulte Stroh durch den schmalen Lichtspalt nach draußen zu befördern, aber sie hatte keine andere Wahl und hoffte, vor Einbruch der Dunkelheit ihre Zelle so weit gesäubert zu haben, dass sie in dem frischen Stroh zur Ruhe kommen konnte.

Der Mönch und der Knecht fanden in der Gaststube der Abtei zu Tortona freundliche Aufnahme. Fast schien es so, als hätte man sie erwartet.

Ein rotgesichtiger alter Benediktiner stellte zwei Becher mit funkelndem Rotwein vor sie hin, beugte sich zu Ruadbern und fragte flüsternd: »Kommt der Bischof schon morgen?«

Ruadbern hob den Becher, prostete dem Mann zu und erwiderte genauso verschwörerisch: »Es ist mir verboten, darüber Auskunft zu geben.«

Verständnisvoll nickte der Alte und versicherte: »Er wird alles zu seiner Zufriedenheit vorfinden.« Er deutete in eine Ecke, wo mehrere Männer, darunter auch Mönche, die Köpfe zusammengesteckt hatten.

»Es werden Wetten darüber abgeschlossen, wer zuerst eintrifft, der Bischof oder der Graf. Wenn du mir, Bruder, dazu einen ganz kleinen Hinweis geben könntest?«

»Nur, dass sie aus unterschiedlichen Richtungen hier eintreffen werden«, flüsterte Ruadbern.

»Das weiß ich auch! Lucca liegt im Süden und Verona im Nordosten!«, rief der Mann lachend, hob die Hände und eilte zu den anderen Gästen.

»Bonifatius Graf von Lucca und Rathold Bischof von Verona«, überlegte Ruadbern laut.

»Du kennst sie?«, fragte Arne beeindruckt.

»Nur aus Briefen. Sie waren Kaiser Ludwig einst wohlgewogen.«

Arnes Augen leuchteten. »Dann werden sie uns helfen, die Kaiserin zu befreien!«

Ruadbern stieß einen tiefen Seufzer aus. »Eher, sie zu bewachen. Dies ist Lothars Hoheitsgebiet, und ihm sind sie den Dienst schuldig.«

Später fragte er den Alten nach dem seltsamen Turmgebäude, das ihnen jenseits der Ansiedlung aufgefallen sei.

»Es sieht nicht so aus, als wohne jemand darin«, bemerkte Ruadbern.

»Die wenigen Leute, die einst darin gewohnt haben, wurden alle mit den Füßen zuerst herausgetragen«, erklärte der Mann lachend. »Der Graf musste es vor zwanzig Jahren auf Geheiß von Kaiser Karl bauen lassen.«

»Für Aussätzige?«, fragte Arne. Misstrauisch musterte ihn der alte Mönch. Dieser Knecht sprach recht seltsam für jemanden aus Verona.

»Er kommt aus dem Norden«, beeilte sich Ruadbern zu sagen. Der Alte nickte verständnisvoll und fuhr fort: »Nicht für Aussätzige. Viel schlimmer! Für Leute, die aufgehängt, gevierteilt, aufs Rad geflochten oder bis zum Kinn in die Erde eingegraben werden sollten!«

Arne zuckte zusammen.

»Keiner hat dieses Gesetz damals verstanden«, fuhr der Mann fort. »Es ergibt doch keinen Sinn, Verbrecher einzusperren! Man muss sie für alle Zeiten loswerden, und dafür haben sich mehrere Handhabungen bewährt. Die überdies den Alltag der anständigen Leute erquicken und in den Gaststuben die Denare klingeln lassen. Du bist zu jung, Bruder, um dich an die Zeiten zu erinnern, da Kaiser Karl uns unermüdlich mit neuen abartigen Gesetzen belästigte, Gott habe ihn selig! Er hat behauptet, Schurken würden sich bessern, wenn man sie nur lange genug in Verliesen belässt. Wie soll das denn vor sich gehen? Sie sitzen wie Herren herum, kriegen ihr Essen, ohne dafür zu arbeiten, kosten nur Geld und müssen überdies noch bewacht werden! Und schließlich sterben sie doch!«

Arne verstand weniger als die Hälfte des fränkisch-lateinischen Geredes und sah Ruadbern fragend an.

»Später«, murmelte der. Als der Mönch außer Hörweite war, berichtete er ihm von jenem Erlass, den Karl der Große im Jahr 813 herausgegeben hatte, wonach jede Grafschaft ein Gefängnis errichten und darin Gesetzesbrecher aus guten Familien bis zu ihrer Besserung einsperren sollte.

»Ich dachte, dafür gibt es Klöster!«, versetzte Arne verblüfft und fügte nach kurzer Überlegung hinzu: »Wo fängt die gute Familie an; beim Grafen?«

Lothar spähte durch das Türloch in die Mönchszelle hinein, schüttelte den Kopf und sah den Abt fragend an. Der zuckte mit den Schultern.

»Dein Vater denkt sich stets neue Strafen für sich aus«, sagte er schließlich, »er ist wie besessen davon, sich durch Schmerzen zu reinigen.«

Ungläubig beobachtete Lothar, wie Ludwig eine Schale mit Erbsen auf dem Boden seiner Mönchszelle ausschüttete, zwei Feldsteine in die Hände nahm und sich auf den Erbsen zum Knien niederließ.

Den Vater würde er nie verstehen. Lothar hätte sein Leben dafür verwettet, dass der einstige Kaiser nach der Mitteilung von Judiths Tod augenblicklich in den Mönchstand eintreten würde. Das war nicht geschehen. Er lebte, betete und kasteite sich wie ein Mönch, aber er lehnte es ab, einer zu werden. Lothar hatte ihm seine weisesten Äbte und Bischöfe geschickt, seinen Milchbruder Ebbo; allesamt damit beauftragt, den Kaiser umzustimmen. Freunde Ludwigs wie den Fuldaer Abt Rabanus Maurus hatte er gar nicht erst zu ihm gelassen. Und Boten von Leuten wie Harald Klak gleich wieder weggeschickt. Vielleicht hatte es nicht gereicht, ihm Judiths Tod zu verkünden. Demnächst würde er ihm die traurige Mitteilung zukommen lassen, dass auch Karl in Prüm das Zeitliche gesegnet hätte. Das musste allerdings gut bedacht werden. Vor dem hünenhaften Abt Markward hatte Lothar eine gewisse Scheu. Dieser entfernte Verwandte der Kaiserfamilie spitzte erheblich weniger Federn als Rabanus Maurus, aber seine Rede war schärfer, seine Kampfeskunst mit Sicherheit nicht zu unterschätzen, und er schien ins gesamte Frankenreich Verbindungen zu unterhalten. Er würde sich nicht abweisen lassen, sondern zu Ludwig durchdringen, käme ihm zu Ohren, Lothar habe Karls Tod verkündet.

Aber warum sollte Karl eigentlich nicht wirklich sterben? Schließlich hatte sein Oheim Pippin, den man den Buckligen nannte, ebenfalls in Prüm vorzeitig sein Leben beschlossen. So etwas war einzurichten.

Lothar wandte sich von dem Guckloch ab und schritt seufzend durch den langen offenen Gang zum Klostertor. Irmingard lag ihm seit Wochen in den Ohren, Judith endlich töten zu lassen. Sie hatte sich ausgemalt, wie man den Leichnam der einstigen Kaiserin durch Aachen schleifen, ihm nachträglich den Kopf abschlagen, am Torhaus aufhängen und einfachen Leuten erlauben sollte, mit Pfeilen und Spießen darauf zu zielen.

Aachen war ein Problem für Lothar. Irmingard verstand nicht, weshalb sie dort nicht schon längst die kaiserlichen Gemächer bezogen hatten. Jetzt gehöre doch Lothar auf den Thron der Pfalzkapelle, schäumte sie. Endlich hätten die Aachener gefälligst ihr als Kaiserin zu huldigen.

Doch dazu war es noch zu früh.

Lothar hatte bislang nicht gewagt, die Mitglieder der Kanzlei in Aachen auszuwechseln. Er hatte zwar den Namen des Vaters aus den kaiserlichen Urkunden entfernt, aber diese Schriftstücke wurden immer noch in seiner italischen Kanzlei angefertigt. Lothar bot Einhard an, sich als Abt in sein geliebtes Seligenstadt zurückzuziehen, doch der Lehrer der Hofschule hatte abgelehnt. Keiner der Aachener Getreuen Ludwigs war zu bewegen, freiwillig abzudanken und einem Vasallen des neuen Kaisers Platz zu machen. Lothar vermutete hinter diesen Verweigerungen seine Brüder Pippin und Ludo, die allen seinen Versprechungen zum Trotz nicht bereit waren, zur Ordinatio imperii zurückzukehren. Sie wollten sich ihrem Bruder als Kaiser nicht unterwerfen, sondern beriefen sich auf die Lex Salica, nach der es kein Erstgeburtsrecht gab und offenbleiben sollte, wem nach Ludwigs Tod die Kaiserwürde zustand. Unentwegt wiegelten sie die Aachener Kanzlei, die Ludwig unverdrossen als Herrscher anerkannte, gegen ihren älteren Bruder auf.

Sein Schwiegervater hatte ihm geraten, sich vorerst aus dem östlichen Teil des Frankenreichs fernzuhalten und sich seiner Vasallen in den ihm vertrauteren Bereichen zu versichern. Das bedeutete natürlich, sie ordentlich auszustatten, wobei Graf Hugo, der sich jetzt als zweiten Mann des Reiches betrachtete, für sich selbst den wesentlichsten Teil in Anspruch nahm. Eine derartige Bevorzugung schuf wiederum böses Blut bei Lothars anderen Verbündeten.

»Das ganze Reich ist zur Beute verkommen!«, tobte Abt Markward in Prüm, als er die jüngsten Berichte über Schenkungen las und das Gerücht über einen möglichen Mordanschlag auf Karl vernahm. Der Abt gab zwei Mönchen sofort den Auftrag, Frau Gerswind aufzutreiben, und ließ den jungen Karl zu sich kommen.

»Mein Sohn«, sprach er zu dem Zehnjährigen, »du wirst für die nächste Zeit zu deiner Großtante Gerswind ziehen.«

Karls Augen leuchteten auf. »Dann muss ich nicht zu jedem Gebet in die Kirche?«

Vater Markward unterdrückte ein Lächeln. »Es sollte dir eine Freude sein, dem Herrn mehrmals täglich deine Aufwartung machen zu dürfen.«

Karl war nicht dumm. »Das kann ich doch auch unter freiem Himmel zu freier Zeit?«

»Du hast den Sinn der Andacht begriffen, Karl, das freut mich. Dennoch ist das Haus des Herrn ein besonderer Ort. Geh jetzt dorthin, in unsere Goldene Kirche, betrachte mit Hingabe die Sandale Jesu und bedenke dabei, welch schwere Wege der Herr darin zurücklegen musste, ehe ihm Erlösung zuteil wurde. Halte dich dort auf, bis ich dich holen lasse.«

»Ja, Väterchen Abt«, sagte Karl gehorsam. An der Tür wandte er sich noch einmal um. »Meinem Vater, dem Kaiser, geht es doch gut?«, fragte er besorgt.

»Ja«, antwortete Abt Markward und wartete. Doch Karl erkundigte sich nicht nach seiner Mutter.

Die beiden ausgesandten Mönche fanden Gerswind im Wald nahe dem Flüsschen Prüm, wo sie an einem seltsam geformten Felsen offensichtlich nach Pilzen oder anderen Waldfrüchten suchte. Jedenfalls kniete sie auf dem Boden und hatte neben sich einen Weidenkorb stehen.

»Frau Gerswind«, rief der ältere Mönch, »du sollst sofort zum Väterchen Abt kommen!«

Sie schien aus einer anderen Welt aufzutauchen, als sie erschrocken hochfuhr: »Ist etwas mit Karl?«

Die beiden Mönche lachten. »Nein, er ist zum Beten in die Kirche geschickt worden.«

»Also ist doch etwas mit ihm«, murmelte Gerswind, als sie sich recht mühsam erhob. Die Knochen taten ihr weh, aber darüber klagte sie nicht, denn für eine Frau von genau fünfzig Sommern gehörte sich das so. Die erwärmten Birkenblätter, die sie heiß in ein Leinensäckchen füllte und über Nacht auf die schmerzhaften Stellen legte, brachten nur vorübergehend Linderung, wie auch die erhitzten rohen Kohlbätter, die Wurzeln des Farnkrauts und die Heublumen. Sie war dankbar für alles, was ihr das Leben in diesem hohen Alter erleichterte, und dachte oft daran, wie sie schon als kleines Kind hätte hingerichtet werden können, weil sich das damals so widerspenstige Sachsenvolk ihrem Karl widersetzt hatte. Der natürlich erst sehr viel später *ihr* Karl geworden war, der Mann, um dessentwillen sie so viel gelitten, aber durch den sie auch so unendlich viel Wonneleben erfahren hatte. Heute waren die Sachsen zuverlässiger als jeder andere Stamm des Reiches kaisertreu. *Ludwigtreu.* Die Freude, die sie bei diesem Gedanken durchströmte, ließ sie den Schmerz nicht spüren, den ihr die betagten Füße auf dem Weg zur Abtei bereiteten. Ihren ältester Gegner, ihren Erzfeind Ludwig, betrachtete sie jetzt als Verbündeten, als Hoffnungsträger. Denn für ihre Judith gab es nur eine Zukunft, wenn er wieder als Kaiser eingesetzt wurde. Gerswind bangte um das Leben ihres einstigen Zöglings. Unablässig bestürmte sie Abt Markward, seine Verbindungen spielen zu lassen, und flehte täglich Gott, Jesus, den Heiligen Geist, die Heiligen, die Ahnen und die Götter ihrer Vergangenheit an, Judith zu beschirmen und die Kaiserfamilie wieder heil zusammenzuführen.

»Welch seltsamer Felsen dort«, wandte sie sich an den älteren Mönch.

»Wie meinst du das?«

»Ungut«, murmelte Gerswind. »Er trägt eine böse Erinnerung.«

»Da hast du recht«, sagte der Mönch beeindruckt. »Vor sehr langer Zeit ist dort eine junge Frau auf gewalttätige Weise gestorben. Das Blut am Felsen hat vielen Wintern getrotzt.«

»Was ist mit ihr geschehen?«, fragte Gerswind, froh, von ihren Sorgen um Judith abgelenkt zu werden.

»Es mag so um die hundert Winter her sein«, begann der Mönch, »da fanden Prümer ein Mädchen im Wald, das nichts als ein paar Schuhe trug und so entsetzlich zugerichtet war, dass niemand ihr Gesicht hätte erkennen können. Man sagt...«

Er hielt inne.

»Was sagt man?«, fragte Gerswind ungeduldig.

»...dass nicht nur sie hier den Tod fand. Wenig später entdeckte man hier Reste eines Kopfes und angefressene Teile des Rumpfs einer anderen Frau. Es war sehr rätselhaft, denn Wegelagerer pflegen so nicht zu handeln. Das war zu der Zeit, als König Pippin, der Vater Kaiser Karls, sich zum ersten Mal hier länger aufhielt. Sein Reisezug war kurz vor seiner Ankunft ebenfalls von Räubern überfallen worden. Vielleicht hat er zum Dank für sein Überleben diese Abtei mit besonderen Ehrungen und Schenkungen bedacht. Und eine wichtige Synode hier einberufen, bei der Bischof Bonifatius allgemeingültige Regeln für das Leben der Laien und Gottesdiener verkündete.«

»Hing denn der Überfall auf den König mit den Morden an diesen Frauen zusammen?«, fragte Gerswind.

»Wohl kaum. Das müssen fremdländische Räuber gewesen sein. Auch wenn sich niemand zusammenreimen konnte, weshalb sie so grausam vorgingen und dennoch der jungen Frau die kostbaren edelsteinbesetzten Schuhe gelassen haben«, erwiderte der Mönch.

Gerswind schüttelte sich. Diesen barbarischen Zeiten hatte ihr Karl wahrlich den Garaus gemacht. Auch wenn nicht alle seine Gesetze von den Vasallen so angenommen worden waren, wie er es sich gewünscht hatte.

In der Abtei fand Gerswind Abt Markward höchst aufgebracht vor.

»Karl muss geschützt werden!«, fuhr er sie an.

Sie hob die Schultern. »An mir soll es nicht scheitern«, sagte sie gelassen.

»Kannst du dir vorstellen…« Der riesige Mann schien noch größer zu werden, als er die Arme gen Himmel erhob, »…dass gedungene Mörder hier eindringen, um Karl…«

»…zu vergiften?«, beendete Gerswind seinen Satz.

Er starrte sie an. »Du kannst es dir vorstellen?«, donnerte er.

»Es wäre nicht das erste Mal«, antwortete sie leise, »dass ein Kaisersohn derart ums Leben käme. Aber diesmal werden wir es zu verhindern wissen.«

Der Stuhl, auf den sich Abt Markward in seiner Verblüffung fallen ließ, krachte unter ihm zusammen.

»Wenn so schlecht gearbeitet wird, dass alles auseinanderbricht«, bemerkte Gerswind, als sich der riesige Mann unversehrt vom Boden aufrappelte, »dann sollte man zumindest Brauchbares aus den Trümmern retten.« Und damit half sie dem Abt, die wiederverwendbaren Holzstücke aufzusammeln.

»Wie merkwürdig«, sagte Arne und deutete zu dem roten Turm, der sich in seiner senkrechten Strenge gegen den Sonnenuntergang abhob und in dieser lieblichen Landschaft seltsam unwirklich aussah.

»Wovon sprichst du?«

»Da unten, etwas oberhalb des Grabens. Es sieht so aus, als ob jemand aus einem Loch Haare hinausschiebt.«

Haare. Judith.

Ruadbern zügelte sein Pferd und strengte seine kurzsichtigen Gelehrtenaugen an.

»Wo?«

»Neben der Brücke. Am unteren Teil des Turms. Da! Ein ganzer Strang Haare! Oder etwas Ähnliches.«

»Blonde Haare?«

»Das kann ich nicht sehen. Es sieht in diesem Licht dunkel aus. Aber so viele Haare kann kein Mensch haben.«

»Die Kaiserin schon.«

Beim Näherkommen erkannten sie, dass aus einem winzigen Spalt schubweise kleine Mengen schmutzigen Strohs in den Graben fielen. Betroffen sahen die Männer einander an und zügelten die Pferde.

»Wir überwältigen die beiden Wächter, befreien die Kaiserin und reiten mit ihr davon«, schlug Arne vor.

»Was meinst du wohl, wie weit wir kämen!«, gab Ruadbern zurück. »Der Graf von Lucca und der Bischof von Verona sind mit ihren Leuten auf dem Weg hierher. Sie werden uns sofort verfolgen. Im ganzen Reich gibt es derzeit keinen Ort, an dem die Kaiserin sicher ist!«

»Und was tun wir dann?«

»Wenn sie wirklich da unten im Kerker sitzt, müssen wir dafür sorgen, dass sie herauskommt und woanders untergebracht wird«, überlegte Ruadbern. »Bis sich Pippin und Ludo wieder gegen die Machtgelüste Lothars stellen und ihren Vater wie vor drei Jahren aus dem Kloster holen.«

Arne war nicht so leicht zu überzeugen. Er schlug vor, Judith als einfache Hörige zu verkleiden und ihr irgendwo Unterschlupf zu verschaffen.

Trotz des Ernstes der Lage brach Ruadbern in schallendes Gelächter aus. »Du sprichst von unserer Kaiserin! Was meinst du, wie lange sie eine solche Tarnung aufrechterhalten könnte? Sie kennt das Leben der einfachen Leute nicht. Soweit ich weiß, hat sie noch nie schwarzes Brot gesehen, Brennholz gesammelt oder einen Besen benutzt! Selbst die Sprache dieser Menschen ist ihr fremd! Alles an ihr würde sie augenblicklich verraten! Bei der Stimmung, die derzeit im Volk ihr gegenüber herrscht, wäre sie binnen Tagesfrist des Todes. Warte hier!«

Allein sprengte er bis zur Holzbrücke und kündigte den Wächtern durch das offene Tor des Turms einen Abgesandten des Bischofs von Verona an, der beauftragt sei, die einstige Kaiserin zu besuchen. Er stieg ab und schritt ohne weitere Einladung über die Holzbrücke durch das Tor.

»Niemand darf die Gefangene sehen oder sprechen«, beschied ihm der Vollbärtige mürrisch. »Befehl des Kaisers.«

»Den er euch gewiss höchstselbst erteilt hat«, bemerkte Ruadbern. Als der Wächter dies verneinte und sich auf die Reiterschar berief, nickte Ruadbern anerkennend.

»Es wäre ja noch schöner, wenn solche Lumpen das Wort an die edle Frau richten dürften! Ihr würdet gewiss auch dem Heiligen Vater den Zugang zu ihr verweigern?«

»Natürlich nicht!«

»Seht ihr! Und da der Bischof sein Stellvertreter ist, werdet ihr ihn gleichfalls zu ihr lassen.«

»Den Bischof schon.«

Ruadbern redete mit Engelszungen auf die Wachen ein, doch sie zeigten sich nicht bereit, dem jungen Mönch als Stellvertreter des Bischofs die Gefangene vorzuführen.

»Hoffentlich habt ihr sie in einer freundlichen sauberen Kammer untergebracht«, sagte Ruadbern. »Der Bischof ist höchst reinlich und hat eine sehr empfindliche Nase. Es geziemt sich nicht, ihn Ausdünstungen unangenehmer Art auszusetzen. Er hat mir ans Herz gelegt, darauf zu achten.«

Es gäbe keine freundlichen Kammern, knurrte der Vollbärtige, dieses Gebäude sei schließlich als Gefängnis errichtet worden, falls er begreife, was das bedeute.

Selbstredend, meinte Ruadbern, wissend, dass diese Männer nie zuvor einen Gefangenen bewacht hatten. Ein Gefängnis sei vergleichbar mit einem Kloster. Dort habe der Insasse seine Sünden niederzuschreiben und für sie zu büßen.

»Niederzuschreiben?«

»Wer sich auf das Schreiben versteht, ist dazu verpflichtet. Ich nehme an, eure Gefangene ist mit Pergament und Federn ausreichend versorgt? Und mit genügend Licht? Der Kaiser wird ihre Sündenliste bald anfordern.«

»Davon ist uns nichts gesagt worden.«

»Wie gut, dass ich noch vor dem Bischof nach dem Rechten gesehen habe!«, erklärte Ruadbern streng.

»Wer soll das bezahlen? Und wo sollen Pergament und Federn herkommen?«

Ruadbern lächelte mild und sicherte zu, das Schreibmaterial selbst zu liefern. Er legte ein gut gefülltes Leinensäckchen neben den Würfelbecher auf den grob gezimmerten Holztisch. »Für Licht, sauberes Linnen und natürlich Speis und Trank. Und wenn es euch recht ist, möchte ich nach meinem langen Ritt jetzt selbst gern einen Schluck zu mir nehmen.«

Arne musste keinem faulenden Stroh ausweichen, als er unterhalb des Steinspalts im Graben stand. Beim Klang von Ruadberns Stimme hatte Judith augenblicklich mit ihrer Arbeit innegehalten. Ein nie zuvor gekanntes Glücksgefühl stieg in ihr auf. Man hatte sie gefunden! Sie war gerettet und würde nicht in diesem stinkenden Verlies sterben! Sie legte ihr Ohr an die Falltür, doch nur Bruchstücke des Wortwechsels drangen zu ihr nach unten. Wenn Ruadbern im Auftrag eines Bischofs unterwegs war, konnte dies nur Drogo sein, dachte sie. Er würde dafür sorgen, dass sie in ein anständiges Kloster kam, bis die Ordnung wiederhergestellt war.

In der Hoffnung, sogleich ihrem Verlies entsteigen zu können, zog sie sich hastig ihr feuchtes Kleid an. Ihr entging die leise rufende Stimme Arnes, da sie ihre ganze Aufmerksamkeit nach oben gerichtet hatte. Erst als Ruadbern schon längst fortgeritten war, betrachtete sie verwundert einen langen frischen Grashalm, der in ihre Zelle ragte, und fragte sich, wer Ruadbern wohl begleitet haben mochte.

Sie rief nach oben und verlangte einen Eimer für die Notdurft. Die beiden Wachen reagierten nicht. Die Ankunft des Bischofs hatte der fremde Mönch frühestens auf den nächsten Tag angesetzt. Es verblieb also genügend Zeit, die Gefangene in eine der Turmkammern zu verbringen. Sollte sie bis dahin ihre Notdurft doch in einer Ecke des Kerkers verrichten. Viel dürfte es ohnehin nicht sein, da sie erst am nächsten Tag wieder Essen bekäme.

Lange Zeit wartete Judith vergeblich auf das Öffnen der Falltür. Sie sprach sich Mut zu. Morgen, dachte sie, morgen, und zog das immer noch klamme Kleid wieder aus. Der Strahl der Hoffnung erhellte ihr Verlies auch dann noch, als es im Kerker stockfinster wurde. Sie legte sich ins frische Stroh, ignorierte das Kratzen der Halme und stellte sich vor, es wäre ein weiches Bett. Kurz bevor sie vor Erschöpfung einschlief, wurde sie durch ein Geräusch aufgeschreckt. Mit einem Mal hellwach, spitzte sie die Ohren und vernahm aus einer Ecke ihres Kerkers leises Nagen. Ratten! Sie sprang auf, um die Tiere zu verscheuchen, doch ihre Knie knickten vor Schwäche ein. Hunger überwältigte sie, und nichts erschien ihr köstlicher als die Fetzen Hühnerfleisch, die noch an den fast abgenagten Schenkeln und Flügeln gehangen hatten. Keine Ratte durfte ihr diese Kostbarkeit stehlen! Sie nahm alle Kraft zusammen und warf sich in die Ecke, wo sie das räuberische Nagetier vermutete. Sie spürte, wie es unter ihrem Leib hinweghuschte, ertastete gierig den Rest eines Hühnerbeins und biss hinein.

Als sich Ruadbern am nächsten Tag vergewissert hatte, dass Judith in der obersten Turmkammer untergebracht, ihr ein ordentliches Mahl vorgesetzt und Schreibzeug ausgehändigt worden war, verabschiedete er sich von Arne. Er hatte den alten Mönch in der Gaststube der Abtei überredet, dem jungen Knecht für einige Zeit Arbeit zu geben, und war jetzt begierig darauf, nach Soissons zurückzukehren, um Ludwig Bericht zu erstatten.

»Wenn sich irgendetwas an der Lage der Kaiserin ändern sollte, wirst du es hier am ehesten erfahren«, sagte er und schärfte Arne ein, die Gespräche der vornehmeren Gäste so gut wie möglich zu belauschen.

Ruadbern schlief kaum, wechselte bei jeder Gelegenheit die Pferde, benötigte aber dennoch nahezu drei Wochen, ehe er, wieder in seine gewohnte Gelehrtenkleidung gewandet, in Soissons eintraf. Seine Bitte, den Kaiser sprechen zu dürfen, wurde ihm vom Abt des Klosters abschlägig beschieden. Er traf auf Walahfrid Strabo, der sich von Aachen aus aufgemacht hatte, um Näheres über das Schicksal der von ihm so verehrten Kaiserin zu erfahren. Obwohl er Ruadbern früher als Konkurrenten um die Gunst der hohen Frau betrachtet hatte, war er überglücklich, als ihm der junge Mann andeutete, demnächst möglicherweise mit der Kaiserin in Verbindung treten zu können. Er überreichte ihm eine Rolle Pergament mit neuen Lobgedichten über die Kaiserin.

Während Ruadbern vor dem Abteigebäude herumlungerte und überlegte, wie er dennoch zu Ludwig vordringen könnte, rückte ein langer und sehr eindrucksvoll ausgestalteter Zug näher. Ruadbern erkannte die Farben des Königs Harald Klak.

Außer Atem legte Graf Bonifatius von Lucca auf der Treppe eine Pause ein und lehnte erschöpft seinen mächtigen Leib an die Mauer.

»Weshalb habt ihr die Gefangene so weit oben untergebracht?«, keuchte er.

»Um Kosten zu sparen, Herr«, erwiderte der Wächter. »Maueröffnungen gibt es nur in der obersten Kammer. Damit die Frau tagsüber, ohne kostbare Lichte aufzubrauchen, ihre Sündenliste anfertigen kann.«

»Sündenliste?«, fragte Graf Bonifatius verständnislos.

Stolz über seinen Wissensvorsprung, belehrte ihn der Wächter, dies gehöre zu den vornehmlichsten Aufgaben eines Gefangenen. Er schob den Riegel an Judiths Zellentür zur Seite, ließ den Besucher eintreten und zog sich sofort zurück, denn er hatte es eilig, die Denare zu zählen, die ihm der Graf auf dem Weg nach oben zugesteckt hatte.

Harald Klak freute sich, den jungen Mann zu erblicken, den er auf seiner Reise nach Rom zu schätzen gelernt hatte, und begrüßte ihn mit ausgesuchter Herzlichkeit.

»Ich habe mich sofort auf den Weg gemacht, als ich vernahm, was meinem Bruder, dem edlen Kaiser, widerfahren ist«, sagte er empört, »und bin jetzt hier, um meine Hilfe anzubieten.«

»Herr König«, sagte Ruadbern eindringlich, »Euch wird man zweifellos zum Kaiser vorlassen. Ich habe wichtige Nachrichten für ihn.«

Voller Entsetzen hörte sich Harald Klak den Bericht über das Los der armen Kaiserin in ihrem finsteren Verlies an.

»Auch mich haben Verwandte von meinem Thron vertrieben«, sagte er, »doch dank des gütigen Kaisers lebt meine Familie in Friesland heute in Wohlstand, Würde und Glück. Das Wasser in Mainz hat Ludwig und mich zu Brüdern gemacht, meine Gemahlin und Judith zu Schwestern…«

Er brach ab. Wie wenig Brüderlichkeit Lothar seinem Patenkind Gottfried erwiesen hatte, sagte er nicht. Sein Gesicht lief dunkelrot an. Lothar war für ihn ein ehrloser Gesell, nicht der geringsten Erwähnung wert.

»Wir befreien die Kaiserin!«, erklärte er. »Meine Truppen holen sie aus dem Turm!«

Er wies auf die schier unendlich scheinende Schar von Kriegern auf Pferden und zu Fuß hinter sich.

»Darüber sollte beraten werden«, erklärte Ruadbern und verabredete sich mit Harald Klak für den Abend. Er nutzte die Zeit bis dahin, um Erkundigungen einzuziehen, doch was er erfuhr, erschreckte ihn zutiefst.

Neugierde auf die ehebrechende Zauberin, die in seiner Grafschaft im Kerker saß, hatte Graf Bonifatius nach Tortona getrieben. Als er der einstigen Kaiserin gegenüberstand, zweifelte er keinen Augenblick mehr an der Wahrheit der Anklagen. Er spürte am eigenen Leib die Zauberkunst, die von diesem Weib ausging, denn das unfügsame Tier zwischen seinen Schenkeln erhob seit Jahren erstmals wieder sein Haupt. Priester und weise Frauen, an die er sich in seiner Verzweiflung gewandt hatte, waren gegen dieses schmähliche Versagen machtlos gewesen. Und jetzt hatte diese wahrhafte Hexe in ihrem schadhaften Kleid, die im mittleren Alter sein musste und dennoch wie ein junges Mädchen aussah, ungefragt seine Not erkannt und gebannt. Schwer atmend blieb er vor ihr stehen und starrte verzückt auf die goldhaarige Erscheinung, die dem Kaiser und dem Reich zum Verhängnis geworden war und ihm selbst ein solches Geschenk bereitet hatte.

»Gibt es neue Nachrichten?«, fragte Judith, der unter dem Blick des schweigenden und schwitzenden Grafen immer unbehaglicher wurde.

Die volltönende Stimme aus dem schönen Mund der zierlichen Gestalt riss ihn vollends hin. Ohne sich zu bedenken – als kleiner Graf war er gegen solch mächtigen Zauber ohnehin wehrlos –, warf er sich auf sie, riss ihr mit beiden Händen das Kleid auf und drang mit freudigem Ungestüm in sie ein.

Der Vollbärtige blickte nicht auf, als er den Schrei aus Judiths Kehle hörte. Er stand noch auf der Treppe, zählte das Geld, von dem der andere Wächter nichts wissen sollte, und verzog den Mund zu einem leichten Grinsen. Wenn weitere hohe Herren für ihren Spaß ebenso gut bezahlten, würde ihn diese Verbrecherin zu einem reichen Mann machen. Dafür musste sie natürlich gesund sein und am Leben bleiben.

Er steckte das Geld ein, stieg die Stufen nach unten und forderte seinen Untergebenen auf, für das Abendessen der Gefangenen ein ganzes Huhn braten zu lassen und ihr den guten Wein hinaufzubringen.

Es war ein schweres Stück Arbeit gewesen, Harald Klak davon zu überzeugen, sein Gefolge ohne ihn gen Norden zurückkehren zu lassen. Ein König könne sich nicht unbegleitet auf Reisen begeben, hatte er Ruadbern empört beschieden.

»Aber eine Kaiserin darf kaltblütig gemeuchelt werden?«, hatte Ruadbern genauso entrüstet geantwortet. Lothars jüngster Plan war ihm über die Verbindungen zu Ohren gekommen, die er sein dreiundzwanzigjähriges Leben lang aufgebaut und gepflegt hatte. Der Mord an Judith war beschlossene Sache. Ludwig musste den Leichnam seiner Gemahlin zu Gesicht bekommen, um endgültig alle Hoffnung fahren zu lassen. Die Männer, die mit dem Mordauftrag betraut worden waren, sollten schon am nächsten Tag aufbrechen. Also war höchste Eile geboten.

»Zu zweit kommen wir schneller voran«, drängte Ruadbern. Harald Klak, der sich seit vielen Jahren dem Wohlleben in Friesland hingegeben hatte, nur noch Schaukämpfe ausfocht, an einer Abhandlung über Schiffsbau arbeitete und keinen Ehrgeiz mehr hatte, den dänischen Königsthron zurückzuerobern, gab sich einen Ruck.

»Ich werde meine Schwester befreien«, sagte er schließlich

seufzend zu, tarnte sich als Handelsmann auf der Heimreise und schickte sein Gefolge mit seinem treusten Diener Steingrimm als falschem Harald an der Spitze nach Norden.

Ruadbern bereute es zutiefst, sich im Kloster Saint Medard selbst sehen gelassen zu haben. Lothars Leute hatten längst ausfindig gemacht, wie er dem Kaiserpaar beim ersten Aufstand als Bote gedient hatte. Jetzt verfolgten sie ihn und würden ihn und den vermeintlichen Handelsmann bei erster Gelegenheit niederstrecken. Wie Hasen schlugen die beiden Männer Haken, doch Lothars Häscher wurden sie erst am Comer See los.

»Niemand kann einen Wikinger zu Wasser schlagen«, rief Harald Klak übermütig und warf das Ruder des am Ufer gestohlenen Bootes herum. Ein Glück, dass er noch rechtzeitig erfasst hatte, wie mit dem ungewohnt beweglichen italischen Segel gegen den Wind zu fahren war! Das Wenden war zwar mühsam, da die Spiere auch die Seite des Mastes wechseln musste, aber er konnte viel höher am Wind fahren. Die des Segelns unkundigen Verfolger hatten zunächst ratlos am Ufer gestanden, aber die Bögen schnell in Anschlag gebracht, als der Sturmwind das Boot wieder gegen das Land zu drücken schien. Doch als dem Dänen die Wende gelungen war, schoss das kleine Boot rasch aus der Reichweite der Pfeile.

Jetzt, da der einstige dänische König das großartige Prinzip des südländischen Manövrierens vollständig begriffen hatte, kannte seine Begeisterung keine Grenzen. Wieso hatten seine Vorfahren Derartiges nie ersonnen, sondern sich mit ihren starren Rahsegeln begnügt! Wie viel Ruderkraft man mit einem schwenkbarem Segel doch einsparen konnte und welch eine Bereicherung für sein Werk über den Schiffsbau! Allein diese Erkenntnis machte das ganze Abenteuer lohnenswert und würde ihm den Ruhm der Nachwelt eintragen.

Benommen blieb Judith noch auf dem Boden liegen, nachdem der italische Graf mit gestammeltem Dank die Zelle schon längst verlassen hatte. Das einzige Gewand, das sie besaß, hing ihr in Fetzen vom Leib. Nur diese Tatsache schien mit der Wirklichkeit etwas zu tun zu haben. Der dicke Mann, der sich auf sie gestürzt und sie geschändet hatte, entstammte gewiss einer Sinnestäuschung. Sie musste einen bösen Traum gehabt haben, in dem sie sich selbst das Kleid zerrissen hatte. Jenes, was nicht vorgefallen sein konnte, war blitzartig geschehen, vergangen und nicht einmal eine Erinnerung mehr. Langsam erhob sie sich. Ihr war schwindlig, aber die Abwesenheit jeglichen Schmerzes beruhigte sie. Gewalt ohne Schmerz war undenkbar; also war ihr keine Gewalt angetan worden. Wie manche Priester, die sich für lange Zeit in die Einsamkeit zurückziehen und ohne Ansprache ihr Leben fristen, war eben auch sie im Begriff, wunderlich zu werden und sich in der ereignislosen Zelle ihres Kopfes Täuschungen hinzugeben. Das durfte so nicht bleiben und nicht wieder geschehen. Sie musste aufhören, mit dem Schreibmaterial, das ihr Ruadbern hatte zukommen lassen, fantastische Geschichten zu verfassen, die zwar einen Walahfrid Strabo hingerissen hätten, aber ihr selbst den Bezug zur Wirklichkeit stahlen; sie durfte nicht länger Briefe schreiben, die sie doch niemandem mitgeben konnte. Sie musste ihr Hirn mit einem schweren, aber lösbaren Problem beschäftigen, um nicht vollends verrückt zu werden. Nichts war geschehen; sie hatte sich das Kleid zerrissen und würde die Wächter um Nadel und Faden bitten, um es zu richten. Das war alles. Immer noch geschwächt von dem überstandenen Anfall, setzte sie sich an den kleinen wackligen Tisch in ihrer Zelle und malte auf ein Stück Pergament eine kreisrunde Insel. Wie lang musste der Strick am Hals der Ziege sein, damit sie vom Rand dieses Kreises aus genau die halbe Insel abgrasen konnte?

Arne fiel der Bierkrug aus der Hand, als er den Mann erkannte, der hinter Ruadbern den Gastraum der Abtei betrat. Er ging sofort in die Knie, aber ehe er dem Mann, den er als König kannte, huldigen konnte, bückte sich Ruadbern, drückte Arne mit Kopfschütteln und vielsagendem Blick einige der Scherben in die Hand und erklärte laut, er und sein Freund, der Töpferwarenhändler, seien auf der Durchreise und wollten sich rasch an etwas Gutem laben. Arne, der bei Harald Klaks Anblick schon gefürchtet hatte, die Vorräte der Abtei würden nicht ausreichen, um das riesige und bekanntermaßen trinkfreudige Gefolge zu verköstigen, mit dem der Dänenkönig zu reisen pflegte, nickte zustimmend. Das tat er auch, als ihm Ruadbern wenig später den Plan zur Befreiung der Kaiserin unterbreitet hatte. Schließlich entsprach dieser ziemlich genau dem Vorschlag, den Arne schon am ersten Tag gemacht hatte, nämlich die Wachen zu überwältigen und die Kaiserin aus dem Turm herauszuholen. Offenbar hatte Ruadbern inzwischen einen Ort im Reich ausfindig gemacht, an dem die Kaiserin vor ihren Feinden geschützt war. Arne gab allerdings zu bedenken, dass man weder dem Grafen von Lucca noch dem Bischof von Verona vertrauen könne. Beide Herren hätten die Kaiserin inzwischen aufgesucht. Nach seiner Rückkehr vom Turm habe der Graf im Gastraum zu einem Fest geladen und die Haft der Kaiserin ausgelassen gefeiert. Der Bischof sei noch am Tag seiner Anreise wieder heimgekehrt. Was in der Abtei, wo diverse Unregelmäßigkeiten zu vertuschen waren, große Erleichterung und ein erneutes Trinkgelage ausgelöst hatte.

In seine nordische Tracht gehüllt, meldete sich Harald Klak am nächsten Tag angeblich im Auftrag Kaiser Lothars bei den Wachen an. Der Vollbärtige musterte den seltsam, aber edel gewandeten Herrn, nahm ihn zur Seite und murmelte, der Kaiser habe gewiss bedacht, wie teuer eine solche Gefangene ihre Bewacher zu stehen komme. Harald Klak entfernte die

Fibel, die seinen Mantel zusammenhielt, legte nach kurzer Überlegung die Nadel mit dem silbernen Kreuz und dem goldenen Thorhammer dazu und drückte die Schmuckstücke dem Mann in die Hand. Der Vollbärtige biss auf den Thorhammer, grinste breit und ging Harald Klak die Treppe hinauf voran. Wie abgesprochen stürzten daraufhin Arne und Ruadbern, die vor dem Tor gewartet hatten, hinein und schlugen den gänzlich überrumpelten rundlichen Wächter zusammen. Der Vollbärtige hielt inne, als er den Lärm von unten hörte. Harald nutzte die Gunst des Augenblicks, drückte sich an die Wand, riss den Vollbärtigen von den Füßen und warf ihn die Treppe hinunter. Ohne sich weiter um ihn zu bekümmern, stürmte er nach oben, schob den Riegel zur Seite und stürzte in die Kammer. Dabei hätte er Judith, die hinter der Tür den ungewohnten Geräuschen lauschte, fast umgerannt. Er machte nicht viel Federlesens, ergriff die Kaiserin um die Mitte, warf sie sich wie einen Sack über die Schultern und stieg, trotz ihres lautstarken Einwandes, sie könne selbst gehen, so mit ihr die Treppe hinab.

»Sie werden mit Kopfschmerzen erwachen«, bemerkte Ruadbern und deutete auf die reglosen Wachen am Boden. Harald Klak setzte Judith ab, zog dem Vollbärtigen die Schmuckstücke aus der Tasche und befestigte sie wieder an seinem rotwollenen Umhang.

Jetzt erst war er bereit, seine Schwester, die Kaiserin, in aller Form zu begrüßen. Die ihm herzlich dafür dankte, wieder zum rechten Zeitpunkt in ihrem Leben aufgetaucht zu sein.

Als sie den unwirtlichen Turm verließen, brannten Judith die Strahlen der frühen Morgensonne wie Feuerpfeile in den Augen. Sie hängte sich bei Ruadbern ein und schloss die Lider.

»Eigentlich müsstest du jetzt wie ein Rind nach den Wintermonaten im Stall Riesensprünge machen«, bemerkte Ruadbern scherzend, als er die Kaiserin über den Holzsteg zu dem für sie bereitgestellten Ross führte, auf dem ein Gewand lag. »Dabei steht der Herbst vor der Tür.«

»Das Licht schmerzt«, sagte sie, blieb stehen, streifte sich das Kleidungsstück über und barg ihr Gesicht an Ruadberns Schulter. Wie gut es doch nach den Monaten der Einsamkeit tat, einem lieben vertrauten Menschen nahe zu sein!

»Schnell, Schwester«, drängte Harald Klak. »Lothars Männer werden bald hier sein.«

Judith blickte blinzelnd an sich herab.

»Etwas Besseres konntet ihr nicht finden?«

»Nein, Schwester Agnes«, antwortete Ruadbern, »es war schwer genug, einer Benediktinerin die Kutte abzunehmen.«

»Dafür wirst du in der Hölle braten.«

»In deiner Gesellschaft gern.«

»Ach, Ruadbern...«

Mit ihren frischen Pferden waren sie sich eines guten Vorsprungs gewiss. Über das Ziel der Reise ließ Ruadbern Judith vorerst im Unklaren. Ihr Vorschlag, sie bei ihrem nach Altdorf zurückgekehrten Bruder Konrad zu verstecken, lehnte er ab.

»Da werden sie dich zuerst suchen.«

»Und dann in Prüm bei meinem Sohn.«

»Aber da werden sie dich auch nicht finden.«

Er drängte wieder zur Eile, um den Herbststürmen zuvorzukommen.

Irmingard tobte. Es konnte doch nicht so schwierig sein, eine Gefangene zu töten! Sie aber auch noch entkommen zu lassen und nicht wieder einzufangen, war sträflich. Voller Abscheu betrachtete Lothar die Frau, die er geheiratet hatte. Ein ständig mäkelndes, unzufriedenes und obendrein noch maßlos ehrgeiziges Weib. Mit einem Vater, der sich gab, als hätte er allein Lothar die Kaiserwürde gesichert, ein Graf, der als zweiter Mann im Reich auftrat und ihn mit stets unverschämteren Forderungen belästigte. Da hatte er sich einer schönen Familie ausgeliefert! Kurz ging Lothar durch den Kopf, mit welcher Würde Judith auf dem Rothfeld in Colmar ihr Schicksal auf sich genommen hatte und wie viel lieber er sein Leben an der Seite dieser Frau geführt hätte.

Aber sie hatte Ludwig geheiratet, ohne den sie jetzt ein Nichts und Niemand war. Wie auch Ludwig ohne seine Herrin ein klägliches Bild abgab. Und solange sich der Vater in seiner Gewalt befand, fühlte sich Lothar seiner Macht sicher. Da er auch Ludwigs Entführung aus der Gefangenschaft fürchtete, holte er ihn aus dem Kloster in Soissons und beschloss, ihn nicht mehr aus den Augen zu lassen. Er schleppte ihn erst nach Compiègne mit sich, wo er eine Reichsversammlung abhielt, und zog dann mit ihm weiter nach Aachen, wo er endlich sein Recht als alleiniger Kaiser einfordern und sich auf den Thron der Pfalzkapelle setzen wollte. Dabei war er sich allzeit gewärtig, gegen seine Brüder losschlagen zu müssen, die ihre Unzufriedenheit mit der formellen Absetzung Kaiser Ludwigs bereits lautstark kundgetan hatten. Sollten sie doch klagen! Die beiden Gesandtschaften, die Ludo in aller Form zu Kaiser Ludwig schickte, ließ er jedenfalls nicht vor, sondern schickte sie unverrichteter Dinge wieder heim.

Abt Markward stieß einen Seufzer der Erleichterung aus, als er die Frau in der Nonnentracht erkannte. Er verneigte sich tief vor dem einstigen König der Dänen, den Ruadbern als solchen auch vorstellte, und versicherte, es sei eine Ehre für Prüm, den edlen Herrscher willkommen zu heißen. Harald Klak erkundigte sich nach der Sandale Jesu, und Abt Markward versprach, dem bekehrten Wikinger die Kostbarkeit selbst vorzuführen. Judith sah Arnes leuchtende Augen und ermunterte ihn, sich den beiden hohen Herren anzuschließen.

»Du bist wie deine Tante Gerswind«, sagte Abt Markward

zustimmend und beschämte Judith mit seinen nächsten Worten. »Sie bedenkt auch die einfachen Leute. Da zeigt sich die wahre christliche Gesinnung einer Kaiserin.«

Nachdem er den einstigen Dänenkönig und den einstigen Bauern ihrer Andacht überlassen hatte, eilte er zu einer windschiefen Hütte am Ufer der Prüm.

An Frau Gerswind schätzte er besonders, dass er nie viele Worte machen musste, und auch jetzt begriff sie unverzüglich und begleitete ihn mit Karl zum Haus des Abtes.

»Karl!«, rief Judith, als er vor Gerswind die Kammer betrat. Sie bedeckte ihren Sohn mit Küssen und hielt ihn fest, als wollte sie ihn nie wieder loslassen. »Wie groß du geworden bist!«

Ähnliches dachte Gerswind von Ruadbern, aber sie sagte es nicht. Sie lächelte den erwachsenen Sohn ihrer einstigen Freundin Hruodhaid versonnen an, hoffend, seiner Erinnerung sei das schreckliche Geschehen ihres letzten Zusammenseins zwanzig Jahre zuvor entfallen.

»Ein silberner Tisch«, sagte Ruadbern leise zu ihr. »Du hast mir das Leben gerettet. Danke.« Er sah sie forschend an. »Wo ist deine Tochter?«

»In Chelles, bei meiner Schwester. Dort, wo sich auch Judiths Tochter aufhält«, sagte Gerswind. Ihr Staunen über Ruadberns Gedächtnis wich Betroffenheit, als sie Judith nach zehn Jahren zum ersten Mal wieder in die Augen sah.

»Es tut mir so leid«, sagte sie leise.

»Nichts davon ist deine Schuld«, antwortete Judith heftig. »Ich danke dir, dass du Karl gehütet hast.« Sie ließ ihren Sohn zu dessen Erleichterung los, zog Gerswind fest an sich, küsste ihr die Wangen und setzte flüsternd hinzu: »Und mich.«

Abt Markward meldete sich laut räuspernd zu Wort und verkündete, er werde Judith, Karl und Ruadbern umgehend nach Mürlenbach schicken, wo sie sicher seien.

»Mürlenbach?«, fragte Judith und wischte sich die Tränen der Rührung vom Gesicht.

»Eine nahe gelegene Burg, die vor langer Zeit der Abtei übereignet wurde«, erläuterte er. »Sie gehörte einst der Urgroßmutter Kaiser Karls. Das Verwalterpaar ist alt und hat schon vor einiger Zeit um Entlastung gebeten. Ich gebe euch ein Schreiben mit. Du, Judith, wirst als Witwe mit deinen beiden Söhnen die Nachfolge antreten.«

»Mit meinen beiden Söhnen?«

»Judith ist zu jung, um meine Mutter zu sein«, wehrte sich Ruadbern.

»Keinesfalls, euch trennen doch etwa fünfzehn Jahre«, erklärte Abt Markward.

»Aber sie sieht viel jünger aus. Und ich viel älter.«

»Das ist wahr«, sagte der Abt nachdenklich und betrachtete beide, als sähe er sie zum ersten Mal.

»Dann geht eben hin als Ehepaar mit einem Kind«, seufzte er. »Das werde ich Ludwig später erklären müssen.«

»Nicht nötig!«, erwiderten beide wie aus einem Mund und sahen sich dann verwundert an.

»Aber er ist nicht mein Vater!«, rief Karl. »Ich will nicht...«

Ein Machtwort des Abtes brachte ihn zum Verstummen. Mit seinen zehn Jahren war der Kaisersohn alt genug, um die Bedeutung dieser Tarnung zu begreifen, und er versprach sich zu fügen.

Das alte Verwalterpaar zeigte sich sehr erleichtert, endlich die Nachfolge geregelt zu sehen. Walther, Hildegunde und ihr Sohn Wieland wurden sehr herzlich empfangen.

»Ihr werdet schnell lernen, wie es hier zugeht«, versicherte die bucklige Frau, als sie das junge Paar durch den Bergfried führte, den hohen viereckigen Turm im Innenhof eines festungsähnlichen Gebildes, das halb aus Stein und halb aus Holz bestand, da es, wie Abt Markward ihnen erläutert hatte, auf den Resten eines alten Römerkastells errichtet worden war.

Die Frau stieß eine Tür auf. »Dies ist eure Kammer«, sagte sie, »es ist ein wenig eng, aber ihr habt sie für euch, und ich hoffe, ihr werdet euch hier wohlfühlen.« Judith nahm das Öltuch vom winzigen Fenster und spähte hinaus auf den Hof, wo ihr Sohn soeben die gefährlich bröcklige Außentreppe einer steinernen Ruine erklomm. Sie wollte ihm zurufen, sofort herunterzukommen, doch Ruadbern, der sich neben sie gestellt hatte, legte ihr die Hand auf den Mund. Eine Verwaltersfrau ängstigte sich nicht um einen Sohn, der auf dem Hofgelände spielte.

»Wo ist Wielands Kammer?«, fragte Judith. Ruadbern unterdrückte einen Seufzer. Noch ein paar solcher Schnitzer, und die Tarnung würde auffliegen.

»Wielands Kammer?«, fragte die Verwalterin verwirrt.

»Wir wollen wissen, bei wem er schlafen soll, da es hier in der Tat zu eng für uns drei ist«, beeilte sich Ruadbern, Judiths unbedachte Äußerung zurechtzurücken.

Judith sandte ihm einen dankbaren Blick.

Die Verwalterin zuckte mit den Schultern. »Da wird sich schon was finden«, meinte sie. »Vielleicht im Gang vor der Tür, im Bett des Bierbrauers oder bei einem anderen Gesellen.«

Der künftige Kaiser! Judith schüttelte sich.

Ruadbern erklärte, seine des Reitens ungewohnte Frau sei nach der langen Reise erschöpft. Die Verwalterin sah auf das schöne junge Paar, glaubte zu verstehen und zog die Tür hinter sich zu.

Judith blickte betroffen auf das Bett. Ruadbern brach in Gelächter aus.

»Keine Angst, Judi«, beruhigte er sie, »du wirst das Bett für dich haben; ich strecke mich auf dem Fußboden aus.«

Doch als in der Nacht der kalte Novemberwind um den

Bergfried heulte, durch die Ritzen pfiff und Ruadbern sich erst die Schulter am Bett, dann den Kopf an der Wand stieß, streckte Judith ein Bein aus und stupste ihn mit ihrem großen Zeh an.

»Komm unter die Decke«, murmelte sie.

»Ich werde dich nicht berühren«, versprach er, doch das kleine Bett erlaubte nichts anderes als Berührung. Eng an ihren einstigen Edelknecht geschmiegt, kam Judith endlich zur Ruhe und gab sich bald süßen Träumen hin. Ruadbern jedoch blieb die ganze Nacht wach. Das Gefühl, die geliebte Frau zum ersten Mal so dicht bei sich zu haben, war zu kostbar, als dass er davon auch nur einen Augenblick dem Schlaf schenken wollte.

Drei Tage später brach er beim Holzhacken zusammen. Endlich gestand er Judith, die ihn in heller Aufregung mithilfe des alten Verwalters in ihre Kammer geschleppt hatte, seinen Mangel an Schlaf.

»Wenn es nur das ist!«, rief sie, legte sich zu ihm aufs Bett und küsste ihn auf den Mund.

»Jetzt wirst du erst schlafen, und dann zeige ich dir, wie sich Mann und Frau lieben.«

»Nein.« Er wollte sich aufrichten, doch sie drückte ihn in das Kissen zurück. »Ich kann den Kaiser nicht betrügen!«

»Das wirst du auch nicht«, sagte sie leise, »du liebst mich schon dein ganzes Leben lang, und jetzt, da du kein Kind mehr bist, habe ich entdeckt, dass ich diese Liebe genauso erwidere.«

Auf dem Ritt nach Prüm hatte sie die Augen von dem erblühten jungen Mann nicht lassen können. Sie hatte ihn berührt, sooft es ihr möglich war und sich über dieses Bedürfnis so lange gewundert, bis ihr endlich aufgegangen war, dass sie ihrem einstigen Edelknecht keine mütterlichen Gefühle mehr entgegenbrachte. Unnatürlich und unanständig waren ihr die Gedanken erschienen, die unkontrolliert in ihr aufstiegen; den Wunsch, in Ruadberns Armen zu liegen, seine vollen

Lippen zu küssen und mit ihm zu verschmelzen. Mit der wütenden Begierde, die einst Bernhard in ihr geweckt hatte, war diese neue Leidenschaft jedoch nicht zu vergleichen. Diesmal ließ kein gefahrvoller Gang aufs dünne Eis sie begierig erschauern. Ruadbern ließ wohlige Erregung in ihr aufkommen, der warme Blick aus seinen Augen schürte ihren Herzenswunsch nach der Vertrautheit einer körperlichen Nähe mit wahrhaftiger Erfüllung. Sie hatte versucht, das Lodern in ihrem Herzen einzudämmen, aber die Sehnsucht brannte weiter.

»Der Kaiser liebt dich auch«, sagte er leise.

»Anders«, flüsterte sie, »ganz anders«, und während er langsam in die Welt der Träume hinüberdämmerte, erzählte sie ihm alles.

Als er nach einem langen erfrischenden Schlaf erwachte, lag Judith neben ihm und streichelte sein Gesicht.

»Du bist so schön, mein geliebter Ruadbern«, flüsterte sie, und als sie ihm endlich zeigte, wie sich Mann und Frau liebten, war es in dieser Hinsicht auch für sie das erste Mal.

Lothar begriff, dass sein Bruder Ludo plante, gegen ihn zu Felde zu ziehen und verabredete sich mit ihm in Mainz. Das Treffen, das Mitte Dezember stattfand, endete mit feindseligen Äußerungen Ludos, der sich anschließend mit seinem Bruder Pippin in Verbindung setzte. Beide beschlossen, den Vater gewaltsam zu befreien, was ihnen angesichts der ludwigfreundlichen Stimmung in Aachen ein Leichtes erschien. Doch Lothars Späher waren nicht müßig. Sie rieten Lothar, Anfang Januar eine dritte Gesandtschaft Ludos an Ludwig zuzulassen, um Näheres über die Pläne der beiden jüngeren Söhne zu erfahren. Aber sie kannten die Zeichen nicht, die schon beim ersten Aufstand zwischen Ludwig und seinen Getreuen abgesprochen worden waren, und so entgingen ihnen die Verhandlungen, die vor ihrer Nase in Geheimsprache geführt wurden. Ludwig sicherte Pippin und Ludo alles zu, was sie wünschten, wenn sie ihn nur endlich befreiten. Lothar ahnte, dass er wieder einmal überlistet worden war, ließ seinen Vater aus der Zelle holen und schleppte ihn mit nach Saint Denis. In Neustrien war er sich größerer Unterstützung gewiss, doch die Truppen seiner Brüder warteten bereits auf ihn. Noch einmal wurde das Mittel der Verhandlung bemüht. Pippin und Ludo verlangten von Lothar, den rechtmäßigen Kaiser freizulassen. Lothar wich aus und berief sich auf die Bischöfe, die Ludwig zu Gefangenschaft verurteilt hätten.

»Niemand wünscht mehr das Wohl unseres Vaters, niemand bedauert mehr sein Missgeschick!«, erklärte er. Doch er war in die Enge getrieben. Ein Großteil seiner Getreuen hatte sich von ihm losgesagt, weil sie die Anmaßungen des Grafen von Tours nicht mehr ertrugen.

Im Februar sah sich Lothar so bedrängt, dass er mit den wenigen ihm verbliebenen Vasallen am letzten Sonnabend des Monats die Flucht ergriff. Erzbischof Ebbo von Reims, der von Lothar als Lohn für seinen Auftritt bei der Bußhandlung Ludwigs die Abtei Saint Medard erhalten hatte, ließ ebenfalls eilig ein Pferd satteln. Beim Aufsteigen überkam ihn jedoch ein so heftiger Gichtanfall, dass er aufgeben musste und Lothar nicht nach Burgund folgen konnte.

Am Tag darauf, einem Sonntag, beeilten sich die in Saint Denis zurückgebliebenen Bischöfe, ihre schweigende Zustimmung bei Ludwigs Bußgang wiedergutzumachen. Sie legten ihm vor dem Altar die königlichen Gewänder an, nahmen ihn feierlich wieder in die Kirche auf, schmückten ihn mit Krone und Waffen und erklärten den Vorgang des vergangenen Jahres für ungültig.

Als erste Amtshandlung ließ Kaiser Ludwig seinen Milchbruder, Ebbo von Reims, festnehmen. Er schickte ihn zu seinem Freund, dem Abt Rabanus Maurus, nach Fulda und forderte diesen auf, den Amtsbruder in strenge Haft zu nehmen.

Und dann, endlich, endlich, konnte sich Ludwig der Angelegenheit widmen, die ihm am wichtigsten war – seine Familie wieder zu sich zu holen. Er wusste, wo sie sich befand, seit er die Botschaft von Abt Markward erhalten hatte, dass Judith noch lebe und alle wohlbehalten seien.

Es galt Abschied zu nehmen von Mürlenbach. Sehr erleichtert ließen die alten Verwalter die junge Familie ziehen. Sie hätten es nie gewagt, Abt Markward zu fragen, weshalb er diese Leute für geeignet gehalten hatte, sich um die vielfältigen Aufgaben bei der Führung einer Burg zu kümmern, aber sie wunderten sich doch. Der jungen Frau, die von einer ungesunden Sorge um ihren Sohn wie besessen zu sein schien, fehlten die einfachsten Kenntnisse. Als Magd, der man zu sagen hatte, was und wie sie etwas erledigen sollte, wäre sie durchaus brauchbar gewesen, da sie hart arbeiten und kräftig zupacken konnte, aber ein verantwortliches Amt würde sie nie und nimmer ausüben können. Ihr Mann verstand zwar erheblich mehr von Führung, aber sein körperlicher Zustand war höchst beklagenswert. Schwarze Ringe unter seltsam brennenden Augen zeugten gewiss von einer bösen Krankheit. Wie oft war es geschehen, dass er morgens einen Schwächeanfall erlitt und für den Rest des Tages das Bett hüten musste. Dann vernachlässigte seine Frau ihre Pflichten, begab sich zu ihm und umsorgte ihn, als wäre er ein kostbares Rind.

Der Sohn war vollends unerträglich. Er war faul, gab Widerworte und war nicht einmal dazu zu bewegen, den Stall auszumisten. Aber daran war auch die Mutter schuld, die ihn nicht zur Arbeit anhielt und alle seine Nachlässigkeiten verteidigte. Niemand durfte ein böses Wort an Wieland richten. Vielleicht war er als kleiner Knabe sehr krank gewesen, sagte die Verwaltersfrau zu ihrem Mann; und da Hildegunde außer Wieland kein weiteres Kind hatte, könnte sie befürchtet haben, im Alter zu verhungern, falls ihm etwas zustoße. Zumal ihr Mann von so ungewöhnlich zarter Beschaffenheit war. Das Verwalterpaar war sich einig. Abt Markward konnte nur ein einziger Grund bewogen haben, dieses seltsame Dreigespann zu ihnen zu schicken: Mitleid mit einer in Not geratenen Familie. Mithilfe des Burgpfarrers verfassten die alten Leute einen Brief, in dem sie den Abt anflehten, nun ein Paar nach Mürlenbach zu schicken, das sich wirklich auf Führungsaufgaben verstand und sich den Umständen des Lebens auf einer Burg besser anpassen konnte.

Kaiser Ludwig verkündete, das im vergangenen Jahr Geschehene zu vergessen, und verzieh den Männern, die von ihm abgefallen waren. Die neue Bezeichnung für das Rothfeld zu Colmar konnte er dem Volksmund allerdings nicht mehr entreißen. Tatsächlich sollte es über ein Jahrtausend lang den Namen *das Lügenfeld* behalten.

Abt Markward selbst lieferte Judith und Karl rechtzeitig zum Osterfest beim Kaiser ab. Ludwig schämte sich nicht der Tränen, die ihm über die Wangen liefen, als er Frau und Sohn in die Arme schloss. Er bot Ruadbern Ebbos Posten, eine Grafschaft und große Summen Geldes an, doch der junge Mann lehnte jegliche Belohnung für seine Mühen ab.

»Zu welcher Familie gehörst du nur?«, fragte Ludwig verblüfft.

»Zu deiner, Oheim«, erwiderte Ruadbern lachend. Vor Ludwigs Gesicht tauchte das Bild seiner Schwester Hruodhaid auf. Er vermeinte, ihre Stimme zu hören, die durch ein unbezwingbares Stottern stets leicht gezittert hatte. Er war schuld an ihrem Tod sowie an dem ihres geliebten Gefährten, Ruadberns Vater. Er hatte sich schwer an seinem Neffen versündigt.

»Irgendetwas wirst du dir doch wünschen«, sagte er verzweifelt.

Ruadbern senkte die Lider. »Ich liebe die Kaiserin und will ihr weiterhin dienen.«

»Gewährt! Aber das kann doch nicht alles sein! Du darfst mir meinen Dank nicht vorenthalten.«

»Dann bitte ich um zweierlei«, sagte Ruadbern. Er erläuterte, dass eigentlich Harald Klak und der Knecht Arne die Kaiserin befreit hätten. Ohne die Segelkünste des Wikingers und die Schlagkraft des Knechts wären sie jetzt alle tot.

Ludwig ordnete augenblicklich an, Harald Klak den stärksten Bären aus seinem Zwinger zu schicken, ließ ihm ein besonders gehärtetes Schwert anfertigen, das mit kostbaren Edelsteinen aus der kaiserlichen Schatzkammer besetzt wurde, und legte ein riesiges goldenes Kreuz dazu. Die Belohnung Arnes hatte sich Judith ausgedacht. Er wurde nicht nur aus seinem Stand befreit, sondern erhielt ein großes Lehen in der Nähe von Portiers. Judith ließ es sich nicht nehmen, bei der Hochzeit mit seiner Gefährtin Anna, ihrer Näherin, als Trauzeugin aufzutreten. Außer ihr und Arne wusste schließlich niemand, dass Anna bereits verheiratet war.

Anders als damals mit Bernhard gab es mit Ruadbern keine heimlichen Treffen.

»Wir haben unsere Liebe monatelang leben dürfen«, sagte Ruadbern zu Judith, als sie in Aachen eintrafen. »Es war die kostbarste Zeit meines Lebens. Aber jetzt bist du wieder Kaiserin, und ich kehre zu meiner Arbeit an der Hofschule zurück. Wir werden weiterhin viel miteinander umgehen und uns unserer Liebe gewiss sein, aber ich werde durch keine geheime Treppe in dein Gemach dringen, mich nicht mit dir heimlich im Wald verabreden, dich nicht in einem unbeobachteten Augenblick in eine dunkle Ecke ziehen oder ein leeres Gemach für gestohlene Liebesstunden aufsuchen.«

Judith senkte die Lider. Das Kind Ruadbern hatte erheblich mehr mitbekommen, als sie auch nur geahnt hatte.

»Aber ich liebe dich«, antwortete sie leise. »Es ist unerträglich, dir so nahe zu sein und dich nicht berühren zu können.«

»Es ist überhaupt nicht unerträglich«, widersprach er, »sondern wunderschön, einander nahe sein zu können. Ich habe dir schon einmal gesagt, eine wirkliche Liebe findet die Erfüllung in sich selbst. Du hast mir gezeigt, wie Mann und Frau einander körperlich lieben. Das ist mir eine kostbare Erinnerung. Und jetzt wirst du lernen, wie unsere Liebe unabhängig von jeglicher Körperlichkeit weiterleben wird. Ich weiß, wovon ich spreche.«

Der politische Alltag mit seinen Verwicklungen hatte Judith wieder sehr schnell im Griff. Nach einem Jahr Abwesenheit galt es, sich wieder neu einzuarbeiten und die veränderten Umstände zu berücksichtigen. Noch immer fürchtete Judith Lothars Einfluss und Durchtriebenheit. Sie riet Ludwig, sich mit seinem Ältesten zu versöhnen und ihm eine großmütige Friedensbotschaft zu schicken. Kurz nach Ostern folgte er ihrer Empfehlung und lud seinen Sohn zur Aussprache nach Aachen ein.

Lothar, der sich inzwischen bis nach Vienne zurückgezogen hatte, lehnte jegliche Verbindung zum Vater ab und wollte von Versöhnung nichts wissen. Mittlerweile hatte er neue Hoffnung geschöpft, den Kaiserthron zurückzuerobern, da sich viele seiner alten Vasallen wieder zu ihm bekannt hatten. Der älteste Kaisersohn war in der Verleihung von Gütern schließlich erheblich großzügiger als sein Vater. Die Wende schien sich abzuzeichnen, als eine Truppe Lothars im offenen Gefecht die Männer Ludwigs bei Orleans vernichtend schlug. Lothar setzte sich daraufhin von Vienne aus in Bewegung und rückte an der Saône hinauf gen Orleans. In Chalons fand er jedoch den Weg von Ludwigs Leuten versperrt. Es kam zu einem heftigen Aufeinandertreffen, aus dem Lothar als Sieger hervorging und die Stadt im Sturm einnahm.

Als er am Tag darauf bei seinem triumphalen Einzug zwei Getreue Ludwigs in der ihm huldigenden Menschenmenge entdeckte, ließ er ihnen gleich an Ort und Stelle die Köpfe abschlagen. Auch Irmingard, die zu Seiten Lothars ritt, erkannte unter den vielen Jubelnden am Wegesrand ein vertrautes Gesicht.

»Sieh da, Lothar!«, schrie sie und deutete aufgeregt in die Volksmenge, »da steht die Nonne Gerberga, Bernhards Schwester!«

»Wo?«, fragte Lothar, der ansonsten kaum noch auf Irmingards Äußerungen achtete. Aber die Nonne Gerberga, diese Hexe, die seiner Frau vor vielen Jahren eine solch unsägliche Prophezeiung hatte zukommen lassen, diese Frau, die ihn an Irmingard gefesselt hatte, musste vernichtet werden! Augenblicklich ließ er die Nonne Gerberga von seinen Schergen packen und abführen.

Bereits für den nächsten Tag beraumte er eine Gerichtsverhandlung an und ernannte unter Irmingards Vorsitz die Frauen seiner Räte zu Richtern. Der Urteilsspruch war einhellig: Als Hexe, Verfertigerin von Liebestränken und sich verbotener Wahrsagerei Hingebende wurde die Nonne Gerberga lebendig in ein Fass gesteckt und mit Schwung in die Saône geworfen. Danach ließ Lothar die Stadt plündern und niederbrennen, ehe er, über die rauchenden Trümmer sengend und mordend, weiter nach Orleans rückte.

»Bis jetzt haben sich die Brüder nur drohend gegenübergestanden«, berichtete der neue Kanzler, des Kaisers Halbbruder Hugo, dem Herrscherpaar an einem heißen Sommertag in Aachen. »Es scheint nur eine Frage der Zeit zu sein, wann ihre

Heere die Waffen gegeneinander erheben. Und leider ist das Glück derzeit mit Lothar, der einen Landstrich nach dem anderen einnimmt und großes Unheil über die Bevölkerung bringt.«

Bestürzt hörte sich Ludwig die Berichte über Lothars Wüten und die massenhaften Übertritte vermeintlicher Kaisergetreuen an. Judith sprach ein stummes Gebet für die Nonne Gerberga und bedauerte zutiefst, dieser weisen Frau jetzt nimmermehr begegnen zu können. Wut auf Irmingard stieg in ihr auf, die sich zur Richterin über die kluge Frau aufgeschwungen hatte – weil sie jetzt nicht mehr Kaiserin war.

Die Stille, die Kanzler Hugos furchtbarem Bericht folgte, wurde durch heftiges Klopfen zerrissen.

Müde forderte Ludwig seinen Halbbruder auf, die Tür zu öffnen.

Judith konnte nur mit Mühe einen Aufschrei unterdrücken, als eine schwarzhaarige untersetzte Gestalt den Raum betrat. Der Besucher verneigte sich tief vor dem Kaiserpaar und sagte: »Geliebter Patenohm, ich weiß, ich habe gefehlt und mich an dir versündigt, aber ich bitte dich aus tiefstem Herzen, mir dies gütigst zu vergeben. Von nun an werde ich immer treu zu dir stehen. Das schwöre ich bei allem, was mir heilig ist.«

Schmeichelworte und ein wertloser Schwur, dachte Judith voller Wut. Dass er es wagt, sich hier sehen zu lassen! Sie hätte ihn am liebsten angespuckt, als er niederkniete und des Kaisers Knie küsste. Ludwig griff nach Bernhards Händen, erhob sich, zog seinen Patensohn vom Boden auf und umarmte ihn.

»So viele haben gefehlt«, sagte er mit Tränen in den Augen, »und ich habe ihnen allen vergeben. Ich bin beglückt, dass auch du, mein verlorener Sohn, den rechten Weg wieder gefunden hast. Schau, wer hier ist, und begrüße deinen Schwager, geliebte Frau.«

Judith blieb sitzen und starrte erzürnt in die zwei zugefrorenen Teiche.

»Es tut mir sehr leid um deine Schwester«, murmelte sie dumpf.

»Gerberga?«, antwortete er mit gleichgültiger Stimme, »durch ihre dummen Prophezeiungen hat sie ihr eigenes Unglück heraufbeschworen.« Er wandte sich wieder an Ludwig. »Darf ich hoffen, meine alte Stellung am Hof wieder einnehmen zu können – als Erzieher Karls und vielleicht auch als Kämmerer?«

»Nein!«, versetzte Judith, der das Blut überzukochen drohte.

Ludwig sah sie überrascht an. Die alte Feindseligkeit, dachte er, sie hat ihn nie wirklich gemocht, ihn wohl immer nur geduldet. Wie seltsam, dass ihr ausgerechnet mit ihm ein Verhältnis angedichtet wurde!

Bernhard nahm Judiths Einwand nicht wahr und blickte immer noch fragend zum Kaiser.

»Du hast meine Gemahlin gehört«, sagte dieser bedauernd, »beides, die Erziehung Karls wie das Amt des Kämmerers, obliegt ihrer Aufsicht.«

»Du hast am Hof nichts mehr zu suchen«, meldete sich Judith mit scharfer Stimme wieder zu Wort. »Ich verlange, dass du augenblicklich nach Aquitanien zu Dhuoda zurückkehrst.«

»Ist das auch dein Wunsch, Oheim?«, fragte Bernhard den Kaiser.

Ludwig nickte unglücklich.

»Wenn ihr mir also nicht vertraut ...«, sagte Bernhard kalt und bewegte sich rückwärts zur Tür, »... dann lasse ich euch ein Unterpfand hier ...« Er riss die Tür auf und winkte jemandem, einzutreten.

Judith versteinerte. Herein kam ein Knabe von etwa acht Jahren, das genaue Abbild ihres Sohnes Karl in diesem Alter.

»Mein Sohn Wilhelm«, stellte Bernhard das Kind vor und forderte es auf, sich vor dem Kaiser auf die Knie zu werfen, »ich biete ihn euch als Geisel an.« Mit dem alten, ihr einstmals so vertrauten Spott in der Stimme wandte er sich an Judith: »Ich wäre der Kaiserin sehr verbunden, wenn sie sich seiner annähme. Niemand weiß besser als sie, wie wichtig einer Geisel die Tante sein kann.«

Er griff in die Tasche, zog ein kleines Päckchen hervor und legte es Judith zu Füßen. »Diese Botschaft wurde mir für die Kaiserin mitgegeben. Sie stammt aus Fulda.«

Er verbeugte sich noch einmal sehr tief und verließ den Raum, ohne sich von seinem Sohn zu verabschieden.

Wie zuvor den Vater, hob Ludwig jetzt den Sohn vom Boden, der immer noch kniend vor dem Kaiser verharrt hatte.

»Lass dich ansehen, mein Kind«, sagte er bewegt. Der Knabe hob die Lider und blickte dem alten Mann mit dem weißen Haarschopf vertrauensvoll in die Augen. Judith konnte gar nicht hinsehen, wartete auf die Erkenntnis, die Ludwig jetzt gewiss dämmern müsste. Verzweifelt griff sie nach dem Päckchen, das ihr Bernhard zu Füßen gelegt hatte, und öffnete es geistesabwesend.

»Schau mal, Judith, wie er unserem Karl ähnelt!«, rief Ludwig. Seine Stimme klang jetzt heiter. »Ist es nicht seltsam, dass sich in beiden Kindern tatsächlich das Welfengeschlecht durchgesetzt hat? Und nicht das der Karolinger?«

Judith hörte ihn kaum. In ihrer Hand zitterte der Brief aus Fulda. Und dem war Gerswinds Zauberring beigelegt. Ihr alter Feind Erzbischof Ebbo, der in Haft sitzende Milchbruder Ludwigs, flehte sie, die Kaiserin, um Hilfe an.

11

Aus den Chroniken der Astronoma

In den Jahren des Herrn 835 bis 840

Erzkaplan Drogo setzt am 28. Februar 835 in der Stephanskirche zu Metz unter freudigen Zurufen Ludwig noch einmal die Kaiserkrone auf. Doch in Reich und Familie kehrt keine Ruhe ein.

Die Gebietsansprüche der Söhne Pippin und Ludo lassen für Karl nichts mehr übrig. Deshalb müht sich die Kaiserin abermals um eine Versöhnung mit Lothar. Sie schlägt vor, dessen Beschränkung auf Italien aufzuheben, um ihn sich verpflichtet zu machen. Denn um Lothar haben sich die tüchtigsten Männer des Frankenreichs geschart, und der Kaiser ist sichtlich hinfällig geworden. Nach seinem drohenden Tod muss Judith die Rache Lothars fürchten, der Mutter und Sohn im günstigen Fall in ein Kloster einweisen lassen würde. Der Hoflehrer Einhard ist der Streitereien müde und zieht sich endlich mit kaiserlicher Genehmigung als Abt nach Seligenstadt zurück. Dank der Fürsprache der Kaiserin werden die Haftbedingungen für Ebbo von Reims in Fulda gemildert. Judith vermählt ihre Tochter Gisela mit Eberhard von Friaul, einem der wichtigsten Ratgeber Lothars, und überzeugt Ludwig, das gesamte Reich zwischen Lothar und Karl aufzuteilen. Darüber kommt es zu geheimen Verhandlungen in Diedenhofen. Doch als eine Seuche Lothars bedeutendste Räte dahinrafft, darunter auch seinen Schwiegervater Hugo von Tours und Abt Wala, sieht das Kaiserpaar keinen Grund mehr, Lothar zu fürchten und zu berücksichtigen.

Unter Judiths Einfluss teilt Kaiser Ludwig das Reich in Aachen zwischen Pippin, Ludwig und Karl neu auf. Doch Mitte April 837 wird der Kaiser durch einen großen Kometen erschreckt, der im Zeichen der Waage erscheint und drei Nächte hindurch sichtbar ist. Gewaltige Wirbelwinde brechen los, und Feuer in Form eines Drachens wird am Himmel erblickt. Die dänischen Wikinger, die bereits Antwerpen niedergebrannt haben, machen sich das Chaos im Frankenreich zunutze und überfallen das an Gewerbe und Handel reiche Friesland. Harald Klak sieht sich gezwungen, gegen seine einstigen Landsleute zu kämpfen, schafft es aber nur, sie zu vertreiben. Sie sind mit ihrer Beute bereits auf hoher See verschwunden, als Ludwig in Nimwegen eintrifft. Sein Sohn Ludwig von Bayern, unzufrieden mit den ihm zugesprochenen Gebieten, nutzt die Abwesenheit des Vaters und trifft sich in Trient mit Lothar. Dies kommt dem Kaiser zu Ohren, der Ludo daraufhin alle rechtsrheinischen Gebiete entzieht und nur Bayern lässt.

Seinen Sohn Karl erhebt er an dessen 15. Geburtstag anlässlich seiner Schwertleite zum König über das neustrische Gebiet zwischen Seine und Loire. Daraufhin erklärt Ludwig von Bayern seinem Vater den Krieg, zieht im November 838 in Frankfurt ein und rückt mit dem Heer Richtung Mainz, um dem Vater den Rheinübertritt zu verwehren. Pippin von Aquitanien, der sich friedlich verhalten hat, stirbt plötzlich an Wassersucht. Erst im Januar gelingt es Kaiser Ludwig, Ludo in die Flucht zu treiben. Die Feindschaft zwischen Vater und Sohn bleibt bestehen. Doch dem Herrscher setzt die Schwindsucht zu; er scheint bereits vom Tod gezeichnet zu sein. Schon deshalb muss Judith ihren alten Wunsch, Karl zum Kaiser zu machen, aufgeben und Lothar für sich gewinnen.

Am 25. März wird der ganze Umkreis des Himmels von wunderbaren Lichtstreifen umzogen, die in Form eines runden Domes erscheinen. Wenig später kommt es in Worms zu einer Aussöhnung zwischen dem Kaiser und seinem ältesten Sohn. Auf dem dortigen Reichstag teilt der Herrscher das Reich zwischen Karl und Lothar auf.

Lothar wählt die östliche Reichshälfte, und Karl erhält den westlichen Teil, sehr zum Missvergnügen von Pippins Sohn, Pippin II. von Aquitanien, der sich um sein Erbe betrogen fühlt. Unterstützt von Bernhard von Barcelona, rüstet er gegen den Großvater zum Krieg.

Das Jahr 839 klingt mit einem ungeheueren Wirbelsturm aus, bei dem das Meer über die Ufer tritt und unzählige Menschen in Höfen und Weilern zugleich mit den Gebäuden wegrafft. Flotten auf See werden auseinandergerissen und eine Feuerflamme wird über das ganze Meer hin gesehen. Auch die Flamme des Krieges in der eigenen Familie kommt nicht zum Erlöschen. Als Kaiser Ludwig, begleitet von seiner Gemahlin und seinem Sohn Karl, nach Aquitanien zieht, um seinen aufrührerischen Enkel Pippin II. und seinen untreuen Paten Bernhard von Barcelona zu züchtigen, fällt sein Sohn Ludwig von Bayern wieder in Schwaben ein. Mitte März 840 erreicht diese Nachricht den Kaiser in Poitiers.

In den Jahren 840 und 841

Als Geisel war Wilhelm gänzlich untauglich.

»Soll ich etwa einen Knaben hinrichten lassen, der meinem eigenen Sohn wie aus dem Gesicht geschnitten ist?«, tobte Ludwig, als ihm in Poitiers zugetragen wurde, Bernhard von Barcelona stachele den Kaiserenkel Pippin an, das Herrscherpaar und die in der Stadt lagernden Truppen anzugreifen. »Das wäre ja beinahe, als tötete ich mein eigen Fleisch und Blut!«

»Dein eigen Fleisch und Blut hat durchaus deinen Untergang im Sinn«, erwiderte Judith tonlos. »Trotzdem flehe ich dich an, nicht wieder gegen Ludo in den Krieg zu ziehen. Überlasse diesen Kampf Lothar; es geht ja auch um sein Reich! Bleib hier in Poitiers, und komm zu Kräften!«

Ludwig erhob sich von seinem fein geschnitzten Stuhl. »Noch kann ich reiten, kämpfen und Ludo in die Schranken weisen«, fuhr er Judith an. Seine Stimme übertönte beinahe das pfeifende Geräusch aus seinen Lungen. »Noch bin ich der Kaiser!«

»Dann komme ich mit!«

Ludwig schüttelte den Kopf und ließ sich hustend wieder auf seinen Stuhl fallen. »Du bleibst hier in Poitiers bei Karl und seinem Heer«, befahl er keuchend. »Ich werde eine große Streitmacht zurücklassen, an die sich mein Enkel, Pippins Sohn«, er seufzte, »nicht heranwagen wird. Mein Gott, der ist ja erst siebzehn...«

»Wie unser Karl auch«, setzte Judith nickend hinzu. Sie verzog das Gesicht, als sie Lärm im Gang hörte, und riss die Tür auf.

Bernhards Sohn Wilhelm stürmte herein und verschanzte sich schwer atmend hinter Ludwigs hohem Stuhl.

Direkt hinter ihm stürzte Karl mit gezücktem Schwert durch die Tür.

»Komm augenblicklich hervor!«, befahl er mit schriller Stimme. »Wir schicken jetzt deinem Vater deinen Kopf!«

Zu seinen Eltern gewandt, deutete er eine Verbeugung an und erklärte sachlich: »Wilhelm hat als Geisel sein Leben verwirkt, denn sein verräterischer Vater hat sich wieder gegen meinen gestellt. Erlaubt mir, die Geisel ihrem Schicksal zuzuführen.« Und endlich der Lächerlichkeit enthoben zu sein, ständig meinem jüngeren Ebenbild begegnen zu müssen, setzte er für sich hinzu. Im Gegensatz zu seinem Vater hatte Karl schon längst Verdacht geschöpft, welchem Umstand diese Ähnlichkeit zu verdanken sein könnte. Solange er zurückdenken konnte, hatte er sich gefragt, ob diese schöne junge Frau, die seine Mutter war, bei diesem unerträglich frommen alten Mann, der sein Vater zu sein glaubte, überhaupt auf ihre Kosten kam. Er war erst fünf Jahre alt gewesen, als man erste Gerüchte um Bernhard und Judith verbreitete, aber schon zehn, als sie wiederholt wurden, und so hatte er sich naturgemäß über seine eigene Herkunft Gedanken gemacht. Als ihm Wilhelm vorgestellt wurde, sah er den furchtbaren Verdacht bestätigt, außerhalb des Ehebetts gezeugt worden zu sein. Seine Mutter musste also zweifellos in der ersten Zeit ihrer Ehe den Kaiser betrogen haben. Aus eigener Anschauung hatte er keinen Grund, an Judiths Treue in späteren Jahren zu zweifeln. Sie hatte sich zwar in Mürlenbach mit Ruadbern eine Kammer geteilt, danach aber keinerlei Versuche unternommen, sich mit dem jungen Lehrer heimlich zu treffen, wie Karl herausgefunden hatte. Der asketische Ruadbern erschien ihm ohnehin über jeden Verdacht erhaben. Wenn seine Mutter außer Bernhard einen Liebhaber gehabt haben sollte, dann höchstens Walahfrid Strabo, der inzwischen zum Abt von Reichenau befördert worden war. Karl konnte sich noch gut daran erinnern, wie in die schielenden Augen seines einstigen Lehrers bei Judiths Anblick dämliches Leuchten getreten war. Und mit welcher Eitelkeit der Gelehrte seine Liebesgedichte an die Kaiserin aller Welt zugänglich machte. Dies sprach allerdings eher dafür, dass Judith ihn nicht erhört hatte und es bei der schwärmerischen Anbetung des jungen Mannes geblieben war.

Karl schrieb es der Durchtriebenheit seiner klugen Mutter zu, dass während der Familienfehden, die einzig durch die Tatsache seiner eigenen Geburt ausgelöst worden waren, niemals auch nur eine Andeutung über die Möglichkeit seiner außerehelichen Herkunft gefallen war. Doch seine Ähnlichkeit mit Bernhards ehelich geborenem Sohn Wilhelm könnte irgendwann zu solchem Gerücht Anlass geben und ihm jegliche Hoffnung auf den Kaiserthron rauben. Grund genug, dieses elende Geschöpf, das ihn wie aus einem verzerrten Spiegel angstvoll betrachtete, zu beseitigen! »Wir können diese unerfreuliche Angelegenheit auch im Vorhof erledigen«, setzte er bemüht würdevoll hinzu.

Ludwig erhob sich von seinem Sitz, trat auf den Sohn zu und riss ihm mit einer raschen Bewegung die Waffe aus der Hand.

»Wie kannst du es wagen, mit entblößtem Schwert vor deinen Kaiser zu treten?«, donnerte er. »So etwas kann dich dein Königreich kosten! Ich verlange eine augenblickliche Entschuldigung für deine Unverfrorenheit!«

Karl erstarrte. Noch nie hatte der Vater ihn derart gemaßregelt. Hilfe suchend sah er zu seiner Mutter hin. Mit Wilhelm an der Hand war sie ebenfalls vorgetreten und wartete, bis Karl eine nicht sonderlich würdevolle Entschuldigung hervorgestammelt hatte.

»Als Kind war auch ich Geisel an diesem Hof«, sagte sie hart, »aber ich fühlte mich als Mitglied der Familie und habe niemals um mein Leben fürchten müssen.« Sie drückte die Hand des Knaben an ihrer Seite, des Sohnes ihrer Schwester Dhuoda. »Ebenso wenig wie du, mein Neffe Wilhelm, das zu tun brauchst.« Ihre Stimme klang noch dunkler als sonst, als sie Karl dazu zwang, einen Schwur abzulegen, seinen Vetter immer zu beschützen und ihm niemals ein Leid anzutun.

Obwohl er am nächsten Morgen früh aufbrechen wollte, fiel Ludwig erst spät in einen unruhigen Schlaf. Judith wachte an seinem Bett und benetzte seine heiße Stirn mit kühlfeuchten Tüchern. Wie sollte er in diesem Zustand gegen Ludo kämpfen? Er aß kaum noch etwas, spuckte Blut beim Husten und war schon nach kurzen Wegstrecken erschöpft. »Ich werde dich nie wiedersehen«, murmelte sie voller Trauer. Fürchtend, dass dies die letzten Stunden mit ihrem Mann sein könnten, blieb sie die ganze Nacht über wach. Sie quälte sich mit dem Gedanken, Ludwig noch irgendeinen Dienst erweisen zu müssen, ihm etwas schuldig zu sein, aber erst im Morgengrauen kam ihr die Eingebung. Sie erhob sich, küsste Ludwig zärtlich auf die nicht mehr ganz so heiße Stirn, nahm einen kleinen Gegenstand aus einer Geheimlade ihres Schmuckkastens und legte ihn auf das Pult in der Ecke der Kammer. Sie ergriff ein Stück Pergament, schrieb einen Satz darauf: *Mach deinen Frieden mit ihm, bevor es zu spät ist*, wickelte den kleinen Gegenstand in das Pergament, verstaute das Päckchen in eine Hülle, versiegelte diese mit dem Ring der Kaiserin und ließ einen Eilboten rufen.

»Ehrwürdige Mutter, was soll ich nur tun?«

Äbtissin Philomena rieb sich die Ohren. Die hatten in der vergangenen Stunde gehörig viel aufnehmen müssen. Mitten in der Nacht war die Kaiserin in dem Kloster erschienen, in welches sie einst nach dem ersten Aufstand der Söhne Ludwigs verbannt worden war. Alles, was Philomena damals gern gewusst hätte, hatte die Kaiserin jetzt vor ihr ausgebreitet, und die Äbtissin fühlte sich leicht überfordert, zumal sie die ganze Zeit vor Augen hatte, wie die Sorgen auch an Judiths Rundungen gezehrt hatten. Die Kaiserin war fast bis auf die Knochen abgemagert

»Dein Mann ist abgereist, mein Kind?«, fragte sie.

Judith nickte. »Er hat ein großes Heer hinterlassen, falls Pippins Sohn Pippin II. uns angreifen sollte.«

»Und dein kleiner Karl soll dieses Heer anführen?«

Ein unglückliches Nicken antwortete ihr.

»Und du glaubst, Pippin wird nur angreifen, wenn ihn Bernhard dazu auffordert?«

»Nur das gäbe ihm den Mut dazu«, versicherte Judith. »Der kleine Pippin ist... wie mein kleiner Karl... noch kein richtiger Krieger oder gar Feldherr.«

»Wilhelm zu opfern ergibt überhaupt keinen Sinn«, überlegte die Äbtissin, »im Gegenteil, das ist jene Gewalt, die wiederum Gewalt gebiert.«

Ein ungeheuerlicher Gedanke reifte in Judith. Sie machte

ihm Luft: »Vielleicht hat uns Bernhard genau aus diesem Grund seinen Sohn Wilhelm als Geisel gestellt«, flüsterte sie.

»Du meinst, dass er wie Abraham bereit ist, seinen Sohn zu opfern?«, fragte die Äbtissin scharf.

»Nicht wie Abraham. Wie Kaiserin Irene«, antwortete Judith, »die ihren Sohn tatsächlich ermordete, um sich selbst die Macht zu sichern.«

»Byzanz«, seufzte Äbtissin Philomena und verdrehte die Augen, »das ist eine sehr fremde Welt für uns. Und wir tun gut daran, uns von ihr und ihren Bräuchen fernzuhalten.«

Sie griff nach Judiths Hand.

»Möchtest du, mein Kind, bis zur Rückkehr deines Gemahls wieder zu uns kommen? Diesmal natürlich nicht als Nonne, sondern als Gast in den dafür vorgesehenen Räumen?«

Als Judith einige Monate zuvor in Poitiers eingetroffen war, hatte ihr erster Weg sie ins Radegundis-Kloster geführt. Sie hatte Äbtissin Philomena reiche Gaben mitgebracht und vergeblich versucht, mit den Schwestern ins Gespräch zu kommen. Wo sie während ihrer ersten Verbannung mühelos mit Nonnen hatte plaudern können, stieß sie als Kaiserin jetzt auf respektvolles Schweigen. Nur Schwester Gerberga hatte sie flüsternd gefragt, ob Lothar tatsächlich die Nonne Gerberga in Chalon habe ertränken lassen. Als Judith dies mit großem Bedauern bestätigte, entfuhr der Nonne voller Entsetzen die Frage, weshalb denn Lothar nicht nur wieder in Gnaden aufgenommen, sondern abermals als Mitkaiser bestätigt und ihm sogar die Hälfte des Reichs übertragen worden sei. Judith hatte zu einer Erklärung über die verworrenen Verhältnisse angesetzt, die es zwingend erforderlich machten, des Kaisers ältesten Sohn einzubinden, um ihn davon abzuhalten, noch mehr Unheil anzurichten, als sie von Äbtissin Philomena höflich unterbrochen wurde.

»Lothar ist der verlorene Sohn«, erläuterte diese knapp,

»und wenn ein solcher heimkehrt, ist dies dem Herrn allzeit ein Wohlgefallen.«

Wie leicht sich doch mithilfe der Heiligen Schrift so manch komplizierter Sachverhalt auslegen ließ! Und wie leicht Judith das beschwerliche Klosterleben mit einem Mal wieder erschien! Am liebsten hätte sie sich sofort zum Brunnen begeben, um Wasser für die Wäsche zu holen oder sich einer anderen niederen Arbeit hingegeben, um jegliche Gedanken an die nähere und fernere Zukunft auszulöschen, aber das ging natürlich nicht. Sie befand sich an des Kaisers Seite in Poitiers. Nur war Ludwig jetzt abgereist, und Karl ließ sich nicht mehr in den Pfalzgebäuden sehen, sondern lagerte bei seinem Heer am Stadtrand. Ja, derzeit wollte sie nichts lieber als sich dem friedlichen Leben in der Abtei widmen.

»Du kannst ein paar ausgesuchte Leute deines Hofstaats hierher mitnehmen, zum Beispiel Wilhelm«, schlug die Äbtissin jetzt vor.

»Einen Mann? In dieses Kloster?«

»Nun, so ein ganzer Mann scheint er noch nicht zu sein. Und wie du weißt, beschäftigen wir hier auch Männer für Aufgaben, die uns Frauen schwerfallen. Natürlich nur Männer, die sich nicht durch den Geheimgang Zutritt verschaffen. Den ich im Übrigen habe zuschütten lassen. Doch wer schwere Fässer tragen, Reparaturen durchführen und gut Holz spalten kann, ist uns im Gasthaus durchaus willkommen. So mager wie du jetzt bist, wirst du wohl kaum solche Arbeiten verrichten können. Du musst essen, mein Kind, essen. Schließlich ist in der Heiligen Schrift von der Auferstehung des Fleisches die Rede, nicht von der der Knochen.«

Judith lachte, und dann fiel ihr ein, wie Ruadbern am Holzblock von Mürlenbach ohnmächtig geworden war. Nun, der Grund für diese Schwäche war inzwischen entfallen. Ruadbern könnte sich jetzt als Lehrer Wilhelms nützlich machen.

Sie wunderte sich selbst darüber, wie das Verlangen, in seinen Armen liegen zu wollen, mit der Zeit immer mehr nachgelassen hatte, ihr Herz aber dennoch unvermindert kräftig für ihn schlug. Hielt er sich in ihrer Nähe auf, verflog jeglicher Trübsinn, und nur der Gedanke an ihn zauberte bereits ein Lächeln auf ihre Lippen. War ihr in Mürlenbach eine Liebe zu Ruadbern ohne körperliche Erfüllung noch unvorstellbar erschienen, so begriff sie jetzt, wie sehr es ihr Leben bereicherte, bedingungslos zu lieben. Sie wusste, dass sie wiedergeliebt wurde, und empfand es als entlastend, diese Liebe zu hüten und zu pflegen, ohne zu Heimlichkeiten gezwungen zu sein. Nicht Ruadberns Hände, sondern seine Blicke streichelten sie. Sie musste nicht sein Geschlecht an ihrem spüren, um sich seiner Liebe zu vergewissern. Sicher, gelegentlich bedauerte sie, ihn nicht in ihren Armen halten, ihn nicht küssen und sich nicht an seinen schmalen, langen Körper schmiegen zu können. Manchmal sehnte sie sich nur danach, ihm mit den Händen über das Gesicht zu streichen, schon das wäre ihr wie eine Vollendung vorgekommen. Aber dann dachte sie, dass darin das Wort *Ende* mitschwang; dass dann nichts mehr zu wünschen übrig blieb. Verglich sie die fortwährende ungezwungene Vertrautheit im Umgang mit Ruadbern mit dem rasenden, nach schneller Erlösung strebenden Verlangen, das Bernhard einst in ihr ausgelöst hatte, mit der ständigen Furcht vor Entdeckung, war sie von tiefster Dankbarkeit erfüllt.

Auch Ludwig liebte Ruadbern, lobte seine unverbrüchliche Treue, seine Unbestechlichkeit und Beständigkeit – alles Eigenschaften, die er an seinen Söhnen nicht kannte. »Lass uns Ruadbern doch adoptieren«, hatte er einst scherzhaft zu Judith gesagt und sie damit zutiefst erschreckt.

Denn da erst begriff sie, wie viel mehr sie sich dem Alter Ruadberns nahe fühlte als dem Ludwigs; dass sie ihren Mann wie einen treu sorgenden Vater liebte, er ihr jedoch das gleiche Gefühl entgegenbrachte wie sie Ruadbern.

Zwangsläufig würde ihr Zusammenleben mit Ruadbern im Kloster nicht annähernd so innig sein können wie in Mürlenbach, aber auch hier wären sie für eine Weile der feindlichen Welt entzogen. Sie hatte schon vorher vermutet, dass die Äbtissin nichts gegen die Anwesenheit des einstigen Mönchs Niemand einzuwenden hätte. Schließlich hatte er sich in dieser Abtei als äußerst tatkräftig bewährt, auch wenn er dereinst durch den Geheimgang hineingekommen war.

Hustend und von Fieberanfällen geplagt, zog Ludwig indes von Aachen über Bonn durch Hessen nach Thüringen. Als sich die Sonne am 3. Mai verfinsterte, stellte er in einem Waldgebiet seinen gleichnamigen Sohn. Da Ludo nur ein kleines Gefolge bei sich hatte, ging seine Festnahme nahezu ohne Blutvergießen vonstatten. Die Strafe für den aufrührerischen Sohn wollte Ludwig auf dem nächsten Reichstag am 1. Juli in Worms verkünden, zu dem auch Lothar aus Italien berufen wurde. Diesen Reichstag sollte Ludwig nicht mehr erleben, und das ahnte er auch.

Mitte Mai fuhr er den Main hinab nach Frankfurt, wo er wenige Tage verblieb. Er verweigerte jegliche Speise, wissend, dass sein Ende nahte. Von seinem Halbbruder Drogo ließ er sich auf eine Rheininsel bei Ingelheim bringen, wo er in einem Zelt am Ufer den Tod erwarten wollte. Sonst war niemand bei ihm. Er bestand darauf, weder Judith noch seinen Söhnen oder Getreuen über seinen Zustand Bescheid geben zu lassen. Drogo hatte sogar das Gerücht streuen müssen, der Kaiser befinde sich auf der Jagd.

Umso überraschter war der Erzkaplan, als am späten Abend des 19. Juni ein Kahn nahe dem Zelt des Kaisers anlegte.

»Wer ist da?«, rief er scharf, als eine weibliche Gestalt aus dem Boot stieg.

Sie gab die Frage genauso scharf zurück.
»Erzkaplan Drogo.«
»Drogo...« Die Stimme klang weicher. »Du wirst dich an mich nicht erinnern; ich kannte nicht nur Karl, deinen Vater, sondern auch Regina, deine Mutter. Wir wohnten im selben Haus. Wir teilten uns denselben Mann. Ich bin Gerswind.«
Gerswind.
Die Sächsin, die Beutefrau, die letzte Geliebte Karls des Großen, die Frau, die er vor seinem Tod hatte heiraten wollen. Wie hätte Drogo den Namen jener Frau vergessen können? Seine Mutter hatte Gerswind noch auf dem Totenbett verflucht und versichert, ohne dieses Weib wären er und sein Bruder Hugo nicht als Bastarde auf die Welt gekommen, sondern als Kaisersöhne ehelich geboren worden. Vor ihm stand also die Frau, die allein durch ihr bloßes Dasein verhindert haben mochte, dass sich eine Generation zuvor bereits drei Söhne des großen Karls um jenes Reich zerstritten, um das sich jetzt drei Söhne und ein Enkel rauften. Nach den Geschehnissen der vergangenen zwanzig Jahre mochte Drogo seiner Mutter allerdings nicht mehr so recht glauben. Karl der Große hatte klug daran getan, nach dem Tod seiner letzten Ehefrau nicht wieder zu heiraten und weitere Thronbewerber in die Welt zu setzen.
»Ich kenne dich wohl, Frau Gerswind«, sagte er höflich und setzte etwas gröber hinzu: »Was willst du hier?«
»Meinen Frieden machen«, sagte sie knapp.
»Bist auch du in die Kriege verwickelt?«, fragte er verwundert.
Ich bin die Mutter des Krieges.
»Nein«, antwortete sie heiser und streckte eine Hand aus, in der sich ein kleiner Gegenstand befand. »Dieser Ring möge mit dem Kaiser begraben werden, wenn Gott ihn zu sich nimmt. Das ist mein Wunsch und meine Bitte.«
Drogo trat näher, nahm den Ring an sich und betrachtete

ihn. Selbst im schwachen Mondlicht sprühte der Diamant Funken. Das Gold des Reifs sah wie eine zusammengerollte Schlange aus. Drogo zuckte zusammen, als er eine lichte Bewegung der toten Materie zu sehen glaubte, und schalt sich dann einen Narren.

»Ein sehr wertvolles Schmuckstück«, sagte er.

»Viel mehr als nur das.«

»Willst du es dem Kaiser nicht selbst geben?«

»Nein.«

Drogo erinnerte sich an die Rasereien seiner Mutter, die der Sächsin Gerswind heidnische Zauberkraft unterstellt hatte. War es denn gänzlich ausgeschlossen, dass sich der Reif doch bewegt hatte?

»Woher stammt dieser Ring?«, fragte er misstrauisch.

»Er gehörte einst Königin Fastrada, der Gemahlin Karls des Großen, und kam von ihr auf mich über.«

Gut, dass seine Mutter davon nichts gewusst hatte. Solch eine Kostbarkeit hatte ihr der alte Kaiser nie geschenkt.

»Und warum soll er mit Ludwig begraben werden? Warum gibst du ihn nicht deiner Nichte Judith, der Frau des Kaisers?«

»Genau das habe ich getan. Es ist ihr Wunsch, dass ich mit ihm hier bin.«

»Judiths Wunsch ist mir Befehl«, sagte Drogo, der sich jetzt dunkel daran erinnerte, dieses auffallende Geschmeide vor langer Zeit an Judiths Hand gesehen zu haben. Er nickte, als Gerswind nun doch bat, Ludwigs Zelt betreten zu dürfen, und ging ihr voran. Erst als sie am Lager des sterbenden Kaisers standen, fragte er sich, woher sie wohl gewusst haben mochte, ihn auf dieser Rheininsel fernab von Frankfurt finden zu können.

Verrat, dachte Judith als Erstes, Äbtissin Philomena hat mich verraten! In der Besucherkammer der Abtei starrte sie in zwei gefrorene Teiche und fragte stumpf: »Was willst du hier?«

»Soweit ich weiß, hast du mich rufen lassen«, erwiderte Bernhard. »Um zu verhandeln, wenn ich deinem Gedächtnis auf die Sprünge helfen darf.«

»Dein Sohn hat sein Leben verwirkt«, sagte Judith. Sie war verärgert, dass die Äbtissin ohne ihr Einverständnis und ohne Rücksprache mit ihr dieses Treffen herbeigeführt hatte.

»Welcher?«

Mit diesem einzigen Wort zerstob der Nebel in Judiths Kopf. Sie konnte wieder klar sehen und denken. Äbtissin Philomena hatte sie nicht hereingelegt, sondern durchaus vernünftig gehandelt. Hätte sie Judith Zeit gegeben, sich auf diese Begegnung vorzubereiten, wäre ihr mit Sicherheit zu vieles eingefallen, was sie Bernhard an den Kopf hätte werfen wollen. Sie wäre sich in Vorwürfen ergangen und hätte sich in Geschichten aus der Vergangenheit verstrickt. Doch gegenwärtig war nur ein Thema wirklich von Belang: Dass Pippin II. nicht Karls Heer in Poitiers angriff, nicht die Stadt und somit auch die Abtei verwüstete. Und dies würde der Siebzehnjährige nur dann wagen, wenn ihn der Graf von Barcelona und Septimanien dazu aufforderte. Genau dieses sollte Judith verhindern.

»Ich spreche von deinem Sohn Karl«, antwortete sie geistesgegenwärtig. »Über das, was unvermeidlich ist, wenn du in diese Stadt einfällst.«

»Mein Sohn Wilhelm ist als Geisel wahrscheinlich schon längst tot?«

»Das scheint dich wenig zu berühren.«

Schweigen. Bernhards Gesicht war aschfahl geworden. Judith musterte nachdenklich den alt und nahezu kahl gewordenen Mann, dessentwegen sie einst so viel aufs Spiel gesetzt hatte. Den Mann, den sie geliebt und gehasst hatte und für den sie heute nur kalte Verachtung empfand. Den Mann, ohne den es Karl nicht gegeben hätte. Sie verbot sich die Schlussfolgerung, dass es dann auch die vielen Kriege zwischen Vater, Söhnen und Brüdern und den drohenden Zerfall des Reiches nicht gegeben hätte. Lothar, Ludo und Pippin wären sich auch ohne Karl ins Gehege gekommen. Sie hatten ja schon als Kinder ständig miteinander gestritten und wären sich auf friedliche Weise nie einig geworden. Ein lauter Glockenschlag zerriss die Stille in der Besucherkammer der Abtei.

»Die Sext«, sagte Judith zerstreut.

»Ach ja, ich hatte ganz vergessen, wie gut du dich im Klosteralltag auskennst«, bemerkte er hämisch.

Sie passte sich seinem Ton an.

»Was ich auch dir zu verdanken habe.«

»Hast du mich herbeirufen lassen, um mir mein Sündenregister vorzutragen?«

»Verfügst du über so viel Zeit?«

Bernhards eisiger Blick bohrte sich in ihre Augen.

»Was ist mit meinem Sohn Wilhelm?«, fragte er hart.

Judith antwortete nicht.

»Sein Tod würde deiner Schwester Dhuoda das Herz zerreißen. Hast du jemals die wunderbaren Schriften gesehen, die sie Wilhelm mitgegeben und geschickt hat? Über die Werte des christlichen Lebens?«

»Nein. Aber darüber hat sie schon als Kind Traktate verfasst. Die keiner lesen wollte.«

»Ehrlich gesagt, habe ich sie mir auch nur aus Langeweile angeschaut. Damals, als ich darauf wartete, meine Arbeit am Hof wieder aufzunehmen, was ihr mir ja verweigert habt.«

»Weshalb du uns dann deinen Sohn zum Fraß vorgeworfen hast!«

»Und? Habt ihr ihn gefressen?«, fragte Bernhard heiser.

»Sein Leben hängt an einem seidenen Faden. Es liegt an dir, ihn loszuschneiden.«

Jetzt war Bernhard zu Verhandlungen bereit.

Wenig später verließ Judith den Raum und ging auf die

Suche nach Wilhelm. Wie bei gutem Wetter üblich, hockte er im Klosterhof neben Ruadbern und starrte auf ein Pergament.

»Ich störe den Unterricht nicht gern«, sagte Judith ungnädig, »aber es wird Zeit für Wilhelm, heimzukehren.«

Ruadbern hob die Augenbrauen, und Wilhelm blickte sie verständnislos an.

»Komm mit«, befahl Judith dem Fünfzehnjährigen.

Nachdem Bernhard mit seinem Sohn das Abteigelände verlassen hatte, konnte sie Äbtissin Philomena eine frohe Botschaft überbringen. Pippin würde Karl nicht angreifen. Zur Feier des Tages opferte die Äbtissin das vorletzte Fass Wein, das Graf Hugo von Tours vor seinem Tod der Abtei hatte zukommen lassen.

»Ich kenne dich«, murmelte Ludwig. Unruhig bewegte er sich auf seinem Lager.

»Das stimmt. Ich soll dich von Abt Markward grüßen«, sagte Gerswind. »Er schickt dir einen Splitter vom Kreuz Jesu.« Wieder reichte sie Drogo, der hinter ihr ins Zelt gekommen war, einen kleinen Gegenstand. Der musterte ihn im Schein einer Öllampe und nickte beeindruckt.

»Dich sendet der Teufel«, knurrte der Kaiser und schlug das Kreuzzeichen.

»Aber nein«, beeilte sich Drogo zu sagen, »die Kaiserin selbst hat sie hergesandt. Mit diesem Ring.«

Mit zitternden Fingern nahm Ludwig den Ring an sich und streifte ihn über den kleinen Finger seiner linken Hand. Tränen rannen ihm übers Gesicht, während er mit schwacher Bewegung unablässig das Kreuz schlug.

»Ach, Judith, meine Judith, meine Judith und mein Karl, wie kann ich euch nur helfen! Jetzt seid ihr gänzlich schutzlos euren Feinden ausgeliefert!« Er schluchzte laut auf. »Meine arme Judith!«

Gerswind starrte auf das blasse, tränenüberströmte Gesicht des Mannes, der seine letzte Kraft auf das Schlagen des Kreuzzeichens und das Nennen von Judiths Namen zu verwenden schien.

»Verzeih deinen Feinden, mein Bruder!«, empfahl ihm Drogo eindringlich. Ludwig begann zu keuchen.

»Ich verzeihe meinem Sohn Lothar«, brachte er hervor, »aber meinem Sohn Ludwig kann und werde ich nicht verzeihen! Er ist der größte Verräter und schuld an allem Unglück; er sei verflucht!«, krächzte er verbittert.

Gerswind sog entsetzt die Luft ein. Wie konnte ein Vater auf dem Totenbett über seinen Sohn, gar seinem einstigen Liebling, einen Fluch verhängen! Sie hatte – wie die meisten im Land – längst aufgegeben, die ständig wechselnden Bündnisse zwischen Vater und Söhnen verstehen zu wollen, aber im Angesicht Gottes sollte doch Frieden herrschen! Zum zweiten Mal in ihrem Leben stand sie am Bett eines sterbenden Kaisers. Karl der Große hatte ein befriedetes, geeinigtes Reich und eine ihn liebende Familie hinterlassen, Ludwig hingegen hinterließ ein zerrissenes Reich und eine zerrissene Familie. Karl war friedlich und im Einklang mit sich und der Welt gestorben, nachdem er seine Ärzte fortgeschickt hatte. Ludwig stand die Angst vor dem Tod, und was danach folgen mochte, ins Gesicht geschrieben.

Sie bewunderte Drogo, der nicht nachließ, den Kaiser als Bruder und Bischof zur Versöhnlichkeit zu mahnen. Völlig ermattet gab Ludwig schließlich nach.

»Nun wohl, mein Bruder Drogo! Ich will auch Ludo vergeben, aber dir trage ich auf, ihn zu erinnern, dass er seines Vaters graue Haare mit Herzeleid in die Grube gebracht hat.«

Und dann erteilte Ludwig mit leiser Stimme seinen allerletzten Befehl. Drogo solle Lothar Krone und Schwert schicken, ihn als Kaiser bestätigen, »...als meinen wahrhaften

Nachfolger, der sich um Judith und Karl liebevoll zu kümmern hat. Er soll Karl seinen Reichsteil sichern, aber vor allem meine geliebte Judith vor jeglicher Unbill schützen, meine edle, tapfere, wunderbare keusche Frau, das Glück meines Lebens, die Sonne meines Alters, meine Judith, meine geliebte Gemahlin...« Er begann heftig zu husten und schloss die Augen, während sich sein Gesicht zu einer Fratze verzerrte.

»Auch ich verzeihe dir, Ludwig!«, flüsterte Gerswind, während Drogo die letzte Ölung vornahm. »Ich verzeihe dir die Gewalt, die du mir angetan hast; deine anderen Sünden möge dir dein Herr verzeihen.«

Drogo sah Gerswind verwundert an und legte vorsichtig den Splitter vom Kreuz Jesu auf Ludwigs Brust.

Noch einmal riss der Kaiser angstvoll die Augen auf. Im Schatten Gerswinds an der Zeltwand glaubte er den Teufel zu erkennen, der bereitstand, ihn zu sich zu holen. »Hutz, hutz!«, ächzte er, um ihn zu verjagen. Dann verschloss er auf immer die Augen.

Ein Stechen traf Judith während der Frühmesse am Sonntagmorgen plötzlich in die Seite. Sie krümmte sich vor Schmerzen, schlich gebückt aus der Kirche hinaus und brach im Abteihof zusammen. Ruadbern beugte sich besorgt über sie.

»Er ist tot«, brachte Judith hervor. »Er ist soeben gestorben.«

Äbtissin Philomena, die ebenfalls aus der Kirche geeilt war, forderte Ruadbern auf, Judith in ihr Gemach zu tragen. Sie werde ihr augenblicklich einen schmerzstillenden Trunk zubereiten.

»Gegen diesen Schmerz gibt es keine Kur«, stieß Judith aus. »Betet für die Seele meines Gemahls, das ist dringlicher.«

Die Äbtissin versprach, dies augenblicklich zu tun. Sie kam überhaupt nicht auf den Gedanken, an Judiths Wahrnehmung zu zweifeln. Schließlich wusste jeder im Reich, welch eine zärtliche Liebe das Kaiserpaar miteinander verbunden hatte. Der Tod des einen brachte auch über eine weite Entfernung hinweg dem anderen Schmerz.

Judith schlang die Arme um Ruadberns Hals, als er sie aufhob und sie in ihre Kammer trug. Sanft legte er sie auf ihr Bett, doch als er sich danach still entfernen wollte, schüttelte Judith den Kopf.

»Bleib«, flüsterte sie.

Die Hitze des Frühsommers erlaubte es nicht, die Bestattung des Kaisers lange hinauszuzögern. Drogo brachte den Leichnam sofort nach Metz. In der Kirche des Familienheiligen Arnulf fand Ludwig an der Seite seiner Mutter Hildegard, mit dem Ring ihrer Nachfolgerin Fastrada an der Hand, die ewige Ruhe. Als einziger Familienangehöriger erwies Drogo ihm die letzte Ehre. Judith und Karl hätten nicht beizeiten eintreffen können, wohl aber die Söhne Ludwig und Lothar. Doch beide hatten Wichtigeres zu tun, nämlich einander Land abzujagen und ein jeder für sich Pläne zu schmieden, den Halbbruder Karl um das seine zu bringen. Der Kaiser war tot, und der Bruderkampf um sein Erbe entbrannte jetzt in einer Weise, wie sie die Welt noch nie gesehen hatte.

Vogelgezwitscher weckte sie, und ein vorwitziger Sonnenstrahl kitzelte sie an der Nase. Judith streckte einen Arm aus, doch der Platz neben ihr war leer.

Sie öffnete die Augen. Ruadbern saß auf einem Schemel neben ihrem Bett und reichte ihr einen Becher.

»Du brauchst Stärkung, Judi.«

»Die du mir bereits gegeben hast, mein Geliebter«, antwortete sie leise. »Ohne dich und deine Liebe hätte ich die vergangenen Wochen nicht überstanden. Gibt es neue Nachricht von Karl?«

Ruadbern schüttelte den Kopf.

»Nur von Lothar. Sein Anhang wächst stetig. Drogo, Rabanus Maurus und Walahfrid Strabo haben sich ihm angeschlossen. Er hat Ebbo von Reims freigelassen und ihm sein Bistum zurückgegeben. Karl sollte sich mit Lothar einigen, auch wenn er jetzt seine Länder bedroht.«

»Ich habe mich immer für eine Einigung mit Lothar eingesetzt«, murmelte Judith.

Ruadbern seufzte. »Ich mache mir größere Sorgen um dich. Pippin hat seine Truppen vor der Stadt zusammengezogen. Die Streitmacht, die dir hier verblieben ist, wird kaum ausreichen, sie zu bekämpfen.«

»Bernhard hat geschworen, der kleine Pippin würde Karl nicht angreifen.«

»Karl ist nicht mehr hier«, erwiderte Ruadbern düster. »Aber die Kaiserinwitwe wäre ein starkes Pfand.«

Kaiserinwitwe. Jetzt gab es nur noch eine Kaiserin im Reich. Irmingard.

Lothar war mit seinem Heer inzwischen über die Alpen gezogen, hatte Ludwig nach Bayern zurückgetrieben und im sicheren Gefühl seiner Überlegenheit begonnen, Karl Stück um Stück seine Länder abzunehmen. Im Gegensatz zu ihm verfügte Karl über keine Hausmacht, und die Vasallen zeigten sich geneigter, dem fünfundvierzigjährigen Kaiser als dem siebzehnjährigen König zu folgen. Lothars Neffe, Pippin II. von Aquitanien, hatte dem Kaiser bereits zu verstehen gegeben, dass er sich mit seinem Unterkönigtum begnügen und gegen den ältesten Oheim nicht die Waffen zu erheben gedenke. Dafür hatte er Lothars Schutz zugesagt bekommen.

»Dann muss der kleine Pippin auch Judith endlich ausliefern!«, verlangte Irmingard von ihrem Gemahl und schlug vor, mit ihrem Gefolge höchstselbst nach Poitiers zu reiten, um die

Kaiserinwitwe gefangen zu nehmen. Lothar, dem Irmingards Anwesenheit nur lästig war und der sie am liebsten bei ihren sechs Kindern in Italien zurückgelassen hätte, gab ihr die Genehmigung, bestand allerdings darauf, das wahre Ziel der Reise geheim zu halten. Offiziell sollte sie ihren Neffen Pippin aufsuchen, um ihm Lothars Hilfe beim Kampf gegen den Grafen von Barcelona zuzusagen. Denn Bernhard hatte sich nach dem Treffen mit Judith von Pippin II. losgesagt, Septimanien für unabhängig erklärt und begonnen, eine eigene Streitmacht aufzubauen. Der Enkel Karl Martells hielt es in der derzeitigen Lage nicht mehr für ausgeschlossen, sich seinen Lebenstraum doch noch zu erfüllen. Nachdem sich sämtliche Brüder und Neffen die Köpfe eingeschlagen hatten, und das war zu erwarten, würde er seinen Anspruch auf den Kaiserthron geltend machen.

Drogo wies Lothar besorgt auf die Gefahren hin, denen der relativ kleine Reisezug der Kaiserin unterwegs ausgesetzt war, aber das bekümmerte Lothar nicht weiter. In den Nächten ließ er sich ohnehin lieber von der Magd Doda wärmen als von seiner Ehefrau.

Ruadberns Befürchtung bewahrheitete sich. Wenige Tage später fiel Pippins Heer in Poitiers ein, überwältigte die zum Schutz Judiths zurückgebliebene Schar, brannte Gebäude nieder, plünderte die Pfalz und umstellte schließlich das Kloster der Heiligen Radegundis. Mit lauten Rufen wurde die Kaiserinwitwe aufgefordert, herauszutreten und sich zu ergeben.

Äbtissin Philomena war untröstlich. Sie klagte darüber, den Geheimgang zugeschüttet zu haben, der jetzt als Versteck und Fluchtweg hätte dienen können.

»Als Fluchtweg wohl kaum«, meinte Ruadbern nachdenklich, »das Kloster ist ohnehin umstellt. Aber wir könnten einen kleinen Teil freiräumen und Judith darin verstecken, bis Hilfe gekommen ist.«

Flüsternd setzte er der Äbtissin und Judith seinen Fluchtplan auseinander.

Äbtissin Philomena trat am nächsten Morgen vor das Klostertor und verlangte den Anführer zu sprechen. Ein junger rothaariger Mann mit spärlichem Schnurrbart stieg von seinem Pferd, stellte sich als König von Aquitanien vor und forderte, seine Stiefgroßmutter, die Kaiserinwitwe, herauszugeben. Die Äbtissin bedauerte, seinem Wunsch nicht nachkommen zu können, da sich die Kaiserinwitwe nicht mehr in den Abteiräumen aufhalte. Pippin zieh sie der Lüge. Wäre die Kaiserinwitwe abgereist, könne das nicht unbemerkt geblieben sein. Äbtissin Philomena forderte den König auf, lieber selbst nachzusehen, als das Kloster niederzubrennen, das sein seliger Großvater in so hohen Ehren gehalten hatte.

»Ich werde die Schwestern in der Kirche versammeln«, sagte die Äbtissin, »damit sie nicht in ihrer Andacht gestört werden.« Misstrauisch erkundigte sich Pippin, wie er denn sichergehen könne, dass sich die Kaiserinwitwe nicht unter den Nonnen verberge. Er dürfe sich auch die Schwestern ansehen, hatte Philomena seufzend erklärt, das Kreuz über ihn geschlagen und ihn mit einer Gruppe Männer durch das Tor eintreten lassen.

In Portiers angekommen, trieb Irmingard ihr Ross so schnell an, dass ihr Gefolge Mühe hatte, mitzuhalten.

»Aus dem Weg!«, brüllte sie ein Bauernpaar an, das mit einem Karren voller Getreide auf das Kloster zufuhr, und schlug mit der Gerte nach dem Mann.

»Ich bin die Kaiserin!«, herrschte sie Pippins Krieger an, die vor dem Klostertor warteten. Sofort sanken alle auf die Knie. Ein aquitanischer Graf trat vor und teilte der Kaiserin mit, der König befinde sich in der Abtei. Er werde ihn sogleich holen.

»Nicht nötig, ich gehe selbst hinein«, bestimmte Irmingard und ließ die Klosterglocke läuten.

Äbtissin Philomena öffnete die in das Tor eingelassene Pforte, ließ nach der Vorstellung die Kaiserin mit einem leichten Neigen des Kopfes eintreten und forderte Pippins Männer auf, das Tor weiter zu öffnen, damit auch das Gefolge auf den Hof einreiten könne.

»Meine Leute werden draußen auf mich warten«, lehnte Irmingard ab, die bei der Begegnung mit ihrer Erzfeindin nicht mehr Zeugen als nötig wünschte.

»Aber das Getreide für unser täglich Brot darf ich wohl hereinlassen«, meinte die Äbtissin, winkte dem Bauernpaar, das unschlüssig mit seinem Karren stehen geblieben war, näher zu kommen und öffnete selbst das Tor.

In dem kleinen Hohlraum des Geheimgangs wagte Judith kaum zu atmen. Sie hörte viele Männerstimmen und wusste, dass jetzt nach ihr gesucht wurde. Alle Schwestern hatten die ganze Nacht damit zugebracht, einen Teil des zugeschütteten Ganges wieder freizulegen und das Geröll wegzuräumen. Nachdem sich Judith in die Nische begeben hatte, wurden die Steine wieder eingesetzt und ein mit Äpfeln gefülltes Regal davorgestellt. Zum guten Schluss wurden Spinnweben vorsichtig vom Dachgebälk gelöst und über das Regal gehängt.

Als Pippin aus der Klosterkirche trat, um seine Tante, die Kaiserin, ehrerbietig zu grüßen, rollte das Bauernpaar den Karren zu einem Mauerloch, hinter dem sich offenbar das Lager befand. Die Frau schlüpfte durch den Eingang, der Mann schüttete das Getreide hinterher und machte sich dann an dem Karren zu schaffen, von dem ein Rad abgefallen war.

Wenig später kletterte die über und über mit Getreidemehl bestäubte Frau wieder aus dem Loch.

»Hinfort mit euch, wenn euch euer Leben lieb ist!«, rief Irmingard verärgert. Mit tief gesenktem Haupt eilte die Bäuerin aus dem Abteihof.

»Der Karren …«, sagte der Bauer und bekam als Antwort die Gerte der Kaiserin zu spüren.

»Verschwinde!«

Ein Mann aus Irmingards Gefolge ergriff den Karren, rollte ihn vors Tor und rief dem Bauern zu: »Hier hast du ihn. Für eine Nacht mit deiner staubigen Frau!« Gutmütiges Gelächter der wartenden Krieger begleitete seine Worte.

Wie gut, dass wir Arne mit einem großen Hof nahe Portiers ausgestattet haben, dachte Judith, ließ sich einfach am Wegesrand fallen und zeigte Arne ihre nackten Füße. Blutstropfen sickerten durch den Schmutz auf den Sohlen. »Zuerst habe ich den Schmerz überhaupt nicht gespürt«, sagte sie. Nach dem Schreck, Irmingard auf dem Abteihof gesehen zu haben, war sie, wie vom Teufel gejagt, die von Steinen und Kot übersäte Straße hinuntergerannt.

»Euretwegen hatte Anna Schuhe anziehen wollen. Aber das wäre vielleicht aufgefallen, Herrin«, sagte Arne, betrachtete besorgt die Wunden an Judiths Füßen und schlug ihr dann vor, sich von ihm im Karren ziehen zu lassen. Es sei noch ein gutes Stück bis zu jener Stelle, wo Ruadbern mit den Pferden warte.

In den irren Augen der Kaiserin las Äbtissin Philomena deren Wunsch, die Abtei niederzubrennen.

»Mein Kind«, sagte sie zu Irmingard, »du bist ja völlig erschöpft. Nimm etwas vom guten Wein deines Vaters zu dir, Friede seiner Seele.«

»Meines Vaters?«, fragte Irmingard verwirrt.

»Aber gewiss.« Die Äbtissin lächelte gütig. »Diese Abtei

stand im besten Einvernehmen mit Graf Hugo. Es war eine sehr innige Verbindung. Ich mag gar nicht aufzählen, womit er uns bedacht, was er uns einst alles hat zukommen lassen und wie er das Seelenheil der mir anvertrauten Schwestern berücksichtigt hat. Grund genug, seiner zu gedenken, täglich Messen für seine Seele zu lesen und Gottes Gnade für ihn zu erbitten. Lass uns gleich in der Kapelle ein Licht für ihn entzünden. Die Heilige Radegundis möge sich beim Herrn für den edlen Graf Hugo einsetzen.« Sie nahm Irmingard am Arm und ging mit ihr auf die Kirche zu. Nach dem gemeinsamen Gebet und einer längeren Unterredung besann sich Irmingard ihrer Pflicht als Mutter des künftigen Kaisers und kehrte am nächsten Tag mit ihrem Gefolge nach Italien zurück.

Karl ließ davon ab, Lothar zu verfolgen, als ihm der geplante Überfall auf seine Mutter zugetragen wurde, und traf zwei Wochen danach auf einem Hof bei Poitiers ein. Er traute seinen Augen kaum, als er an einem sonnigen Oktobermittag mit Ruadbern durch die Palisadenumzäunung des ansehnlichen Gehöfts ritt.

Die Königinmutter saß in bäuerlicher Tracht barfuß im Hof auf einem Baumstumpf und hielt einen Säugling im Arm, während sie mit drei kleinen Kindern, die sich um sie geschart hatten, ein Lied einübte.

»Karl!«, rief sie begeistert, sprang auf, reichte dem ältesten Kind den Säugling, rannte wie ein junges Mädchen auf ihren Sohn zu und nahm ihn in die Arme.

Ruadbern hielt sich im Hintergrund. Das Herz ging ihm bei Judiths Anblick auf. Noch nie hatte er sie so fröhlich und unbeschwert in Bewegung gesehen. Noch nie so schön. Gesicht und Hals, die sie früher stets sorgsam vor Sonnenstrahlen geschützt hatte, waren braun gebrannt, die nackten Arme erheblich kräftiger als früher, die Schultern breiter, der Busen voller und die

Füße nackt und schmutzig. Als sie sich nach der Begrüßung ihres Sohnes an ihn wandte, widerstand er mühsam der Versuchung, sie an sich zu ziehen und die nie zuvor gesehenen Sommersprossen auf ihrer kleinen Nase zu küssen. Er verneigte sich höflich.

Karl war sichtlich irritiert.

»Was ist das hier?«, fragte er ungnädig. »Meine Männer sollen dich schützen, und du verschanzt dich ohne sie auf einem ungeschützten, dreckigen Bauernhof?«

»Deine Männer, oder was von ihnen noch übrig geblieben ist, schützen Poitiers«, erklärte Judith. Ihre Augen, die Ruadbern soeben noch an einen klaren Bergbach erinnert hatten, glichen wieder Saphiren. »Du solltest dich bei meinen Gastgebern bedanken und sie belohnen. Sie haben mir das Leben gerettet und mich beschützt.«

Judith winkte Arne und Anna herbei, die aus dem Haus getreten und in respektvoller Entfernung stehen geblieben waren. Sie näherten sich mit ihren Kindern und sanken vor König Karl auf die Knie.

»Und das«, sagte Judith, fröhlich auf die Kinder deutend, »sind Ludwig, Judith, Ruadbern und Harald.«

»Unser nächster Sohn, Herr König«, meldete sich Anna zu Wort, »wird Karl heißen.«

Karl nickte mit gnädiger Ungeduld.

»Kleide dich an, Mutter«, sagte er, ohne sein Missfallen über ihre Erscheinung zu verbergen. »Wir müssen sofort aufbrechen.«

Die Wochen bei Arne und Anna hatten Judith verändert. Als sie half, die Ernte mit einzufahren, bedachte sie, wie viele dieser Felder in den vergangenen Jahren unter den Hufen der Pferde und im Schlachtengetümmel vernichtet worden waren, wie viele Bauern nicht hatten ernten können, was sie gesät hatten, weil sie zum Kriegsdienst gerufen wurden. Wenn sie abends mit der Familie um das Herdfeuer saß, mochte sie gar nicht an die unzähligen Gehöfte denken, die in den Kriegen und Scharmützeln der vergangenen Jahre in Flammen aufgegangen waren, nicht an all die glücklichen Familien, die zerstört worden waren, weil die erste Familie des Reichs zerrüttet war. Das alles musste ein Ende haben. Ludwig hatte auf dem Sterbelager, wie einst in der Ordinatio imperii vorgesehen, Lothar zum Kaiser bestimmt, und so sollte es sein. Sie, Judith, strebte nicht mehr danach, ihren Sohn auf dem Kaiserthron zu sehen. Karl sollte sich mit seinem Königreich zufriedengeben und musste sich mit Lothar einigen.

Er hörte auf ihren Rat und versuchte es. Im November schloss er in Anwesenheit Judiths in Orleans mit Lothar einen Vertrag, der ihm Aquitanien, Septimanien, die Provence und zehn Grafschaften zwischen Seine und Loire zusicherte. Judith flehte ihren Sohn an, sich mit diesen Gebieten zu begnügen, auch wenn es weniger waren als zuvor. »Nur so kann weiterer Krieg vermieden werden«, sagte sie, wohl wissend, dass im Süden Aquitaniens Pippin II. über das wenige ihm Verbliebene murrte und Bernhard von Septimanien keinesfalls bereit war, das Land aufzugeben, das er jetzt als sein eigenes betrachtete und regierte. Als Zeichen seines guten Willens erfüllte Lothar eine Bedingung Judiths, schenkte dem einstigen dänischen König Harald Klak die Insel Walcheren und sandte ihm Truppen, die ihm bei der Abwehr von Einfällen seiner ehemaligen Landsleute helfen sollten.

Die Halbbrüder verabredeten, sich am 8. Mai des folgenden Jahres in Attigny noch einmal zu treffen, um Einzelheiten über die neue Reichsteilung auszuarbeiten.

Wieder trennten sich Mutter und Sohn. Als Judith erfuhr, dass Lothar sich noch nicht in Aachen hatte sehen lassen, ritt sie mit Ruadbern eilig dorthin, um den Kronschatz zu sichern.

Auch wenn sie nur noch Königinmutter war, wusste sie, dass es der Kämmerer nicht wagen würde, ihr die Herausgabe der Herrscherinsignien zu verweigern. Am 7. Mai, einen Tag vor dem mit Lothar vereinbarten Termin, ritt Karl in Attigny ein, besetzte den Ort und betrachtete es als strategischen Vorteil, den älteren Bruder nun zu sich kommen zu lassen. Ruadbern traf gleichzeitig mit Königsmantel, Zepter und den anderen Herrscherattributen ein, die sich Karl augenblicklich anlegte, um Lothar damit einzuschüchtern.

Völlig unerwartet tauchten plötzlich in Attigny Gesandte Ludwigs von Bayern auf. Sie versicherten, dieser habe kurz zuvor Anhänger Lothars im Osten des Reichs blutig zurückgeschlagen, an Stärke und Unterstützung gewonnen und biete seinem Halbbruder ein ehrliches Bündnis an. Das stimmte mit den Berichten der Kundschafter Karls überein und fand seine Bestätigung darin, dass sich Lothar trotz der Verabredung in Attigny nicht blicken ließ. Karl, der die Verbindung mit Lothar widerstrebend und nur auf Druck seiner Mutter eingegangen war, nahm das Angebot Ludos gern an.

Unter dem Banner Kaiser Ludwigs zog Judith durch Aquitanien und sammelte Truppen für ihren Sohn. Sie ging immer noch davon aus, dass er sich mit Lothar einigen würde, wollte aber dem Stiefsohn in Attigny mit einer beeindruckenden Heeresmacht deutlich machen, welche Kräfte hinter ihrem eigenen Sohn stünden. Damit waren vielleicht ein paar Länder mehr herauszuschlagen, und es könnte Lothar abschrecken, wortbrüchig zu werden. Mit einer beachtlichen Truppe ritt sie stolz in die Pfalz von Attigny ein.

»Sehr schön«, sagte Ruadbern, der sie bei ihrer Ankunft begrüßte, »aber du kannst dich auf eine Überraschung gefasst machen.«

Mehr sagte er ihr nicht, und so war sie wie vom Donner

gerührt, als sie in der Königshalle ihren Sohn mit Ludwig von Bayern gemütlich beisammensitzen sah.

»Freu dich, Mutter«, sagte Karl zur Begrüßung, »wir haben uns geeinigt.« Er deutete auf Ludwig.

Mit dem falschen Bruder, wollte sie sagen, aber es hatte ihr die Stimme verschlagen. Ludo erhob sich und verneigte sich tief vor der Stiefmutter und Schwägerin.

»Hemma freut sich darauf, dich zu sehen«, sagte er. »Sie ist auch hier.«

Ich denke nicht daran, dieser höflichen Aufforderung zu folgen und mich zu den Frauengemächern zu begeben, dachte Judith verärgert. Hemma hat sich noch nie darauf gefreut, mich zu sehen. Sie ließ sich auf einem Sitz nieder.

»Lothar ist ein Verräter«, sagte Karl und winkte einem Bediensteten, seiner Mutter einen Becher Wein zu reichen.

Ludo räusperte sich.

»Die Königinmutter ist nach ihrem langen Ritt gewiss müde und möchte sich erholen«, versetzte er unfreundlich.

»Die Kaiserinwitwe ist hellwach und möchte wissen, worin sich euer Bruder des Verrats schuldig gemacht hat«, erwiderte Judith ungerührt.

»Er hat sich mit Heiden verbündet, um uns gänzlich zu vernichten«, antwortete Karl. »Unser Vater, Gott hab ihn selig, hätte ihm die Kaiserkrone abgenommen und ihn sofort wieder nach Italien verbannt!«

»Er hat eine Wikingerflotte in die Seine lotsen lassen, die Rouen gebrandschatzt und andere Weiler verheert hat«, knurrte Ludo, der die Abneigung seiner Frau gegen ihre Schwester bestens verstand. Dieses lästige Weib mischte sich in alles ein und war offensichtlich nicht loszuwerden.

»Und den Stellinga, den Aufrührern in Sachsen, hat Lothar sogar die Rückkehr zu heidnischen Gewohnheiten gestattet, wenn sie ihn unterstützten, stell dir das nur vor«, setzte Karl erregt hinzu. »Die beten jetzt wieder ihre Quellen, Steine und Bäume an! Hätte Vater das etwa gewollt?«

Judith schloss die Augen. Baum unter Bäumen dachte sie, Stätten der Macht im Wald, die Vielzahl der Götter, die Ahnen, das Orakel des Vogelflugs, wem hat das geschadet? Der Ring in der Glut... Sie öffnete die Augen und sah ihren Sohn erwartungsvoll an.

»Deswegen«, schloss Karl, »unterwerfen wir uns jetzt einem Gottesurteil.«

Verständnislos blickte Judith von einem zum anderen.

»Eine Schlacht«, sagte Ludo trocken. »Karl und ich gegen Lothar und unseren Neffen Pippin, der sich von ihm hat einwickeln lassen. Wenn Gott uns den Sieg schenkt, und das wird er, weil wir in seinem Namen auftreten, teilen wir das Reich unter uns beiden auf. Dann mag Lothar zusehen, wo er bleibt.«

Niemand achtete darauf oder störte sich daran, dass die Königinmutter in ihrem Zelt auf einem Feld nahe der Ortschaft Fontenoy südlich von Auxerre nicht allein nächtigte. Zu beschäftigt war jedermann mit der Vorbereitung auf die große Schlacht, die nach einem Waffenstillstand von vier Tagen losbrechen sollte. Da der Ausgang als Gottesurteil betrachtet wurde, hatten sich die Brüder darauf geeinigt, nicht an einem Sonntag zu kämpfen. Zum ersten Mal in der Geschichte des Frankenreiches war ein genauer Zeitpunkt für den Beginn einer kriegerischen Auseinandersetzung anberaumt worden – acht Uhr morgens nach der Messe. Insgesamt waren fast dreihunderttausend Kämpfer aufgeboten worden – die gesamte Elite des Frankenreiches –, und nicht nur an der Spitze der Heere standen sich Brüder und andere Verwandte gegenüber. Viele Recken, die jahre- oder sogar jahrzehntelang gemeinsam gegen Heiden aus dem Norden, Süden und Osten zu Felde gezogen waren, zusammen die Grenzen des Reiches geschützt und einander das Leben gerettet hatten, würden sich jetzt an diesem 25. Juni 841 gegenseitig erschlagen. Weil sich die Söhne Ludwigs des Frommen um ihr Erbe stritten.

Judith klammerte sich an Ruadbern. »Liegt die Schuld bei mir«, fragte sie, »weil ich nicht zulassen wollte, dass Karl leer ausgeht?«

Ruadbern schüttelte den Kopf. »Nein«, sagte er, »auch wenn spätere Geschichtsschreiber mit dieser Begründung vielleicht eine wohlfeile Erklärung für das Unfassbare finden werden.« Er strich ihr sanft über das immer noch schöne Gesicht. »Seit Anbeginn der Welt wird das Weib als Auslöserin der Erbsünde geprügelt. Doch Lothar, Ludwig und Pippin hätten sich auch ohne Karls Geburt um die Macht gestritten. Du kannst dich doch sicherlich noch daran erinnern, wie sie sich schon als Knaben fast die Köpfe eingeschlagen hätten! Wie keiner dem anderen je den Sieg gegönnt hat.«

»Lothar hat immer gesiegt«, flüsterte Judith und begann zu weinen.

Ruadbern nahm sie in die Arme und wiegte sie wie ein Kind. »Vielleicht«, flüsterte er ihr tröstend ins Ohr, »geht es doch noch glimpflich aus. Vielleicht wird es wie auf dem Lügenfeld von Colmar zu keinerlei Blutvergießen kommen. Karl und Ludwig führen mehr Truppen an als Lothar und Pippin, vielleicht laufen deren Männer gar zu uns über...«

Judith riss sich von ihm los und setzte sich auf.

»Sprich zu mir nicht wie zu einem kleinen Kind!«, wies sie Ruadbern scharf zurecht. »Es ist zu spät. Gut, dass Ludwig dies nicht mehr erlebt. Dass seine Söhne die Waffen gegeneinander erheben, Christen gegen Christen, Franken gegen Franken, Verwandte gegen Verwandte, und mehr Blut vergossen werden wird als je bei einer Schlacht zuvor.«

Sie sollte recht behalten.

Im Morgengrauen des 25. Juni lenkte sie ihren Zelter auf eine Anhöhe nahe der Ortschaft Le Fay. Von fern hörte sie dumpfes Trommelschlagen, das die Krieger in beiden Lagern zur Frühmesse rief. Judith bekreuzigte sich, als sie über die unzähligen gebeugten Häupter von Karls Heer blickte, und beobachtete, wie die Männer am Ende der Messe jauchzend ihre Schwerter in die Höhe reckten. Eine Fülle umgekehrter Kreuze, dachte Judith voller Unbehagen. *Des Teufels Zeichen als sein Werkzeug!*

Ihr Sohn und Ludwig verließen nun rasch mit ihren Heeren das Lager und stellten sich in Schlachtordnung auf. Lothar und Pippins Mannen standen ihnen bereits gegenüber. Truppen, so weit das Auge reichte. Hunderttausende von wild entschlossenen Kämpfern, die bereit waren, ihr Leben zu lassen, damit ihr Herr mehr Gebiete für sich beanspruchen konnte. Fast war es, als wäre für dieses Gottesurteil, wie ihr Sohn diesen Kampf bezeichnet hatte, die gesamte männliche Bevölkerung des Reichs aufgeboten worden. Ludwig von Bayern bildete mit seinen Deutschen den rechten Flügel, Karl hatte sich einen Hügel in der Mitte ausgesucht, und neustrische und aquitanische Truppen machten unter Leitung des Grafen Adalhard den linken Flügel aus.

Ludwig gegenüber stand Lothar, und Pippin hatte sich dem linken Flügel zugewandt. Judith war ein wenig beruhigt, als sie erkannte, dass die Mitte des gegnerischen Heeres, mit der sich Karl auseinanderzusetzen hatte, recht unbedeutend und uneinheitlich aussah, wie eine Horde von kampfunerprobten Bauern. Nahe Karl machte sie die hünenhafte Gestalt Abt Markwards aus, und auch das stimmte sie etwas zuversichtlicher. Der Gottesmann im Kriegergewand würde mit seinem Leib ihren Sohn schützen.

Wie verabredet brach um acht Uhr morgens die Schlacht los. Judith blieb das Herz fast stehen, als sie zusah, wie ihr Sohn mit seinen Truppen den Hügel hinabstürmte. Sie konnte und wollte Einzelheiten nicht sehen, fürchtete das Schlimmste und wandte den Blick zur Seite. Starr vor Schreck, sah sie am Fuße ihrer Anhöhe eine weitere Truppe heranrücken. Es war undeutlich, zu welcher Partei sie gehörte, ob dies eine Verstärkung für ihren Sohn und Ludo oder für Lothar und Pippin bedeutete. Die mehrere Tausend Mann umfassende Truppe stürzte sich jedoch nicht in das Getümmel, sondern machte ein paar Hundert Fuß vom Geschehen entfernt plötzlich Halt. Judith strengte die Augen an, konnte die Farben der Kämpfer dennoch nicht ausmachen. Sie gab ihrem Pferd die Gerte und rückte vorsichtig näher heran.

Als sie das Banner erkannte, ritt sie, ohne auch nur einen Augenblick nachzudenken, auf den Anführer zu.

Der verfolgte das Gemetzel unmittelbar vor sich mit solcher Hingabe, dass er die Frau auf dem Pferd erst wahrnahm, als sie ihm die Sicht versperrte.

»Was steht ihr hier rum!«, brüllte sie außer sich. »Du hast deinem Sohn Treue geschworen! Eil ihm zur Hilfe!«

»Begib dich lieber wieder auf deinen Aussichtsposten«, gab Bernhard gelassen zurück und verrenkte den Kopf, um an Judiths Pferd vorbeisehen zu können. »Womöglich verpasst du sonst, dass ein Enkel Karl Martells als Kaiser aus dieser Schlacht hervorgehen wird. Ohne dass er dafür...«, und als er sie jetzt erstmals ansah, gefror das Blut in ihren Adern, »...selbst Blut vergießen muss.«

❧ 12 ❧

Aus den Chroniken der Astronoma

In den Jahren des Herrn 841 und 842

Der neunjährige Bruderkrieg findet am 25. Juni in Fontenoy einen schrecklichen Höhepunkt. Eine derartig blutige Schlacht ist auf diesem Teil des Erdkreises bislang niemals zuvor geschlagen worden. Noch bevor die Sonne am höchsten steht, sickert bereits das Blut von mehr als vierzigtausend toten Kriegern in den Boden. Das Schlachtfeld ist von Leichen übersät; fast eine ganze Generation scheint ausgelöscht zu sein, und die Blüte des fränkischen Adels ist tot. Wer soll jetzt noch die Grenzen des Frankenreichs nach außen verteidigen, wer noch den Regierenden beratend zur Seite stehen können?

Gegen Mittag haben Karl und Ludwig auf der ganzen Linie gesiegt. Lothar, der sich mit der Niederlage nicht abfinden will, flüchtet nach Aachen und sammelt neue Truppen.

Bernhard Graf von Barcelona, der sich mit seinem Heer vom Schlachtgetümmel ferngehalten hat, kehrt ohne Verluste heim nach Septimanien.

Karl und Ludwig benötigen ein weiteres halbes Jahr, bis es ihnen glückt, Lothar endgültig zu schlagen und ihm ihre Gebiete wieder abzujagen. Dann teilen sie das Reich unter sich auf. Ludwig erhält die deutschen und Karl die französischen Gebiete. Sie bekräftigen ihr Bündnis gegen den ältesten Bruder in den am 14. Februar 842 abgelegten Straßburger Eiden und schwören, sich nie wieder mit Lothar zu verbünden. Karl spricht seinen Eid auf Deutsch, damit das Gefolge seines Bruders ihn versteht, und Ludwig bedient sich aus dem gleichen Grund der lingua romana. Damit wird erstmals auch in der fränkisch-lateinischen Volkssprache ein Dokument ausgestellt. Danach verpflichten sich die Heere, von ihrem Herrscher abzufallen, falls dieser den Eid brechen sollte. Angesichts des letzten Wunsches ihres Vaters wagen es die beiden Brüder nicht, Lothar als Kaiser abzusetzen. Doch eine Bischofsversammlung beruft sich auf das Gottesurteil der Schlacht von Fontenoy, spricht Lothar die Eignung zur Herrschaft ab und erteilt den jüngeren Brüdern die Vollmacht zur Regierung. Ludwig und Karl verlangen von Lothar, sich auf Italien zu beschränken, was dieser ablehnt. Als sie mit ihren Heeren gen Aachen ziehen, flüchtet Lothar mit dem königlichen Hort nach Burgund. Zu den Schätzen gehört auch ein silberner Tisch, auf dem der Erdkreis, der Sternenhimmel und die Planetenbahnen in erhabenem Relief abgebildet sind. Lothar lässt diesen unschätzbar kostbaren Gegenstand in Stücke hauen, die er an seine Anhänger verteilt. Seiner Ehefrau Irmingard, die sich auf dem Landsitz ihres Vaters in Tours aufhält, lässt er ein winziges Teil zukommen. Es weist in der Mitte ein Loch auf, als sei eine Waffe hindurchgestoßen worden.

In den Jahren 842 bis 844

»Du störst, Mutter, ich will dich nicht mehr um mich haben.«

Judith glaubte, sich verhört zu haben, und starrte sprachlos ihren Sohn an, der auf dem Gang des Palatiums von Quierzy hocherhobenen Hauptes an ihr vorbeischritt. Ohne innezuhalten, teilte er ihr beiläufig mit, sie habe am Morgen nach seiner Hochzeit aus seinem Leben zu verschwinden. »Wenn du dir selbst kein Kloster aussuchen magst, werde ich dich in ein passendes einweisen lassen«, rief er ihr noch über die Schulter zu, ehe er in seiner Beratungskammer verschwand. Zu der hatte er ihr bereits zwei Monate zuvor den Zutritt untersagt.

»Frauen haben sich aus der Politik herauszuhalten und Kinder zu gebären«, hatte der neue starke Mann an des jungen Königs Seite bestimmt. Und Karl hörte auf Graf Adalhard. Schließlich hatte dieser in der Schlacht von Fontenoy den siegreichen linken Flügel angeführt und Karl unter Einsatz des eigenen Lebens vor einem todbringenden Lanzenstich gerettet. Nach dem glorreichen Sieg scharte der Graf die übrig gebliebenen Edlen um sich, kämpfte erbittert gegen Lothar und führte seine eigenen Getreuen Karl im Laufe des Jahres als Hausmacht zu. Begleitet wurde er dabei von seiner Nichte Ermentrud, der Tochter seines im Jahr 834 gefallenen Bruders Odo von Orleans.

»Ludo und Lothar haben bereits Söhne; es wird Zeit, dass dir eine Frau aus mächtigem Geschlecht ebenfalls Erben schenkt.«

Mit diesen Worten stellte Graf Adalhard dem jungen König seine Nichte vor und fügte nebenbei hinzu, der Hof biete wohl kaum einer demütigen Königin und einer herrschsüchtigen Königinmutter Platz. Wie so viele Edle des Reiches machte auch Adalhard nach Ludwigs Tod aus seiner Abneigung gegen Judith kein Geheimnis. Sie mochte sich noch so oft vom Vorwurf der Zauberei reinwaschen; das Gerücht, mit dunklen Mächten im Bunde zu sein und sich, von ihnen beraten, als regierende Herrin des Reiches zu gebärden, blieb an ihr haften und warf ein schlechtes Licht auf den jungen König.

Karl betrachtete das magere Mädchen, das die Lider züchtig niedergeschlagen hatte, und schlug ohne zu zögern in den Handel ein.

Der kam ihm durchaus gelegen, denn auch er fand, seine Mutter habe ihre Rolle ausgespielt. Nach der Schlacht von Fontenoy hatte sie noch einmal ihren ganzen Einfluss darauf verwendet, eine Aussöhnung zwischen Ludwigs Kindern zu erreichen. Die Straßburger Eide mussten zurückgenommen werden, denn Lothar würde erst Frieden geben, wenn auch er berücksichtigt worden sei. Ohne Lothar würde es nie Frieden geben. Sie schaffte es ein Jahr später tatsächlich, Karl, Lothar und Ludo auf der Saône-Insel Ansille bei Macon zusammenzubringen, wo ein vorläufiger Frieden geschlossen und geplant wurde, das Reich in drei Teile aufzuspalten. Je vierzig Vertreter der drei Brüder wurden aufgefordert, eine Beschreibung des Reiches vorzunehmen, auf deren Grundlage es in drei gleichwertige Gebiete unterteilt werden sollte. Judith schüttelte den Kopf über die zumeist jungen Leute aus Karls Beraterstab; seine befähigteren Männer hatten in Fontenoy ihr Leben gelassen. Flehentlich bat sie darum, fördernd mitzuwirken oder zumindest Abt Markward von Prüm hinzuzuziehen. Karl aber lehnte alle Vorschläge seiner Mutter ab.

Judith verspürte keinen Triumph, als dann der erste Teilungsplan an der Unwissenheit von Karls Vertretern scheiterte, die über den Umfang und die Gestaltung des Gesamtreiches nicht ausreichend informiert waren und dieses gegenüber Lothars besser ausgebildeten Beratern zugeben mussten. Höhnisch forderte Lothar Karls Männer auf, ihre Hausaufgaben zu machen, und so wurde der Waffenstillstand um ein weiteres Dreivierteljahr verlängert.

Zwanzig Jahre lang hatte sich Judith um die Geschicke des Reiches gekümmert und sie in den vergangenen zehn Jahren entscheidend mitbestimmt. Sie wusste um jedes Bistum, jede Grafschaft, jedes Stift, jede Abtei und jede bedeutende Persönlichkeit; kaum jemand war über Ämter, Lehen, Güter und Rechte so umfassend im Bilde wie sie. Abermals bot sie Karl ihre Mithilfe an. Entrüstet forderte er seine Mutter auf, sich gänzlich aus der Politik herauszuhalten. Zwischen Mutter und Sohn kam es zwar zu einem äußerst hässlichen Streit, aber nicht zum wirklichen Bruch. Den hatte er erst jetzt verkündet, am Vorabend seiner Hochzeit mit Ermentrud.

Judith blieb wie angewurzelt im Gang stehen. *Du störst, Mutter, ich will dich nicht mehr um mich haben.* Das Echo seiner Worte hallte in ihrem Kopf nach und traf sie wie ein Lanzenstich mitten ins Herz. Vorsichtig, als könnte er ihr abfallen, streckte sie einen Arm aus und suchte Halt an der kalten Steinmauer. Der Sohn, um dessen Zukunft willen sie so erbittert gekämpft und gelitten hatte, sagte sich mit einem kleinen, beiläufig geäußerten Satz endgültig von ihr los.

Noch nie war sie so einsam gewesen.

Nicht einmal im Kerker von Tortona, dachte sie, als sie langsam an der Wand herunterrutschte, denn da wusste ich, dass draußen liebende Menschen um mich bangten, mich suchten und mich retten wollten. Das hat mir Kraft verliehen – wie auch der Gedanke an meinen Sohn und seine Zukunft.

Neunzehn Jahre lang hatte all ihr Streben der Sicherung von Karls Stellung gegolten; dafür hatte sie ihr eigenes Glück hintangestellt, sich immer wieder in Lebensgefahr begeben, sogar Truppen ausgehoben, ein Heer angeführt und ihr gesamtes Vermögen geopfert. Und jetzt hatte er ihr mit einem lapidaren herzlosen Satz den Sinn ihres Lebens entzogen. Am liebsten hätte sie sich auf dem Gang lang ausgestreckt, mit den Fäusten auf den Boden getrommelt und ihren Schmerz hinaus in die Welt geschrien. Aber dazu fehlte ihr die Kraft.

»Judi?«

Ruadberns Stimme drang zu ihr durch. Mit leeren Augen blickte sie zu ihm auf. Er beugte sich hinab und half ihr auf die Beine.

»Bist du gestürzt?«, fragte er besorgt.

»So kann man es nennen«, antwortete sie tonlos und wiederholte Karls Worte.

»Eltern sollten von ihren Kindern keine Dankbarkeit erwarten«, sagte er leise, als er sie zu ihrem Gemach führte.

»Auch keine Achtung?«

»Die schon«, bestätigte er und setzte hinzu: »In Herrscherfamilien nimmt die gelegentlich seltsame Formen an. Wusstest du, dass Karl der Große vor genau siebzig Jahren seine Mutter Bertrada ebenfalls verstoßen hat?«

Judith schüttelte den Kopf.

»Und jetzt verstößt Karl der Kahle seine Mutter.«

»Ich mag es nicht, wenn du ihn so nennst.«

»Versöhn dich mit der Wirklichkeit, Judi, jeder nennt ihn so. Und er ist klug genug, diesen Beinamen mit Stolz zu tragen.«

»Er hat seine schönen dichten Haare abgeschoren«, sagte sie und begann zu weinen, als wäre Karls Verlust der Haartracht ihre größte Sorge.

»Auch das war klug. So erkennt ihn jeder schon von Weitem. Und die Zeit der langhaarigen Könige ist doch längst vorbei.«

»Kommst du mit hinein?« Sie waren vor der Tür ihrer Kammer angelangt.

Ruadbern schüttelte den Kopf und küsste sie sanft auf den Mund.

»Lieber nicht. Ich bereite jetzt alles für die Reise vor.«

»Welche Reise?«

»Deine und meine, Judi. *Ich* möchte dich um mich haben. Und bevor dich dein Sohn in irgendein Kloster verbannt, reisen wir lieber ab und bestimmen unseren Aufenthaltsort selbst. Übermorgen, nach der Hochzeit. Wohin möchtest du als Erstes?«

»Zu Arne und Anna«, sagte sie, ohne nachzudenken. Ein Ort, an dem etwas wuchs und gedieh, wo man die Früchte erntete, die man gesät hatte. Wo die Menschen liebevoll miteinander umgingen.

Am Hochzeitstag Karls des Kahlen sah niemand der Königinmutter ihren Kummer an. Sie nickte den Gästen huldvoll zu, lächelte ihre Schwiegertochter warmherzig an, begrüßte jeden der Geladenen mit einem freundlichen persönlichen Wort und trug gar selbst ein Stück auf dem Psalterium vor. Sie plauderte artig, versicherte, hocherfreut über die Wahl ihres Sohnes zu sein, und überspielte geschickt und würdevoll Karls unverblümt zur Schau gestellte Abneigung ihr gegenüber. Auf ihrem Goldhaar, das nur von wenigen weißen Strähnen durchzogen war, saß eine hohe blaue Haube, die ihren Saphiraugen stärkeren Glanz verlieh, und ihr hochgeschlossenes Gewand umschmiegte eine jugendliche Figur. Trotz ihres Alters hätte sie sich rühmen können, immer noch die Schönste im Saal zu sein. Was Anlass zu einigem Getuschel unter den von der Natur weniger begünstigten Frauen gab. Sie lasse eben von ihrer Zauberkunst nicht ab, benutze Hexensalbe und habe den Pakt der ewigen Jugend mit dem Teufel geschlossen, wurde gewispert. Der Sohn tue gut daran, sich von ihr abzuwenden.

Als sich Judiths Tochter Gisela bissig erkundigte, ob die Mutter gedenke, der kürzlich verstorbenen Heilwig als Äbtissin von Chelles nachzufolgen, hätte die Königinmutter beinahe ihrem schwelenden Unmut Luft gemacht. Aber sie riss sich zusammen, schüttelte verneinend den Kopf und wandte sich ihrem Nachbarn Gottfried zu, dem Sohn des Harald Klak.

Sein Vater sende herzliche Grüße, sagte der junge Mann und setzte spöttisch hinzu: »Er kann nicht anwesend sein, weil er ja unsere Verwandten von der Küste Walcherens vertreiben muss, der Arme.«

»Er schützt christliche Länder«, erwiderte Judith empört. Auf Harald Klak wollte sie nichts kommen lassen, schon gar nicht von seinem Sohn. Kinder hatten gefälligst ihre Eltern zu ehren!

»Er hätte lieber sein eigenes Königreich, mein Erbe, schützen sollen«, entgegnete Gottfried ungerührt. »Warum hat er sich von seinem Bruder vertreiben lassen? Ich habe meinen Oheim *König* Horik bereits wissen lassen, dass ich Ansprüche anmelde. Notfalls erobere ich mir mit Waffengewalt den Dänenthron zurück.«

»Darin wird dir mein Sohn gewiss nicht beistehen«, bemerkte Judith scharf.

»Dein Sohn, mein Bruder«, mischte sich Gisela ins Gespräch ein, »trifft, wie ich höre, ab jetzt seine eigenen Entscheidungen und lässt sich von dir endlich nicht mehr dareinreden.«

Ihre kalte laute Stimme ließ alle Gespräche in der Nähe verstummen. Hemma, die Königin von Bayern und Schwester der Königinmutter, richtete ihre tanzenden Augen auf Judith und vergaß, in den Hühnerschenkel zu beißen, den sie zum Mund geführt hatte. Die Harfenspieler legten eine Pause ein, und die Gaukler, die sich an der Tür versammelt hatten, rückten näher an die erhabene Tafel heran, als warteten sie auf das Zeichen zum Possenreißen. Karl der Kahle, der seiner mageren Gemahlin ein Stück schmalztriefendes Gänsefleisch in den Mund gesteckt hatte, sah seine Mutter an. Judith erschauerte, als sie in zwei tiefgefrorene Teiche blickte.

»Was übrigens deinen Schmuck angeht, Mutter«, bemerkte er freundlich, während er seine fettige rechte Hand am linken Ärmel abwischte und den Mundschenk mit einer ausladenden Bewegung auf seinen leeren Pokal aufmerksam machte. »Er ist Teil des Kronschatzes und steht jetzt Ermentrud zu.«

Jedes weitere Gespräch im Raum verstummte. Die meisten Gäste starrten betroffen nach unten, wagten nicht, die einstmals so mächtige Königinmutter anzusehen, und spitzten die Ohren, um ihre zweifellos scharfe Erwiderung nicht zu verpassen. Der Mundschenk eilte herbei und verschüttete in seiner Gespanntheit etwas Wein über des Königs Beine. Erleichtert, dass Karl dieses Missgeschick entgangen war, zog er sich schnell wieder zurück.

Judith sagte nichts. Sie erhob sich stolz, streifte Ringe und Armreifen ab und zog sich die schwere Goldkette an ihrem Hals über Kopf und Haube. Als beginge sie eine heilige Handlung versenkte sie ein Schmuckstück nach dem anderen in der vollen Suppenschüssel, die nahe Ermentrud stand. Dann beugte sie sich noch weiter über den Tisch, deutete lächelnd auf das bekleckerte Beinkleid ihres Sohnes und sagte nachsichtig wie zu einem kleinen Kind: »Du hast dich befleckt.«

»Und du den Mittelpunkt, in den du dich schon immer gedrängt hast«, erwiderte er im gleichen Ton.

Die Schwiegertochter öffnete noch immer nicht den Mund, sondern betrachtete demütig die gefalteten Hände auf ihrem Schoß.

Judith schenkte ihrem Sohn einen letzten harten Blick aus Saphiraugen und griff dann zu der Fibel, die ihr Obergewand zusammenhielt. »Die magst du behalten«, entschied Karl großmütig, »alles andere liefer bitte vor deinem Weggang beim Kämmerer ab. Auch den großen Diamantring, den du früher nie abgelegt hast. Wo hast du ihn versteckt?«

Judith erhob sich und wies mit dem Kinn zu Drogo hin, der mit sichtlichem Unbehagen die Szene verfolgte.

»Frag deinen Oheim, den Erzbischof; der wird Wege finden, ihn dir wieder zu beschaffen«, versetzte sie trocken, nickte den Gästen hoheitsvoll zu und verließ hocherhobenen Hauptes die Festlichkeit.

Ruadbern wartete vor der Tür auf sie.

»Wir brechen vor Tagesanbruch auf«, schlug er vor.

Judith nickte.

»Ich habe meinen Abschied genommen«, sagte sie würdevoll.

Erst in ihrem Schlafgemach brach sie weinend zusammen.

Kaiserin Irmingard teilte ihrer Kammerfrau mit, sie wünsche aus Gründen der Andacht in den nächsten Stunden nicht gestört zu werden, und zog sich in ihr Gemach zurück.

Das, was sie vorhatte, erforderte in der Tat Andacht und höchste Aufmerksamkeit. Ein Fehler würde tödlich sein.

Es erwies sich als äußerst hinderlich, mit zwei Paar übereinandergestreiften Handschuhen zu arbeiten, aber Irmingard wollte nicht das geringste Risiko eingehen. Sie hatte sich sogar ein Tuch vor den Mund gebunden, um das Gift nicht einzuatmen, auch wenn es angeblich nur über die Haut in den menschlichen Körper eindringen sollte. Jedenfalls stand das auf dem Pergament, das sie unter den Aufzeichnungen der Nonne Gerberga entdeckt und im Prozess gegen die Nonne als Beweis für deren Giftmischerei verwendet hatte. Da es nie schaden konnte, über die Welt der Gifte gründlich Bescheid zu wissen, hatte sie sich das Schriftstück nach der Verhandlung angeeignet.

Verärgert blickte sie auf den drei Handteller großen silbernen Gegenstand, den ihr Lothar geschickt hatte. »Auch du sollst ein Stück vom Tisch haben«, hatte er dazu geschrieben. Wie konnte er es wagen, ihr, der Kaiserin, ein beschädigtes Teil zu schicken! Sie hatte sich lange gefragt, weshalb er den Tisch nicht entlang des Durchbruchs hatte zerschlagen lassen, bis ihr die Form dieses mit Reliefs versehenen Stücks auffiel: Lothar hatte ihr ein durchlöchertes Herz gesandt.

Während sie das Loch mit Kitt füllte und die geflickte Stelle sorgfältig mit Gift tränkte und bepinselte, stieg Wut in ihr auf. Nichts in ihrem Leben war so gelaufen, wie sie es sich gewünscht hatte. Als Kaiserin war sie zum Gespött der Leute geworden. Jeder wusste, dass Lothar sie vertrieben hatte und mit der unfreien Magd Doda in Sünde zusammenlebte. Und Irmingard obendrein damit verhöhnte, dass er sie in Dokumenten als seine viel geliebte und allerliebste Gemahlin bezeichnete. Ihr Einfluss beschränkte sich darauf, die Menschen in ihrer unmittelbaren Umgebung herumkommandieren zu dürfen. Wie eine alte Witwe lebte sie in der Villa ihres Vaters in Tours und verfluchte ihr Schicksal. An dem ausschließlich Judith schuld war. Hätte diese Hexe Kaiser Ludwig auf der Brautschau nicht verzaubert, wäre alles anders und schöner gekommen.

Vor einem Vierteljahrhundert hatte Irmingard Rache geschworen und sich dazu der Hilfe unzähliger Menschen bedient, die allesamt gescheitert waren. Jetzt endlich wollte sie die Sache selbst in die Hand nehmen.

Als reisende Pilger verkleidet, trafen Ruadbern und Judith pünktlich zum Weihnachtsfest auf Arnes Hof ein. Sie genossen die Wärme, die man ihnen dort entgegenbrachte, doch nach wenigen Tagen war es gerade diese Wärme, die Judith wieder Abschied nehmen ließ. In ihrer Erinnerung war auf Arnes Hof ewiger Sommer gewesen, in diesem Winter aber herrschte draußen ungewöhnlich eisige Kälte, die ein Zusammenrücken im Haus erforderlich machte. Die neunköpfige Familie schlief jetzt um den Herd im Wohnraum, wo man für Judith ein kleines Eckchen mit einem Vorhang abgeteilt hatte. Eine derart körperliche Nähe zu so vielen Menschen war sie nicht mehr gewohnt. Sie störte sich an den Geräuschen, die den schlafenden Leibern entwichen, und in der stickigen, verräucherten Luft fiel ihr das Atmen schwer. Zudem fehlte ihr eine besondere Nähe; die zu Ruadbern, der sich mit dem nach ihm benannten Sohn das Lager teilte.

»Ludwig hat mir vor Jahren Güter in Tours überschrieben, damals, als meine Dos San Salvatore im italischen Brescia Irmingard übertragen wurde«, sagte sie zu Ruadbern, als sie Anfang Januar trotz dichten Schneetreibens zum Luftholen auf den Hof gingen. »Wo steht denn geschrieben, dass eine Kaiserinwitwe zwangsläufig Äbtissin werden muss? Wenn mir Karl diesen Besitz nicht auch noch abgenommen hat, können wir dort in einer Villa wohnen.«

Zum ersten Mal seit ihrer überstürzten Abreise aus Quierzy erwähnte sie den Namen ihres Sohnes.

»Zusammen?«, fragte Ruadbern mit hochgezogenen Augenbrauen.

Judith presste ihren dick verpackten Körper an seinen.

»Natürlich! Ich möchte mich nie mehr von dir trennen, mein getreuer Edelknecht, der einzige Mensch, der mir verblieben ist.« Sie sah ihn eindringlich an und fragte leise: »Könntest du dir vorstellen, eine ziemlich alte und mittellose ehemalige Kaiserin zu heiraten?«

»Ich fürchtete schon, du würdest mich das nie fragen«, versetzte er und beugte sich zu ihr hinab.

»Entschuldigung«, sagte Anna erschrocken, als sie die Tür öffnete und das Paar in inniger Umarmung vorfand. Mit strahlenden Augen wandte sich Judith ihr zu. »Mir geht es, wie es einst dir ergangen ist, Anna: Ich glaubte, alles verloren zu haben, und habe doch das Wichtigste gewonnen.«

Vor den erstaunten Augen ihrer einstigen Näherin, der Frau, die sie bei einem der unzähligen Feldzüge in einer Köhlerhütte im Wald gefunden hatten, küsste sie Ruadbern mitten auf den Mund.

»Wir werden heiraten!«

In dieser Nacht schlief Ruadbern ebenfalls hinter dem Vorhang, und am nächsten Tag brach das Paar Richtung Tours auf. Judith hatte den Wunsch geäußert, den ehelichen Bund ohne Aufsehen in der Kirche der Abtei Sankt Martin segnen zu lassen.

»Was? Sie will wieder heiraten?«, fuhr Irmingard empört ihren Späher an. »Ihren eigenen Neffen?«

»Er war der uneheliche Neffe Kaiser Ludwigs, Herrin«, stotterte der Späher, »und ist somit nicht mit ihr verwandt.«
»Dennoch ist es ausgesucht geschmacklos. Eine alte Hexe, die einmal Kaiserin war, und ein junger Niemand. Kaiser Ludwig würde sich in seinem Grab umdrehen. Nun ja, jeder weiß, dass er damals die falsche Wahl getroffen und dies später bitterlich bereut hat.«
»Gewiss, Herrin«, antwortete der Späher, der keine Ahnung hatte, wovon sie sprach.
Irmingard trat an ihr Pult, verfasste eine kurze Mitteilung und überreichte sie dem Späher.
»Sieh zu, dass sie diesen Brief erhält.«
»Soll sie wissen, von wem er stammt?«, fragte der Späher unsicher.
»Unbedingt.«

»Das Leben ist schön!«, rief Judith ausgelassen, als Ruadbern am Abend die gemeinsame Schlafkammer der Villa betrat, die ihr vermutlich nur deswegen noch gehörte, weil Karls stümperhafte Berater vergessen hatten, sie bei der Aufzeichnung von Judiths Habe zu erwähnen. Mit gelöstem Haar und nur mit einer dünnen Tunika bekleidet, lag sie auf dem Bett und schwenkte fröhlich ein kleines Stück Pergament.
»Welch freudige Nachricht hat dich denn erreicht, meine geliebte Judi?«, fragte er zerstreut, nachdem er sie geküsst hatte. Den ganzen Tag über hatte er in der Abtei alte Schriften Abt Alkuins studiert. Die wollte er sich zum Vorbild für das Werk nehmen, an dem er selbst arbeitete, eine Geschichte über die Regierungszeit Kaiser Ludwigs, dessen Auseinandersetzung mit seinen Söhnen und deren blutige Abrechnung miteinander. Er hatte alles aus nächster Nähe miterlebt, ohne selbst in die Kämpfe und Streitereien verwickelt worden zu sein, und er hielt es für seine Pflicht, aus leidenschaftsloser Perspektive der

Nachwelt mitzuteilen, was wirklich geschehen war. Es durfte nicht sein, dass sich künftige Generationen nur aus den bösen Schriften Agobard von Lyons, den einseitigen Darstellungen Nithards, des Sohnes der Karlstochter Berta, und den lyrischen Ergüssen Walahfrid Strabos ein Bild über diese Epoche machten. Ruadbern vertiefte sich in alte griechische Mythen und schmunzelte bitter, als ihm einfiel, wie sich die einstigen Merowingerkönige nicht nur für leibliche Nachfahren Jesu gehalten hatten, sondern ihre Abstammung auf das Königshaus von Troja zurückführten. Bis auf Aeneas, den angeblichen Stammvater, war dieses vom Griechenkönig Agamemnon vernichtet worden. Dessen Familientragödie hatten wiederum zahlreiche Dichter besungen; dabei nahm sie sich neben jener, die das Haus der Karolinger auseinandergerissen hatte, vergleichsweise harmlos aus.

»Irmingard will ihren Frieden mit mir machen, stell dir vor!«, rief Judith, setzte sich auf und schlang die Arme um den jungen Mann, der bereit war, aus reiner, unverrückbarer Liebe eine fünfzehn Jahre ältere und besitzlose einstige Kaiserin zu heiraten.

Ruadbern zog sie liebevoll an sich und nahm ihr dann die Schrift aus der Hand.

Liebe einstige Freundin und langjährige Gegnerin, las er laut vor. *Es ist Zeit, die Streitaxt und die Vergangenheit zu begraben. Wir haben beide genug gelitten und sollten unseren Frieden miteinander machen. Wenn du dazu bereit bist, würde ich mich freuen, dich morgen in meinem Haus herzlich zu begrüßen. Irmingard.*

»Sie hat sich bei der Unterschrift sogar die Kaiserin erspart, ist das nicht rücksichtsvoll?«, fragte Judith lachend.

Ruadbern hob die dichten dunklen Augenbrauen, durch die sich bereits einige wenige weiße Haare zogen.

»Es könnte eine Falle sein«, warnte er.

»Unsinn!«, rief Judith. »Weshalb sollte sie mir eine Falle stellen? Ich bin jetzt ein Niemand, kann nichts bewirken und ihr nicht mehr schaden.«

»Der Mönch, der Niemand hieß, hat einiges bewirkt«, erinnerte sie Ruadbern. »Ich traue dieser Frau nicht. Geh lieber nicht hin.«

»Du kennst Irmingard nicht so gut wie ich«, versetzte Judith. »Sie ist zwar Kaiserin, übt aber nicht die geringste Macht aus und muss zusehen, wie ihr Mann sie mit einer Unfreien betrügt. Das ist sehr demütigend, und deshalb hat sie sich in ihres Vaters Gebiet verkrochen. Und jetzt langweilt sie sich sicher hier und hofft, dass ich Abwechslung in ihr Leben bringe. Außerdem…«, sie strich Ruadbern zärtlich ein paar lange Haarsträhnen aus dem Gesicht, »…werden auch wir künftig hier leben und können einander auf Dauer nicht aus dem Weg gehen. Es gibt nichts und niemanden mehr, um das oder um den wir uns streiten können. Ich möchte meinen Frieden mit ihr machen. Alles soll ein gutes Ende finden.«

Sie sah sich in ihrer Auffassung bestätigt, als sie am nächsten Tag bei Irmingard vorsprach. Nichts erinnerte mehr an das keifende Weib, das sie einst beschimpft und verflucht hatte. Irmingard empfing sie mit einer Umarmung in ihrem Privatgemach, bot ihr Wein, in Met getränkte Früchte und ihre Freundschaft an. Sie vermieden Gespräche über Ludwig, Bernhard, Irmingards Vater oder Lothar und sparten jedes Thema aus, das in der anderen Unbehagen auslösen könnte. Sie lachten über Anekdoten, die ihnen von außen zugetragen worden waren, und gedachten einiger gemeinsamer inzwischen verstorbener Bekannter, wie zum Beispiel Einhards. Judith erzählte von ihren Abenteuern beim Raub der Heiligengebeine in Rom, und Irmingard gestand ihr, wie wenig wohl sie sich in Italien gefühlt hatte, wie sehr sie ihre Kinder vermisste und wie doppelzüngig doch Lothar war. Sie schieden als Freundinnen mit dem Versprechen eines baldigen Wiedersehens. Zum Zeichen ihrer Hochachtung und ihres Wohlwollens überreichte ihr Irmingard zum Abschied ein Geschenk.

»Es steht dir zu, teuerste Freundin«, sagte sie, als sie Judith auf die Wange küsste und ihr ein dickes Paket in die Hände drückte. »Ein Stück des berühmten Planetentisches von Karl dem Großen.«

»Den Lothar zerschlagen hat?«, fragte Judith.

Irmingard zuckte mit den Schultern. »Wahrscheinlich war es schade um das Möbel, aber er befand sich auf der Flucht und musste seinen Anhängern irgendetwas geben, um sich erkenntlich zu zeigen.«

»Natürlich«, sagte Judith nachdenklich, »darum ging es doch all die Jahre, nicht wahr? Andauernd musste jeder irgendetwas haben. Man war darauf angewiesen, sich Freunde zu kaufen und sich Anhänger mit irgendwelchen materiellen Gütern gewogen zu machen. So ist mir mein gesamter Besitz abhanden gekommen. Manchmal frage ich mich, ob auch nur einer dieser Menschen ein einziges Mal aus Überzeugung zum Wohl des Reiches, zum Wohl der armen abhängigen Menschen gehandelt hat – und nicht, weil er eine Belohnung erwarten oder verlangen konnte. Bereicherung auf Kosten anderer hat alle getrieben. Wahre Uneigennützigkeit habe ich nur von sehr wenigen erfahren.«

Sie hatte es plötzlich sehr eilig, zu Ruadbern zurückzukehren, und war erleichtert, als die Kammerfrau der Kaiserin eintrat und einen weiteren Besucher ankündigte.

Beide Frauen erhoben sich gleichzeitig.

»Wer hat denn mit den üppigen Schenkungen angefangen?«, entfuhr es Irmingard. Sie besann sich sofort wieder und setzte süß lächelnd hinzu: »Aber das liegt alles längst hinter uns. Jetzt brauchen wir uns um so etwas nicht mehr zu bekümmern. Meine Gabe an dich kommt von Herzen.«

Ein korpulenter Mann wurde in das Gemach geführt und

sank augenblicklich vor Irmingard auf die Knie. Erst als er sich wieder aufrichtete, entdeckte er die zweite Frau im Raum. Er verzog den Mund zu einem freudigen Grinsen, richtete verzückte Schweinsäuglein auf Judith und verbeugte sich sehr tief vor ihr. Dabei beging er die unverzeihliche Sünde, der Kaiserin sein Hinterteil zuzuwenden.

»Meine Verehrung, Teuerste«, stammelte er, Judith anschmachtend. Eine winzige Träne glänzte in einem Auge. »Euer gedenke ich jede Nacht. Euer Gunstbeweis ist mir unvergesslich.«

Judith hob die Hand. Doch bevor sie dem Mann, der im Turm von Tortona wie ein Irrwitziger über sie hergefallen war, eine Ohrfeige versetzen konnte, hatte er ihre Finger bereits mit seinen umschlossen, hielt sie fest und bedeckte sie mit einer Vielzahl feuchter Küsse.

Mit zusammengekniffenen Lippen beobachtete Irmingard, wie Judith ihr schon wieder den Rang ablief. Selbst im Wissen, dass es nie wieder vorkommen würde, war sie zutiefst verletzt. Sie machte ihrer Empörung durch unwirsches Räuspern Luft. Mit einer entschuldigenden Verneigung wandte sich ihr der Besucher zu und öffnete den Mund. Irmingard schnitt ihm das Wort ab.

»Geduldet Euch, Graf«, herrschte sie ihn an. »Ich habe noch etwas mit meiner teuren Freundin zu besprechen.«

Sie trat mit Judith auf den Gang und flüsterte ihr zu: »Dieser Graf Bonifatius von Lucca stellt mir ständig nach. Er verfügt über ein äußerst schlechtes Benehmen, schwitzt fürchterlich und kann ungeheuer lästig sein.«

Sehr milde ausgedrückt, dachte Judith und schlug mit so ernster Stimme vor, den Mann wegen Majestätsbeleidigung zu köpfen, dass Irmingard wie über einen gelungenen Witz in Gelächter ausbrach.

»Ich werde es erwägen«, erwiderte sie. Als sich Judith für ihr hochherziges Geschenk bedankte, schlug Irmingard sich plötzlich mit beiden Händen auf die Wangen. »Ach, liebste Judith, ich habe ganz vergessen nachzusehen, ob ich das gute Stück auch gründlich gereinigt habe! Meine Augen dienen mir leider nicht mehr so gut. Um auf der Reise zu verbergen, dass es sich um einen Teil des Planetentisches handelt, hat Lothar Mehl oder so etwas darübergestäubt. Ich habe das Zeug einfach mit den Fingern weggewischt, aber es könnte sein, dass in irgendeiner Vertiefung noch Spuren zu sehen sind. Gib doch noch mal her, ich sehe nach und reinige das Stück gründlich.« Judith lehnte ab. Sie wollte sich nicht länger als nötig mit Graf Bonifatius unter einem Dach aufhalten.

»Vielen Dank, aber das können meine Finger auch erledigen«, sagte sie.

Und die werden dann dich erledigen, dachte Irmingard befriedigt.

So geschah es auch.

Es dauerte nur länger, als die Kaiserin erwartet hatte. Die Nonne Gerberga hatte in ihrer Rezeptur nämlich versäumt anzugeben, innerhalb welcher Frist das Opfer das Zeitliche segnen würde.

Judith öffnete das Paket erst, als Ruadbern am Abend aus der Abtei zurückgekehrt war.

»Ihre Augen sind wirklich schlechter als meine – dabei ist sie viel jünger als ich«, erklärte sie übermütig und rieb mit den Fingern an einem weißen Fleck herum, der sich jedoch nicht so leicht entfernen ließ, wie Irmingard behauptet hatte.

»Ich glaube, da ist eine Flickstelle!«, rief sie verblüfft und reichte Ruadbern das silberne Stück. Der drückte mit dem Zeigefinger den Kitt heraus, starrte auf das Loch und versank in Schweigen.

»Was ist dir?«, fragte Judith beunruhigt.

»Der Planet Venus«, murmelte Ruadbern. »Des Kaisers Schwert hat sich durch die Venus gebohrt!«
»Wovon sprichst du?«
Er gab sich einen Ruck und hielt die Silberscheibe hoch.
»Sieh dir die Form an.«
»Ein Herz!«, rief Judith überrascht und setzte lachend hinzu: »Kaiser Lothar hat also seiner Frau ein Herz geschickt und vorher sein Schwert hindurchgetrieben, wie reizend. Kein Wunder, dass sie loswerden wollte, was er ihr damit angetan hat.«
Ruadbern schwieg. Er wusste es besser. Aber das Wesentliche war auch ihm verborgen geblieben.

Der Medicus des Klosters Sankt Martin schüttelte den Kopf.
»Ich kann nicht mit Gewissheit sagen, was Euch und der Königinmutter fehlt«, sagte er zu Ruadbern. »Die Schluckbeschwerden und die Lähmungserscheinungen deuten auf eine Vergiftung hin. Doch die Tiere, an die ich die Reste Eures vorgestrigen Mahls verfüttert habe, sind alle gesund. Habt Ihr noch irgendetwas anderes zu Euch genommen?«
»Nichts weiter«, krächzte Ruadbern, der, nur mit einer dünnen Tunika bekleidet, in einer Schweißlache auf der Bank neben Judiths Bett lag. Die Königinmutter konnte nicht mehr reden, war aber noch bei Bewusstsein und blickte den Arzt aus glasigen Augen verzweifelt an.
Als sacht an die Tür geklopft wurde, öffnete der Medicus, wechselte mit jemandem ein paar Worte und ließ eine Frau in grauer Pilgertracht eintreten.
»Diese Pflanzenkundige hat von Eurer Not gehört«, sagte er, wandte sich an die Fremde und fragte sie nach ihrem Namen.
»Der tut nichts zur Sache«, erwiderte sie. »Nennt mich nur Astronoma, und lasst mich nach den Kranken sehen.«
Sie beugte sich über Judith, roch an ihrem Atem und besah sich ihre Hände.

»Gift findet auch über andere Wege als den Mund Eingang in den Körper«, sagte sie. »Womit seid ihr vor wenigen Tagen in Berührung gekommen?«

Judiths stieß einen unverständlichen Laut aus. Ihre Augen schienen fast aus den Höhlen zu treten. Ruadbern hob einen Arm und deutete auf eine Truhe in der Ecke.

»Darin liegt eine silberne Scheibe«, flüsterte er. »mit einem Loch in der Mitte, das auf seltsame Weise zugekittet war. Wir haben den Kitt mit den Fingern entfernt.«

Mit einem Tuch hob die Astronoma das silberne Stück aus der Truhe, roch daran, rümpfte die Nase und wandte sich mit von Trauer erfülltem Blick zu den Kranken.

»Ich kann euch keine Hoffnung machen«, sagte sie sachlich, »euch nur wünschen, bald Erlösung zu finden. Gegen dieses Gift gibt es kein Mittel.«

Judith schloss die Augen. Irmingard hat gesiegt, dachte sie. Jetzt, da es nichts mehr zu gewinnen gibt, da ich mich keinem Kampf gestellt habe. Da alles unwichtig geworden ist. Es ist mein Schicksal, immer dann verurteilt zu werden, wenn ich nicht gefehlt habe.

»Wir beide wissen, wie dunkel die Wege sind, die das Schicksal geht«, sagte die Astronoma leise, setzte sich an Judiths Bett und lächelte traurig, als die Kranke überrascht wieder die Lider hob. »Auch wenn sie für manche von uns etwas weniger dunkel erscheinen«, fügte sie hinzu, und nahm Judiths Hände in ihre. Sie atmete tief durch, als sie zum ersten und einzigen Mal gegen ihr Gelübde verstieß, nie wieder einem Menschen die Zukunft vorherzusagen. Doch es erschien ihr der einzige Trost, den sie der Sterbenden zu spenden vermochte, und Schaden würde niemandem daraus erwachsen. »Ludwigs Söhne werden sich noch in diesem Jahr friedlich einigen«, sagte sie. »Und auch dein größter Wunsch, dein Traum, Judith, wird in Erfüllung gehen: Dein Sohn Karl wird Kaiser werden.«

Judith öffnete den Mund, versuchte verzweifelt Worte zu formen, aber sie wollten ihr nicht über die Lippen kommen. Sie sah der Astronoma lange eindringlich in die Augen.

»Das ist gut«, sagte diese nickend und wandte sich an Ruadbern. »Judiths Wünsche und Träume gelten nicht ihrem Sohn. Sondern dir, Ruadbern. Sie dankt dir für deine Liebe, das größte Geschenk ihres Lebens. Sie bedauert zwar, lange nicht erkannt zu haben, wie weitaus erstrebenswerter sie ist als jedes Kaiserreich, ist aber dankbar für die Zeit, die euch gemeinsam vergönnt war.«

Ein schwaches Lächeln flog über Judiths Gesicht, ehe sie das Bewusstsein verlor.

Judiths und Ruadberns Todeskampf dauerte eine Woche. Bis zum Schluss wachte die Astronoma bei ihnen. Bevor auch Ruadbern in die Sprachlosigkeit verfiel, hatte er ihr nicht nur seine Aufzeichnungen überreicht und die Geschichte des Planetentischs erzählt, sondern sie auch gebeten, dafür Sorge zu tragen, dass Judiths letzter Wille erfüllt werde. Den einzig ihr verbliebenen Besitz, die Güter in Tours, sollte die Abtei Sankt Martin erhalten.

Ruadbern starb am 21. April, zwei Tage nach der Frau, die er sein ganzes Leben lang geliebt hatte. Im Tod wurde das Paar getrennt. Er fand seine letzte Ruhe auf dem Gottesacker der Abtei, und sie wurde in jener Kirche bestattet, in der sie ihre letzte und wahrscheinlich einzige Liebe hatte heiraten wollen.

Wenige Monate nach Judiths Tod fiel der Britenherzog Nomenoi in die Bretagne ein und brachte solch ein Elend mit sich, dass die Menschen Mehl mit Staub vermischen mussten, um überhaupt Brot backen zu können. Eine Wikingerhorde eroberte die Stadt Nantes. Aus Unzufriedenheit mit ihrer

Beute erschlugen die Nordmannen den Bischof am Altar und metzelten alle Bürger nieder, die sich in die Hauptkirche geflüchtet hatten. An vielen anderen Reichsgrenzen brachen gleichfalls Unruhen aus. Alle alten Gegner wussten, dass sich die Herrscher des Reiches mit diesen Angelegenheiten nicht befassen konnten, da sie in Verdun zusammensaßen, um sich endlich untereinander zu einigen. Das geschah auch, und zwar genauso, wie Judith es gewünscht und bereits vor Langem vorgeschlagen hatte. Karl erhielt den franzischen Westteil, Ludwig II. die östlichen deutschen Gebiete und Lothar einen Mittelstreifen, der von den friesischen Inseln bis zu den Westalpen reichte.

Aus diesem Vertrag von Verdun sollten Jahrhunderte später die Länder Frankreich und Deutschland hervorgehen.

Lothar blieb die Kaiserwürde, doch anders als einst in der Ordinatio imperii vorgesehen, durfte er nicht über seine Brüder herrschen, sondern war diesen gleichgestellt.

Pippin II., der Erbe des verstorbenen vierten Bruders, ging leer aus. Da er Aquitanien nicht freiwillig aufgeben wollte, blies Karl der Kahle wieder einmal zum Angriff.

Einen dieser Feldzüge gegen seinen Neffen wollte der junge König nutzen, um gleich auch noch in Septimanien einzufallen und mit Bernhard von Barcelona abzurechnen, der unverdrossen auf seiner Unabhängigkeit beharrte.

Karls Kundschafter spürten den Grafen noch vor der Grenze Septimaniens in einem Forst bei Toulouse auf. Der König befahl seinen Heerführern, abwartend im Hintergrund zu bleiben. Er wolle zunächst versuchen, allein mit Bernhard zu verhandeln, sagte er, und gab seinem Hengst die Sporen. Bernhard, der aus der Entfernung seinen Sohn Wilhelm zu erkennen vermeinte, ritt dem Ankömmling fröhlich entgegen. Erst, nachdem dieser unmittelbar vor ihm sein Pferd gezügelt hatte, erkannte er seinen Irrtum. Zu Verhandlungen kam es nicht. »Stirb, Freveler, der du das Bett meines Vaters geschändet hast!«, brüllte Karl und schlug seinem leiblichen Vater das Haupt ab.

Epilog

»Die Rosa canina«, erklang eine Frauenstimme, »wie seltsam, dass sie hier blüht und noch dazu so wohl gedeiht!«

Gerswind hielt mit dem Stutzen ihrer Hagebuttenhecke inne, wischte sich ein paar widerborstige weiße Haarsträhnen aus dem leicht geröteten Gesicht und spähte über das Gebüsch. Eine freundlich lächelnde Frau in grauer Pilgertracht stand, auf einen Wanderstab gestützt, vor der Hecke.

»Überhaupt nicht seltsam, ich pflege sie gut«, erwiderte Gerswind, »Sie hilft gegen meine Gicht und sorgt dafür, dass mir und anderen die Zähne langsamer ausfallen. Außerdem hat Karl der Große selbst ihren Anbau verordnet.«

»Wohl wahr. Vor genau einem halben Jahrhundert in seinem *Capitulare de villis vel curtis imperialibus*«, bestätigte die Fremde. »Er hat sich um alles in seinem Reich gekümmert, selbst noch um die niedrigste Pflanze. Und doch konnte er nicht verhindern…«

»Bist du gekommen, um mit mir über den alten Kaiser zu reden?«, unterbrach Gerswind sie. Trauer, nicht Misstrauen schwang in ihrer Stimme mit.

»Vielleicht später. Ich komme mit einem Auftrag der verstorbenen Kaiserin oder, besser gesagt, ihres getreuen Ruadberns.«

Gerswinds hellblaue Augen, von unzähligen Fältchen gerahmt, wurden eine Spur größer. Ohne auf die Schmerzen in ihrer Hüfte zu achten, eilte sie um die Hecke herum und ergriff beide Hände der fremden Frau.

»Ich wüsste niemanden, der mir willkommener wäre«,

flüsterte sie mit Tränen in den Augen. »Sag mir alles, was du über meine Judith weißt.«

Die Astronoma nahm die alte weißhaarige Frau behutsam am Arm und führte sie zu einer grob gezimmerten Bank vor dem windschiefen Haus am Ufer der Prüm.

Als beide saßen, zog sie aus ihrem Beutel eine herzförmige silberne Scheibe mit seltsamen Reliefs und einem Loch in der Mitte.

»Was ist das?«, fragte Gerswind, nachdem sie den Gegenstand in die Hand genommen und von allen Seiten betrachtet hatte.

»Schließ die Augen«, sagte die Astronoma, »kehr zurück zum Februar des Jahres 814, und erzähl mir alles, was damals geschehen...«

»Nein!«, schrie Gerswind und ließ erschrocken den silbernen Gegenstand fallen. »Der Planetentisch! Als ich Ludwig verflucht habe...«

Sie brach ab.

»Ahnte ich es doch, dass ich hier viele Antworten finden würde«, sagte die Astronoma leise. »Willst du mir alles erzählen?«

Gerswind schüttelte den Kopf. Noch nie hatte sie jemandem alles erzählt. Das wäre für den, der es sich anhörte, viel zu schmerzlich gewesen.

»Magst du mir sagen, wer du bist?«, fragte sie.

»Man nennt mich die Astronoma«, antwortete die Frau. »Einst trug ich einen Namen, doch würde ich unter diesem in Erscheinung treten, wäre ich des Todes.«

»In einer solchen Lage war ich einst ebenfalls.«

»Ich weiß. Ruadbern hat mir kurz vor seinem Tod deine Geschichte erzählt – soweit er sie kennt.«

»Ruadbern ist auch tot?«, fragte Gerswind bestürzt.

»Einem Gelehrten windet man keine Kränze«, sagte die

Astronoma bedauernd, »und von seinem Tod nimmt die Welt selten Kenntnis. Aber seine Niederschriften werden meine Chroniken vervollständigen. Vielleicht helfen sie späteren Generationen, die Fehler der unseren zu vermeiden. Das ist alles, was wir der Nachwelt hinterlassen können.«

»Du hast keine Kinder?«, fragte Gerswind.

»Als Nonne sollte man tunlichst keine haben«, erwiderte die Astronoma heiter. »Deine Tochter hat, wie ich höre, ebenfalls den Schleier genommen.«

»Es war ihr Wunsch, nicht meiner. Aber du trägst keine Nonnentracht?«

Wehmütig blickte die Astronoma in den blühenden Garten, atmete tief den frischwürzigen Duft ein, der vom nahen Kräuterbeet herüberwehte, und wandte sich dann der weißhaarigen Frau neben sich wieder zu, die trotz ihrer Gebrechlichkeit eine seltsam heilende Kraft auszuströmen schien. Hier würde ich gern länger verweilen, dachte sie sehnsuchtsvoll und antwortete leise: »Ich gehöre keinem Kloster mehr an. Seit über zehn Jahren reise ich als Astronoma durch das Reich, lese in Sternen und Menschen das, was war, und sage keinem mehr, was wird. Denn damit habe ich einst große Schuld auf mich geladen.«

»Und die hängt mit meiner Judith zusammen?«

»Ja.«

Die Astronoma bückte sich, hob die Silberscheibe auf und schwieg eine lange Weile. Gerswind sagte nichts. Sie verstand sich auf Schuld und wusste, wie schwer sie in Worte zu fassen war. Plötzlich griff die Astronoma nach Gerswinds Hand und drückte sie leicht.

»Ich werde dir sagen, wer ich bin«, flüsterte sie. Zum ersten Mal seit über zehn Jahren ging die Pilgerin, der sich bislang stets andere Menschen anvertraut hatten, das Wagnis ein, über sich selbst zu sprechen. Dafür gab es keinen Grund, nur das plötzlich auftretende Bedürfnis, sich dieser alten Frau mit den vertrauenswürdigen hellen Augen zu öffnen. Und doch erzählte sie ihr vom Schicksal der Nonne Gerberga, als wäre es einer anderen Frau widerfahren.

Da sie mit ihrem Namen auch die eigene Vergangenheit abgelegt habe, spüre sie nun der des Reiches nach, erläuterte sie, und zeichne auf, was sie in Erfahrung bringe. Gerswinds Einwand, sie schreibe doch über die Gegenwart, widerlegte sie mit der Erklärung, diese sei bereits Vergangenheit, wenn sie ihr zugetragen werde. Sie verfasse ihre Chronik jedoch im Präsens, um dem Leser die Nähe zu den Ereignissen zu verdeutlichen. »Die Zukunft entwickelt sich aus dem Gewesenen, also ist es ein Teil von ihr«, sagte sie. Es sei jetzt ihr Schicksal, sich mit dem bereits Geschehenen zu beschäftigen. Denn die Gabe der Vorschau, die ihr verliehen worden war, hatte sich als Fluch herausgestellt. Hätte sie der habichtsnasigen Tochter des Hugo von Tours nicht die Kaiserinnenwürde prophezeit, könnte Judith noch leben. Dann hätte sich Irmingard niemals an Ludwigs Brautschau beteiligt. Von einer Mitschuld an Judiths Tod könne sie sich also nicht freisprechen. Sie, die in einem Fass in die Saône geworfen worden war, nachdem sie die Frauen der Ratgeber Kaiser Lothars unter Irmingards Vorsitz als Hexe und Giftmischerin zum Tode verurteilt hatten.

»Doch der Böttcher war einer meiner Freunde und hatte das Fass so gestaltet, dass ich mich von innen befreien konnte. Trotzdem wäre ich beinahe ertrunken, denn ich bin des Schwimmens unfähig. Aber der Herr hat sich meiner erbarmt und mich ans Ufer geschwemmt, wo gute Leute meiner harrten und mich aus dem Wasser zogen. Du verstehst jetzt, Gerswind, weshalb ich unerkannt bleiben muss. Käme Lothar oder anderen zu Ohren, dass ich überlebt habe, würde das erst recht als Beweis für meine Hexerei angesehen werden.«

Ein Schauer lief Gerswind über den Rücken. Unter Karl dem Großen war Hexerei auch nicht sonderlich gut gelitten gewesen, aber niemand hatte deswegen um sein Leben fürchten müssen. Dafür musste erst ein Kaiser kommen, der seinen Namen mit Frömmigkeit verband; ein Kaiser, der sich nicht um das Wohl von Mensch und Rosa canina in seinem Reich gekümmert hatte, sondern gegen seine Söhne zu Felde gezogen war. Die später ihrerseits eine blutige Schlacht gegeneinander als Gottesurteil verstanden hatten. Den Menschen, dachte sie, die am lautesten schreien, sie kämpften mit Gott an ihrer Seite, bleibt wohl keine andere Wahl, als Stimme und Waffen zu erheben. Ahnend, wie fern ihnen der Herr wirklich steht, rufen sie laut seinen Namen, und wenn sie ihn in sich selbst nicht finden und sich somit nicht erhört sehen, nehmen sie in seinem Namen Zuflucht zu Gewalt.

»Es ist kalt geworden«, sagte sie und erhob sich mühsam. Sie griff zu dem Stock, den sie für beschwerliches Aufstehen neben der Bank aufbewahrte.

»Warte, ich helfe dir.« Die nur wenig jüngere Frau ließ den eigenen Wanderstab liegen und reichte ihr den Arm. Es war lange her, dass sich Gerswind bei einem anderen Menschen eingehängt hatte, und es fühlte sich gut an. Gerberga empfand das Gleiche, und als sie die Hütte betrat, war ihr, als sei sie nach einer langen gefahrvollen Reise heil heimgekehrt.

Gerswind machte sich sofort am Herdfeuer zu schaffen.

»Natürlich bleibst du hier«, sagte sie, als hätte ihre Besucherin eine Frage gestellt. Sie warf etwas Reisig auf die Glut und reichte Gerberga den Blasebalg. »Ich gebe dich als meine Schwester aus, als Widukinds verlorene Tochter. Was hältst du von dem Namen Linde?«

»Ich danke dir, Gerswind«, erwiderte Gerberga, und das Geräusch des Blasebalgs klang wie ein erleichterter Seufzer, »und ich werde dir nicht zur Last fallen. Jeder Name ist mir recht.«

»Als Linde habe ich hier auch einst gelebt«, sagte die weißhaarige Frau. »Bevor ich so vermessen war, Ludwig zu verfluchen.« Sie starrte auf die Feuerstelle, an der sie ein Vierteljahrhundert zuvor den Dämon des Rings herbeizitiert hatte. »Ich habe genauso unentschuldbar gehandelt wie meine Mutter Geva. Die hatte einst Karl den Großen verflucht. Er solle ohne seine Kinder alt werden. Es brach ihm das Herz, als ihm die meisten dann auch tatsächlich verstorben sind.«

»Ludwig nicht«, erwiderte Gerberga.

»Karl wusste, dass Ludwig keinen guten Kaiser abgeben würde. Aber er war Judith ein guter Ehemann. Dafür ehre ich ihn und bete für seine arme, verirrte Seele«, sagte Gerswind und setzte flüsternd hinzu: »Hutz, hutz.«

Der Morgen dämmerte bereits, als Gerberga endlich auf Ruadberns Auftrag zu sprechen kam.

»Judith hat der Abtei Sankt Martin in Tours ihre dortigen Güter überschrieben. Karl der Kahle hat von ihrem Letzten Willen Kenntnis erhalten, es aber auch jetzt, nach zwei Jahren, nicht für nötig befunden, ihn auszuführen.«

»Wie könnte ausgerechnet ich ihn dazu bringen?«, fragte Gerswind ratlos.

»Indem du ihm das zerlöcherte Herz aus dem Planetentisch als Andenken an seine Mutter zukommen lässt. Durch Abt Markward. Auf den hört er.«

Gerswind vergaß ihre Müdigkeit, griff zu der Scheibe, die vor ihnen auf dem Tisch lag und eilte zur Tür.

»Wenn ich mich spute, schaffe ich es noch vor dem Morgengebet!«

Sie lehnte Gerbergas Begleitung ab und schlug der neuen Freundin vor, sich endlich zur Ruhe zu begeben. Diesen Weg wollte sie allein beschreiten. Das Herz schien ihr überzugehen bei dem Gedanken, doch noch etwas für ihre geliebte Nichte Judith tun, vielleicht ein winziges Stück ihrer ungeheuren Schuld abtragen zu können.

Sie begegnete Abt Markward auf seinem Weg zur Goldenen Kirche, beschrieb ihren Auftrag, drückte ihm das Päckchen in die Hand und beschwor ihn mit einer Eindringlichkeit, die er an Frau Gerswind nicht kannte, es sofort auf den Weg nach Aachen zu schicken.

Der Abt, der im Alter noch furchterregender als früher aussah, beugte sich zu Gerswind hinab und donnerte: »Er soll seine Mutter ehren! Dafür werde ich sorgen!«

Gerswind nickte zustimmend. Abt Markwards Angebot, dem Morgengebet beizuwohnen, lehnte sie ab. Sie habe noch einen Besuch zu machen.

In jener Ecke des Gottesackers, wo die einfachen Mönche bestattet wurden, stellte sie sich an das Grab, das sie seit vielen Jahrzehnten pflegte, und sagte laut: »Ach, Pippin, mein lieber alter Freund, es bricht mir das Herz, wenn ich sehe, was aus dem Werk deines Vaters, meines geliebten Karls, geworden ist!«

Erst zwanzig Jahre nach Judiths Tod ehrte Kaiser Karl der Kahle den Letzten Willen seiner Mutter und überschrieb ihre Güter dem Kloster von Tours.

Glossar

Allodist: Ein Bauer, der ein vererbbares »Gut in vollem Eigen« besaß und Eigentümer seiner Produktionsmittel war. Die bewegliche Habe konnte auch Töchtern vermacht werden; das Land ging jedoch nur an die Söhne in fallender Linie.

Dormitorium: Schlafsaal in einem Kloster, wo alle Mönche beziehungsweise Nonnen schliefen. Abt und Äbtissin verfügten gewöhnlich über ein eigenes Schlafgemach.

Dos: Nach römischem Recht die Mitgift; im frühen Mittelalter wurde damit auch die Brautgabe des Bräutigams an die Braut bezeichnet, seit merowingischer Zeit auch der Brautschatz der Königin. Eine Dos war in Höhe und Beschaffenheit von Rang, Stand und Vermögen des Mannes und der Frau abhängig und bestand bei Adelsfamilien normalerweise aus Klöstern, Städten und Herrschaftsgebieten. Muntschatz, Mundium und Wittum sind Synonyme für die Dos.

Fränkische Sprache: Sammelbegriff für westgermanische Sprachen, die im Osten des Frankenreichs entstanden sind. Aus der schriftlichen Fixierung (siehe karolingische Minuskel) entwickelte sich das Althochdeutsch. Karl der Große und Ludwig der Deutsche sprachen vorzugsweise germanisch, die »lingua teudisca« (Sprache des Volkes). Ludwig der Fromme, der sich in seiner Jugend zumeist im Westen des Reiches aufgehalten hatte, im früher von den Römern verwalteten Gallien, sprach wohl beides, während sich Judiths Sohn Karl der Kahle später der lingua romana bediente. Darin war das Fränkische mit dem Vulgärlatein vermischt, aus dem später das Französische entstand (siehe Straßburger Eide).

Franzisch: Der lateinisch/fränkische Dialekt, der sich zwischen dem fünften und dem achten Jahrhundert in der Gegend um Paris entwickelte (siehe *Straßburger Eide*), sowie die Gebiete, wo er gesprochen wurde.

Freie: Im Mittelalter jene Männer, die in keinem persönlichen Abhängigkeitsverhältnis standen. Auch der Lehnsmann galt als Freier. Hauptkennzeichen der Freien war das Wergeld. Freie waren im Prinzip waffenfähige Volksgenossen, im Besitz aller Rechte und vom Geburtsadel nur gesellschaftlich geschieden. Über ihr Eigentum konnten sie völlig eigenständig verfügen.

Freimädchen: Alte Bezeichnung für Prostituierte.

Friedelfrau: »Friedel« leitet sich vom mittelalterlichen »friudiea« ab, was so viel wie Geliebte heißt. Damit ist eine Art ehelicher Gemeinschaft gemeint, die sich auf der freien Zuneigung der Partner mit öffentlicher Heimführung und Bettbeschreitung gründete. Die Friedelehe war ein Sonderrecht des Hochadels, der durch eine solche Verbindung verhindern konnte, dass eine Frau niederen Standes und ihre Kinder in den Stand und in die Familie des Mannes aufstiegen. Noch im Frühmittelalter galt die Friedelehe auch im kirchlichen Sinn als vollwertige Ehe. Kennzeichen einer Friedelehe: Die Frau hatte wie der Mann ein Recht darauf, die Scheidung zu verlangen, die Friedelehe wurde in der Regel zwischen Paaren aus unterschiedlichen Ständen geschlossen, der Mann konnte daneben weitere Ehefrauen haben, die Kinder aus einer Friedelehe unterstanden der Verfügungsgewalt der Mutter und nicht des Vaters.

Genitium: Tuchmacherei, in der nur Frauen, oft ehemalige Prostituierte, arbeiteten. Eingerichtet wurden derartige Fabriken meist von adligen Frauen.

Hadeln: Region an der niedersächsischen Nordseeküste

Haithabu: Dieser bedeutende dänische Handelsplatz an der Kreuzung zweier wichtiger Handelsrouten der Dänen wurde um 770 gegründet. Hier soll sich auch Harald Klaks Grab befinden.

Halbfreie: Angehörige eines unvollkommen freien Standes zwischen Freien und Unfreien, in der Regel mit halbem Wergeld, das heißt einer Geldbuße für geringere Vergehen oder Schadenersatz.

Hörige: Halbfreie, die ein Zinsgut besaßen und manchmal gleichzeitig Leibeigene eines anderen Grundherrn waren. Sie leisteten Dienste und Abgaben, lebten nach Hofrecht und konnten ohne ihr Gut nicht veräußert werden. Sie durften freies Eigentum besitzen.

Hufebauern: Auf eigenen Hofstellen ansässige Bauern, die Frondienste und Abgaben leisteten. Das Land wurde mithilfe des unfreien Hofgesindes bewirtschaftet.

Italisch: Sammelbegriff, der für Gebiet und Sprache der in Italien beheimateten indogermanischen Stämme und Völker steht.

Judithenbrot: Eine reichhaltige Armenspeisung, die Judith dem von ihr reich beschenkten Kloster Corvey auferlegt hatte und die dort bis zur Säkularisation im Jahr 1803 gespendet wurde. Das unschätzbar kostbare Kreuz, das Judith Corvey gestiftet hatte, ist sieben Jahrhunderte nach ihrem Tod von dort verschwunden.

Kämmerer: Hoher Hofbeamter, der gemeinsam mit der Königin für die Führung des gesamten Haushalts zuständig ist.

Kapitular: Satzung des fränkischen Königs bzw. des Kaisers, gewissermaßen die amtlichen Gesetze der Zeit. Das berühmteste Kapitular hat Karl der Große erlassen, das Capitulare de villis, eine Verordnung über die Krongüter und Reichshöfe, wobei der Viehhaltung und den Nutzpflanzen viel Platz eingeräumt wird.

Karolingische Minuskel: Eine Schriftart, die Ende des achten Jahrhunderts am Hof Karls des Großen entwickelt wurde, um eine leicht lesbare einheitliche Schrift im gesamten Frankenreich zu schaffen, und die vor allem im Kloster Tours von Alkuin und seinen Schülern verfeinert wurde. Später entwickelte sich aus der karolingischen Minuskel die frühgotische Minuskel, die sich als neuer Schrifttyp (später: unsere Antiqua) schnell in ganz Europa verbreitete und die karolingische Minuskel verdrängte. Die karolingische Minuskel bildet die Grundlage für unsere heutigen Kleinbuchstaben.

Kebsverhältnisse: Eine Kebsehe wurde zwischen einem »freien« Mann, zum Beispiel einem Grundherrn, und einer »unfreien« Frau geschlossen. Da der Freie jegliche Verfügungsgewalt über seine Leibeigenen hatte, konnte er unfreie Frauen, die sich in seinem Besitz befanden, jederzeit in ein Kebsverhältnis zwingen. Dabei handelte es sich mehr um ein eheähnliches Verhältnis als um eine richtige Ehe. Es konnten mehrere Kebsehen nebeneinander bestehen. Kinder aus Kebsehen waren nicht erbberechtigt, sondern ungeachtet der Position ihres Vaters selbst unfrei.

Komplet: Das Nachtgebet im Stundengebet der katholischen Kirche.

Königsboten: Auch »missi dominici« genannt, die es bereits unter den Merowingern gab und die vom König ausgesandt wurden, um in ferneren Teilen des Reiches nach dem Rechten zu sehen. Das Amt wurde aber erst unter Karl dem Großen zu einer richtigen Institution ausgebaut: Viermal im Jahr wurden die mit umfangreichen Vollmachten ausgestatteten Königsboten (zu zweit, ein weltlicher und ein geistlicher Vertreter) in ein bestimmtes Gebiet geschickt, wo sie vor allem die Amtsführung der von Karl eingesetzten Grafen überwachen, die königlichen Anordnungen durchsetzen, Fiskal- und Kirchengut kontrollieren sowie Missstände beseitigen sollten. Zunächst gehörten die Königsboten der Schicht der niedrigeren Vasallen an, die allerdings oftmals vor dem Problem standen, sich gegen mächtige Amtsinhaber durchsetzen zu müssen. Deshalb bestimmte Karl ab 802, dass nur noch hohe Amtsträger (Bischöfe, Äbte, Grafen) Königsboten sein durften. Dadurch handelte er sich und seinem Erben Ludwig allerdings ein neues Problem ein: Die herrschende Schicht konnte sich so selbst kontrollieren.

Lex Salica: Die Lex Salica (Pactus Legis Salicae), die lateinische Niederschrift des Volksrechts des fränkischen Stamms der Salier, ein für Frauen höchst ungünstiges Recht, das unter anderem in aller Strenge die Geschlechtsvormundschaft praktizierte und beispielsweise weibliche Erbfolge beim Grundbesitz ausschloss. Sie wurde 507–511 auf Anordnung des Merowingerkönigs Chlodwig I. verfasst und zur Zeit Karls des Großen gründlich überarbeitet. Erstmals wurden damit alte, mündlich überlieferte Rechtsgepflogenheiten schriftlich niedergelegt. Es handelt sich also um eines der ältesten Gesetzbücher. Die Artikel befassen sich mit allen möglichen Rechtsfällen, wobei der Schuldige – wenn er ein Freier war – fast immer eine Geldbuße entrichten musste. Unfreie dagegen, die kein Geld besaßen, wurden mit Körperstrafen wie Hieben, Rutenschlägen und sogar mit dem Tod bestraft.

Marschall: Ursprünglich »Marschalk«, Pferdeknecht (Zusammensetzung aus »Mähre« und »Schalk«), später verantwortlicher Hofbeamter für den Reitstall.

Mundschenk: Organisator der königlichen Tafel.

Munt: Im westgermanischen Recht ein Schutzverhältnis, das auch Gewalt und Vertretungsrecht einschloss. Außer der Gewalt des Familienoberhauptes über Familienmitglieder fiel unter den Begriff der Munt das Verhältnis des Herrn (als Muntherr) zum Hörigen, Schutzhörigen und Freigelassenen (als Muntleuten). Wenn eine Frau heiratete, übernahm ihr Ehemann die Munt vom Vater. Nach dem Tod des Vaters ging die Munt auf den ältesten Sohn oder den nächsten großjährigen Verwandten über.

Palatium: Ein fränkischer Königshof, der als Wohnsitz des Königs eingerichtet und befestigt war. Karl der Große wie auch sein Sohn Ludwig hielten an vielen verschiedenen Palatii Hof. Man darf sich diese aber noch nicht als befestigte Burgen vorstellen, sondern – vor allem im Westen des Reichs – eher als geräumige, von Palisaden umgebene Holzgebäude.

Pfalzgraf: Vorsitzender und Vertreter des Herrschers im Königsgericht.

Quartiermeister: Hoher Hofbeamter, dem die Logistik des Reisens und der Jagd unterliegt.

Ring der Fastrada: Ein angeblich magisches Kleinod, das einer der Gemahlinnen Karls des Großen gehört haben soll und in viele Legenden und Sagen einging.

Ritter: Zur Zeit Ludwigs des Frommen noch kein Adelsstand, nicht einmal ein niedriger, sondern nur gepanzerte und bewaffnete Reiter.

Rüstringen: Ein friesischer Gau, der das heutige *Butjadingen*, große Teile des heutigen *Jadebusens* und einige Gebiete des *Jeverlandes* und der *Friesischen Wehde* umfasste.

Scara: Fränkisch »Schar«, die berittenen Elitetruppen des Kaisers.

Schwertleite: Ein Ritual zur Aufnahme der Knaben in den Kreis waffentragender Männer.

Seneschall: Begriff, der aus dem lateinischen senex »der Alte« und dem althochdeutschen scalc »der Knecht« zusammengesetzt ist. Der höchste Hofbeamte bei den Karolingern, dem die Leitung des königlichen Hauswesens unterstand, gelegentlich auch »Truchsess« genannt.

Septimanien: Gegend in Südfrankreich, zwischen Pyrenäen und Rhône.

Skriptorium: Die mittelalterliche Klosterschreibstube.

Sext: Im Stundengebet einer Ordensgemeinschaft wird die Sext um zwölf Uhr mittags gebetet.

Straßburger Eide: 14. Februar 842, ein bedeutendes zweisprachiges Dokument in Althochdeutsch und Altfranzösisch, von dem sich eine Abschrift in der Bibliothèque nationale de France (BnF) in Paris befindet. Die altfranzösische Version gilt als das älteste erhaltene Schriftstück in dieser Sprache überhaupt. Mit dieser ersten in Volkssprachen abgefassten Urkunde wird zum ersten Mal eine sprachliche Trennung zwischen dem östlichen und westlichen Frankenreich bezeugt.

Vertrag von Verdun: Diese Einigung zwischen Karl dem Kahlen, Kaiser Lothar und Ludwig dem Deutschen gilt als Anfangspunkt einer Entwicklung, die zur Entstehung Deutschlands und Frankreichs führte.

Veste: Die frühmittelalterliche Bezeichnung für Burg, Festung.

Wassersucht: Eigentlich eine Ansammlung von Wasser in den Körperhöhlen; im frühen Mittelalter jedoch oft die Diagnose bei undeutlichen Todesfällen.

Die Welfen: Zur Zeit von Judiths Eheschließung gehört das Geschlecht der Welfen zwar zum Hochadel, nicht aber zur Schicht der Reicharistokratie. Ruthard, der erste in den Quellen vermerkte Welfe, soll zusammen mit Warin unter dem ersten Karolingerkönig Pippin nach dem Blutgericht von Cannstatt für Ordnung in Alemannien gesorgt haben und dabei sehr grausam zu Werke gegangen sein. Vermutlich war dies Judiths Großvater. Judiths Vater taucht in zeitnahen Quellen erst anlässlich ihrer Eheschließung auf; ihre Brüder Konrad und Rudolf gelangten danach zu höheren Ehren. Die Welfen besaßen weitläufige Ländereien in Alemannien und Bayern; mit dem Familiensitz Altdorf, nahe dem Bodensee, ist wohl das heutige Weingarten gemeint.

Quellen

Kaiserin Judith, Armin Koch, Matthiesen Verlag 2005
Ludwig der Fromme, Geschichte der Auflösung des großen Frankenreichs, Friedrich Funck, Siegmund Schmerber, 1832
Lothar I., Kaiser und Mönch in Prüm, Reiner Nolden, Geschichtsverein »Prümer Land« e.V., 2005
Reise in die Karolingerzeit, Hans Bauer, Prisma-Verlag, 1974
Frauen im Mittelalter, Edith Ennen, Beck, 1994
Frauen in Spätantike und Frühmittelalter, Hg. Werner Affeldt, Jan Thorbecke Verlag, 1990
Frauen im frühen Mittelalter, Hans-Werner Goetz, Böhlau Verlag, 1995
Kunstführer Aachen und die Eifel, HB-Verlags- und Vertriebsgesellschaft, 1983
Women in Medieval Life, Margaret Wade Labarge, Hamish Hamilton, London, 1985
Die Karolinger, Pierre Riché, Patmos, 2003
Die Karolinger, Rudolf Schieffer, W. Kohlhammer GmbH, 1992
Die Wikinger, Rudolf Simek, Beck, 2005
Reisen im Mittealter, Norbert Ohler, Artemis, 1986
www.wikipedia.de
Karl der Große, Dieter Hägermann, Ullstein Verlag GmbH, 2003

PIPER

Martina Kempff
Die Beutefrau

Roman um die letzte Liebe Karls des Großen. 432 Seiten.
Serie Piper

Drei Jahre alt ist Gerswind, die Tochter des Sachsenfürsten Widukind, als sie im Jahr 785 als lebende Kriegsbeute zu Karl dem Großen gebracht wird. Der König der Franken beschließt, das Mädchen als Geisel am Hof zu behalten – bis, viele Jahre später, etwas geschieht, was der jungen Sächsin eine unumstößliche Macht über den bedeutendsten Herrscher des Mittelalters verleiht ...
Ein fesselnder Roman um eine eigenwillige Frau, die durch ihre Liebe die europäische Geschichte des frühen Mittelalters entscheidend beeinflußte.

»Wenn Sie auf der Suche nach gut recherchierten historischen Romanen mit starken Frauenfiguren sind, dann liegen Sie bei Martina Kempff richtig.«
Brigitte

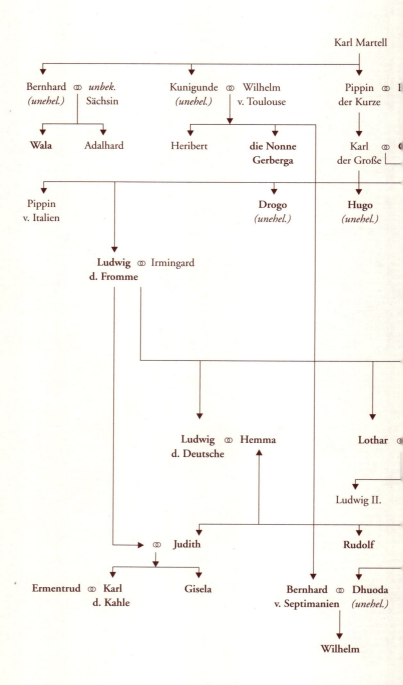